散文卷（1993 － 2000） 《收获》编辑部 主编

苏东坡突围
草木春秋

余秋雨　　汪曾祺 等 著

人民文学出版社
PEOPLE'S LITERATURE PUBLISHING HOUSE

图书在版编目(CIP)数据

苏东坡突围 草木春秋/余秋雨等著；《收获》编
辑部主编.—北京：人民文学出版社，2017(2020.11重印)
(《收获》60周年纪念文存：珍藏版.散文卷.
1993—2000)
ISBN 978-7-02-013039-9

Ⅰ.①苏⋯ Ⅱ.①余⋯②收⋯ Ⅲ.①散文集-中国
-当代 Ⅳ.①I267

中国版本图书馆 CIP 数据核字(2017)第 157839 号

总 策 划 黄育海 程永新
责任编辑 甘 慧 李 殷
装帧设计 汪佳诗

出版发行 人民文学出版社
社 址 北京市朝内大街 166 号
邮政编码 100705
网 址 http://www.rw-cn.com

印 刷 上海利丰雅高印刷有限公司
经 销 全国新华书店等

开 本 720 毫米×1000 毫米 1/16
印 张 19.25
字 数 253 千字
版 次 2017 年 8 月北京第 1 版
印 次 2020 年 11 月第 5 次印刷

书 号 978-7-02-013039-9
定 价 99.00 元

如有印装质量问题，请与本社图书销售中心调换。电话：010-65233595

巴金和靳以先生创办的《收获》杂志诞生于一九五七年七月，那是一个"事情正在起变化"的特殊时刻，一份大型文学期刊的出现，俨然于现世纷扰之中带来心灵诉求。创刊号首次发表鲁迅的《中国小说的历史的变迁》，好像不只是缅怀与纪念一位文化巨匠，亦将眼前局蹐的语境廓然引入历史行进的大视野。那一期刊发了老舍、冰心、艾芜、柯灵、严文井、康濯等人的作品，仅是老舍的剧本《茶馆》就足以显示办刊人超卓的眼光。随后几年间，《收获》向读者奉献了那个年代最重要的长篇小说和其他作品，如《大波》（李劼人）、《上海的早晨》（周而复）、《创业史》（柳青）、《山乡巨变》（周立波）、《蔡文姬》（郭沫若），等等。而今，这份刊物已走过六十个年头，回视开辟者之筚路蓝缕，不由让人感慨系之。

《收获》的六十年历程并非一帆风顺，最初十年间她曾两度停刊。先是称之为"三年自然灾害"的困难时期，于一九六〇年五月停刊。一九六四年一月复刊后，又于一九六六年五月被迫停刊，其时"文革"初兴，整个国家开始陷入内乱。直至粉碎"四人帮"以后，才于一九七九年一月再度复刊。艰难困顿，玉汝于成，一份文学期刊的命运，亦折射着国家与民族之逆境周折与奋起。

浴火重生的《收获》经历了拨乱反正和改革开放的洗礼，由此进入令人瞩目的黄金时期。以后的三十八年间可谓佳作迭出，硕果累累，呈现老中青几代作家交相辉映的繁盛局面。可惜早已谢世的靳以先生未能亲睹后来的辉煌。复刊后依然长期担任主编的巴金先生，以其光辉人格、非凡的睿智与气度，为这份刊物注入了兼容并包和自由闳放的探索精神。巴老对年轻作者尤寄予厚望，他用质朴的语言告诉大家，《收获》是向青年作家开放的，已经发表过一些青年作家的作品，还要发表青年作家的处女作。"因而，一代又一代富于才华的年轻作者将《收获》视为自己的家园，或是从这里起步，或将自己最好的作品发表在这份刊物，如今其中许多作品业已成为新时期文学经典。

作为国内创办时间最久的大型文学期刊，《收获》杂志六十年间引领文坛风流，本身已成为中国当代文学的一个缩影，亦时时将大众阅读和文学研究的目光聚焦于此。现在出版这套纪念文存，既是回望《收获》杂志的六十年，更是为了回应各方人士的热忱关注。

这套纪念文存选收《收获》杂志历年发表的优秀作品，遴选范围自一九五七年创刊号至二〇一七年第二期。全书共列二十九卷（册），分别按不同体裁编纂，其中长篇小说十一卷、中篇小说九卷、短篇小说四卷、散文四卷、人生访谈一卷。除长篇各卷之外，其余均以刊出时间分卷或编排目次。由于剧本仅编入老舍《茶馆》一部，姑与同时期周而复的长篇小说《上海的早晨》合为一卷。

为尊重历史，尊重作品作为文学史和文学行为之存在，保存作品的原初文本，亦是本书编纂工作的一项意愿。所以，收入本书的作品均按《收获》发表时的原貌出版，除个别文字错讹之外，一概不作增删改易（包括某些词语用字的非标准书写形式亦一仍其旧，例如"拚命"的"拚"字和"惟有""惟恐"的"惟"字）。

特别需要说明的是，收入文存的篇目，仅占《收获》杂志历年刊载作品中很小的一部分。对于编纂工作来说，篇目遴选是一个不小的难题，由于作者众多（六十年来各个时期最具影响力的作家几乎都曾在这份刊物上亮相），而作品之高低优劣更是不易判定，取舍之间往往令人斟酌不定。编纂者只能定出一个粗略的原则：首先是考虑各个不同时期的代表性作品，其次尽可能顾及读者和研究者的阅读兴味，还有就是适当平衡不同年龄段的作家作品。

毫无疑问，《收获》六十年来刊出的作品绝大多数庶乎优秀之列，本丛书不可能以有限的篇幅涵纳所有的佳作，作为选本只能是尝鼎一脔，难免有遗珠之憾。另外，由于版权或其他一些原因，若干众所周知的名家名作未能编入这套文存，自是令人十分惋惜。

这套纪念文存收入一百八十余位作者不同体裁的作品，详情见于各卷目录。这里，出版方要衷心感谢这些作家、学者或是他们的版权持有人的慷慨授权。书中有少量短篇小说和散文作品暂未能联系到版权（毕竟六十年时间跨度实在不小，加之种种变故，给这方面的工作带来诸多不便），考虑到那些作品本身具有不可或缺的代表性，还是冒昧地收入书中。敬请作者或版权持有人见书后即与责任编辑联系，以便及时奉上样书与薄酬，并敬请见谅。

感谢关心和支持这套文存编纂与出版的各方人士。

最后要说一句：感谢读者。无论六十年的《收获》杂志，还是眼前这套文存，归根结底以读者为存在。

《收获》杂志编辑部

上海九久读书人文化实业有限公司

人民文学出版社

二〇一七年七月二十四日

| 目　录 |

叶兆言	纪　念	1
余秋雨	苏东坡突围	20
余秋雨	抱愧山西	34
李　辉	秋白茫茫 ——关于这个人的絮语	56
李　辉	消失了的太平湖 ——关于老舍的随感	71
汪曾祺	草木春秋	93
阿　城	爱情与化学	100
阿　城	思乡与蛋白酶	112
赵瑞蕻	我是吴宓教授，给我开灯 ——纪念吴宓先生辞世二十周年	121

汪曾祺	散文五篇	133
卞之琳	脱帽志变 ——追忆方敬	142
王安忆	死生契阔，与子相悦	145
贾植芳	上海是个海	164
李 辉	解冻时节 ——贾植芳和他的家书	183
李 辉	难以走出的雨巷 ——关于戴望舒的辩白书	193
戴望舒	我的辩白	209
林贤治	鲁迅三论	213
叶兆言	周氏兄弟	224
叶兆言	阅读吴宓	240
萧 红	回忆鲁迅先生	258
章培恒	今天仍在受凌辱的伟大逝者	289

纪　念

叶兆言

1

我对父亲的最初印象，是他将我扛在肩上，往幼儿园送。我从小是个胆小内向的孩子，记得自己总是拚命哭，拚命哭，不肯去幼儿园。每当走到那条熟悉的胡同口，我便有一种世界末日来临的恐惧。父亲将我扛肩上兜圈子，他给我买了冰棍，东走西转，仿佛进行一项很有趣的游戏，不知不觉地绕到了幼儿园门口。等到我哇哇大哭之际，他已冲锋似的闯进幼儿园，将我往老师手里一抛，掉头仓皇而去。

我在十岁的时候，从造反派那里知道自己是一个被领养的小孩。时至今日，我仍然不知道自己的亲生父母怎么一回事。我只知道我的血管里流着的，是一个普通的平民的血。显然从一开始，我就是一个多余的产物。很多好心人都以为我所以能写作，仅仅因为遗传的因素。有的人甚至写评论文章说我身上有一种贵族气质。溢美也好，误会也好，不管怎么说，我能够在文坛上成名，多多少少沾了我祖父和父亲的光。我的祖父和父亲，不仅文章写得好，更重要的是他们有非常好的人品。他们的人格力量为我在被读者接受前，扫清了不少障碍。我受惠于祖父和父亲的教育与影响这一点不容置疑。

父亲不止一次说过，觉得我这个儿子和亲生的没什么两样。父亲知道这是我们之间一个永恒的遗憾。事实上，多少年来，无论是父亲，还是我的祖父，都对我非常疼爱。这是一个敏感的话题，常常有人利用这个话题，而父亲从不利用我是领养这个事实来伤害我。

我偶尔从一张小照片上知道自己本来姓郑，叫郑生南。照片上的我最多只有一岁。我想这个名字只是说明我出生在南京。

我很小就开始识字了。在识方块字这一点上，我似乎有些早熟。父亲属于那种永远有童心的人，做了一张张的小卡片，然后在上面写了端端正正的字让我认。那时候他刚从农村劳动改造回来，和他的好朋友方之一起写歌颂"大跃进"的剧本。写这样的剧本究竟会不会有乐趣，我现在实在想象不出，我只记得父亲和方之常常为教我识字，像小孩子一样哈哈大笑。父亲和方之在五七年，为同一件事打成了"右派"，他们内心深处自然有常人所不能体会的痛苦，但是他们留在我童年记忆中的哈哈大笑，比他们教我认了什么字，印象深刻得多。

我记得父亲和方之老是没完没了地抽香烟。屋子里烟雾腾腾，两个人愁眉苦脸坐在那儿。他们属于那种典型的热爱写作的五十年代的书呆子。我小时候是一个公认的很乖巧的小孩，他们坐那挖空心思动脑筋，我便一声不响坐在他们身后，很有耐心地等他们休息时教我识字。除了害怕上幼儿园，我从来没有哭闹过。我永远是一个害怕陌生喜欢寂寞的小孩。

我小时候做过的最早游戏，就是到书橱前去寻找我已经认识的字。祖父留给父亲的高大的书橱，把一面墙堵得严严实实。这面由书砌成的墙，成了我童年时代最先面对的世界。父亲和方之绞尽脑汁地写他们的剧本，我孤零零拿着手上的卡片，踮起脚站在书橱前，认认真真核对着。厚厚的书脊上的书名像谜语一样吸引住了我，就像正在写的剧本的细节缠绕住了父亲和方之一样。

那时候我大概才三岁，有一次大约是发高烧，我在书橱前站了一会，不知怎么又回到了小凳子上坐了下来。我经常就这么老实地坐在那，因此正在写剧本的父亲丝毫没有意识到我的异常。现在已经弄不清楚究竟是方之，还是我的父亲先发现我像螃蟹一样地吐起白沫来，反正我当时的样子把他们两个书呆子吓得够呛，他们手忙脚乱不知所措，慌了好一阵子，才想起来去找邻居帮忙。

2

父亲的童年一定很幸福。我读研究生的时候，有一年在杭州，计划去看望郁达夫的儿子郁云。由于某件事的打扰，结果只是我的几个师兄弟去了，他们见到了郁云，对其留下的最深刻的印象，就是他很有感慨地说自己没有一个像我父亲那样的温暖家庭。

父亲出生时，祖父在文坛上的地位已经奠定。父亲是祖父的小儿子，在他前面还有一个哥哥和姐姐。我从没听父亲讲过他小时候有什么不愉快。无论是父子关系母子关系，无论是兄弟关系还是姐弟关系，他每提到时，都能很自然地让别人感受到他童年所享受到的天伦之乐。我的伯母很早就进了叶家门，作为长嫂，她常常照顾父亲。父亲一直把自己的嫂子当作大姐姐，伯母的名字中有一个"满"字，父亲一直很亲切地叫她满姐姐。

父亲显然得到了太多的溺爱。和哥哥姐姐比起来，父亲自己照顾自己的能力最差，我的姑姑常常开玩笑，说父亲小时候连皮球也不会拍，别人不会拍，一学就会，可他就是学不会。父亲甚至也不会削苹果，要是没人侍候，糊里糊涂洗了洗就连皮吃。

父亲的家庭永远充满了融融泄泄的空气。难怪郁达夫的儿子会羡慕，就连祖父的老朋友们，也不止一次在文章中流露出类似的意思。宋云彬先生就直截了当地说过："尤其使我艳羡不置的，是他的那个美满的家庭。"朱自清先生也说过："圣陶兄是我的老朋友。我佩服他和夫人能够让至善兄弟三人长成在爱的氛围里。"

伯父在他们兄弟三个合出的第一本集子《花萼》自序中，写到了这种爱的氛围：

> 今年一月间，我们兄弟三个对于写作练习非常热心。这因为父亲肯给我们修改，我们在旁边看他修改是一种愉快。
>
> 吃罢晚饭，碗筷收拾过了，植物油灯移到了桌子的中央。父亲戴起老花眼镜，坐下来改我们的文章。我们各据桌子的一边，眼睛盯住父亲手里的笔尖儿，你一句，我一句，互相指摘，争辩。有时候，让父亲指出了可笑的谬误，我们就尽情地笑了起来。每改罢一段，父亲朗诵一遍，看语气是否顺适，我们就跟着他默诵。我们的原稿好像从乡间采回来的野花，蓬松的一大把，经过父亲的挑剔跟修剪，插在瓶子里才像个样儿。

没有比这更合适更传神的文字，可以用来表达父亲少年时代的欢乐生活。出版《花萼》的时候，父亲刚刚十六岁。在祖父善意的鼓励下，在哥哥姐姐的影响下，父亲很早就表现出了在写作方面的特殊才能。父亲过世以后，伯父和姑姑从北京乘飞机赶来，参加了父亲的遗体告别，姑姑说，父亲从小就想当作家。她有点想不通的是，父亲多少年来始终把写作当回事。事实上他们那一辈的三个人当中，的确也只有父亲一个人把写作当作了自己的唯一职业。尽管伯父和姑姑也写了许多东西，有的文章写得非常好，但是写作只是他们业余生活的一部分。姑姑的专业是外语，伯父是出色的大编辑。和父亲不太一样，伯父和姑姑从来不硬写。他们很少写那些自己不愿意写的东西。

父亲少年时代写的文章，一直让我感到妒忌。父亲那时候的文章充满了一种让人目瞪口呆的才气。我早逝的堂哥三午，是我们这一代中最有文学才华的一个人，他不止一次说："叔叔的文章真棒。"三午有一篇中学作文，就是讲自己如何抄袭父亲的作文，如何得到老师的好评，然后又如何意识到自己这么做不对。不少评论文章把祖父誉为中国的契诃夫，三午却独有见解地认为，如果不放弃自己的写作风格，也许真正成为中国的契诃夫的便是父亲。

宋云彬先生表扬父亲当年的文章，"没有一篇文章是硬写出来的"。朱自清先生认为父亲那时候的文章，"有他自己的健康的顽皮和机智"，"虽是个小弟弟，又是个'书朋友'，他的观察力和记忆力却骎骎乎与大哥异曲同工"，"真乃头头是道，历历如画"。

高晓声叔叔是五十年代初认识我父亲的，那时候他还没开始写东西，他觉得自己很有幸能结识父亲，因为他曾听人说过，父亲早在十年前，就写出了一手漂亮的好文章。父亲和高晓声叔叔结识的那一年，刚二十五岁。

3

父亲似乎生来就像当作家的，也许是家庭环境造成，也许是命中注定适合写东西。多少年来，没有什么比作家梦更折磨父亲。

父亲常常说自己原来是个好学生，可是上中学以后，一迷上了外国小说，便没有心思再念书。上课时，再也不肯安心念书，偷偷地躲在下面看小说。有一次，父亲躲在那专心致志地读小说，老师绕到了父亲的背后，不声不响地看父亲在看什么书。同学们都以为老师会大发雷霆，谁知道老师突然很激动地对父亲说："喂，你看完了，借给我看看。"

　　父亲看的显然是一本当时文学青年爱看的书。老师也是一个可爱的书呆子，他没有责备父亲，却和父亲交上了朋友。交朋友当然有那么些功利目的，这就是没完没了地跟父亲借书看。

　　没人知道父亲究竟看过多少书。书看得太多，这是父亲一辈子引以为荣的事。文学创作上过早的成功和成熟，使人充满自信，父亲相信自己再也用不着走上大学的窄路。不仅不用上大学，甚至连安安分分把中学念完都不肯，父亲相信自己已经是一名作家了，觉得自己应该迫不及待地走上社会。

　　祖父尊重父亲的选择。

　　于是满脸稚气的父亲便进入开明书店当职员。

　　作家梦折磨着父亲。在开明书店这段时间，父亲写了不少东西。父亲想当作家，更想当一个大作家。从年龄上来说，父亲那时候还是个童心未泯的大孩子，顽固地相信自己惟有像高尔基那样，一头扎入到生活的海洋里，投身社会大学，"在清水里洗三次，在血水里泡三次，在碱水里煮三次"，才能成为一名真正的作家。

　　作家要"体验生活"这句名言还未风行的时候，父亲已开始身体力行实实在在地这么做了。内心躁动不安的父亲再也不愿意过平庸的日子，父亲显然成不了一个好职员。过早地参加工作走上社会，并不像事先想的那么有趣。于是浪子回头，父亲又考入了由熊佛西先生主办的上海戏剧专科学校，学习表演。上海戏剧专科学校是如今大名鼎鼎的上海戏剧学院的前身，这个学校培养了许多第一流的演员，然而在培养我父亲上，却遭到了彻底的失败。父亲显然也不是一块当演员的料子，父亲演得最好的一个角色，只是舞台跑跑龙套的匪兵，父亲自我感觉演得很潇洒，把主角的戏都盖过了。

　　父亲很快厌倦了上表演课。也许熊佛西先生是祖父老朋友的缘故，他让缺课缺得有些不像话的父亲改读编导班。

　　可是父亲的兴趣投入到了"反饥饿，反内战"的学生运动中。为了当大作家，为了更好的体验生活，父亲放弃了自己良好的写作势头。像那个时代所有有理想的年轻人一样，父亲再不肯在课堂里坐下去。

编导班还没毕业，父亲又穿过封锁线，去了苏北解放区，参加革命。

有一段时期，父亲是又红又专的典型。

父亲参加了解放军对溃退的国民党部队的追击，参加了解放初期的历次政治运动。像父亲这样的书呆子，居然也会在腰间挎一支驳壳枪。"土改"中，父亲作词的《啥人养活啥人》一歌，风行大江南北。广大农民正是唱着这首歌，分田分房，控诉地主斗争恶霸。

这以后，父亲福星高照，官运亨通。到一九五六年春天，刚满三十岁的父亲已是文联党组成员，是创作委员会的副主任。父亲是当时文联机关最年轻有为的干部。这是父亲一生中涉足官场最得意的黄金阶段。

然而父亲仍然不是当官的料子。父亲的梦想永远是当一个作家，当一个能写出一大堆书来的大作家。父亲和当时几个有着同样理想的好朋友，想办一个稍稍能表现一点自我的文学刊物，这个刊物叫"探求者"。结果是大难当头，老天爷说变脸就变脸。父亲成了反党集团成员，成了臭名昭著的"右派"。在父亲的难兄难弟中，除了方之，还有高晓声，陆文夫，梅汝恺，陈椿年。所有这些江苏五十年代的文学精英，都因为"探求者"三个字吃尽苦头。父亲过世时，陆文夫叔叔就住在离我们家五分钟路的江苏饭店里，那天晚上他来吊唁，五分钟的路，昏昏沉沉走了足足半个小时才到。一进门，他就号啕大哭，半天也说不出一句话。

被打成"右派"，改变了父亲一生的形象。在这场噩运中，也许唯一欣慰的，是父亲有了几个荣辱与共的患难兄弟。

4

父亲从来就不是一个坚强的人。父亲的一生太顺利。突如其来的打击使父亲完全变了一个人。据父亲的老朋友顾尔镡伯伯说，刚刚三十出头的父亲，一头黑发，几个月下来，竟然生出了许多白发。父亲那时候的情景是，一边没完没了地写检讨和"互相揭发"，一边一根又一根地抽着烟，一根又一根地摘下自己的头发，然后又一根接一根地将头发凑在燃烧的烟头上。顾尔镡伯伯在纪念父亲的文章中认为，父亲就是在那特定的年代里，"由一个探求的狂士变成了一个逢人便笑呵呵点头、弯腰的'阿弥陀佛'的老好人，好老人"。

少年气盛，青年得志，然而五七年的"反右"，一切都发生了变化。江山易改本性难移，可是经过五七年的"反右"，父亲的性格的的确确是彻底变了。

父亲下放到了江宁县去劳动改造。时间不长，前后不过是一年多，然后被调回来和方之叔叔一起写剧本。

我的命运就是在这时候和父亲联系在一起的。我想我的出现，多少会给父亲带来一定的安慰。父亲一向觉得我是个听话的孩子。那毕竟是父亲一生中最心灰意懒的日子。父亲送我去幼儿园、父亲和方之叔叔一支接一支抽香烟、没完没了愁眉苦脸地改剧本、父亲教我识字，所有这些都是我最初的记忆。我没见过父亲少年气盛的样子，也想象不出父亲青年得志的腔调。在我最初的记忆中，父亲就是一个倒霉蛋。

在父亲调到《雨花》之前，我没见过父亲有过什么扬眉吐气的日子。那是在一九七九年的四月，父亲的冤案得到了平反。"探求者"的难兄难弟又聚到了一起，开怀痛饮。方之就是在这一年秋天过早去世的，父亲像孩子一样号啕大哭。这是我第一次看见父亲如此淋漓尽致地表达自己的感情。

我的印象中，父亲永远是低着头听人说话。五七年的"反右"会这么有力地摧垮一个人的意志，今天想起来，简直不可思议。人往往会变得比我们想象中的更可怜。父亲真正做到了夹起尾巴做人，小心翼翼地做任何事。

到了"文化大革命"，作为"右派"，父亲首当其冲是打击对象。在这场史无前例的浩劫中，常人所遭受到的苦头，父亲无一幸免，肉体上的痛苦用不到再说，父亲精神上所受到的折磨，真正罄竹难书。"文化大革命"彻底摧毁了父亲经过"反右"残存下来的那点可怜意志，诚惶诚恐认罪反省，不知所措交待忏悔，父亲似乎成了一个木头人，随别人怎么摆布。

我帮着父亲一起在街上卖过造反派油印的小报，也不止一次帮着父亲推板车去郊区送垃圾。父亲那时候只拿很少的生活费，卖小报算错账了要贴钱，还有人敲竹杠向他借钱，父亲一生中从来没像当时那么贫穷过，穷得自己必须精确地计算出一天只能抽几支廉价香烟。我清楚地记得父亲抽的是被誉为"同志加兄弟"的阿尔巴尼亚香烟，只要一角七分一包，这也许是中国历史上最便宜的洋烟。

父亲成了当时剧团里最好的劳动力。挖防空洞，敲碎石子，打扫厕所，脏活累活都能揽下来的一把好手。我们那时候在旁边的一家工厂里搭伙，父亲每顿都能吃六两米饭。

"文化大革命"，父亲记忆中最想忘记又最不能忘记的，是父亲在交待时，把枕头边的话也原封不动地交待了。这实在是一种过分的没必要的老实。为了父亲交待的这番话，母亲差一点被打成了现行反革命。父亲为此内疚了一辈子，父亲的哲学从来宁愿天下人负自己，自己不负天下人。自己吃点苦受点罪算不了什么，多大的委屈父亲都可以忍，父亲唯一不想做的，就是去伤害别人。

父亲干了足足二十年的职业编剧。先是在越剧团，后来在锡剧团。我至今不清楚父亲究竟写了多少个剧本。好像不止一个剧本得过奖。

父亲不止一次和别人合作过写剧本。和方之叔叔，和高晓声叔叔，还有其他别的什么人。写剧本是父亲的一种生活状态。我从懂事以后，印象中就是父亲永远在天不亮爬起来修改剧本。父亲永远是在修改，抄过来抄过去，桌上到处都是稿纸，烟灰缸里总是满满的烟屁股。

父亲和别人合作写剧本，常常把自己的名字写在别人后面。很多人都说这是父亲与人为善，不争名夺利。我的看法是，不争名夺利只是一个方面，另一方面，父亲对于这些和别人一起苦熬出来的剧本，谈不上太多的爱。父亲从没向我夸耀过自己的剧本写得怎么好怎么好，提起自己刚写的散文，提起自己少年时代写的小说，父亲常常流露出那种按捺不住的得意，可一提起写的那些剧本，父亲便显得有些沮丧。

一九七九年六月，父亲在《假如我是一个作家》的结尾部分，用一种很少属于自己的激扬文字大声宣布：“**要是我的作品里不能有我自己，就没有存在的价值。**”这是一句发自于父亲肺腑的话。事实上，父亲对于那些没有他“自己”的文章，谁的名签在前面，甚至签不签名都无所谓。

职业编剧的生涯对于父亲来说，也许根本谈不上什么乐趣。写那些完全没有他“自己”的剧本，充其量只是混口饭吃吃。父亲不过是凭自己的一支笔当当枪手而已。父亲和方之打成“右派”劳改回来以后，合写剧本《江心》，写着写着，被领导发现了“问题”，惊魂未定，又吓得不知如何是好。为了保险起见，父亲和方之不得不请当时不是“右派”的顾尔镡伯伯来帮他们把关。即使是写歌颂社会主义的剧本，也好像是走钢丝，稍不留神就会出大问题。

除了政治上的风险，写剧本最大的苦处，就是必须马不停蹄地按别人的旨意改。什么人都是父亲的上司，谁的意见不照着办都麻烦。每一层的领导都喜欢作指示，都觉得看了戏不说几句不行。碰到懂行的还好，碰到不懂的活该父亲倒霉。很长一段时间里流行集体创作，集体创作说穿了就是大家七嘴八舌瞎说一通，然后执笔的人去受罪。

我亲眼目睹了作为执笔者的父亲所受的洋罪。虽然我现在也是一个作家，但是无论在我的童年，还是在少年，甚至上了大学以后，我都没想过自己要当作家。父亲的遭遇，使我很小就鄙视作家这一崇高的职业。各式各样的领导，局领导团领导包括工宣队军代表，各式各样的群众，跑龙套的拉二胡的什么事都不做的，只要有张嘴就可以对父亲发号施令。

无数次下乡体验生活，无数次半夜三更爬起来照别人的旨意修改，父亲在没完没了"没有自己"的笔耕中，头发从花白到全白，越窝囊越没脾气，越没脾气越窝囊。

5

在首届金陵藏书状元的评选中，父亲被评为状元。评选活动很热闹，很轰轰烈烈，又是电视报道，又是电台转播。父亲很高兴地出现在电视屏幕上，乐呵呵地在电台的直播室里接受热心的听众电话采访。不止一家出版社要出藏书家辞典，许多人都来信称父亲已列入到了他编的辞典中，父亲觉得很滑稽，自己无意之中，怎么竟然成了藏书家。

父亲喜爱藏书。书是父亲的命根子，精神寄托的安乐园，然而父亲绝对不是传统意义的藏书家。藏书家的头衔对父亲来说，只是一场误会。

父亲从来不藏什么善本书珍本书。父亲的书本身并不值钱，全是常见的铅字本，而且几乎都是小说，都是翻译的外国小说。父亲写过《四起三落》专谈自己的藏书，承认自己的藏书："无非为积习难改，无非为藏它起来。"

父亲的藏书始终围绕着作家梦转。很显然，父亲的藏书和自己各时期所喜欢的作家分不开。去苏北参加革命之前，父亲收藏的作品以欧美作家为最多。父亲曾是俄国和上个世纪的法国作家的忠实读者，又对同时代活着的作家纪德、斯坦倍克、海明威、萨洛扬、雷马克等兴趣浓烈。参加革命以后，父亲的藏书大大地增加了苏联文学的比例。

藏书只是实现父亲作家梦想的一部分。经历了五七年的"反右"以后，藏书作为父亲想当大作家的一种手段，逐渐退化成为收藏而收藏的目的。当作家的意志遭到了迎头痛击，父亲并不坚强也没办法坚强，藏书范围终于模糊不清大失水准，在孤寂的岁月里，父亲藏过小人书一样的外国电影连环画，近乎机械地买过各式各样的新鲜应时读物，买了为数不少的马列著作，各种版本的"毛选"，数不清的旧戏曲剧本和市面上最通俗流行的电影杂志。作家梦和藏书行为逐渐分离，藏书行为真正变成了一种习惯一种毛病。父亲的藏书是时代的讽刺，记录了一个莫大的悲剧。一个梦想着献身艺术，成为职业作家的年轻人，几经沧桑，结果只成了一个不断买书看的看客。父亲岂是当了个藏书状元就能心满意足的人。

多少年来，父亲一直为自己读的书多感到自豪。对于一个终身都做着当大作家梦的人来说，父亲的文学准备实在太充分。父亲对于文学始终有一种文学青年的热情。随和不好斗只是父亲的处世态度，然而在文学见解上，父亲的卓识和挑剔只有我这个做儿子的最清楚。父亲当了多年的《雨花》主编，事实上却很少过问刊物的事，不愿过问的理由除了精力不够，更难说出口的是因为见不到好稿子。父亲常常和我说谁谁谁的小说怎么写得这么差，又说谁谁谁应该这样写而不应该那样写，得奖小说常常是父亲抨击的对象，红得发紫的小说常常读了一半便扔掉。谁也不会想到老实窝囊的父亲在文学上会那么狂妄，那么执著和生气勃勃。

父亲是由文学名著熏陶出来的，因为读的书太多，脑子里已经有了太多的定了形的文学文本。形式和内容上的重复，没有任何创新，这是父亲自己的、也是父亲一再教给我的判断作品好坏的直接标准。父亲对于文学有一双很毒的眼睛。时髦的伪劣产品很难躲过父亲的法眼。

我是父亲藏书的直接的受益者。过去我曾很狂妄地自信在同一年龄段上，没人看的书能和我比。书是父亲的精神乐园，也是伴随我成长的食粮。天知道如果没有书，我们过去的岁月会是怎么样。"文化大革命"后期，被没收的藏书退还了，堆得满地都是，那时候我正上中学，有好几年一张小床就搭在书堆中。我狼吞虎咽看书，经常性地看到深更半夜。

父亲刚开始不让我乱看书。也许父亲觉得自己是文学作品的受害者，不愿意儿子重蹈覆辙。父亲常常出奇不意地出现在书房里，板着脸检查我是否在读文学名著。为了对付父亲，我不得不在大白天读可以看的书，在半夜里读文学名著。我曾是雨果最狂热的崇拜者，曾经整段整段地往本子上抄。雨果的作品在那寂寞的岁月里，不止一次让我泪如雨下。

那年头父亲已开始戴罪修改那种"三突出"的剧本。父亲的习惯是半夜三更爬起来写，而这时候正好是我开始放下书睡觉之际。等到父亲发现我的秘密，已经为时过晚，他住在楼上，半夜里实在修改不下去，下楼散步时才发现我房间的灯光还亮着，我一边读一边哭泣的情景一定打动了父亲，父亲显然是不声不响地站在黑暗中看了许多次，才忍不住敲敲玻璃窗让我睡觉。

我永远忘不了自己偷看文学名著给父亲带来的烦恼。很长一段时期里，父亲老是为了我偷书看无可奈何地唉声叹气。父亲的一生为那些不想写而硬写的东西消耗了太多的青春，父亲最不想成为的一个事实，就是儿子也会在文学这棵老树上吊死。

父亲希望我成为一个和文学毫无关系的人。因为这个缘故，高考制度恢复后，父亲坚决反对我考文科。偏偏鬼使神差，又因为眼睛不好的缘故，我只能考文科。接到大学录取通知，父亲没有向我祝贺，甚至连一个笑也没给我，父亲只是苦着脸，很冷静地让我以后不要写东西。

6

我考上大学的第二年，父亲的冤案得到了平反。老朋友们出了一口恶气，又重新聚到了一起，高晓声陆文夫方之像文学新人一样在文坛上脱颖而出。父亲重新回到作家协会，立刻贼心不死，开始写那些"有自己"的文章，写自己曾经熟悉的散文和小说。

父亲没有像他的老朋友那样大红大紫。我想内心很狂妄的父亲嘴上没说什么，心里一定不会太好过。"有自己"的小说并不是那么轻易地就能在文坛上站住脚跟，尽管父亲遍体鳞伤，可惜他写不来"伤痕小说"。父亲显然不是那种争名夺利之辈，但是也许是过去的岁月里太寂寞的关系，父亲对于自己新写出来的作品毫无反响感到不堪忍受。写作的人，对于自己暂时不能被人理解通常有三种态度，一是义无反顾地向前走，一是顺变改造自己的风格，一是干脆搁笔不写。父亲选择的往往是最后一种。事实上，粉碎"四人帮"这么多年来，父亲真正动笔在写的日子并不多。

父亲的作家梦永远有些脱离实际。父亲想的太多，做的却又太少。在一个不能写不该写的时代，父亲始终在硬写，而在一个能写应该写的时代，父亲写得太少。在写作上不像自己的老朋友们那样勤奋，不能忍受一点点干扰，是父亲未能达到理想高度的重要原因之一。在过去的特定的时代里，由于大家都不能写，因此写与不写没什么区别，然而进入了新时期，大家都站在了同一起跑线上，写与不写，便有了严重不同的后果。

父亲病危期间，我一遍又一遍地想到父亲的写作生涯。让我感到吃惊的，是父亲自认为可以留下来的作品，不到三十万字。这个数字真是太少了，因为其中还包括了父亲少年时代写的十多万字。一个作家真正能留下三十万字，并不算太少，可是面对父亲终身想当大作家的狂妄野心，面对父亲多少年来为了文学的含辛茹苦忍辱负重，三十万字又怎么能不说太少了。父亲毕竟一辈子都在写，除了写作之外，父亲毕竟什么也没干好过。

成为一个好作家从来就不是件容易的事。父亲常常教导我，也常常这样教导那些向父亲请教的文学青年，他常常说思想的火花，如果不用文字固定下来，就永远是空的。想象中的好文章在没有落实成文字之前，也仍然等于零。父亲自然是意识到了不坐下来写的危险性。

父亲常常有意无意地躲避写作。不写作当然会有各种各样的原因。正如福克纳所说的那样："如果这个人是一流的作家，没有什么会损害到他写作。"父亲似乎永远处于一种准备大干一番的状态，不断地对我宣布要写什么和打算怎么写。我听过父亲说过许多好的甚至可以说是非常好的设想。写作对父亲来说太神圣了，正因为神圣，父亲对于写作环境的要求，便有些过分苛刻。作家太把自己当回事也许并不是什么好事，并不是什么人都能理解写作神圣。作家永远或者说最多只能当个普通人。作家当不了高高在上为所欲为的皇帝。没多少人会把作家不写作的赌气放在眼里，不写作的受害者无疑还是作家自己。

对于一个太想写太想当大作家的人来说，放弃写作是一种自我虐杀。不写作的借口永远找得到，不写作的借口永远安慰不了想写而没写的受着煎熬的心灵。在这最后的十几年里，宝贵的可以用来写"有自己"的时间，像水一般在手指缝里淌走了。欢乐极兮哀情多，少壮几时兮奈老何。五七年的"反右"，"文化大革命"，修改那些几乎毫无价值的剧本，已经浪费了太多的时间。

也许只有我一个人能理解父亲想写却没写的痛苦。也许只有我一个人知道父亲所找的借口没一个站得住脚。过去的这些年里，作为《雨花》主编，无论行政或者稿件，事实上父亲都很少过问。主编只是一个优惠的虚衔，只是一种享受的待遇。至于编祖父文集这一浩大工程，事实上也是伯父一个人在编，祖父的文集已出至十一卷，父亲充其量不过浏览一遍三校样。祖父在八十多岁的时候，每天伏案仍然八九个小时。伯父更是工作狂，现在已经七十多岁，独自一个人能干几个人的工作。让人疑惑不解的是，为什么祖父和伯父的这种优秀品质，在父亲身上便见不到了。祖父和伯父都在写作之外，干了大量别的工作。

我丝毫没有在这里指责父亲的意思。我的眼泪老是情不自禁地要流出来。父亲已把他热爱写作的激情传给了我。我是父亲想写而没写出来的痛苦的见证人。事实上，在过去的这段时间里，我总是婉言地劝父亲注意身体，写不写无所谓。事实上，是父亲一遍遍和我说他要写什么，父亲永远像年轻人一样喜欢摆出要大干一番的样子。事实上，他不止一次开始写，又不止一次被不能成其为理由的理由中断。

我感到悲伤的是，既然不写作给父亲带来了那么大的痛苦，父亲为什么不能咬紧牙关坚持写下去。既然父亲对写作那么痴心、一往情深，要写作的愿望那么强烈，为什么不能振作起来，勇敢地面对那些微不足道的干扰。

7

父亲的病来得十分突然。四年前，我的堂哥三午在一夜之间生急病去世。两年前，我姑姑的独生女儿宁宁莫名其妙地被确诊为癌症，而且已经到了无可救药的晚期。我从去年夏天开始，一直为一种怪病缠绕，是一种严重的神经方面的失常，我的血压的高压有时只有七十几，我对宴会恐惧，对人多恐惧，对任何敷衍恐惧，动不动就要吃镇静剂和救心丸，有一次甚至跌坐在上海车站的广场上爬不起来。

父亲病重之前，一直在为我的身体操心。父亲显然有一种很不祥的预感，那就是死亡的阴影正大步地向自己的下一代逼近。有时候遇上那种推托不掉的会议，那种根本不想坐陪的宴请，父亲便悄悄走到我面前，看着我一阵阵变难看的脸色，关心地问我吃没吃药。有一次父亲注意到我的脸色太难看了，便和我一同中途退场。父亲逝世之后，伯父很有感叹地对我说，过去的一年里，父亲不断地给北京的家里写信，说我的身体情况怎么怎么不好，又说自己怎么怎么为我担心。

父亲为我担心这一点我完全相信。伯父在谈到祖父去世以后自己的心情时说，他感到最大的悲哀是失去了一个可以说话的人。我和父亲在一起有说不完的话，很多人都羡慕我们这种关系。多年父子成兄弟，我们在一起无话不谈什么都可以聊。我们在文学上有惊人的相似见解，我们互相为对方想写的东西出谋划策，我们互相鼓励也互相批评。父亲很喜欢我去年发表在《小说家》上的那篇《挽歌》，他认为那篇小说写得非常精彩，只是看了让人心里太难过。小说的主要情节是写一个老人哀悼心爱的早逝的儿子，这的确是我去年写得最满意的小说。我的身体正是在这篇小说写完后不久开始变坏的。

虽然因为历史的阴影，父亲最初的愿望是不让我当作家，可是这些年来，父亲常常流露出培养了一个作家儿子的得意。我创作上取得的点滴成功，只是父亲觉得作家应该怎么当的设想的证实。父亲为我提供了一个最好最有利的读书环境，为我树立了一个没必要争名夺利的楷模，父亲让我学会了如何面对寂寞，让我如何在作品中"有自己"，让我如何坚强有力地克服干扰。父亲的心路历程，成了我写作时的一面镜子，使我从一开始就明白当作家除了写作之外，别无出路。

父亲的病突然得让人没办法解释。本来只是想住进有着良好条件的高干病房，疗养一段时间。父亲好端端地带了一大包书，一叠稿纸，就像以往常有的情形那样，准备在病房里看书写稿子。

我去探视父亲的时候，父亲仍然像过去一样，跟我大谈等手头的这篇稿子结束以后，打算写什么和怎么写。两年前父亲有机会去泰国，当时他感到非常沮丧的就是，自己作为作家出访，竟然没一本个人的散文集。去年，我终于通过一个朋友的关系，为父亲找到了一个出集子的机会，父亲编完集子以后，吃惊地发现自己这些年来，并没有多少文字。父亲甚至都不敢相信，编一本十一万多字的小集子，仍然也要收不少自己少年时期的作品。

父亲去世的时候，只有六十六岁。父亲一直相信会和长寿的祖父一样，还有许多年可以活。在医院里，父亲和我谈到他想写的两大系列的文章，当然都是回忆录一类的，父亲想写他的少年，写他青年和糟糕的中年，想写他所熟悉的祖父的一些老朋友，写他自己的那些难兄难弟。父亲说着说着，会像孩子一样高兴地宣布："你看，我有多少文章可以写！"

然而父亲在医院里待了半个月以后，就开始有些变糊涂了。最初的诊断是脑萎缩和老年痴呆症。看着父亲突然越变越迟钝，变得像小孩子一样，我不知所措，想不明白为什么一下子会这样。

我不知道父亲是染上了病毒性脑炎。不止一次请好医生会诊，结论都是脑萎缩和老年痴呆症。我唯一能做的，就是顺着医生的思路考虑问题。许多人告诉我，老年痴呆症是一种折磨家属的慢性病。许多人都让我做好长期照顾病人的打算。事实上我的确做好了长期打算的准备。

　　我想父亲的思维不像过去那么敏捷已有一段日子。首先我发现父亲写的稿子已开始没有了旧时的光彩。近几年来，父亲对我的依赖越来越大，只要是动笔，事先总是和我讲他的思路，写作途中，不停地向我汇报字数进展，写完以后，不经我看过，一定不会寄出去，如果在几年前，若是鸡蛋里挑骨头，指出这儿或者那儿换一种说法似乎会更好些，弄不好就可能不高兴不愉快，因为父亲一向自恃很高。可是这两年，我常常在父亲的稿子里挑出明显的错来，太明显了，明显得只要一提示，父亲连声认错。

　　父亲对我的依赖到了可笑的地步，去参加一个会议，发言时说些什么这样的小问题，也要在事前和事后向我汇报。父亲的记忆力也开始坏得不像话，有些话已说过许多遍了，却又当着新鲜事兴致勃勃地告诉我。买什么书也要向我请教，事实上父亲已很长时间不怎么看书，好书不好的书根本弄不清楚。有些书家里分明已经有了，可是却又买了一本回来。

　　我做梦也不会相信父亲是病毒性脑炎，既然对医学一无所知，当然只有坚决相信医生这条路。我不得不相信父亲的确是脑萎缩，的确得了老年痴呆症。父亲的病迅速发展，他的智力水平很快降到了一个七八岁的小孩子程度，清醒一阵糊涂一阵，对于遥远的事，依稀还记得一二，对于眼前的事，刚说过就忘得一干二净。

　　父亲在最后的日子里，除了偶尔还继续他的作家梦，就是反复地想到老朋友高晓声和陆文夫，一提到高晓声叔叔就哈哈大笑，一提到陆文夫叔叔就号啕大哭。很显然，父亲已失去了基本的理智，眼光里常常发呆，哭和笑都让人捉摸不透。我不得不向来探望的人打招呼，让他们千万不要提到高叔叔陆叔叔。来看望父亲的老朋友实在太多，有的在短短的几天里，连着来。父亲的为人众口交誉，大家都不肯相信大限的日子已经到了。

　　父亲的大小便开始失禁，父亲开始嗜睡，开始浅昏迷，开始整个失去知觉的深昏迷，病情发展之快，让人吃惊得目瞪口呆，伯父百忙中从北京赶来，陆叔叔从苏州赶来，好友亲朋纷纷赶来。

　　父亲的忌日是九月二十三日。这一天是省"文代会"报到的日子，各地代表风尘仆仆来了。父亲咽气以后，天色忽然大变，下起了大暴雨。此后一直天气晴朗，父亲火化的那天，又正好是"文代会"闭幕，大家都说父亲真会选日子，说父亲不忍心让老朋友赶来赶去的奔丧，利用开"文代会"的机会和大家就此别过。

父亲火化的那天晚上，天又淅淅沥沥下起小雨来。

8

即使在最后的日子里，父亲也没有意识到自己会魂归仙岛。父亲即使死到临头，仍然顽固地相信自己会成为一个好作家。父亲没有认输，在精神上，父亲仍然是个胜利者，父亲带着强烈的作家梦想撒手人寰。在另一个世界，父亲仍然会继续他的作家梦想。

父亲的故事感伤地记录了一代知识分子曲折的心路历程。

父亲的故事只是一个文学时代的开始。

父亲的故事永远不会完。

一九九二年十二月，高云岭

（原刊于《收获》1993 年第 2 期）

苏东坡突围

余秋雨

一

　　住在这远离闹市的半山居所里，安静是有了，但寂寞也来了，有时还来得很凶猛，特别在深更半夜。只得独个儿在屋子里转着圈，拉下窗帘，隔开窗外壁立的悬崖和翻卷的海潮，眼睛时不时地瞟着床边那乳白色的电话。它竟响了，急忙冲过去，是台北《中国时报》社打来的，一位不相识的女记者，说我的《文化苦旅》一书在台湾销售情况很好，因此要作越洋电话采访。问了我许多问题，出身、经历、爱好，无一遗漏。最后一个问题是："在中国文化史上，您最喜欢哪一位文学家？"我回答：苏东坡。她又问："他的作品中，您最喜欢哪几篇？"我回答：在黄州写赤壁的那几篇。记者小姐几乎没有停顿就接口道："您是说《念奴娇·赤壁怀古》和前、后《赤壁赋》？"我说对，心里立即为苏东坡高兴，他的作品是中国文人的通用电码，一点就着，哪怕是半山深夜、海峡阻隔、素昧平生。

放下电话，我脑子中立即出现了黄州赤壁。去年夏天刚去过，印象还很深刻。记得去那儿之前，武汉的一些朋友纷纷来劝阻，理由是著名的赤壁之战并不是在那里打的，苏东坡怀古怀错了地方，现在我们再跑去认真凭吊，说得好听一点是将错就错，说得难听一点是错上加错，天那么热，路那么远，何苦呢？

我知道多数历史学家不相信那里是真的打赤壁之战的地方，他们大多说是在嘉鱼县打的。但最近几年，湖北省的几位中青年历史学家持相反意见，认为苏东坡怀古没怀错地方，黄州赤壁正是当时大战的主战场。对于这个论争我一直兴致勃勃地关心着，不管争论前景如何，黄州我还是想去看看的，不是从历史的角度看古战场的遗址，而是从艺术的角度看苏东坡的情怀。大艺术家即便错，也会错出魅力来。好像王尔德说过，在艺术中只有美丑而无所谓对错。

于是我还是去了。

这便是黄州赤壁。赭红色的陡峭石坡直逼着浩荡东去的大江，坡上有险道可以攀登俯瞰，江面有小船可供荡桨仰望，地方不大，但一俯一仰之间就有了气势，有了伟大与渺小的比照，有了视觉空间的变异和倒错，因此也就有了游观和冥思的价值。客观景物只提供一种审美可能，而不同的游人才使这种可能获得不同程度的实现。苏东坡以自己的精神力量给黄州的自然景物注入了意味，而正是这种意味，使无生命的自然形式变成美。因此不妨说，苏东坡不仅是黄州自然美的发现者，而且也是黄州自然美的确定者和构建者。

但是，事情的复杂性在于，自然美也可倒过来对人进行确定和构建。苏东坡成全了黄州，黄州也成全了苏东坡，这实在是一种相辅相成的有趣关系。苏东坡写于黄州的那些杰作，既宣告着黄州进入了一个新的美学等级，也宣告着苏东坡进入了一个新的人生阶段，两方面一起提升，谁也离不开谁。

苏东坡走过的地方很多，其中不少地方远比黄州美丽，为什么一个僻远的黄州还能给他如此巨大的惊喜和震动呢？他为什么能把如此深厚的历史意味和人生意味投注给黄州呢？黄州为什么能够成为他一生中最重要的人生驿站呢？这一切，决定于他来黄州的原因和心态。

他从监狱里走来，他带着一个极小的官职，实际上以一个流放罪犯的身份走来，他带着官场和文坛泼给他的浑身脏水走来，他满心侥幸又满心绝望地走来。他被人押着，远离自己的家眷，没有资格选择黄州之外的任何一个地方，朝着这个当时还很荒凉的小镇走来。

他很疲倦，他很狼狈，出汴梁、过河南、渡淮河、进湖北、抵黄州，萧条的黄州没有给他预备任何住所，他只得在一所寺庙中住下。他擦一把脸，喘一口气，四周一片静寂，连一个朋友也没有，他闭上眼睛摇了摇头。他不知道，此时此刻，他完成了一次永载史册的文化突围。黄州，注定要与这位伤痕累累的突围者进行一场继往开来的壮丽对话。

二

人们有时也许会傻想，像苏东坡这样让中国人共享千年的大文豪，应该是他所处的时代的无上骄傲，他周围的人一定会小心地珍惜他，虔诚地仰望他，总不愿意去找他的麻烦吧？事实恰恰相反，越是超时代的文化名人，往往越不能相容于他所处的具体时代。中国世俗社会的机制非常奇特，它一方面愿意播扬和哄传一位文化名人的声誉，利用他、榨取他、引诱他，另一方面从本质上却把他视为异类，迟早会排拒他、糟践他、毁坏他。起哄式的传扬，转化为起哄式的贬损，两种起哄都起源于自卑而狡黠的觊觎心态，两种起哄都与健康的文化氛围南辕北辙。

苏东坡到黄州来之前正陷于一个被文学史家称为"乌台诗狱"的案件中，这个案件的具体内容是特殊的，但集中反映了文化名人在中国社会中的普遍遭遇，很值得说一说。搞清了这个案件中各种人的面目，才能理解苏东坡到黄州来究竟是突破了一个什么样的包围圈。

为了不使读者把注意力耗费在案件的具体内容上，我们不妨先把案件的底交代出来。即便站在朝廷的立场上，这也完全是一个莫须有的可笑事件。一群大大小小的文化官僚硬说苏东坡在很多诗中流露了对政府的不满和不敬，方法是对他诗中的词句和意象作上纲上线的推断和诠释，搞了半天连神宗皇帝也不太相信，在将信将疑之间几乎不得已地判了苏东坡的罪。

在中国古代的皇帝中，宋神宗绝对是不算坏的，在他内心并没有迫害苏东坡的任何企图，他深知苏东坡的才华，他的祖母光献太皇太后甚至竭力要保护苏东坡，而他又是非常尊重祖母意见的，在这种情况下，苏东坡不是非常安全吗？然而，完全不以神宗皇帝和太皇太后的意志为转移，名震九州、官居太守的苏东坡还是下了大狱。这一股强大而邪恶的力量，就很值得研究了。

这件事说来话长。在专制制度下的统治者也常常会摆出一种重视舆论的姿态，有时甚至还设立专门在各级官员中找岔子、寻毛病的所谓谏官，充当朝廷的耳目和喉舌。乍一看这是一件好事，但实际上弊端甚多。这些具有舆论形象的谏官所说的话，别人无法申辩，也不存在调查机制和仲裁机制，一切都要赖仗于他们的私人品质，但对私人品质的考察机制同样也不具备，因而所谓舆论云云常常成为一种歪曲事实、颠倒是非的社会灾难。这就像现代的报纸如果缺乏足够的职业道德又没有相应的法规制约，信马由缰，随意褒贬，受伤害者无处可以说话，不知情者却误以为白纸黑字是舆论所在，这将会给人们带来多大的混乱！苏东坡早就看出这个问题的严重性，认为这种不受任何制约的所谓舆论和批评，足以改变朝廷决策者的心态，又具有很大的政治杀伤力（"言及乘舆，则天子改容，事关廊庙，则宰相待罪"），必须予以警惕，但神宗皇帝由于自身地位的不同无法意识到这一点。没想到，正是苏东坡自己尝到了他预言过的苦果，而神宗皇帝为了维护自己尊重舆论的形象，当批评苏东坡的言论几乎不约而同地聚合在一起时，他也不能为苏东坡讲什么话了。

那么，批评苏东坡的言论为什么会不约而同地聚合在一起呢？我想最简要的回答是他弟弟苏辙说的那句话："东坡何罪？独以名太高"。他太出色、太响亮，能把四周的笔墨比得十分寒伧，能把同代的文人比得有点狼狈，引起一部分人酸溜溜的嫉恨，然后你一拳我一脚地糟践，几乎是不可避免的。在这场可耻的围攻中，一些品格低劣的文人充当了急先锋。

例如舒亶。这人可称之为"检举揭发专业户"，在揭发苏东坡的同时他还揭发了另一个人，那人正是以前推荐他做官的大恩人。这位大恩人给他写了一封信，拿了女婿的课业请他提意见、辅导，这本是朋友间非常正常的小事往来，没想到他竟然忘恩负义地给皇帝写了一封莫名其妙的检举揭发信，说我们两人都是官员，我又在舆论领域，他让我辅导他女婿总不大妥当。皇帝看了他的检举揭发，也就降了那个人的职。这简直是东郭先生和狼的故事。就是这么一个让人恶心的人，与何正臣等人相呼应，写文章告诉皇帝，苏东坡到湖州上任后写给皇帝的感谢信中"有讥切时事之言"。苏东坡的这封感谢信皇帝早已看过，没发现问题，舒亶却苦口婆心地一款一款分析给皇帝听，苏东坡正在反您呢，反得可凶呢，而且已经反到了"流俗翕然，争相传诵，忠义之士，无不愤惋"的程度！"愤"是愤苏东坡，"惋"是惋皇上。有多少忠义之士在"愤惋"呢？他说是"无不"，也就是百分之百，无一遗漏。这种数量统计完全无法验证，却能使注重社会名声的神宗皇帝心头一咯噔。

又如李定。这是一个曾因母丧之后不服孝而引起人们唾骂的高官，对苏东坡的攻击最凶。他归纳了苏东坡的许多罪名，但我仔细鉴别后发现，他特别关注的是苏东坡早年的贫寒出身、现今在文化界的地位和社会名声。这些都不能列入犯罪的范畴，但他似乎压抑不住地对这几点表示出最大的愤慨。说苏东坡"起于草野垢贱之余"，"初无学术，滥得时名"，"所为文辞，虽不中理，亦足以鼓动流俗"，等等。苏东坡的出身引起他的不服且不去说它，硬说苏东坡不学无术、文辞不好，实在使我惊讶不已了。但他不这么说也就无法断言苏东坡的社会名声和世俗鼓动力是"滥得"。总而言之，李定的攻击在种种表层动机下显然埋藏着一个最深秘的元素：妒忌。无论如何，诋毁苏东坡的学问和文采毕竟是太愚蠢了，这在当时加不了苏东坡的罪，而在以后却成了千年笑柄。但是妒忌一深就会失控，他只会找自己最痛恨的部位来攻击，已顾不得哪怕是装装样子的可信性和合理性了。

又如王珪。这是一个跋扈和虚伪的人。他凭着资格和地位自认为文章天下第一，实际上他写诗作文绕来绕去都离不开"金玉锦绣"这些字眼，大家暗暗掩口而笑，他还自我感觉良好。现在，一个后起之秀苏东坡名震文坛，他当然要想尽一切办法来对付。有一次他对皇帝说："苏东坡对皇上确实有二心。"皇帝问："何以见得？"他举出苏东坡一首写桧树的诗中有"蛰龙"二字为证，皇帝不解，说："诗人写桧树，和我有什么关系？"他说："写到了龙还不是写皇帝吗？"皇帝倒是头脑清醒，反驳道："未必，人家叫诸葛亮还叫卧龙呢！"这个王珪的用心是如此卑劣，逻辑思维是如此混乱，文章能好到哪儿去呢？更不必说与苏东坡来较量了。几缕白发有时能够冒充师长、掩饰邪恶，却欺骗不了历史。历史最终也没有因为年龄把他的名字排列在苏东坡的前面。

又如李宜之。这又是另一种特例，做着一个芝麻绿豆小官，在安徽灵璧县听说苏东坡以前为当地一个园林写的一篇园记中有劝人不必热衷于做官的词句，竟也写信给皇帝检举揭发，并分析说这种思想会使人们缺少进取心，也会影响取士。看来这位李宜之除了心术不正之外，智力也大成问题，你看他连诬陷的口子都找得不伦不类。但是，在没有理性法庭的情况下，再愚蠢的指控也能成立，因此对散落全国各地的李宜之们构成了一个鼓励。为什么档次这样低下的人也会挤进来围攻苏东坡？当代苏东坡研究者李一冰先生说得很好："他也来插上一手，无他，一个默默无闻的小官，若能参加一件扳倒名人的大事，足使自己增重。"从某种意义上说，他的这种目的确实也部分地达到了，例如我今天写这篇文章竟然还会写到李宜之这个名字，便完全是因为他参与了对苏东坡的围攻，否则他没有任何理由被哪怕是同一时代的人写在印刷品里。我的一些青年朋友根据他们对当今世俗心理的多方位体察，觉得李宜之这样的人未必是为了留名于历史，而是出于一种可称作"砸窗子"的恶作剧心理。晚上，一群孩子站在一座大楼前指指点点，看谁家的窗子亮就拣一块石子扔过去，谈不上什么目的，只图在几个小朋友中间出点风头而已。我觉得我的青年朋友们把李宜之看得过于现代派、也过于城市化了。李宜之的行为主要出于一种政治投机，听说苏东坡有点麻烦，就把麻烦闹得大一点，反正对内不会负道义责任，对外不会负法律责任，乐得投井下石，撑顺风船。这样的人倒是没有胆量像李定、舒亶和王珪那样首先向一位文化名人发难，说不定前两天还在到处吹嘘在什么地方有幸见过苏东坡、硬把苏东坡说成是自己的朋友甚至老师呢。

又如——我真不想写出这个名字，但再一想又没有讳避的理由，还是写出来吧：沈括。这位在中国古代科技史上占有不小地位的著名科学家也因忌妒而陷害过苏东坡，用的手法仍然是检举揭发苏东坡的诗中有讥讽政府的倾向。如果他与苏东坡是政敌，那倒也罢了，问题是他们曾是好朋友，他所检举揭发的诗句，正是苏东坡与他分别时手录近作送给他留作纪念的。这实在太不是味道了。历史学家们分析，这大概与皇帝在沈括面前说过苏东坡的好话有关，沈括心中产生了一种默默的对比，不想让苏东坡的文化地位高于自己。另一种可能是他深知王安石与苏东坡政见不同，他投注投到了王安石一边。但王安石毕竟也是一个讲究人品的文化大师，重视过沈括，但最终却得出这是一个不可亲近的小人的结论。当然，在人格人品上的不可亲近，并不影响我们对沈括科学成就的肯定。

围攻者还有一些，我想举出这几个也就差不多了，苏东坡突然陷入困境的原因已经可以大致看清，我们也领略了一组有可能超越时空的"文化群小"的典型。他们中的任何一个人要单独搞倒苏东坡都是很难的，但是在社会上没有一种强大的反诽谤、反诬陷机制的情况下，一个人探头探脑的冒险会很容易地招来一堆凑热闹的人，于是七嘴八舌地组合成一种伪舆论，结果连神宗皇帝也对苏东坡疑惑起来，下旨说查查清楚，而去查的正是李定这些人。

苏东坡开始很不在意。有人偷偷告诉他，他的诗被检举揭发了，他先是一怔，后来还潇洒、幽默地说："今后我的诗不愁皇帝看不到了。"但事态的发展却越来越不潇洒，一〇七九年七月二十八日，朝廷派人到湖州的州衙来逮捕苏东坡，苏东坡事先得知风声，立即不知所措。文人终究是文人，他完全不知道自己犯了什么罪，从气势汹汹的样子看，估计会处死，他害怕了，躲在后屋里不敢出来，朋友说躲着不是办法，人家已在前面等着了，要躲也躲不过。正要出来他又犹豫了，出来该穿什么服装呢？已经犯了罪，还能穿官服吗？朋友说，什么罪还不知道，还是穿官服吧。苏东坡终于穿着官服出来了，朝廷派来的差官装模作样地半天不说话，故意要演一个压得人气都透不过来的场面出来。苏东坡越来越慌张，说："我大概把朝廷惹恼了，看来总得死，请允许我回家与家人告别。"差官说"还不至于这样"，便叫两个差人用绳子捆扎了苏东坡，像驱赶鸡犬一样上路了。家人赶来，号啕大哭，湖州城的市民也在路边流泪。

长途押解，犹如一路示众，可惜当时几乎没有什么传播媒介，沿途百姓不认识这就是苏东坡。贫瘠而愚昧的国土上，绳子捆扎着一个世界级的伟大诗人，一步步行进。苏东坡在示众，整个民族在丢人。

全部遭遇还不知道半点起因，苏东坡只怕株连亲朋好友，在途经太湖和长江时都想投水自杀，由于看守严密而未成。当然也很可能成，那么，江湖淹没的将是一大截特别明丽的中华文明。文明的脆弱性就在这里，一步之差就会全盘改易，而把文明的代表者逼到这一步之差境地的则是一群小人。一群小人能做成如此大事，只能归功于中国的独特国情。

小人牵着大师，大师牵着历史。小人顺手把绳索重重一抖，于是大师和历史全都成了罪孽的化身。一部中国文化史，有很长时间一直捆押在被告席上，而法官和原告，大多是一群群挤眉弄眼的小人。

究竟是什么罪？审起来看！

怎么审？打！

一位官员曾关在同一监狱里，与苏东坡的牢房只有一墙之隔，他写诗道：

> 遥怜北户吴兴守，
> 诟辱通宵不忍闻。

通宵侮辱、摧残到了其他犯人也听不下去的地步，而侮辱、摧残的对象竟然就是苏东坡！

请允许我在这里把笔停一下。我相信一切文化良知都会在这里颤栗。中国几千年间有几个像苏东坡那样可爱、高贵而有魅力的人呢？但可爱、高贵、魅力之类往往既构不成社会号召力也构不成自我卫护力，真正厉害的是邪恶、低贱、粗暴，它们几乎战无不胜、攻无不克、所向无敌。现在，苏东坡被它们抓在手里搓捏着，越是可爱、高贵、有魅力，搓捏得越起劲。温和柔雅如林间清风、深谷白云的大文豪面对这彻底陌生的语言系统和行为系统，不可能作任何像样的辩驳，他一定变得非常笨拙，无法调动起码的言词，无法完成简单的逻辑。他在牢房里的应对，绝对比不过一个普通的盗贼。因此审问者们愤怒了也高兴了，原来这么个大名人竟是草包一个，你平日的滔滔文辞被狗吃掉了？看你这副熊样还能写诗作词？纯粹是抄人家的吧！接着就是轮番扑打，诗人用纯银般的嗓子哀号着，哀号到嘶哑。这本是一个只需要哀号的地方，你写那么美丽的诗就已荒唐透顶了，还不该打？打，打得你淡妆浓抹，打得你乘风归去，打得你密州出猎！

开始，苏东坡还试图拿点儿正常逻辑顶几句嘴，审问者咬定他的诗里有讥讽朝廷的意思，他说："我不敢有此心，不知什么人有此心，造出这种意思来。"一切诬陷者都喜欢把自己打扮成某种"险恶用心"的发现者，苏东坡指出，他们不是发现者而是制造者。那也就是说，诬陷者所推断出来的"险恶用心"，可以看作是他们自己的内心，因此应该由他们自己来承担。我想一切遭受诬陷的人都会或迟或早想到这个简单的道理，如果这个道理能在中国普及，诬陷的事情一定会大大减少。但是，在牢房里，苏东坡的这一思路招来了更凶猛的侮辱和折磨，当诬陷者和办案人完全合成一体、串成一气时，只能这样。终于，苏东坡经受不住了，经受不住日复一日、通宵达旦的连续逼供，他想闭闭眼，喘口气，唯一的办法就是承认。于是，他以前的诗中有"道旁苦李"，是在说自己不被朝廷重视；诗中有"小人"字样，是讽刺当朝大人；特别是苏东坡在杭州做太守时兴冲冲去看钱塘潮，回来写了咏弄潮儿的诗"吴儿生长狎涛渊"，据说竟是在影射皇帝兴修水利！这种大胆联想，连苏东坡这位浪漫诗人都觉得实在不容易跳跃过去，因此在承认时还不容易"一步到位"，审问者有本事耗时间一点点逼过去。案卷记录上经常出现的句子是："逐次隐讳，不说情实，再勘方招。"苏东坡全招了，同时他也就知道必死无疑了。试想，把皇帝说成"吴儿"，把兴修水利说成玩水，而且在看钱塘潮时竟一心想着写反诗，那还能活？

他一心想着死。他觉得连累了家人，对不起老妻，又特别想念弟弟。他请一位善良的狱卒带了两首诗给苏辙，其中有这样的句子："是处青山可埋骨，他时夜雨独伤神，与君世世为兄弟，又结来生未了因。"埋骨的地点，他希望是杭州西湖。

不是别的，是诗句，把他推上了死路。我不知道那些天他在铁窗里是否抱怨甚至痛恨诗文。没想到，就在这时，隐隐约约地，一种散落四处的文化良知开始汇集起来了，他的诗文竟然在这危难时分产生了正面回应，他的读者们慢慢抬起了头，要说几句对得起自己内心的话了。很多人不敢说，但毕竟还有勇敢者；他的朋友大多躲避了，但毕竟还有侠义人。

杭州的父老百姓想起他在当地做官时的种种美好行迹，在他入狱后公开做了解厄道场，求告神明保佑他；狱卒梁成知道他是大文豪，在审问人员离开时尽力照顾生活，连每天晚上的洗脚热水都准备了；他在朝中的朋友范镇、张方平不怕受到牵连，写信给皇帝，说他在文学上"实天下之奇才"，希望宽大；他的政敌王安石的弟弟王安礼也仗义执言，对皇帝说："自古大度之君，不以言语罪人"，如果严厉处罚了苏东坡，"恐后世谓陛下不能容才"。最有趣的是那位我们上文提到过的太皇太后，她病得奄奄一息，神宗皇帝想大赦犯人来为她求寿，她竟说："用不着去赦免天下的凶犯，放了苏东坡一人就够了！"最直截了当的是当朝左相吴充，有次他与皇帝谈起曹操，皇帝对曹操评价不高，吴充立即接口说："曹操猜忌心那么重还容得下祢衡，陛下怎么容不下一个苏东坡呢？"

对这些人，不管是狱卒还是太后，我们都要深深感谢。他们比研究者们更懂得苏东坡的价值，就连那盆洗脚水也充满了文化的热度。

据王巩《甲申杂记》记载，那个带头诬陷、调查、审问苏东坡的李定，整日得意洋洋，有一天与满朝官员一起在崇政殿的殿门外等候早朝时向大家叙述审问苏东坡的情况，他说："苏东坡真是奇才，一二十年前的诗文，审问起来都记得清清楚楚！"他以为，对这么一个哄传朝野的著名大案，一定会有不少官员感兴趣，但奇怪的是，他说了这番引逗别人提问的话之后，没有一个人搭腔，没有一个人提问，崇政殿外一片静默。他有点慌神，故作感慨状，叹息几声，回应他的仍是一片静默。这静默算不得抗争，也算不得舆论，但着实透着点儿高贵。相比之下，历来许多诬陷者周围常常会出现一些不负责任的热闹，以嘈杂助长了诬陷。

就在这种情势下，皇帝释放了苏东坡，贬谪黄州。黄州对苏东坡的重要性，不言而喻。

三

我非常喜欢读林语堂先生的《苏东坡传》，前后读过多少遍都记不清了，但每次总觉得语堂先生把苏东坡在黄州的境遇和心态写得太理想了。语堂先生酷爱苏东坡的黄州诗文，因此由诗文渲染开去，由酷爱渲染开去，渲染得通体风雅、圣洁。其实，就我所知，苏东坡在黄州还是很凄苦的，优美的诗文，是对凄苦的挣扎和超越。

苏东坡在黄州的生活状态，已被他自己写给李端叔的一封信描述得非常清楚。信中说：

> 得罪以来，深自闭塞，扁舟草履，放浪山水间，与樵渔杂处，往往为醉人所推骂，辄自喜渐不为人识。平生亲友，无一字见及，有书与之亦不答，自幸庶几免矣。

我初读这段话时十分震动，因为谁都知道苏东坡这个乐呵呵的大名人是有很多很多朋友的。日复一日的应酬，连篇累牍的唱和，几乎成了他生活的基本内容，他一半是为朋友们活着。但是，一旦出事，朋友们不仅不来信，而且也不回信了。他们都知道苏东坡是被冤屈的，现在事情大体已经过去，却仍然不愿意写一两句哪怕是问候起居的安慰话。苏东坡那一封封用美妙绝伦、光照中国书法史的笔墨写成的信，千辛万苦地从黄州带出去，却换不回一丁点儿友谊的信息。我相信这些朋友都不是坏人，但正因为不是坏人，更让我深长地叹息。总而言之，原来的世界已在身边轰然消失，于是一代名人也就混迹于樵夫渔民间不被人认识。本来这很可能换来轻松，但他又觉得远处仍有无数双眼睛注视着自己，他暂时还感觉不到这个世界对自己的诗文仍有极温暖的回应，只能在寂寞中惶恐。即便这封无关宏旨的信，他也特别注明不要给别人看。日常生活，在家人接来之前，大多是白天睡觉，晚上一个人出去溜达，见到淡淡的土酒也喝一杯，但绝不喝多，怕醉后失言。

他真的害怕了吗？也是也不是。他怕的是麻烦，而绝不怕大义凛然地为道义、为百姓，甚至为朝廷、为皇帝捐躯。他经过"乌台诗案"已经明白，一个人蒙受了诬陷即便是死也死不出一个道理来，你找不到慷慨陈词的目标，你抓不住从容赴死的理由。你想做个义无反顾的英雄，不知怎么一来把你打扮成了小丑；你想做个坚贞不屈的烈士，闹来闹去却成了一个深深忏悔的俘虏。无法洗刷，无处辩解，更不知如何来提出自己的抗议，发表自己的宣言。这确实很接近有的学者提出的"酱缸文化"，一旦跳在里边，怎么也抹不干净。苏东坡怕的是这个，没有哪个高品位的文化人会不怕。但他的内心实在仍有无畏的一面，或者说灾难使他更无畏了。他给李常的信中说：

> 吾侪虽老且穷，而道理贯心肝，忠义填骨髓，直须谈笑于死生之际。……虽怀坎壈于时，遇事有可尊主泽民者，便忘躯为之，祸福得丧，付与造物。

这么真诚的勇敢，这么洒脱的情怀，出自天真了大半辈子的苏东坡笔下，是完全可以相信的，但是，让他在何处做这篇人生道义的大文章呢？没有地方，没有机会，没有观看者也没有裁决者，只有一个把是非曲直忠奸善恶染成一色的大酱缸。于是，苏东坡刚刚写了上面这几句，支颐一想，又立即加一句：此信看后烧毁。

这是一种真正精神上的孤独无告，对于一个文化人，没有比这更痛苦的了。那阕著名的"卜算子"，用极美的意境道尽了这种精神遭遇：

> 缺月挂疏桐，漏断人初静。谁见幽人独往来？缥渺孤鸿影。　惊起却回头，有恨无人省。拣尽寒枝不肯栖，寂寞沙洲冷。

正是这种难言的孤独，使他彻底洗去了人生的喧闹，去寻找无言的山水，去寻找远逝的古人。在无法对话的地方寻找对话，于是对话也一定会变得异乎寻常。像苏东坡这样的灵魂竟然寂然无声，那么，迟早总会突然冒出一种宏大的奇迹，让这个世界大吃一惊。

然而，现在他即便写诗作文，也不会追求社会轰动了。他在寂寞中反省过去，觉得自己以前最大的毛病是才华外露，缺少自知之明。一段树木靠着瘿瘤取悦于人，一块石头靠着晕纹取悦于人，其实能拿来取悦于人的地方恰恰正是它们的毛病所在，它们的正当用途绝不在这里。我苏东坡三十余年来想博得别人叫好的地方也大多是我的弱项所在，例如从小为考科举学写政论、策论，后来更是津津乐道于考论历史是非、直言陈谏曲直，做了官以为自己真的很懂得这一套了，洋洋自得地炫耀，其实我又何尝懂呢？直到一下子面临死亡才知道，我是在炫耀无知。三十多年来最大的弊病就在这里。现在终于明白了，到黄州的我是觉悟了的我，与以前的苏东坡是两个人。（参见《答李端叔书》）

苏东坡的这种自省，不是一种走向乖巧的心理调整，而是一种极其诚恳的自我剖析，目的是想找回一个真正的自己。他在无情地剥除自己身上每一点异己的成分，哪怕这些成分曾为他带来过官职、荣誉和名声。他渐渐回归于清纯和空灵，在这一过程中，佛教帮了他大忙，使他习惯于淡泊和静定。艰苦的物质生活，又使他不得不亲自垦荒种地，体味着自然和生命的原始意味。

这一切，使苏东坡经历了一次整体意义上的脱胎换骨，也使他的艺术才情获得了一次蒸馏和升华，他，真正地成熟了——与古往今来许多大家一样，成熟于一场灾难之后，成熟于灭寂后的再生，成熟于穷乡僻壤，成熟于几乎没有人在他身边的时刻。幸好，他还不年老，他在黄州期间，是四十四岁至四十八岁，对一个男人来说，正是最重要的年月，今后还大有可为。中国历史上，许多人觉悟在过于苍老的暮年，换言之，成熟在过了季节的年岁，刚要享用成熟所带来的恩惠，脚步却已踉跄蹒跚；与他们相比，苏东坡真是好命。

成熟是一种明亮而不刺眼的光辉，一种圆润而不腻耳的音响，一种不再需要对别人察言观色的从容，一种终于停止向周围申诉求告的大气，一种不理会哄闹的微笑，一种洗刷了偏激的淡漠，一种无须声张的厚实，一种并不陡峭的高度。勃郁的豪情发过了酵，尖利的山风收住了劲，湍急的细流汇成了湖，结果——

引导千古杰作的前奏已经鸣响，一道神秘的天光射向黄州，《念奴娇·赤壁怀古》和前、后《赤壁赋》马上就要产生。

（原刊于《收获》1993 年第 4 期）

抱愧山西

余秋雨

一

我在山西境内旅行的时候，一直抱着一种惭愧的心情。

长期以来，我居然把山西看成是我国特别贫困的省份之一，而且从来没有对这种看法产生过怀疑。也许与那首动人的民歌《走西口》有关吧，《走西口》山西、陕西都唱，大体是指离开家乡到"口外"去谋生，如果日子过得下去，为什么要一把眼泪一把哀叹地背井离乡呢？也许还受到了赵树理和其他被称之为"山药蛋派"作家群的感染，他们对山西人民贫穷和反抗的描写，以一种朴素的感性力量让人难以忘怀。当然，最具有决定性影响的还是山西东部那个叫作大寨的著名村庄，它一度被当作中国农村的缩影，那是过分了，但在大多数中国人的心目中它作为山西的缩影却是毋庸置疑的。满脸的皱纹，沉重的镢头，贫瘠的山头上开出了整齐的梯田，起早摸黑地种下了一排排玉米……最大的艰苦连接着最低的消费，憨厚的大寨人没有怨言，他们无法想象除了反复折腾脚下的泥土外还有什么其他过日子的方式，而对这些干燥灰黄的泥土又能有什么过高的要求呢？

直到今天，我们都没有资格去轻薄地嘲笑这些天底下最老实、最忠厚的农民。但是，当这个山村突然成了全国朝拜的对象，不远千里而来的参观学习队伍浩浩荡荡地挤满山路的时候，我们就不能不在形式主义的大热闹背后去寻找某种深层的蕴含了。如果说是在提倡艰苦奋斗、自力更生，那么当时的中国有哪个农村不是这样的呢，何必辛辛苦苦走到这里来看？我觉得，大寨的走红，是因为它的生态方式不经意地碰撞到了当时不少人心中一种微妙的尺度。大家并不喜欢贫困，却又十分担心富裕。大家花费几十年时间参与过的那场社会革命，是以改变贫困为号召的，改变贫困的革命方法是剥夺富裕，为了说明这种剥夺的合理性，又必须在逻辑上把富裕和罪恶画上等号。结果，既要改变贫困又不敢问津贫困的反面，只好堵塞一切致富的可能，消除任何利益的差别，以整齐划一的艰苦劳动维持住整齐划一的艰苦生活。因为不存在富裕，也就不存在贫困的感受，与以前更贫困的日子相比还能获得某种安慰，所以也就在心理上消灭了贫困；消灭了贫困又没有让革命被富裕所腐蚀，不追求富裕却又用艰苦奋斗想象着一个朦胧的远景，这就是人们在这个山村中找到的有推广价值的尺度。

当然，一种封闭环境里的心理感受，一种经过着力夸张的精神激情，毕竟无法掩盖事实上的贫困。来自全国各地的参观学习者们看到了一切，眼圈发红，半是感动半是同情。在当时，大寨的名声比山西还响，山西只是大寨的陪衬，陪衬出来的是一个同样的命题：感人的艰苦，惊人的贫困。直到今天，人们可以淡忘大寨，却很难磨去这一有关山西的命题。

但是，这一命题是不公平的。大概是八九年前的某一天，我在翻阅一堆史料的时候发现了一些使我大吃一惊的事实，便急速地把手上的其

抱愧山西

他工作放下，专心致志地研究起来。很长一段时间，我查检了一本又一本的书籍，阅读了一篇又一篇的文稿，终于将信将疑地接受了这样一个结论：在上一世纪乃至以前相当长的一个时期内，中国最富有的省份不是我们现在可以想象的那些地区，而竟然是山西！直到本世纪初，山西，仍是中国堂而皇之的金融贸易中心。北京、上海、广州、武汉等城市里那些比较像样的金融机构，最高总部大抵都在山西平遥县和太谷县几条寻常的街道间，这些大城市只不过是腰缠万贯的山西商人小试身手的码头而已。

山西商人之富，有许多天文数字可以引证，本文不做经济史的专门阐述，姑且省略了吧，反正在清代全国商业领域，人数最多、资本最厚、散布最广的是山西人；每次全国性募捐，捐出银两数最大的是山西人；要在全国排出最富的家庭和个人，最前面的一大串名字大多也是山西人；甚至，在京城宣告歇业回乡的各路商家中，携带钱财最多的又是山西人。

按照我们往常的观念，富裕必然是少数人残酷剥削多数人的结果，但事实是，山西商业贸易的发达、豪富人家的消费大大提高了所在地的就业幅度和整体生活水平，而那些大商人都是在千里万里间的金融流通过程中获利的，并不构成对当地人民的勒索。因此与全国相比，当时山西城镇百姓的一般生活水平也不低。有一份材料有趣地说明了这个问题。一八二二年，文化思想家龚自珍在《西域置行省议》一文中提出了一个大胆的政治建议，他认为自乾隆末年以来，民风腐败，国运堪忧，城市中"不士、不农、不工、不商之人，十将五六"，因此建议把这种无业人员和河北、河南、山东、陕西、甘肃、江西、福建等省人多地少地区的人民大规模西迁，使之无产变为有产，无业变为有业，他觉得内地只有两个地方可以不考虑（"毋庸议"），一是江浙一带，那里的人民筋骨柔弱，吃不消长途跋涉；二是山西省：

山西号称海内最富，土著者不愿徙，毋庸议。

（《龚自珍全集》上海人民出版社版 106 页）

龚自珍这里所指的不仅仅是富商，而且也包括土生土长的山西百姓，他们都会因"海内最富"而不愿迁徙，龚自珍觉得天经地义。

　　其实，细细回想起来，即便在我本人有限的所见所闻中，可以验证山西之富的事例也曾屡屡出现，可惜我把它们忽略了。例如现在苏州有一个规模不小的"中国戏曲博物馆"，我多次陪外国艺术家去参观，几乎每次都让客人们惊叹不已。尤其是那个精妙绝伦的戏台和演出场所，连贝聿铭这样的国际建筑大师都视为奇迹，但整个博物馆的原址却是"三晋会馆"，即山西人到苏州来做生意时的一个聚会场所。说起来苏州也算富庶繁华的了，没想到山西人轻轻松松来盖了一个会馆就把风光占尽。要找一个南方戏曲演出的最佳舞台作为文物永久保存，找来找去竟在人家山西人的一个临时俱乐部里找到了。记得当时我也曾为此发了一阵呆，却没有往下细想。

　　又如翻阅宋氏三姐妹的多种传记，总会读到宋霭龄到丈夫孔祥熙家乡去的描写，于是知道孔祥熙这位国民政府的财政部长也正是从山西太谷县走出来的。美国人罗比·尤恩森写的那本传记中说："霭龄坐在一顶十六个农民抬着的轿子里，孔祥熙则骑着马，但是，使这位新娘大为吃惊的是，在这次艰苦的旅行结束时，她发现了一种前所未闻的最奢侈的生活。……因为一些重要的银行家住在太谷，所以这里常常被称为'中国的华尔街'。"我初读这本传记时也一定会在这些段落间稍稍停留，却也没有进一步去琢磨让宋霭龄这样的人物吃惊、被美国传记作家称为"中国的华尔街"，意味着什么。

　　看来，山西之富在我们上一辈人的心目中一定是世所共知的常识，我对山西的误解完全是出于对历史的无知。唯一可以原谅的是，在我们这一辈，产生这种误解的远不止我一人。

　　误解容易消除，原因却深可玩味。我一直认为，这里包含着我和我的同辈人在社会经济观念上的一大缺漏，一大偏颇，亟须从根子上进行弥补和矫正。因此好些年来，我一直小心翼翼地期待着一次山西之行。记得在复旦大学、同济大学、华东师范大学等学校演讲时总有学生问我下一步最想考察的课题是什么，我总是提到清代的山西商人。

<h1 style="text-align:center">二</h1>

我终于来到了山西。为了平定一下慌乱的心情，与接待我的主人、山西电视台台长陆嘉生先生和该台的文艺部主任李保彤先生商量好，先把一些著名的常规景点游览完，最后再郑重其事地逼近我心头埋藏的那个大问号。

我的问号吸引了不少山西朋友，他们陪着我在太原一家家书店的角角落落寻找有关资料。黄鉴晖先生所著的《山西票号史》是我自己在一个书架的底层找到的，而那部洋洋一百二十余万言、包罗着大量账单报表的大开本《山西票号史料》则是一直为我开车的司机李俊文先生从一家书店的库房里挖出来的，连他，也因每天听我在车上讲这讲那，知道了我的需要。待到资料搜集得差不多，我就在电视编导章文涛先生、歌唱家单秀荣女士等山西朋友的陪同下，驱车向平遥和祁县出发了。在山西最红火的年代，财富的中心并不在省会太原，而是在平遥、祁县和太谷，其中又以平遥为最。章文涛先生在车上笑着对我说，虽然全车除了我之外都是山西人，但这次旅行的向导应该是我，原因只在于我读过一些史料。连"向导"也是第一次来，那么这种旅行自然也就成了一种寻找。

我知道，首先该找的是平遥西大街上中国第一家专营异地汇兑和存、放款业务的"票号"——大名鼎鼎的"日升昌"的旧址。这是今天中国大地上各式银行的"乡下祖父"，也是中国金融发展史上一个里程碑的所在。听我说罢，大家就对西大街上每一个门庭仔细打量起来。这一打量不要紧，才两三家，我们就已被一种从未领略过的气势所压倒。这实在是一条神奇的街，精雅的屋宇接连不断，森然的高墙紧密呼应，经过一二百年的风风雨雨，处处已显出苍老，但苍老而风骨犹在，竟然没有太多的破败感和潦倒感。许多与之年岁仿佛的文化宅第早已倾坍，而这些商用建筑却依然虎虎有生气，这使我联想到文士和商人的差别，从一般意义上说，后者的生命活力是否真的要大一些呢？街道并不宽，每个体面门庭的花岗岩门槛上都有两道很深的车辙印痕，可以想见当日这条街道上是如何车水马龙的热闹。这些车马来自全国各地，驮载着金钱驮载着风险驮载着骄傲，驮载着九州的风俗和方言，驮载出一个南来北往经济血脉的大流畅。西大街上每一个像样的门庭我们都走进去了，乍一看都像是气吞海内的日升昌，仔细一打听又都不是，直到最后看到平遥县文物局立的一块说明牌，才认定日升昌的真正旧址。一个机关占用着，但房屋结构基本保持原样，甚至连当年的匾额对联还静静地悬挂着。我站在这个院子里凝神遥想，就是这儿，在几个聪明的山西人的指挥下，古老的中国终于有了一种专业化、网络化的货币汇兑机制，南北大地终于卸下了实银运送的沉重负担而实现了更为轻快的商业流通，商业流通所必需的存款、贷款，又由这个院落大口吞吐。我知道每一家被我们怀疑成日升昌的门庭当时都在做着近似于日升昌的大文章，不是大票号就是大商行。如此密集的金融商业构架必然需要更大的城市服务系统来配套，其中包括适合来自全国不同地区商家的旅馆业、餐饮业和娱乐业，当年平遥城会繁华到何等程度，我们已约略可以想见。平心而论，今天的平遥县城也不算萧条，但有不少是在庄严沉静的古典建筑外部添饰一些五颜六色的现代招牌，与古典建筑的原先主人相比，显得有点浮薄。我很想找山西省的哪个领导部门建议，下一个不大的决心，尽力恢复平遥西大街的原貌。现在全国许多城市都在建造"唐代一条街"、"宋代一条街"之类，那大多是根据历史记载和想象在依稀遗迹间的重起炉灶，看多了总不大是味道；平遥西大街的恢复就不必如此，因为基本的建筑都还保存完好，只要洗去那些现代涂抹，便会洗出一条充满历史厚度的老街，静静地展示出山西人上一世纪的自豪。

平遥西大街是当年山西商人的工作场所，那他们的生活场所又是怎么样的呢？离开平遥后我们来到了祁县的乔家大院，一踏进大门就立即理解了当年宋霭龄女士在长途旅行后大吃一惊的原因。与我们同行的歌唱家单秀荣女士说："到这里我才真正明白了什么叫富贵。"其实单秀荣女士长期居住在北京，见过很多世面，并不孤陋寡闻。就我而言，全国各地的大宅深院也见得多了，但一进这个宅院，记忆中的诸多名园便立即显得过于柔雅小气。进门一条气势宏伟的甬道把整个住宅划分成好些个独立的世界，而每个世界都是中国古典建筑学中叹为观止的一流构建。张艺谋在这里拍摄了杰出的影片《大红灯笼高高挂》，那只是取了其中的一些角落而已。事实上，乔家大院真正的主人并不是过着影片中那种封闭生活，你只要在这个宅院中徜徉片刻，便能强烈地领略到一种心胸开阔、敢于驰骋华夏大地的豪迈气概。万里驰骋收敛成一个宅院，宅院的无数飞檐又指向着无边无际的云天。钟鸣鼎食的巨室不是像荣国府那样靠着先祖庇荫而碌碌无为地寄生，恰恰是天天靠着不断的创业实现着巨大的资金积累和财富滚动。因此，这个宅院没有像其他远年宅院那样传递给我们种种避世感、腐朽感或诡秘感，而是处处呈现出一种心态从容的中国一代巨商的人生风采。

乔家大院吸引着很多现代游客，人们来参观建筑，更是来领略这种逝去已久的人生风采。乔家的后人海内外多有散落，他们，是否对前辈的风采也有点陌生了呢？至少我感觉到，乔家大院周围的乔氏后裔，与他们的前辈已经是山高水远。大院打扫得很干净，每一进院落的冷僻处都标注着"卫生包干"的名单，一一看去，大多姓乔，后辈们是前辈宅院的忠实清扫者；至于宅院的大墙之外，无数称之为"乔家"的小店铺、小摊贩鳞次栉比，在巨商的脚下做着最小的买卖。

乔家，只是当年众多的山西商家中的一家罢了。其他商家的后人又怎么样了呢？他们能约略猜度自己祖先的风采吗？

其实，这是一个超越家族范畴的共同历史课题。这些年来，连我这个江南人也经常悬想：创建了"海内最富"奇迹的人们，你们究竟是何等样人，是怎么走进历史又从历史中消失的呢？我只有在《山西票号史料》中看到过一幅模糊不清的照片，日升昌票号门外，为了拍照，端然站立着两个白色衣衫的年长男人，意态平静，似笑非笑，这就是你们吗？

三

在一页页陈年的账单报表间，我很难把他们切实抓住。能够有把握作出判断的只是，山西商人致富，既不是由于自然条件优越，又不是由于祖辈的世袭遗赠。他们无一不是经历过一场超越环境、超越家世的严酷搏斗，才一步步走向成功的。

山西平遥、祁县、太谷一带，自然条件并不好，也没有太多的物产。查一查地图就知道，它们其实离我们的大寨并不远。经商的洪流从这里卷起，重要的原因恰恰在于这一带客观环境欠佳。

万历《汾州府志》卷二记载："平遥县地瘠薄，气刚劲，人多耕织少。"

乾隆《太谷县志》卷三说太谷县"民多而田少，竭丰年之谷，不足供两月。故耕种之外，咸善谋生，跋涉数千里，率以为常。土俗殷富，实由此焉"。

读了这些疏疏落落的官方记述，我不禁对山西商人深深地敬佩起来。家乡那么贫困那么拥挤，怎么办呢？可以你争我夺、蝇营狗苟，可以自甘潦倒、忍饥挨饿，可以埋首终身、聊以糊口，当然，也可以破门入户、抢掠造反，——按照我们所熟悉的历史观，过去的一切贫困都出自政治原因，因此唯一值得称颂的道路只有让所有的农民都投入政治性的反抗。但是，在山西这几个县，竟然有这么多农民做出了完全不同于以上任何一条道路的选择，他们不甘受苦，却又毫无政权欲望；他们感觉到了拥挤，却又不愿意倾轧乡亲同胞；他们不相信不劳而获，却又不愿意将一生的汗水都向一块狭小的泥土上灌浇。他们把迷惘的目光投向家乡之外的辽阔天地，试图用一个男子汉的强韧筋骨走出另外一条摆脱贫困的大道。他们几乎都没有多少文化，却向中国古代和现代的人生哲学和历史观念，提供了一些不能忽视的材料。

他们首先选择的，正是"走西口"。口外，为数不小的驻防军队需要粮秣，大片的土地需要有人耕种；耕种者、军人和蒙古游牧部落需要大量的生活用品，期待着一支民间贸易队伍；塞北的毛皮、呢绒原料是内地贵胄之家的必需品，为商贩们留出了很多机会；商事往返的频繁又呼唤着大量旅舍、客店、饭庄的出现……总而言之，只要敢于走出去悉心寻求、刻苦努力，口外确实能创造出一块生气勃勃的生命空间。从清代前期开始，山西农民"走西口"的队伍越来越大，于是我们在本文开头提到过的那首民歌也就响起在许多村口、路边：

哥哥你走西口，
小妹妹我实在难留。
手拉着哥哥的手，
送哥送到大门口。

哥哥你走西口，
小妹妹我有话儿留：
走路要走大路口，
人马多来解忧愁。

紧紧拉着哥哥的手，
汪汪泪水扑沥沥地流。
只恨妹妹我不能跟你一起走，
只盼哥哥早回家门口。

....

　　我怀疑我们以前对这首民歌的理解过于肤浅了。我怀疑我们直到今天也未必有理由用怜悯、同情的目光去俯视这一对对年轻夫妻的哀伤离别。听听这些多情的歌词就可明白，远行的男子在家乡并不孤苦伶仃，他们不管是否成家，都有一份强烈的爱恋，都有一个足可生死以之的伴侣，他们本可过一种艰辛却很温馨的日子了此一生的，但他们还是狠狠心踏出了家门，而他们的恋人竟然也都能理解，把绵绵的恋情从小屋里释放出来，交付给朔北大漠。哭是哭了，唱是唱了，走还是走了。我相信，那些多情女子在大路边滴下的眼泪，为山西终成"海内最富"的局面播下了最初的种子。

　　这不是臆想。你看乾隆初年山西"走西口"的队伍中，正挤着一个来自祁县乔家堡村的贫苦青年农民，他叫乔贵发，来到口外一家小当铺里当了伙计。就是这个青年农民，开创了乔家大院的最初家业。乔贵发和他后代的奋斗并不仅仅发达了一个家族，他们所开设的"复盛公"商号，奠定了整整一个包头市的商业基础，以至出现了这样一句广泛流传的民谚："先有复盛公，后有包头城"。谁能想到，那一个个擦一把眼泪便匆忙向口外走去的青年农民，竟然有可能成为一座偌大的城市、一种宏伟的文明的缔造者！因此，当我看到山西电视台拍摄的专题片《走西口》以大气磅礴的交响乐来演奏这首民歌时，不禁热泪盈眶。

　　山西人经商当然不仅仅是走西口，到后来，他们东南西北几乎无所不往了。由走西口到闯荡全中国，多少山西人一生都颠簸在漫漫长途中。当时交通落后、邮递不便，其间的辛劳和酸楚也实在是说不完、道不尽的。一个成功者背后隐藏着无数的失败者，在宏大的财富积累后面，山西人付出了极其昂贵的人生代价。黄鉴晖先生曾经根据史料记述过乾隆年间一些山西远行者的心酸故事——

　　临汾县有一个叫田树楷的人从小没有见过父亲的面，他出生的时候父亲就在外面经商，一直到他长大，父亲还没有回来。他依稀听说，父亲走的是西北一路，因此就下了一个大决心，到陕西、甘肃一带苦苦寻找、打听。整整找了三年，最后在酒泉街头遇到一个山西老人，竟是他从未见面的父亲；

阳曲县的商人张瑛外出做生意，整整二十年没能回家。他的大儿子张廷材听说他可能在宣府，便去寻找他，但张廷材去了多年也没有了音讯。小儿子张廷梧长大了再去找父亲和哥哥，找了一年多谁也没有找到，自己的盘缠却用完了，成了乞丐。在行乞时遇见一个农民似曾相识，仔细一看竟是哥哥，哥哥告诉他，父亲的消息已经打听到了，在张家口卖菜；

交城县徐学颜的父亲远行关东做生意二十余年杳无音讯，徐学颜长途跋涉到关东寻找，一直找到吉林省东北端的一个村庄，才遇到一个乡亲，乡亲告诉他，他父亲早已死了七年；

…………

不难想象，这一类真实的故事可以没完没了地讲下去，而一切走西口、闯全国的山西商人，心头都埋藏着无数这样的故事。于是，年轻恋人的歌声更加凄楚了：

> 哥哥你走西口，
> 小妹妹我苦在心头，
> 这一去要多少时候，
> 盼你也要白了头！

被那么多失败者的故事重压着，被恋人凄楚的歌声拖牵着，山西商人却越走越远，他们要走出一个好听一点的故事，他们迈出的步伐，既悲怆又沉静。

四

义无反顾的出发，并不一定能到达预想的彼岸，在商业领域尤其如此。

山西商人的全方位成功，与他们良好的整体素质有关。这种素质，特别适合于大规模的商业活动，因此也可称之为商业人格。我接触的材料不多，只是朦胧感到，山西商人在人格素质上至少有以下几个方面十分引人注目——

其一，坦然从商。做商人就是做商人，没有什么遮遮掩掩、羞羞答答的。这种心态，在我们中国长久未能普及。士、农、工、商，是人们心目中的社会定位序列，商人处于末位，虽不无钱财却地位卑贱，与仕途官场几乎绝缘。为此，许多人即便做了商人也竭力打扮成"儒商"，发了财则急忙办学，让子弟正正经经做个读书人。在这一点上最有趣的是安徽商人，本来徽商也是一支十分强大的商业势力，完全可与山西商人南北抗衡（由此想到我对安徽也一直有误会，把它看成是南方的贫困省份，容以后有机会专门说说安徽的事情），但徽州民风又十分重视科举，使一大批很成功的商人在自己和后代的人生取向上左右为难、进退维谷。这种情景在山西没有出现，小孩子读几年书就去学生意了，大家都觉得理所当然。最后连雍正皇帝也认为山西的社会定位序列与别处不同，竟是：第一经商，第二务农，第三行伍，第四读书（见雍正二年对刘于义奏疏的朱批）。在这种独特的心理环境中，山西商人对自身职业没有太多的精神负担，把商人做纯粹了。

其二，目光远大。山西商人本来就是背井离乡的远行者，因此经商时很少有空间框范，而这正是商业文明与农业文明的本质差异。整个中国版图都在视野之内，谈论天南海北就像谈论街坊邻里，这种在地理空间上的心理优势，使山西商人最能发现各个地区在贸易上的强项和弱项，潜力和障碍，然后像下一盘围棋一样把它一一走通。你看，当康熙皇帝开始实行满蒙友好政策、停息边陲战火之后，山西商人反应最早，很快知道自己该干什么了，面向蒙古、新疆乃至西伯利亚的庞大商队组建起来，光"大盛魁"的商队就拴有骆驼十万头，这是何等的眼光。商队带出关的商品必须向华北、华中、华南各地采购，因而他们又把整个中国的物产特色和运输网络掌握在手中。又如，清代南方诸商业中以盐业赚钱最多，但盐业由政府实行专卖，许可证都捏在两淮盐商手上，山西商人本难插足，但他们不着急，只在两淮盐商资金紧缺的时候给予慷慨的借贷，条件是稍稍让给他们一点盐业经营权。久而久之，两淮盐业便越来越多地被山西商人所控制。可见山西商人始终凝视着全国商业大格局，不允许自己在哪个重要块面上有缺漏，不管这些块面处地多远，原先与自己有没有关系。人们可以称赞他们"随机应变"，但对"机"的发现，正由于视野的开阔，目光的敏锐。当然，最能显现山西商人目光的莫过于一系列票号的建立了，他们先人一步地看出了金融对于商业的重要，于是就把东南西北的金融命脉梳理通畅，稳稳地把自己放在全国民间钱财流通主宰者的地位上。这种种作为，都是大手笔，与投机取巧的小打小闹完全不可同日而语。我想，拥有如此的气概和谋略，大概与三晋文明的深厚蕴藏、表里山河的自然陶冶有关，我们只能抬头仰望了。

其三，讲究信义。山西商人能快速地打开大局面，往往出自于结队成帮的群体行为，而不是偷偷摸摸的个人冒险。只要稍一涉猎山西的商业史料，便立即会看到一批又一批的所谓"联号"。或是兄弟，或是父子，或是朋友，或是乡邻，组合成一个有分有合、互通有无的集团势力，大模大样地铺展开去，不仅气势压人，而且呼应灵活、左右逢源，构成一种商业大气候。其实山西商人即便对联号系统之外的商家，也会尽力帮衬。其他商家借了巨款而终于无力偿还，借出的商家便大方地一笔勾销，这样的事情在山西商人间所在多有，不足为奇。例如我经常读到这样一些史料：有一家商号欠了另一家商号白银六万两，到后来实在还不出了，借入方的老板就到借出方的老板那里磕了个头，说明困境，借出方的老板就挥一挥手，算了事了；一个店欠了另一个店千元现洋，还不出，借出店为了照顾借入店的自尊心，就让它象征性地还了一把斧头、一个笸箩，哈哈一笑也算了事。山西人机智而不小心眼，厚实而不排他，不愿意为了眼前小利而背信弃义，这很可称之为"大商人心态"，在南方商家中虽然也有，但不如山西坚实。不仅如此，他们在具体的商业行为上也特别讲究信誉，否则那些专营银两汇兑、资金存放的山西票号，怎么能取得全国各地百姓长达百余年的信任呢？众所周知，当时我国的金融信托事业并没有多少社会公证机制和监督机制，即便失信也几乎不存在惩处机制，因此一切全都依赖信誉和道义。金融信托事业的竞争，说到底是信誉和道义的竞争，而在这场竞争中，山西商人长久地处于领先地位，他们竟能给远远近近的异乡人一种极其稳定的可靠感，这实在是很了不得的事情。商业同行之间的道义和商业行为本身的道义加在一起，使山西商人给中国商业文明增添了不少人格意义上的光彩，也为中国思想史上历时千年的"义利之辩"（例如很多人习惯地认为只要经商必然见利忘义）增加了新的思考方位。

其四，严于管理。山西商人最发迹的年代，朝廷对商业、金融业的管理基本上处于无政府状态，例如众多的票号就从来不必向官府登记、领执照、纳税，也基本上不受法律约束，面对如许的自由，厚重的山西商人却很少有随心所欲的放纵习气，而是加紧制订行业规范和经营守则，通过严格的自我约束，在无序中求得有序，因为他们明白，一切无序的行为至多得利于一时，不能立业于长久。我曾恭敬地读过上世纪许多山西商家的"号规"，不仅严密、切实，而且充满智慧，即便从现代管理科学的眼光去看也很有价值，足可证明在当时山西商人的队伍中已经出现了一批真正的管理专家，而其中像日升昌票号总经理雷履泰这样的人，则完全可以称之为商业管理大师而雄视一代。历史地来看，他们制订和执行的许多规则，正是他们的事业立百年而不衰的秘诀所在。例如不少山西大商家在内部机制上改变了一般的雇佣关系，把财东和总经理的关系纳入规范，总经理负有经营管理的全责，财东老板除发现总经理有积私肥己的行为可以撤换外，平时不能随便地颐指气使；职员须订立从业契约，并划出明确等级，收入悬殊，定期考察升迁；数字不小的高级职员与财东共享股份，到期分红，使整个商行上上下下在利益上休戚与共、情同一家；总号对于遍布全国的分号容易失控，因此进一步制定分号向总号和其他分号的报账规则、分号职工的书信、汇款、省亲规则……凡此种种，使许多山西商号的日常运作越来越正常，一代巨贾也就分得出精力去开拓新的领域，不必为已有产业搞得精疲力竭了。

以上几个方面，不知道是否大体勾勒出了山西商人的商业人格？不管怎么说，有了这几个方面，当年走西口的小伙子们也就像模像样地做成了大生意，掸一掸身上的尘土，堂堂正正地走进了一代中国富豪的行列。

何谓山西商人？我的回答是：走西口的哥哥回来了，回来在一个十分强健的人格水平上。

然而，一切逻辑概括总带有"提纯"后的片面性，实际上，只要再往深处窥探，山西商人的人格结构中还有脆弱的一面。他们人数再多，在整个中国还是一个稀罕的群落，他们敢作敢为，却也经常遇到自信的边界。他们奋斗了那么多年，却从来没有遇到过一个能够代表他们说话的思想家。他们的行为缺少高层理性力量的支撑，他们的成就没有被赋予雄辩的历史理由。严密的哲学思维、精微的学术头脑似乎一直在躲避着他们。他们已经有力地改变了中国社会，但社会改革家们却一心注目于政治，把他们冷落在一边。说到底，他们只能靠钱财发言，但钱财的发言又是那样缺少道义力量，究竟能产生多少精神效果呢？而没有外在的精神效果，他们也就无法建立内在的精神王国，即便在商务上再成功也难于抵达人生的大安详。是时代，是历史，是环境，使这些商业实务上的成功者没有能成为历史意志的觉悟者。一群缺少皈依的强人，一拨精神贫乏的富豪，一批在根本性的大问题上不大能掌握得住自己的掌柜。他们的出发地和终结点都在农村，他们能在前后左右找到的参照物只有旧式家庭的深宅大院，因此，他们的人生规范中不得不融化进大量中国式的封建色彩，当他们成功发迹而执掌一大门户时，封建家长制的权威是他们可追摹的唯一范本。于是他们的商业人格不能不自相矛盾乃至自相分裂，有时还会逐步走到自身优势的反面，做出与创业时判若两人的作为。在我看来，这一切，正是山西商人在风光百年后终于困顿、迷乱、内耗、败落的内在原因。

在这里，我想谈一谈几家票号历史上发生的一些不愉快的人事纠纷，可能会使我们对山西商人人格构成的另一面有较多的感性了解。

最大的纠纷发生在上文提到过的日升昌总经理雷履泰和第一副总经理毛鸿翙之间。毫无疑问，两位都是那个时候堪称全国一流的商业管理专家，一起创办了日升昌票号，因此也是中国金融史上一个新阶段的开创者，都应该名垂史册。雷履泰气度恢宏，能力超群，又有很大的交际魅力，几乎是天造地设的商界领袖；毛鸿翙虽然比雷履泰年轻十七岁，却也是才华横溢、英气逼人。两位强人撞到了一起，开始是亲如手足、相得益彰，但在事业获得大成功之后却不可避免地遇到了一个中国式的大难题：究竟谁是第一功臣？

一次，雷履泰生了病在票号中休养，日常事务不管，遇到大事还要由他拍板。这使毛鸿翙觉得有点不大痛快，便对财东老板说："总经理在票号里养病不太安静，还是让他回家休息吧。"财东老板就去找了雷履泰，雷履泰说，我也早有这个意思，当天就回家了。过几天财东老板去雷家探视，发现雷履泰正忙着向全国各地的分号发信，便问他干什么，雷履泰说："老板，日升昌票号是你的，但全国各地的分号却是我安设在那里的，我正在一一撤回来好交待给你。"老板一听大事不好，立即跪在雷履泰面前，求他千万别撤分号，雷履泰最后只得说："起来吧，我也估计到让我回家不是你的主意。"老板求他重新回票号视事，雷履泰却再也不去上班。老板没办法，只好每天派伙计送酒席一桌，银子五十两。毛鸿翙看到这个情景，知道不能再在日升昌待下去了，便辞职去了蔚泰厚布庄。

这事件乍一听都会为雷履泰叫好，但转念一想又觉得不是味道。是的，雷履泰获得了全胜，毛鸿翙一败涂地，然而这里无所谓是非，只是权术。用权术击败的对手是一段辉煌历史的共创者，于是这段历史也立即破残。中国许多方面的历史总是无法写得痛快淋漓、有声有色，很大一部分原因就在于这种有代表性的历史人物之间必然会产生的恶性冲突。商界的竞争较量不可避免，但一旦脱离业务的轨道，在人生的层面上把对手逼上绝路，总与健康的商业运作规范相去遥遥。毛鸿翙当然也要咬着牙齿进行报复，他到了蔚泰厚之后就把日升昌票号中两个特别精明能干的伙计挖走并委以重任，三个人配合默契，把蔚泰厚的商务快速地推上了台阶。雷履泰气恨难纾，竟然写信给自己的各个分号，揭露被毛鸿翙勾走的两名"小卒"出身低贱，只是汤官和皂隶之子罢了。事情做到这个份上，这位总经理已经很失身份，但他还不罢休，不管在什么地方，只要一有机会就拆蔚泰厚的台，例如由于雷履泰的谋划，蔚泰厚的苏州分店就无法做分文的生意。这就不是正常的商业竞争了。

最让我难过的是，雷、毛这两位智商极高的杰出人物在钩心斗角上采用的手法越来越庸俗，最后竟然都让自己的孙子起一个与对方一样的名字，以示污辱：雷履泰的孙子叫雷鸿翙，而毛鸿翙的孙子则叫毛履泰！这种污辱方法当然是纯粹中国化的，我不知道他们在憎恨敌手的同时是否还爱惜儿孙，我不知道他们用这种名字呼叫孙子的时候会用一种什么样的口气和声调。

可敬可佩的山西商人啊，难道这就是你们给后代的遗赠？你们创业之初的吞天豪气和动人信义都到哪里去了？怎么会让如此无聊的诅咒来长久地占据你们日渐苍老的心？

也许，最终使他们感到温暖的还是早年跨出家门时听到的那首《走西口》，但是，庞大的家业也带来了家庭内情感关系的复杂化，《走西口》所吐露的那种单纯性已不复再现。据乔家后裔回忆，乔家大院的内厨房偏院中曾有一位神秘的老妪在干粗活，玄衣愁容，旁若无人，但气质又绝非佣人。有人说这就是"大奶奶"，主人的首席夫人。主人与夫人产生了什么麻烦，谁也不清楚，但毫无疑问，当他们偶尔四目相对，《走西口》的旋律立即就会走音。

多么脆弱的感情契约，多么险峻的人际关系！既奇怪又必然，多少年之后，无论是日升昌还是蔚泰厚，都败落在后继者们的钩心斗角之中。本世纪初年，各家票号都面临危机，改革派们竭力主张联合起来组织新式银行，却受到蔚泰厚总经理毛鸿瀚的反对，一种奇怪的心理敏感阻碍了他审时度势，总觉得提建议的人一定想夺权，一定在捣鬼，从而丢失了转换机制的宝贵时间；而在日升昌，总经理郭斗南和副总经理梁怀文又在互相斗法，结果梁怀文愤而离去，从此日升昌一蹶不振，只能苟延残喘了。总之，到头来谁也不是赢家。

写到这里我已知道，我所碰撞到的问题虽然发生在山西却又远远超越了山西。由这里发出的叹息，应该属于我们父母之邦的更广阔的天地。

五

当然，我们不能因此而把山西商人败落的原因，全然归之于他们自身。就一二家铺号的兴衰而言，自身的原因可能至关重要；然而一种牵涉到山南海北无数商家的世纪性繁华的整体败落，一定会有更深刻、更宏大的社会历史原因。

商业机制的时代性转换固然是一个原因。政府银行的组建、国际商业的渗透、沿海市场的膨胀，都可能使那些以山西腹地几个县城为总指挥部的家族式商业体制受到严重挑战，但这还不是它们整体败落的主要理由。因为政府银行不能代替民间金融事业，国际商业无法全然取代民族资本，市场重心的挪移更不会动摇已把自己的活动网络遍布全国各地的山西商行，更何况庞大的晋商队伍历来有随机应变的本事，它的领袖人物和决策者们长期驻足北京、上海、武汉，一心只想适应潮流，根本不存在冥顽不化地与新时代对抗的决心。说实话，中国在变又没有大变，积数百年经商经验的山西商人在中国的土地上继续活跃下去的余地是很大的，即便到了今天，我们仍然很难断言中国已经进入了一种全新的商业文明，换言之，如果没有其他原因使晋商败落，他们在今天也未必会显得多么悖时落伍。

那么，使山西商人整体破败的根本原因究竟在哪里呢？

我认为，是上个世纪中叶以来连续不断的激进主义的暴力冲撞，一次次阻断了中国经济自然演进的路程，最终摧毁了山西商人。

一切可让史料作证。

先是太平天国运动。我相信许多历史学家还会继续热烈地歌颂这次规模巨大的农民起义，但似乎也应该允许我们好好谈一谈它无法掩盖的消极面吧，至少在经济问题上？事实是，这次历时十数年的暴力行动，只要是所到的城镇，几乎所有的商业活动都遭到严重破坏，店铺关门，商人逃亡，金融死滞，城镇人民的生活无法正常进行。史料记载，太平军到武昌后，"汉地惊慌至极，大小居民、铺户四外乱逃"，票号、银号、当铺"一律歇闭"，"荡然无存"，多种商事，"兵燹以后无继起者"。太平军到苏州后，"商贾流离"、"江路不通"、"城内店铺亦歇，相继逃散"。太平军逼近天津时，账局停歇，街市十三行中所有自食其力的劳动者"皆已失业"。受其影响，北京也是"各行业闭歇，居民生活处于困境"。至于全国各地一般中小城镇，兵伍所及，"一路蹂躏"，"死伤遍野"，经济上更是"商贾裹足，厘源梗塞"。十余年间，有不少地方太平军和清军进行过多次拉锯战，每次又把灾难重复一遍。到最后太平天国自己内讧，石达开率十万余人马离开天京在华东、华中、西南地区独立作战，重把沿途的经济大规模地洗刷了一遍，所谓"荡然无存"往往已不是夸张之言。面对这种情况，山西商号在全国各地的分号只得纷纷撤回。我看到一份材料，一八六一年一月，日升昌票号总部接成都分号信，报告"贼匪扰乱不堪"，总部立即命令成都分号归入重庆分号"暂作躲避"，又命令广州分号随时观察重庆形势；但三个月后，已经必须命令广州分号也立即撤回了，命令说："务以速归早回为是，万万不可再为迟延，早回一天，即算有功，至要至要！"一个大商号的慌乱神情溢于言表。面对着在中国大地上流荡不已的暴力洪流，山西商人只能慌忙地龟缩回家乡的小县城里去了，他们的事业遭受到何等的创伤，不言而喻。

令人惊叹的是，在太平天国之后，山西商家经过一段时间的休养生息，竟又重整旗鼓，东山再起。后来一再地经历英法联军入侵、八国联军进犯、庚子赔款摊派等七灾八难，居然都能艰难撑持、绝处逢生，甚至获得可观的发展。这证明，人民的生活本能、生存本能、经济本能是极其强大的，就像野火之后的劲草，岩石底下的深根，不屈不挠。在我看来，一切社会改革的举动，都以保护而不是破坏这种本能为好，否则社会改革的终极目的又是什么呢？可惜慷慨激昂的政治家们常常忘记了这一点，离开了世俗寻常的生态秩序，只追求法兰西革命式的激动人心。在激动人心的呼喊中，人民的经济生活形态和社会生存方式是否真正进步，却很少有人问津。

终于，又遇到了辛亥革命。这场革命最终推翻了清王朝的统治，自有其历史意义，但无可讳言的是，无穷无尽的社会动乱、军阀混战也从此开始，山西商家怎么也挺立不住了。

民军与清军的军事对抗所造成的对城市经济的破坏可以想象，各路盗贼趁乱抢劫、兵匪一家扫荡街市更是没完没了，致使各大城市工商企业破产关闭的情景比太平天国时期还要严重。工商企业关门了，原先票号贷给他们的巨额款项也收不回了，而存款的民众却在人心惶惶中争相挤兑，票号顷刻之间垮得气息奄奄。本来山西商家的业务遍及全国各地，辛亥革命后几个省份一独立，业务中断，欠款不知向谁索要，许多商家的经理、伙计害怕别人讨账竟然纷纷相继逃跑，一批批票号、商号倒闭清理，与它们有联系的民众怨声如沸又束手无策。

走投无路的山西商人傻想，北洋政府总不会眼看着一系列实业的瘫痪而见死不救吧，便公推六位代表向政府请愿，希望政府能贷款帮助，或由政府担保向外商借贷。政府对请愿团的回答是：山西商号信用久孚，政府从保商恤商考虑，理应帮助维持，可惜国家财政万分困难，他日必竭力斡旋。

满纸空话，一无所获，唯一落实的决定十分出人意料：政府看上了请愿团的首席代表范元澍，发给月薪二百元，委派他到破落了的山西票号中物色能干的伙计到政府银行任职。这一决定如果不是有意讽刺，那也足以说明，这次请愿活动是真正的惨败了。国家财政万分困难是可信的，山西商家的最后一线希望彻底破灭。"走西口"的旅程，终于走到了终点。

于是，人们在一九一五年三月份的《大公报》上读到了一篇发自山西太原的文章，文中这样描写那些——倒闭的商号：

> 彼巍巍灿烂之华屋，无不铁扉双锁，黯淡无色。门前双眼怒突之小狮，一似泪涔涔下，欲作河南之吼，代主人喝其不平。前月北京所宣传倒闭之日升昌，其本店耸立其间，门前尚悬日升昌金字招牌，闻其主人已宣告破产，由法院捕其来京矣。

这便是一代财雄们的下场。

如果这是社会革新的代价，那么革新了的社会有没有为民间商业提供更大的活力呢？有没有创建山西商人创建过的世纪性繁华呢？说得小一点，有没有让山西这个省份建立起超越前代的荣耀呢？

对此，我虽然代表不了什么，却要再一次向山西抱愧，只为我也曾盲目地相信过某些经不住如此深问的糊涂观念。

六

我的山西之行结束了，心头却一直隐约着一群山西商人的面影，怎么也排遣不掉。细看表情，仍然像那张模糊的照片上的，似笑非笑。

离开太原前，当地作家华而实先生请我吃饭，一问之下他竟然也在关注前代山西商人。但他没有多说什么，只是递给我他写给今天山西企业家们看的一篇文章，题目叫做《海内最富》。我一眼就看到了这样一段：

　　海内最富！海内最富！
　　山西在全国经济结构中曾经占据过这样一个显赫的地位！
　　很遥远了吗？晋商的鼎盛春秋长达数百年，它的衰落也不过是近几十年的事。

——底下还有很多话，慢慢再读不迟，我抬起头来，看着华而实先生的脸，他竟然也是似笑非笑。
　　席间听说，今天，连大寨的农民也已开始经商。

　　　　　　　　　　　　　　　　（原刊于《收获》1993年第6期）

秋白茫茫

——关于这个人的絮语

李　辉

一

瞿秋白为自己的灵魂种下了苦果。

他欲追求人生彻底的休息。他也真的在死亡来临时，以解剖生命的方式最终获得了平静与坦然。然而，"大休息"（瞿秋白语）只是一种愿望，他的坦率，他的真实与无情到极点的解剖，他的《多余的话》，并没有给他的灵魂带来真正的"休息"。相反，在他死后，他预料到的或者没有预料到的一切，从没有让他安宁过。

其实，恰恰是他的安宁让后人、让世间无法安宁。他太与众不同，甚至他太超越现实，独特得惊世骇俗，独特得难以接受。

政治的常规的世俗的目光，看惯了生命寻常风景，总是按照既定的轨道打量着芸芸众生。一旦一个奇特的景色突兀而现，它们便困惑了，迷茫了。于是，更多的时候，不是让自己去欣赏去适应这景色，而是将之纳入自己的范畴，去界定，去斧削。

从而，瞿秋白的灵魂便不可能平静。从而，一篇由生命写就的自白连同它的主人，在漫长曲折的历史中，注定要被不同的手翻阅，被不同的语言诠释，循环反复，跌宕起落。

包括我现在，仍在翻阅着他。

天地茫茫，世事茫茫，我心茫茫。

秋白茫茫。

二

瞿秋白死得很英勇，和所有英雄一样。

他从容地走向刑场。他走出福建长汀的中山公园，脸上没有一点儿畏惧神情，边走边与同行者谈话。于是，人间多了一个伟大的瞬间，目击者多了一幅其心痛切的场景，记者们的笔下，也因此多了一段人生绝响："全园为之寂静，鸟雀停息呻吟。信步至亭前，已见菲菜四碟，美酒一瓮，彼独坐其上，自酌自饮，谈笑自若，神色无异。""酒半乃言曰：人之公余稍憩，为小快乐；夜间安睡为大快乐；辞世长逝，为真快乐。高唱国际歌，酒毕徐步刑场。"（分别载于一九三五年的《大公报》与《逸经》杂志）人们说，他是用俄语高唱着《国际歌》。他指着一处草坪，微笑着说："此地很好！"便选定了自己告别人间的场所。然后盘膝而坐，直到那声罪恶枪响。这是与千百年来所有英勇就义的英雄一样的壮举，死亡面前依然以这样感人的方式拥抱着理想。

可是，至少在我刚刚喜欢读书看报的时候，被讴歌被赞美的英雄中，并没有瞿秋白的名字。相反，他是被描述为革命的罪人、叛徒、毛泽东正确路线的对立面。"文革"中的报纸，是以这样的文字与语调，使我第

秋白茫茫

一次知道这个人：

> "一九三五年三月，瞿秋白在福建游击区为国民党军队所捕，在狱中，他抛出了一份名为《多余的话》的自首书，再三向反动派表示'忏悔'、'自新'，把参加革命活动说成是'历史的误会'，说参加共产党和做党的工作是'不幸'，'是十几年的一场误会，一场噩梦'，并且声言，'我的政治生命其实早已结束了。'在自首书里，瞿秋白泄露了从大革命失败以来至被捕时党内的军事机密和组织情况。为了活命，他还对革命表示'万分的厌倦'，胡说什么'不管革命还是反革命等等，我只要休息，休息，休息'，要'永久休息'，等等；并向反动派求饶，保证今后'只做些不用自出心裁的文字工作"以度余年"'。这封自首书先后被登载在国民党特务刊物《社会新闻》和《逸经》等反动刊物上。瞿秋白这种自首叛变的卑劣行径，并没有得到敌人的饶恕，结果还是被国民党枪杀于福建长汀。"

类似的批判，在许多报刊上比比皆是，我无法记起当年是在哪里看到它们。但它们留在我少年心中的影响，却是不会忘记的。于是，在二十多年后，为写这篇文章我从图书馆又把它们找出。查找时，我也是在翻阅自己的心灵历程。我甚至有些好奇地回望，少年时代的我，还有那些同龄人，显得似乎陌生得很。

那时我只有十多岁，还跟着母亲住在铁路附近的一个乡村小学。我还小，没有资格投身"文革"，只是站在铁道旁，好奇而羡慕地看着那些大哥哥大姐姐串联去，"长征"去。第一次看到五彩的传单，从火车上撒下来，我跑着去拾，去读，去感受一种兴奋。现在回想起来，我兴奋，是因为在我的眼中，那些意气风发的红卫兵，是开创伟业的英雄。

我想不仅仅我一个人如此，男孩子大概都崇拜过英雄，做过五光十色的英雄梦。在他们看来，身边的世界过于狭窄过于平淡，或者也许他们本身过于孱弱，所以他们向往着惊天动地，向往着叱咤风云，向往着自己也会成为那些伟岸英雄中的一员。尽管日子平平常常地一日一日流过，这样的男孩子们却会让浪漫与想象一天天把自己的内心变得不同寻常。

现实却常常跟这样的孩子开玩笑。你原本想象的向往的英雄壮举，恰恰会成为历史的笑柄，你原本崇拜的热爱的一切，最终又给你苦涩甚至悲切。相反，随着时间的流逝，一些被误解被忽略的人物，你不注意不理解的东西，却能在历史背景中逐渐显露出光彩与伟大。至少，能启发后人更客观更冷静地去体味丰富的生命形式，去理解与认识"英雄"所包含的其他内涵。

瞿秋白便是这样终于从历史迷雾中向我们走来，显出他生命的伟岸。

历史的真实使人们的目光具备了全新意义。

于是，我相信我们不再幼稚，尽管我们永远成不了英雄。

三

今年三月，我在上海住了几天。漫步于瞿秋白当年行走过的街道，我的思绪中总是少不了他。一天，在一位朋友的家中，我们谈起了他。我谈到自己对瞿秋白的思考，谈到计划中的这篇文章。

和我的性格不同，朋友稳健而持重，是个理性更强的学者，他以往对历史现象文学现象的分析，常常让我感到逻辑的力量与思想的沉重。这次，他对瞿秋白的见解，又一次触动了我。他说，瞿秋白是千百年来真正看淡死后名声的第一人。在他看来，中国的文人或者政治家，一生行为的善恶美丑固然重要，但死后的名声，则更为重要。于是，生活在现实中，却把目光瞥往未来，在晚年，在死亡来临的时候，尽量为自己塑造一个完美的形象。瞿秋白却不。他已把自己的功名全然抛去，他更愿意毫不掩饰地把自己的灵魂袒露出来。他看重的是真实地抒发自己感受到的一切，真实而无情地解剖自己。他这样做，并不在意是否会影响自己的名声。他的灵魂自白，并没有丝毫损害他的理想，更没有破坏他所热爱的事业，相反，他为我们留下了一篇千古绝唱，留下一个真实的生命，从而达到了一个别人无法企及的人生境界。

我得承认朋友的话对于我有一种冲击力。也许我不能完全同意他的看法，但它从另外一个角度加深着我的思考。

按照通常我们所接受的"英雄"的概念，刑场上的瞿秋白与《多余的话》的瞿秋白，的确难以重叠在一起。在死亡来临之时，他已经把自己的灵魂赤裸裸地呈现在阳光之下，他曾经拥有过的浪漫、热情、执著、苦闷、困惑、坚定……都以本来的面目留在两万多字的自白中。让人费解的是，《多余的话》总是让人感受到作者内心的痛苦、忧郁、厌倦，这就为把他污蔑为"叛徒"留下了口实，后来即使许多善良的人为他打抱不平时，也不能不用惋惜的口气，感叹于作者的低沉消极。这恰恰说明，瞿秋白为我们提供了一个复杂的文本，一个难以解说的生命。

我们达不到他的境界，我们没有经历过他的时代他的生活，但是，我们却应该尽可能地深入到他的内心，去感受他所产生的种种情绪。当他的时代渐渐久远之后，处在世纪之交的我们，完全可以用一种年轻的目光平静地看待他。

如同朋友所言，在解剖文人与政治的矛盾之后，在隐隐约约流露出对党内残酷斗争的厌倦之后，"烈士"的称号对于瞿秋白已变得无足轻重。他十分清楚，作为错误路线领导人而被解除职务后，这些年来，即使活着的他，早已被那些正掌握着领导权的人视为"异类"。因此，他可以从容死去，却是以一个真实的完整的个人，而非仅仅是政治意义上的人。

事实正是如此。虽然自己会从容慷慨地走向刑场，瞿秋白却不愿人们在他身后把他作为"烈士"：

> "严格的讲，不论我自由不自由，你们早就有权利认为我也是

叛徒的一种。如果不幸而我没有机会告诉你们我的最坦白最真实的态度而骤然死了，那你们也许还把我当一个共产主义的烈士。记得一九三二年讹传我死的时候，有的地方替我开了追悼会，当然还念起我的'好处'。我到苏区听到这个消息，真叫我不寒而栗，以叛徒而冒充烈士，实在太那么个了。因此，虽然我现在已经囚在监狱里，虽然我现在很容易装腔作势慷慨激昂而死，可是我不敢这样做。历史是不能够，也不应当欺骗的。我骗着我一个人的身后虚名不要紧，叫革命同志们误认叛徒为烈士却是大大不应该的。所以虽反正是一死，同样是结束我的生命，而我决不愿冒充烈士而死。"（《多余的话》）

这段文字最明白不过地吐露出瞿秋白对名声的淡漠。他只想表现出完整的真实的自己，别无所求。不过，这又并非心境完全平静如水而写出的文字。读它们，显然能感受到瞿秋白说不出的无奈和无法排遣的愤懑。

四

瞿秋白留恋文人的角色。

熟悉他的人，理解他这种留恋。听说当年很多人怀疑《多余的话》的真伪，但同瞿秋白有过密切往来与友谊的丁玲，却相信这是他的真实心情，这是他的文字风格。

友人印象中，瞿秋白文质彬彬，才华横溢，多愁善感。一个浪漫的情人，一个浪漫的文人。少年的他在绘画、治印、音乐方面，颇有造诣。这不仅仅出于对艺术的好奇，而是他的天性，更适合于在这样的领域里挥洒。于是，偶尔在月夜他吹起洞箫，友人便会产生奇妙的感觉：他和婉转凄楚的音调，已经融汇在一起。

秋白茫茫

61

月夜下吹奏洞箫，一个充满传统文人诗意的意象。当残酷时光把瞿秋白淹没之后，他的友人，仍然愿意把它作为他的象征珍藏在记忆里。而瞿秋白在心底也未必不同样向往着这样的情境，虽然对于他这已经属于永远不能实现的梦。

一开始瞿秋白就明白自己的天性更像一个文人，兴趣也在文学。因此，早在二十年代投身于社会运动并进入共产党领导层后，他便用"犬耕"来说明他是活跃在根本不适宜自己的领域，他在《多余的话》中也一再强调自己是身不由己地被推到了历史的潮头。但是，在那些年里，这种清醒从没有让他放弃政治理想与热情，更没有妨碍他成为一个职业革命家，而是"历史地"成为共产党的领袖。在风云变幻残酷险恶的日子里，他从没有迟疑没有胆怯，凭着信念与勇气，活跃在历史漩涡之中。我想，那时的他，宁愿自己不带丝毫文人气息，至于月夜洞箫的浪漫，更是无暇梦起。

不过，当一切都将成为过去，当生命即将终结时，所走过的人生对于瞿秋白，便具备了不同意义。在《多余的话》中，他那样深情地留恋文学，那样明白无误地表现出对政治的厌倦，简直到了无以复加的地步。作为心灵解剖，我钦佩他的坦率与真诚，但是，我又不能不认为，"文人"这一角色，在瞿秋白那里，未尝不是精神的避风港，是疲劳跋涉者的宿营地。用他的话来说，他是在寻找人生"大休息"，而政治与文学之间，在他看来，只有后者能带给他慰藉、平静与安宁。

实际上，"文人"角色，并非只具备瞿秋白所留恋所想象的这些特征。作为瞿秋白，由于已经沉溺于对这一角色的迷恋，希望以此来得到生命的解脱，这样，他便不可能承认，或者不愿意承认，他所走过的人生，同样也属于文人的一部分。虽然表现形态不同，但活动于其中的那个人物，始终扮演着文人的角色，只不过呈现出的是他不愿意看到的那一面而已。

瞿秋白说过自己身上有浪漫气质。

浪漫不只是属于诗歌，属于艺术，在许多时候，浪漫同样属于政治。"达则兼济天下"，"以天下为己任"，古往今来多少文人拥有过如此浪漫的情怀，他们常常踌躇满志地开始他们的青春。瞿秋白当然属于他们中的一员。他是充满热情投身于政治活动之中。那种对理想对革命的执著，曾经与身上的文人气质是交融一起的。在风云变幻的日子里，为理想献身的壮举，同样能使他从中感受到充实，感受到满足，因为庄严使命感与历史责任，不也是他追求实现的生命意义吗？许多类似的文人，往往同他一样，其实也愿意在这样的时刻在这样的领域，用超越平淡的方式寻找生命的诗意。所以，不管情形发生多少变化，在漫长历史的进程中，总是有一个个文人满怀热情投身于社会革命。而原本最适宜他们的文化创造，似乎只是在品尝了政治生活的种种苦涩之后，在浪漫逐渐趋于平缓之后，才使他们情愿（或许还带些无可奈何）全身心去拥抱。从这个角度可以说，瞿秋白达到了一个文人在现代中国所能达到的极致。

忧郁与困惑也由此而产生。政治需要浪漫，需要热情，但同时更需要除此之外的其他一些素质。瞿秋白无法拥有其他，便只能在变幻无穷的现实政治面前，感到自己的渺小、苍白，甚至无能。他还得承受他从未预料到的种种压力与磨砺。于是，他把目光移到另外一片天地，他把文人的另外一面形态，予以理想化。美妙诱人的景象让他迷恋，让他陶醉。他为没有自始至终走文人的道路而懊悔，为最终有四年时间致力于文学创造而欣慰，或者，为在政治之外终于找到了这样一个可寄寓精神的所在而满足，而解脱。我甚至觉得，他是将政治生涯的曲折与文学兴趣的无法实现，有意识地进行强烈的对照，并用这种反差构成《多余的话》的框架。

当揭示人生的这一矛盾之后，当以理想化的方式获得心灵平静之后，也许瞿秋白觉得他最终完成了对自己生命的塑造。

五

我时常有种困惑，或者说是不解。政治、生活、生命，本是不同形态的存在，我们却习惯将它们混为一体，用某一孤立的逻辑来概说一切。这样，一些简单的政治原则，或者一些肤浅的生活伦理，在许多时候被视为绝对的唯一的东西。在这样的目光下，复杂就变为了简单，单纯则用来衡量复杂。

于是，在历史和历史人物面前，现实中的我们不断地表现出简单、浅薄与武断。结果在经过生活捧打和时间磨砺之后，我们又不得不花费更多精力去正视自己的错误，去修补因偏颇而造成的缺憾。

不管是谁，批判者还是同情者，都必须面对《多余的话》中那些毫不掩饰的困惑、苦闷，它们因弥漫着浓浓的忧郁而让人感到难以解说与归纳瞿秋白。现在想来，瞿秋白的价值，可能恰恰在这一方面体现得最为丰富。在他的面前，人们习惯运用的方式和简单思维，显得多么无能多么苍白。是他这样一个有着不平凡经历的革命者，把政治、生活、生命诸种存在形态，如此丰富地结合在一起。我们非常熟悉的许多革命者，在狱中在刑场，其壮举可歌可泣，常常用一种形态或者原则，就被概括殆尽。瞿秋白却不。他那样英勇地就义，却又那样充满忧郁，充满心灵感伤。对于他，显然我们必须采取不同的复杂的方式来解说。

人们能理解他的苦闷和忧郁吗？又该怎样去理解？

我想到了另外一个人的故事。

七八年前，为刘尊棋先生写传时，听他讲述过三十年代的经历。他讲到过与共产党人潘东周的相遇，以及潘东周最后的牺牲。对于潘东周，我至今所知寥寥。但是，就是这个历史人物的经历，曾经诱惑过我，让我产生过许多感慨。甚至当时我还设想有一天能深入到历史的迷雾之中，描述出他那不平凡的人生。

潘东周同瞿秋白一样，也在莫斯科中山大学留学过，并与王明同届。他从苏联回国后，曾是李立三的得力助手，任中宣部秘书，主编过《红旗》。在王明成为中共领导人之后，凡是与李立三路线有关的人，都受到排挤、打击。当时北方的环境比上海要远为严峻，王明派便将属于李立三势力的党员派到北方。潘东周就这样被派遣到北方担任顺直省委宣传部长，不久，省委机关被破坏，他便逃到北京，成为刘尊棋公寓的常客。

在相聚的日子里，潘东周以苦闷的心情把在党内遭受到的排挤告诉了刘尊棋。只有二十岁的刘尊棋刚刚入党，他无法理解和接受所听到的一切，但潘东周忧郁的目光，却如同刀刻一样留在他的记忆里。半个多世纪过去之后，历尽坎坷的他，对我转述这件往事时，又多了深沉与痛楚。他说他当时不敢相信潘东周讲述的事情。在他年轻的心灵里，充满着真诚、热情，也包括单纯。他相信在一个伟大理想的照耀下，党内人与人之间的关系是纯洁真诚的。因此，他惊奇于潘东周的故事，也同情潘东周的苦闷，但是单纯的他，却不知该用什么样的话语去安慰一个复杂的心。于是，每次他只是坐在一旁，任潘倾诉。

很快他们就先后被捕入狱。被提审时，刘尊棋在过道上意外地碰到了潘东周。潘东周神情显得沮丧，他欲说话，最终没有开口。刘尊棋注意到那双眼睛笼罩着一层烟云，透露出精神被遭受沉重一击之后留下的痕迹。匆匆一瞥，他觉得看到了潘的内心的痛苦。想到潘过去对自己讲述的一切，他更能想象潘被捕后此时此刻的复杂心情。

潘东周后来的故事，刘尊棋讲了许多。出狱后的潘成了张学良的老师，专门讲授《资本论》，并翻译出版这本巨著。当一九三四年张学良坐镇武汉任鄂豫皖三省"剿匪"副总司令时，潘还成了他的机要组秘书。经潘东周之手，许多重要军事机密被送到了苏区。身份暴露后，由蒋介石亲自下令将潘在武汉处决。

潘东周同样就义得非常从容。极为欣赏他的才华与能力的张学良，为不能保护他而表示遗憾。被处决前，张学良问他："你还有什么身后的事要办？"他神态自若，从容地说："我把我妻子的地址写下，希望你能通知她。别的，我没什么话可说。"然后，英勇地走上刑场。听到他的死讯，刘尊棋油然产生崇敬，同时也有几分疑惑。他心中闪动着重叠的影子：情绪压抑充满苦闷的潘东周，曾经被认为是自首出狱的潘东周，英勇就义的潘东周……年轻的他无法把它们一一理清。直到1979年，潘东周的儿子找到刘尊棋，他才知道潘是中央特科的成员，直属周恩来领导。一九四九年，是周恩来亲自发电报到武汉，指示找到潘的家属，并作为烈属对待。直到这时，刘尊棋心中的谜团才解开。

不过，刚刚经历过"文革"在监狱中度过将近十年时间的刘尊棋，显然想得更深。我相信，他在我面前之所以突出地叙述潘的故事，其实是想以他所经历的往事，来说明一个充满理想的革命者，如果遭遇到来自政党内部的打击，其内心的痛苦远远超出来自其他方面的打击。而且，在更多的人身上，这种因党内残酷斗争带来的苦闷与忧郁，常常是深藏于心，并不轻易流露出来。它们固然会影响某一时刻的心境，却不会影响他们的信仰，一旦需要仍会毫不迟疑地去为理想而献身。

我记不清当时自己是如何同刘先生讨论的。反正对于我，这是一个难于回答的问题：我想我应该理解他，赞同他，然而我又似乎无法真正接受他所说的一切。后来他患重病，半身不遂，我们之间语言的交流中断了。我再也没有机会和可能就这一话题同他做更深入的交谈。前不久，他去世了，带走了一生的曲折磨难，带走了种种没有完成的思想。我想，许多曾经让他痛苦让他思索的一切，都随生命的终结而不再打扰他的灵魂。但愿如此。

死者留下的话题，自然只能由生者叙说下去。无疑，不会有同样的切身感受，但或许会有更为无情的客观，甚至超然的淡漠与冷静。

六

从时间和经历上看，潘东周与瞿秋白肯定是相识的，他们因同样的原因而拥有同样的心情。现在读者可以明白，我为什么此刻要穿插着讲述这样一个陌生的人物，陌生的故事。

他们当然并不尽然相同。不同身份不同承受，瞿秋白内心的苦楚必然更甚过潘东周。他那样热诚地投入到革命之中，并多年处在领导中心，却不得不在长达四年的时间里，被冷落一旁，不断地受到指责与批判。红军从苏区撤退时，把他这样一个文弱书生留下寻找突围之路，显然有一种被遗弃的意味。这对于他本来压抑的心情，无疑是雪上加霜。在逃亡的路上，在被捕后的日子里，在书写《多余的话》时候，他不能不更为深切地感受到所经受的这一切。

不仅仅这些。我觉得他还会想到弟弟瞿景白在莫斯科的"失踪"。

一九二九年，作为中共代表团团长，瞿秋白在参加过共产国际大会后还留在莫斯科。正是在这期间，中山大学的许多中国学生，因反对王明及其支持者校长米夫，而遭受不同程度打击迫害。陆定一回忆，这时斯大林的清党已经开始。那些反对者，轻则被开除党籍团籍，重则被送到西伯利亚劳改。还有一些人无法面对突兀而来的压力，选择了自杀。瞿景白是在瞿秋白的引导下成为革命者的，在中山大学学习期间，还同瞿秋白合编过《中国职工运动材料汇编》。对瞿秋白研究颇有建树的陈铁健先生，在他的《瞿秋白传》(上海人民出版社) 中，写到了瞿景白的遭际。当时中山大学米夫派召开十天会议，集中批判瞿秋白的"机会主义错误"，并做清党动员。瞿景白对之极为不满，一气之下，把他的联共党员党证，退给联共区党委。"就在这一天，他失踪了。是自杀，还是被捕? 当时说也说不清，也不敢说清楚。"弟弟的突然"失踪"，"清党"发生的一切，对于瞿秋白不能不产生感情与思想的刺激与影响。《瞿秋白传》在这方面没有更多的叙述，但作者用这样一句话，留给了历史以巨大的空间："景白'失踪'，对瞿秋白感情上的刺激，是相当深的。"

至今仍不知道瞿秋白是否就弟弟的"失踪"写过什么，但由此产生的矛盾心情，应该说已经融进《多余的话》的复杂的情绪中。在理想与现实之间，在想象与存在之间，在集体与个人之间，在文人与政治家之间，有意无意之中，瞿秋白为自己划定出一个无限广阔的区域。他既然选择了这样的人生，他就注定要在这样的区域里战斗，沉默或高歌。他也注定要承受由此而产生的一切，从而他的伟大他的丰富，均得以完成。

瞿秋白的价值正在于他写出了自己感受到的一切。当历史尘埃落定，当走过风风雨雨，今天的人们似乎更容易理解瞿秋白，更容易理解《多余的话》。他的自白，是一个政治家的灵魂解剖，是一个文人的千古绝唱，也是人格与精神的最终塑造。而且，它不仅仅属于他个人。

像他这样坦诚地写出自己的感受，袒露自己的灵魂的人并不多见。可能是我的兴趣所致，在阅读一些重要历史人物的传记时，常常为不能读到他们述说自己的文字而感到遗憾。特别是被历史风云席卷的那些人物，我相信其内心一定是一个无比丰富的世界。可是，我们无缘观看到。譬如在"文革"风暴中受到迫害而死的一些著名政治家，我就非常想了解他们在告别人间的时刻，精神与心灵究竟处在一种什么样的状况。我想，面对突然降临于身的灾难和发生根本变化的命运，他们的心境必然不同于从前。那么，在那样的一些日子里，他们该会用什么样的目光回望过去，环视周围并审视自己呢？如果有机会，他们又该会用什么样的语言来描述经历过的一切、感受到的一切？

这当然只是我不切实际的愿望。当时的环境与条件，个人的性格与精神层面，都不可能让历史的库房里多一些更有价值的精神记录。

彭德怀大概要算一个例外。他的自传尽管与瞿秋白的自白有许多差异，但他在被迫交代的日子里，还是用朴素坦率的风格，讲述出自己的人生。性格依旧，风采依旧。他用这样一部难得的著作，让自己走到历史的前台，亲切地向人们挥手致意。读他的自传时，我便有这样一种感觉。

七

还是回到最近一次的上海之行。

在离开上海的头一天晚上，朋友带我去一个叫作"JJ"的迪斯科舞厅。那是一个由剧场改建的舞厅，可以容纳千余人，甚至还要多，是我所见过的最大的迪斯科舞厅。那天正好是周末，入场口排起了长队。走进光怪陆离的舞厅，呈阶梯状延伸的布局，显示出它的独特。年轻的男男女女，把舞厅塞得满满当当，他们扭动着身躯，陶醉在震耳欲聋的节奏疯狂的音乐中。

一切似乎顿时不再存在。只有音乐中的摇滚，摇滚中的身躯旋转和手臂挥舞。

我觉得自己也忘记了其他。当然，我缺乏他们那种全身心的投入，真正的陶醉。不过，后来想来，在那样的场合，在那样的时刻，血液涌动和感觉伸缩，必然会不同于平常。我不在乎别人怎样评说这样的娱乐方式和场所。我欣赏这样的灯光，习惯闪烁灯光下无休止的喧嚣，更乐于在显得嘈杂的气氛中感受一种单纯。这是过去没有的场所，带给我们的当然是过去没有的感受。依我看，生活多一种色彩多一种风格，是非常美妙的。

那个夜晚，我感到满足。实际上我远不如少男少女那样疯狂。我想我应该如痴如醉。可我却没有。现在想起来，我可能还显得非常冷静，是在有意识用一种观察的目光参与其中。但是，即使理性仍在，在这种地方，五光十色的思绪中，也绝对不会出现瞿秋白的影子。

想到瞿秋白，是在走出舞厅之后。我送朋友回家再坐车返回宾馆，正好路过瞿秋白当年居住过的南市一带。瞿秋白当年是在这些弯曲街巷里，度过他最为留恋的日子。在这里，在那些日子里，他与鲁迅建立了密切的关系，并在文化创造中，找到了自己喜爱的位置，为后人留下至为宝贵的文学遗产。可以设想，在生命的最后时刻，他一定是以深深的留恋，回忆起鲁迅带给他的温暖，回忆起在南市度过的交织着恐怖、紧张、兴奋、满足的日子。正是以这样的回忆，他开始了《多余的话》的写作，开始了生命的最后旅程。

车窗外街灯一一闪过，明灭不定，让我想象中的历史陈迹，呈现出斑驳影子。从舞厅到一个与摇滚毫无关联的历史人物，思绪发生如此之快的转折，是我没有想到的。我推测，瞿秋白这个名字，对于那些年轻男女想必是陌生的。完全可以理解。他们不必把历史和自己连在一起，更不必一定要让历史的沉重来影响他们生活的轻松。这不正是他们——还有我自己——的幸运？

瞿秋白会不会对眼前的景象感到陌生？他能想象今天和他同样年龄的人，会以这样的方式去寻求陶醉？这是难以回答的问题。这也不必回答。彼此之间，没有类比的可能和必要，但有一点我想可以确定，瞿秋白所向往的不正是每个人能按照自己的方式生存吗？

怎么会一下子用了一连串的"？"，我感到奇怪。写到此时的我，反倒不如前面那样充满自信与果断。我觉得自己仍然没有认识瞿秋白，更没有把一片茫茫，化为鲜明的爽朗。

我心依旧茫茫。

悠悠岁月中匆匆走过多少人，他们总是会被人想起或淡忘。被人淡忘，未必不是一种幸福；被人想起，又未必不是一种悲哀。幸福或悲哀，其间的分别又在哪里？我说不清楚。

会有说清楚的时候吗？或许永远就是如此。

完稿于一九九四年五月九日

（原刊于《收获》1994 年第 4 期）

消失了的太平湖

——关于老舍的随感

李　辉

又一次来到老舍殉难的太平湖。

这是夏夜。我伫立在北京新街口外大街西侧的护城河旁，凝望对岸的"太平湖"。夜风带有几丝爽意，男女老少们在河边纳凉。护城河里，有人趁着夜色一片在偷偷游泳，垂柳下，则是一对对男女忘情陶醉的天地。尽管二环路上来来往往的汽车呼啸而过，但河边却显得清静，偶尔传来一阵嬉水声。

我许多次路过这里，但还从没像这样静静地伫立过。凝望对岸，品味喧闹中的清静。当然，我更会遥想起当年发生在对岸的那个永远无法挽回无法弥补的悲剧。

对岸朦胧一片。

说是太平湖，其实作为"湖"它早已不存在，甚至这个地名在这里也已消失。大概在七十年代修建地铁时，这个不大的湖被填平，上面修建起厂房，成了地铁车辆的停车场。"文革"后，老舍的亲人们曾走进"太平湖"，缓步于纵横交错的铁轨之间，追想着当年悲剧发生时的情景。他们根据当年的记忆，寻找老舍殉难的地点。然而，一切都已改观，只能指出大概的方位，而具体地点则无法确定了。进进出出的车辆，不可能冲淡他们的怀念，湖水的消失，也不可能抹去历史悲剧留在心中的阴影。不过，当呼吸着八十年代的空气时，他们或多或少会感到劫后的安慰。

哪怕出现在面前的太平湖早已面目全非，哪怕岁月的流逝早已改变一切，我也相信，那个老舍钟爱的太平湖，那个成为老舍生命终点的太平湖，还是会以当年的模样深深地留在他们心中。

不过，我们这代人只能从老北京的回忆中感受太平湖。

在老北京的记忆里，和京城一些著名湖水景观相比，太平湖自有它的迷人之处。它颇有野趣。荷花在水面迎风摇曳，水边长满芦苇，时而有野鸭或者叫不上名字的水鸟从苇丛中飞起，把静坐在柳树下的垂钓者吓一大跳。湖东岸与新街口外大街马路之间，有一片空地，湖边种了许多花草树木。矮矮的松墙成为一条界线，界线以西便成为太平湖公园。临街的松墙有一个缺口，或者称为公园的入口，但不收门票，人们可以随时进去散步、闲坐、垂钓。因为它在大马路边上，南来北往的行人，走累了，也爱到里边去歇歇脚，聊聊天，坐在沿湖的木条椅子上望望西山。所以，专程到这里来逛公园的不多，顺便歇歇脚的不少。湖的南岸是护城河，河水一年四季都慢悠悠地从西往东流淌，静静的，没有一点声响。湖西岸交通不便，没有多少住家，满目荒芜，但更显其幽静。

这便是老舍当年钟爱的太平湖。当他最后一次来到这里后就再也没有离开它。他永远与这个湖相随。不管它存在着还是已然消失。

老舍因太平湖而结束他的生命，太平湖因老舍而久留在人们记忆中。我不知道，假如没有老舍的悲剧发生，人们是否还会想到这个业已消失的湖？

消失的不仅仅是太平湖，还有曾经巍峨壮观的城墙。

对于老舍，北京城墙可能显得更为重要，尤其是北京城西北角德胜门一带的城墙，维系着他的一生。这一块小小的天地，是他人生的起点，也是他人生的终点。他对北京的全部情感，他的艺术想象力，因这一小块天地而得以形成。不难想象，没有城墙衬托的太平湖，会带给老舍多少失望与惆怅。

在老舍最后一次默默地坐在太平湖边的时候，德胜门一带的城墙还没有拆除。从湖边朝南看去，可以看见城墙高高地耸立着，护城河依偎着它，更显其平静与温顺。老舍熟悉城墙内外的一切。城墙那边是他笔下一个个人物活动的舞台：祥子拉车穿行的胡同，"四世同堂"的四合院，还有那大大小小的茶馆……

不管旅居到世界什么地方，真正在老舍心中占据首要位置的从来就是北京，他的所有创作中，最为成功的自然也是以老北京为背景的作品。早在四十年代他便这样描述过他与北京难舍难分的依恋："我生在北平，那里的人、事、风景、味道，和卖酸梅汤、杏儿茶的吆喝的声音，我全熟悉。一闭眼我的北平就完整的，像一张彩色鲜明的图画浮立在我的心中。我敢放胆地描画它。它是条清溪，我每一探手，就摸上条活泼泼的鱼儿来。"

可是，没有了城墙，没有了原有的人情世故，老舍还会一如既往地留恋北京吗？

这一带的城墙先后被拆除是在七十年代修建地铁和二环路的时候。老舍没有亲眼看到城墙的拆除，这样，他的最后一次凝望，便具备了特殊的历史告别意味。也许可以这么说，当他头一天受到众多红卫兵毒打之后，当他把最后一撇目光落在城墙上之后，他所熟悉的、所眷念的那个可爱的北京就不复存在了。

老舍是不幸的，他过早地结束了生命。然而，从某一角度来说，他又是幸运的，因为他不再会受到风暴的席卷，不再会亲眼看到浩劫中的古都，如何一日日变得疯狂，变得让人痛心惋惜。他不会料到，在随后的一些日子里，老北京曾经有过的令人温馨令人留恋的东西，将或多或少地被此起彼伏的斗争渐渐销蚀。他所珍爱的正直、善良、礼数、侠义等等，似乎一夜之间在人们心目中失去了应有的价值，取而代之的将是一些被扭曲的、粗糙的情感和举止。

太平湖、城墙，其实都不妨看作为一种象征。它们的消失，意味着老舍所熟悉的传统意义上的北京完全成为过去，"文革"风雨席卷过改造过的北京，将是一个外表和内在都使老舍感到陌生的北京。假如老舍得知人们不得不从"您好""谢谢"、"对不起"的训练中开始文明的起步，一定会感到惊奇和困惑。他不会知道也不会明白，十年中这里到底发生了什么？人们身上到底发生了什么？人们的道德、古都的文化，怎么会变得如此支离破碎？！

老舍属于老北京，就像沈从文属于湘西一样。思想的、意识的概括，总是无法准确地勾画他的全部，至少我自己这样认为。

把老舍早年接受过的各种熏陶排列一下，就好像在思想史长廊里进行一番巡礼。佛教、基督教、人道主义、爱国主义……种种精神在他身上留下或深或浅的印记。

他是宗月大师的忘年交。这位乐善好施的大叔，使他得以进入私塾接受启蒙教育，而在以后的好多年里，从这位出家人那里他感悟着佛教的精神。可是，他从来没有成为佛教徒，相反，他在二十四岁那年正式洗礼成为一名基督教徒。他宣讲基督教义，他翻译有关基督教义的文章，在相当长的时间里，他在基督教思想里寻找着安慰和力量。然而，他又从来不是真正意义上的基督徒。他没有教友许地山的那种执著和虔诚，他最终也没有成为名副其实的教徒。

他走着自己的路，而北京，这个生于斯长于斯的地方，决定着他的一切。虽然他不时受到种种不同的思想影响，也曾意图在抽象的领域里发展自己，但他也许天生不是为观念和意识而存在，而是乐于在一种区域性文化范畴里发展自己，完善自己。

令他迷恋的是家乡的市井声，是斑驳杂乱的人与事。影响他人格形成的是老北京引以自豪或者为人贬斥的种种特性。思想和观念，常常只是一片云，一束阳光，一簇树影。它们点缀着他的人生景象，使其显得婀娜多姿。但奔涌不息蔚成大观的是城墙、胡同、四合院，是京味儿十足的嬉笑怒骂，是爱憎、美丑、善恶交错的庞杂。

这里，可以有豪爽粗犷的潇洒，却又满目可见委委琐琐的卑微；可以爱憎分明，却又少不了美丑不辨；可以舍身求仁，却又免不了委曲求全。

这里，一种形态常常可能包容不同的意味：热情周到，可能是外表的敷衍；随和宽厚，可能隐藏着圆滑；仗义侠气，可能是抽身逃之夭夭的铺垫。

老舍耳濡目染的便是这样一种与众不同的文化，北京人的方方面面都以它们的本来模样，成为他审视的对象。他有一颗热情的心，却又有一双冷静而犀利的眼睛，他属于这里，却又始终保持一种旁观者的姿态，用他讽刺和批判的笔触，用幽默调侃的语气，向人们讲述着这里发生的故事。他看到了弥漫古都的那种惰性："生命只是妥协，敷衍，和理想完全相反的鬼混"。"北平除了能批评一切，也能接受一切，北平没有成见。北平除了风，没有硬东西"。一九三三年他写的这些话，颇能反映老舍对他所熟悉的北京特性的概括。

老舍属于这样一种地域性文化。三十年代一位评论家在评论老舍的早期作品时，曾将老舍归纳为这么一种类型的人：自己觉得不敢抱什么太理想、太奢望的梦，而也不做战士，他只有在和平温良的态度下，对所有不顺眼的事，抑不住那哭不得、笑不得的伤感了。

后来的老舍自然又有了许多新的发展，但他仍然深深地保留着"老北京"的印记。于是，出现在我们面前的老舍，热诚而周到，正直而善良，同时又时时表现出一种小心翼翼。他不奢望自己是一个叱咤风云的英雄，也不把思想的批判作为一己的责任。他在尽力做一个实实在在的人，既不过度浪漫热情，又不过分冷漠，正是这样一些性格特点，使得他能够以幽默、温情、感伤的风格渲染出浓郁的"北京味"，真正生动而全面地展现出了老北京的众生相。

在我看来，老舍很典型地体现了老北京文化的特点，是语言的，也是道德的、行为的。因为他和他的作品，因为他的悲剧命运，使得后人对老北京的解说，有了一个他人难以取代的对象。

好几年前，我读到过丁玲对老舍的一段回忆。一个文人的正直和善良，从此开始令我景仰，令我难以忘怀。

在一九六〇年召开第三次作家代表大会时，丁玲已经身处逆境在北大荒接受劳动改造。不过，仍是中国作协理事的她，还是荣幸地被邀请到京与会。离开文坛仅仅几年，可对她来说，却仿佛有隔世之感。昔日的荣耀不再重现。她出现在会场上，多么希望和久别的战友们握手、拥抱，然而，她被冷落在一旁。人们似乎并没有注意到她的出现。她有些失望和沮丧。正在这时，老舍走到她的面前，与她握手，问上一句："怎么样？还好吧？"

并非过多的问候，只是简单一句寒暄，却令丁玲终生难忘。她得到一种被理解被关心的满足。因为她深知，这在当时称得上是难能可贵的举动。这需要正直、善良和宽厚，也需要一种勇气。

人其实不需要过多的表白，在世态炎凉的时候，一个类似于老舍这种与众不同的举动，便能将人的善良凸现出来。正因为如此，对他我总是怀着钦佩和敬意。

一次到广州看望黄秋耘先生，主要是和他谈周扬。但谈话中，他也以充满敬意的口吻谈到了老舍。就在六〇年第三次作家代表大会召开之前，黄秋耘帮老舍起草一份报告。一天，老舍去逛隆福寺的旧书摊，很高兴地拿着一幅画回来。黄秋耘记得这是一个老画家送给吴祖光的一幅泼墨山水画。当时吴祖光已经到北大荒劳动改造。老舍说："这可是祖光心爱之物啊！他下去以后，家里恐怕有点绳床瓦灶的景况了。不然，不会把人家送的画拿出来变卖。将来要是祖光能活着回来，我把这画还他，该多好!"

黄秋耘的印象中,老舍当时眼眶微微发红,但他又突然止住话头,沉默了。黄秋耘看出了他的顾虑,就说:"请您放心,在您家里看到的,听到的,我都不会对人透一星半点儿。"于是,老舍才恢复了平日的幽默:"对,对!这不足为外人道也!"时间久远,许多事情黄秋耘已经不再想起,但老舍的这一侠义之举牢牢印在他的记忆中。

黄秋耘回忆的这件事,后来从吴祖光先生那里得到了证实。老舍购买回来的这幅画,是齐白石老人送给他和新凤霞的。一次吴祖光从北大荒回到北京,在王府井大街偶然遇到老舍,老舍便热情地将他带到家里,把画还给他,并说要不是经济条件有限,他本应将他们所有散失的字画都买回来。可以想见,备受冷遇的吴祖光此时此刻的心情。

在知道老舍这样一些事情之后,我开始明白,老舍为何在同时代文人中间具有感召力,令人们永远怀念他。他虽不是叱咤风云的英雄,但他所表现出来的一个老北京人的细致、周到、善良和正直,却能给予朋友以温暖和信赖,而这,在风云变幻的岁月里则是最为珍贵的。

这便是老舍。一方面,他在历次政治运动中没有落后过,他的地位和身份,使他总免不了积极表态,甚至发表符合要求的批判文章,即便被批判者可能是他曾经深知的友人,他也没有别的选择。可是,表面上的批判,并不代表他的内心。于是,另一方面,在不同场合他又表现出他的与众不同。他依然保持一种友善,在可能的情况下,他还会伸出援助的手。他没有失去本色,没有割断传统的根。

老舍绝对不可能预料到自己居然会成为一场革命的冲击对象,并承受从未经历过的屈辱与痛苦。

他被公认为新时代的"创作标兵",他的笔为一个崭新的时代而挥舞。一个如此出色地活跃在文坛的作家,应该说最有资格避免悲剧的降临。

老舍在从美国归来不久,就率先成功创作出反映北京新变化歌颂新时代的话剧《龙须沟》，因而受到毛泽东等领导人的亲切接见；他响应罗瑞卿的号召，根据真人真事创作配合肃反的讽刺喜剧《西望长安》；他在大跃进的鼓舞下，创作出《全家福》和《女店员》……还有诸多的急就章。短文也好，快板也好，诗歌也好，都是他手中随时可以派上用场的工具。他积极地配合着大大小小的节日或者会议、活动，从而，在不少报刊的编辑看来，他是有求必应的好作者。还没有别的作家能够像他那样活跃，像他那样热情持久。

有的作家还记得，好多年里，每当"五一""十一"天安门前举行庆祝游行时，总有两三个人作为领队，兴奋地走在文艺界的万人方阵前列。他们中间一直有老舍。在那些日子里，他无疑是一个典范，一面旗帜，他标志着一个旧时代的文人，能够成功地行进在新时代的大军之中。

有人曾认为老舍的积极配合只是一种时尚的选择。但我更信服老舍之子舒乙讲的一席话。一次舒乙同我谈起老舍，他说老舍从小生活于北京底层老百姓之中，在车夫、艺人各色人等身上，他不仅仅获取创作的素材，而是与他们同呼吸共命运，了解他们的艰辛他们的渴望。他亲眼看到了这些人的社会地位在新时代得到空前的提高，亲身感受到新生活带给人们的兴奋与欢乐，这样，当他在五十年代初从国外回到祖国之后，其兴奋之情可想而知。他为自己终于看到穷人当家作主而欢欣鼓舞。在这样的情绪影响下，用手中的笔来描写来歌颂新的生活，对于他完全是由衷的选择。

于是，出现在人们面前的便是一个创作热情高涨的老舍。不错，这是顺理成章的选择。老舍过去对社会、对民众命运的关注，他由此而产生的伤感与困惑，都被沛然而至的兴奋与热情所取代。他尽可能地追赶时代，哪怕将以往的自己有所摈弃也在所不惜。

《骆驼祥子》的修改是一个很有意思的说明。

三十年代在完成《骆驼祥子》的创作之后，老舍说过这样一番话："《祥子》自然也有许多缺点。使我自己最不满意的是收尾收得太慌了一点。因为连载的关系，我必须整整齐齐地写成二十四段；事实上，我应当多写两三段才能从容不迫地刹住。这，可是没法补救了，因为我对已发表过的作品是不愿再加修改的。"

在当年版本的最后两章，祥子得知小福子已经自杀，便完全失去了生活的信心。他没有了过去做人的尊严和自我奋斗的志气，他堕落了，变得如同行尸走肉一般。他在抽大烟的瞬间寻找解脱，他从一些善良的人们那里骗来钱财挥霍，他在妓女那里获得发泄的满足。那个令人羡慕、令人怜悯的祥子，最终被他所生活的时代所吞噬。

在被删除的部分，有这样一段重要文字，可以看成是老舍对祥子性格的完整描述："人把自己从野兽中提拔出，可是现在人还把自己的同类驱逐到野兽里去。祥子还在那文化之城，可是变成了走兽。一点也不是他自己的过错。他停止住思想，所以就是杀了人，他也不负什么责任。他不再有希望，就那么迷迷糊糊地往下坠，坠入那无底的深坑。他吃，他喝，他嫖，他赌，他懒，他狡猾，因为他没了心，他的心被人家摘了去。他只剩下那个高大的肉架子，等着溃烂，预备着到乱岗子去。"

老舍塑造祥子这样一个形象，有明显的社会批判的意图，但这一切都是建立于对人物性格的描绘上。他更感兴趣的是他所熟悉的人和事，就是说，他看重的是人的生存状况和命运，而非先入为主的观念。他安排祥子这样一个结局，正是从这一人物的性格发展必然性出发的。这就难怪他尽管觉得收尾太慌却也不愿再加修改了。

最初对《骆驼祥子》的修改，不是老舍，而是一九四五年纽约出版的《骆驼祥子》英译本的译者。英译者删去对祥子堕落的描写，改变了小说的悲剧性，采用一种大团圆的结局：祥子重新回到曹先生家中工作，并从三等妓院救出了小福子，祥子变得心满意足起来。"夏夜清凉，他一面跑着，一面觉到怀抱里的身体轻轻动了一下，接着就慢慢地偎近他，她还活着，他也活着，他们现在自由自在了。"英译本的这种修改，在一些权威学者看来是一种对原著的歪曲，老舍自己也表示过不满意。

可是，从不愿意修改已经发表的作品的老舍，最终亲自动手修改起《骆驼祥子》了。

一九五五年由人民文学出版社出版的《骆驼祥子》，旧版中的第二十三章后半部分与第二十四章的全部，都被删去。在这一章半里，老舍本来是集中写祥子的堕落，删去了这部分，实际上改变了祥子的结局。而且，他当年说结尾过于匆忙，本应再多写几段，但这次修改，不是增加篇幅使其更加完整，反而是将最后一章半删除。

纯粹文学创作意义上的那个自由自在的老舍改变了。总是将生活中的人与事放在首位的老舍也改变了。

他是根据新的时尚需要而加以删除的。显然，老舍有他的顾虑。一个属于劳动人民阶层的主人公，在已经当家作主的时代，无论如何也不能以这样的形象出现在作品中。可以写祥子的盲目奋斗，可以写他的理想的破灭，可以写他的时代对他的蚕食，但是，却不能展现这样一个劳动者的堕落，哪怕从人物性格的发展逻辑来说，这样的结局可能带有一定的必然性。

"文革"刚刚结束时，有的研究者仍然认为老舍的删除是合理的："然而那种吃喝嫖赌，欺骗耍赖，甚至出卖人命的行为，不仅祥子不能有，在车夫中如果有，也是一种个别的、偶然的、非本质的现象。把这种现象不加选择地安在他要作为车夫的典型来叙写的祥子身上，那就偏离了现实主义的轨道了。看来这是由于作家当时思想上的某些小市民趣味和在写作上某种迎合小市民趣味的倾向，有时使他离开现实主义的轨道，使他的优秀的现实主义作品中混入了一些自然主义的渣滓而已。而当他一旦认识到文艺应当为谁服务和怎样去服务，获得了新的文艺生命时，他就把这些渣滓抛弃了。"

我不赞同这样的说法，也不认为这样的删改是合理的。但即便读"文革"后的这种表述，我们也不难体味到老舍当年不得不（或者说非常情愿）抛弃旧我的苦衷。

那是每个作家抛弃旧我的高潮，而竞相修改旧作是一种必不可少的举动。对于那些从旧时代走来的作家而言，大概只有这样才能被视为跟上了时代。

老舍真诚地走在时代的前列。

老北京才是老舍真正的文学之根，创作之魂。

是根，是魂，它才可以像一条从不会枯竭的泉水，默默地在老舍的心底流动，为他激发着灵感，为他输送着语言的鲜活和形象的生动，使他在一日日的急就和应酬的情形下，仍然没有失去文学的活力。

因为《骆驼祥子》缘故，有人曾建议老舍创作一部反映新三轮车工人生活的作品。他接受了这样的建议，并真的深入到工人中体验生活。可是，他没有动笔，他感叹自己仍然不了解工人的新生活，当然也就无力反映他们。处在这样一种状态的老舍，大概强烈感受到了那条泉水的涌动，意识到了自己应该积极地为新时代而创作，但老北京才是他最熟悉的、最能"出彩儿"的根基所在。作为一个风格业已形成的作家，他最终也无法摆脱创作规律的制约，最终也抵御不了老北京的诱惑。

这便是老舍的可爱和可贵之处。或者说，是他生存状态的另一面，最终决定了他在逐渐改变自己的时候，仍然能够写出《茶馆》和《正红旗下》这样一些堪称《骆驼祥子》后又一个艺术高峰的作品。

可以想见，当老舍脑子里活跃着自童年起就熟悉的老北京的形形色色人物时，他便真正进入了自由自在得心应手的艺术天地。仿佛一切都早已活在他的心中，声音，味道，画面，无须苦苦搜寻，便涌到了笔端。在这样的状态下，他的《茶馆》，才能成为世纪的风俗画，艺术的瑰宝。其实，即便在创作《龙须沟》这样一些剧作时，对老北京人与事的描写，依然是作品中最为闪光的地方。

文学从来就是这样，只有自己真正熟悉的东西，只有自己放进了全部情感的东西，你才能出色地描绘出来。外在的东西也许一时热闹非凡，甚至能够赢得远比应该得到的多得多的喝彩和荣耀，但如果没有深深的根，没有魂，它最终只能是过眼烟云，或者仅仅因为曾经昙花一现才引起人们的注意，才不时被人提及。

令人感到惊奇的是，似乎矛盾的两面，居然能够并存于老舍一个人身上。许多他的同时代作家，如果表示出与旧我告别，就尽可能地将以往的影子全然抹去，然后，以崭新的姿态开始走进新的陌生的生活，并尽量去适应它，反映它。

老舍有些出人意料。他既能毫不逊色地配合政策，涉足自己不熟悉的领域，做一名"创作标兵"；又能不时沉浸在过去生活的影子中，写自己熟悉的生活，从中挖掘出艺术瑰宝。这样的矛盾形态，在他那里至少表面上好像并没有成为他的精神负担，也没有过多地影响各自的效果。

这大概便是老舍的天赋，或者说是在老北京文化的熏陶下，他的性格具有了调和一切保持平衡的能力。我们看到，在任何时候任何情形下，社会与个人，政治与艺术，热情与冷静，不管哪一方面，在他那里都不会是脱缰的野马。他好像是一位出色的导演，能够让每一个角色在最适合自己的时候出场，表演，退场。

别的人无法拥有他这种能力。

茅盾在很长时间里几乎完全离开了文学创作的领域，只是在"文革"中的特殊日子里，他才又一次感到了文学的诱惑，感到了往日熟悉的生活的诱惑，偷偷地续写《霜叶红似二月花》。这是茅盾难得的一次文学亮相，在那样的情形下以那样特殊的方式他终于寻找到作为小说家茅盾的感觉。今天读他在一九七四年写下的"续稿"，不由得叹服已经久别小说的茅盾，在八旬高龄依然才华横溢，依然拥有气势恢宏的历史感。可惜，这种"作家茅盾"意识的觉醒来得太迟，持续得过于短暂，年岁和身体都使他不可能实现最后的梦想。显然，他没有老舍那种支配自己的能力，在过去的日子里不能在做报告、写观感的同时，早日从容地完成这部杰作。于是，出色的续写，便成了令人赞叹同时又令人惋惜的绝唱。

巴金一旦摒弃旧我，就完全告别了高家大院，告别了浪漫、忧郁与伤感，全身心投入到对新生活的反映之中，在新的、陌生的领域里挥动他的笔。他也算得上一个"创作标兵"，一本本散文集一篇篇小说，当时都产生了重要影响。可是到了"文革"后，他认为自己"文革"前那些年里创作的作品，大多是不成功的应景之作。换一句话说，他觉得自己失去了文学之魂，失去了独立思考。对于他来说，到了开始反思的时候，他才进入人生最后一个高峰，以晚年的《随想录》与早年的创作辉煌形成了完美的连接。

沈从文虽然不得不在紫禁城的高墙大院里研究古文物，但文学创作仍然深深地诱惑着他。他时而想重新拿笔写小说，也曾一厢情愿地向刊物投寄新作。可是，他明显不能适应新的要求，他的心境和对新语言形态的陌生，都使他不可能将研究与创作和谐地结合起来。文学对于他，是一个遥远的消失了的梦。

与他们相比，老舍无疑是幸运的。他成功地完成了一种调和，一种平衡。于调和与平衡中保持了文学生命的延续。

他是一个与众不同的存在。因为他和他的作品，当代文坛多了一幅景象。

一九六六年八月二十三日在孔庙的遭遇，应该说是老舍一生中感觉最突然最不可思议最难以承受的。他的性格，他的处世哲学，乃至他的信念，突然间受到前所未有的考验与摧毁。

在一群红卫兵的押解下，他和二十多位作家艺术家，被拉到国子监街孔庙大院里，让他们在大成门前的空地上，时而下跪，时而围着燃烧的戏装和书堆跳"牛鬼蛇神舞"。

这是孔庙，曾经被读书人视为神圣的殿堂；这是北京，是老舍全身心热爱的故乡；这是二十世纪，被公认是现代文明发展的新世纪。可是，就是在这样的时刻在这样的地点，老舍被挂上黑牌，受到生平第一次的侮辱、毒打。他流血了，伴随着血滴和汗珠的是书籍焚烧飘飞的灰烬。他平生描绘过多少生活场景，可他似乎从来没有见过这样的场面，更无从预料自己竟然成为这个场面中一个引人注目的人物。

他的确没有意想到会是这样一个局面。头一天他接到开会通知便从医院回到家中。他本来可以托辞留在医院，但正在风起云涌的运动，使他无法安稳地留在病房里。多年的惯性驱动下，他不能忘却作为北京市文联领导人的责任，历次运动中从来没有落后过的他，这一次同样不能被认为消极、淡漠。早上他穿得整整齐齐，拿上准备好的发言稿，如同以往去主持会议一样走出家门。

起初，我对老舍的举动感到有些疑惑。我不明白他此时为何还会有一厢情愿的良好愿望。这些天里，他难道真的对外面发生的一切一无所知？何况，《海瑞罢官》的批判迄今已有半年多了，在这些充满大批判火药味的日子里，他怎么可能对身边发生的与文化紧密相关的冲击无动于衷？他怎么会对未来的厄运没有丝毫预感？

但我转而一想，对于我们这样的旁观者来说，发出种种疑问实在是最为轻松的事。在当年已经成为历史之后，在"文革"被公认为历史错误之后，当然可以毫不费力地发问。可是，对于那些身临其境的人来说，现实绝不是清澈见底的一泓池水，也不是非此即彼的单一选择。那是一团无法梳理的乱麻，是需要很长时间甚至永远也无法解说的谜语。于是，假如我们走进当年的日子，假如我们不带任何先入为主的看法走进当时老舍和其他人的内心，就会发现，我今天作为旁观者所发出的疑问，实际上显得过于苛刻，过于简单化。

人不可能都是政治家，或者是以思想敏锐和深刻见长的思想家，那么，对正在发生的一切，没有预见性和没有冷静的理性分析也就不足为奇了。即便是政治家思想家，也未必一开始就能洞察"文革"的起因、走向、结局。在如此错综复杂的现实中，人们被乍起的狂风裹挟着前行，至于走向何方，迈出什么样的步履，谁也顾不上去想，去预测。何况，对于人们来说，自我早已是陌生的、非常遥远的一种风景了。

这样的惯性存在于许多人身上。我们看到，不少人一开始都愿意以参与者的姿态出现在"文革"最初的舞台上。文字的批判对于他们多年来早已适应。他们也习惯了报刊上的火药味，习惯了把一个具体的人设立为靶子的做法。响应号召，人云亦云，并非一件多么困难的事。且不说他们内心的真实状况如何，且不说各自参与的程度深浅如何，与潮流保持一致，不愿被视为落伍者，在这一点上绝大多数人是相似的。而这不正是"文革"赖以发生的社会基础之一吗？

老舍当然也不例外。他是一位对新时代怀着满腔热忱的作家，一位总是愿意将自己融入现实生活的人。多年的忠诚，多年的热情，已经使他能够在一次次出现的新情况下保持自我的安稳和平衡。也许仍有独立的见解，也许仍然于内心深处保持着对生活的复杂感受，但这些，并不会影响到他与政策和号召保持一致，因为他相信领袖远远超过相信自己。

在研究梁思成的时候，我就曾经想到过老舍。不管从哪种角度来说，老舍都应该对北京的城墙、牌楼、四合院拥有特殊的感情。然而，他拥有的只是一种朴素的、直接的感受，并非如同梁思成那样，于感情之外，另有一种超出于现实的对北京古都建筑文化的理性认知。梁思成热爱北京建筑文化，得益于他对中外建筑史的宏观审视，因而，他可以从世界建筑文化的范畴出发来设想保护老北京旧城的重要性，来预想北京城墙的拆除，将是一个巨大的无可挽回的损失。正因为如此，他才不遗余力地为保护古都文化而呼吁，而奔波，当然，也就为它的逐步消失而痛心疾首，而感叹一己的苍白无力。

老舍有所不同。他对老北京的热爱，远不会取代他对人的生活现状的关注，也不会将城墙视为古都之魂的象征。他更看重的是现实中人们生活条件的改善，是老北京在新时代的日新月异。因此，北京的城墙和牌楼从五十年代开始一日日渐渐消失，这似乎并不在他的关注之中，至少在他的各类作品中，我没有看到他为此而发出一个文人的感叹。

把自我让位于社会，把文化让位于政治，老舍仿佛并不艰难地做到了这一点。那么，当又一次新的运动到来时，依照惯性来使自己适应新的形势，便成了他唯一的选择。过去，他是这样度过，那么，这一次，他和其他人一样，有充分理由怀着同样的奢望与侥幸心理。

然而，这个世界变了。

老舍没有变，但北京却变得面目全非。

这些日子，整个北京已经陷入了狂热之中。仅仅几天前，八月十八日，"庆祝无产阶级'文化大革命'大会"在天安门广场召开，百万红卫兵第一次受到伟大领袖的接见。林彪在大会发表重要讲话，浓浓的火药味顿时充斥整个古都。

北京真正是在一夜之间完全变了。八月十九日是疯狂的开端。"我们要求在最短的时间内改掉港式衣裙，剃去怪式发样，烧毁黄色书刊和下流照片。牛仔裤可以改成短裤，余下部分可以做补丁。火箭鞋可以削平，改为凉鞋，高跟鞋改为平底鞋。坏书坏照片作废品处理……"这不是讽刺小说的调侃，而是出自这一天出现在北京大街小巷的第一份红卫兵传单《向旧世界宣战》。就在这一天，三十多万红卫兵冲上了街头，开始了他们所认为的"破四旧"的"壮举"。

老舍所熟悉的一些地方在狂风暴雨中喘息。

挂了七十多年的"全聚德"招牌，被砸得稀烂，换上由红卫兵写好的"北京烤鸭店"的木牌，而挂在店里的山水字画全部被撕毁；"荣宝斋"的牌匾被"门市部"之类的字样盖住，《砸碎"荣宝斋"》的大字报张贴在原来展览艺术珍品的橱窗上；百年字号"瑞蚨祥"绸布店内所有字画、契约、宫灯、画屏，都被毁坏……

素来以温文尔雅、幽默平和而著称的北京话，忽然间也改变了原有的形态。红卫兵小将们开始毫不顾忌地满嘴粗话，"他妈的"、"老子"、"小子"、"狗崽子"等等，在他们看来，仿佛惟有此才能表现他们的革命性，才能标志着与传统文化的决裂。

此刻的北京，当然不再是老舍所热爱的那个北京。同样，此刻的北京，也不再可能接纳老舍。

但是，住在医院里的老舍似乎对这些没有预感，或者说，他没有做好准备来面对即将降临的冲击。那天，他走到会场，才发现人们的眼神已经与以往大大不同。当他被挂上了黑牌时，当红卫兵将他和同行们押解到孔庙时，当他看到火焰无情地吞噬书籍时，当他受到呵斥和毒打时，他才开始明白，今天真的与过去大不一样了。

何曾经历过这样的场面，何曾受过这样的侮辱！

可以忍受许多别人难以接受的东西，可以真诚地改变自己早年的某些禀性，但人格的侮辱，对于将名声和面子视为生命的这个老北京来说，无论如何也是无法承受的。老舍似乎温和，似乎苍老，但在邪恶和无知面前，他依然有他做人的傲气。于是，当下午被接回市文联后又受到红卫兵的鞭打时，他愤然将挂在颈上的黑牌子扔到地上。

在愤然扔掉黑牌之前，老舍在想些什么呢？

在那一时刻，老舍的目光一定充满着困惑与愤慨。

他不理解，他曾经热爱的北京，他曾经为之描绘为之讴歌的北京人，居然会野兽一般向他扑来。这座城市昔日的温文尔雅昔日的彬彬有礼，仿佛刹那间荡然无存。他不理解，人的眼睛里怎么会闪烁着那么多的仇视和凶残？从人性的角度，从传统的角度，都无法理解眼前发生的一切。

关于性本善或者性本恶的争论延续了几千年，至今没有定论。但在面对"文革"历史场面中的纷繁人事时，便不能不承认，人身上原本有动物的凶残的一面，有随时可以因环境的诱导而迸发的邪恶。

"文革"是什么？可以有政治的、经济的、文化的诸多回答。从人性的角度来概说，它无疑是诱发邪恶凶残的催化剂。它还是一个扭曲变形的大舞台，令人眼花缭乱的旗帜，此起彼伏的口号，义正词严的台词，许多时间里只不过是邪恶肆虐的背景和映衬，或者彼此本来就紧紧地纠缠在一起。即便许多年后，天真或者并非天真的人们，试图将彼此分隔开来也无法做到。

"文革"，仅仅因为它把人的兽性空前地激发出来这一点，人们就永远不能淡忘，并且需要时时反思之。

在三十年前的那个炎热的日子里，老舍面对的便是这样一个无法预料也无法躲避的厄运。他对文化的爱，对北京和祖国的爱，他的所有信念和情感，都在烈火中焚烧着。而北京和中国，将在很长时间里，不得不吞咽那场风暴中种下的苦果。

一直愿意跟上时代的老舍，最终仍然没有跟上一个特殊的年代。他被挂上了批斗的黑牌，受到人格的侮辱。难道岁岁年年所做的一切不能证明自己的进步和清白？难道过去获得的荣誉、荣耀转眼间就成梦中泡影？当他在红卫兵面前扔掉挂在脖子上的那块黑牌时，他也就把一个个疑问、质问掷到了地上，让它们发出无声然而却又能在天地间久久不会消失的回响。

老舍做出玉碎的选择时，绝对没有想到，他这样做，居然使他避免了听到日后荒谬的批判。那是会令他更为心碎的声音。

很奇怪，对老舍的大张旗鼓的批判，是到了他已经去世的三年之后。一九六九年十二月十二日《北京日报》发表《反动作家老舍——复辟资本主义的鼓吹手》，掀起了批判老舍的高潮。之所以在这时候又开始批判老舍，一个可能是大批判要继续深入，一个可能是苏联的一些报刊开始陆续发表纪念老舍的文章。从《北京日报》的"编者按"我们可以这样推断。

"编者按"这样写道："如今，社会帝国主义正在利用老舍这个无耻之徒的亡灵，为他们猖狂反华服务。这个一向以擅长'写北京'标榜自己的反动作家，他的作品、创作思想和所谓艺术风格，通过种种伪装，散发了不少毒气，至今在某些人中间还有一定的影响。我们必须彻底批判反动作家老舍，把文艺领域中的革命大批判进一步向广度和深度发展。彻底铲除修正主义文艺的土壤，为保卫无产阶级专政而战斗！"

在一系列被批判的作品中，不仅有老舍早年的《猫城记》《骆驼祥子》《月牙儿》，还有他后来的《龙须沟》《春华秋实》《西望长安》《茶馆》等。旧作受批判姑且不论，那些新作也被扣上了莫名其妙的罪名。

《龙须沟》因为提到了北京市委书记，"为彭真树碑立传"理所当然是不可饶恕的行为；《西望长安》因为是响应罗瑞卿的号召而创作，也就成了他配合"大反革命分子"的"罪证"；《茶馆》写于公私合营期间，许多台词便被批判为老舍是在高唱旧时代的挽歌，是在为资本家的命运鸣不平……

他的一切作品，都被打入另册，甚至他的含冤去世，也成了鞭挞的对象。

老舍为了求得灵魂安宁，才选择了终结生命的方式，但在"文革"这样的年代里，他的亡灵却仍然受到惊扰。

　　在批判文章中，我们可以不断看到这样一些对老舍亡灵的讥讽、嘲弄和鞭挞："刘少奇垮台了，罗瑞卿完蛋了，老舍颠覆无产阶级专政，复辟资本主义的理想像肥皂泡一样彻底破灭了，他只好怀着没落阶级的绝望心理，带着花岗岩头脑去见上帝。""无产阶级'文化大革命'，粉碎了刘少奇、彭真之流复辟资本主义的迷梦，老舍这个无耻的反动作家也成了永劫不复的亡灵。"

　　最能令老舍失望心碎的会是一些"老北京"对他的批判。龙须沟的居民组织过一次批判老舍的会议，其中一位老工人这样说："毛主席把我们从苦海中救了出来，毛泽东思想把我们照得心明眼亮，我们胸怀祖国，放眼世界，从来不把那些吃吃喝喝，溜马路，逛公园放在眼里。可是老舍这个反动家伙，却无中生有地把我们写成目光短浅、心胸狭窄，只知道挣钱吃饭的糊涂虫，甚至把我们写成希望把龙须沟变成'东安市场'、一心盼望走资本主义道路的守财奴。"很明显，老工人的话不会是他的由衷之言。但在当时的情形下，没有多少人会拒绝这样的表述方式。跟上形势，迎合潮流，龙须沟人也不能例外。

　　假如老舍听到这样的批判，该是多么沉痛！他会记得，当年龙须沟人曾经热情拥抱他，为他的创作而鼓掌。

　　"可以批评一切，也可以接受一切。"谁能想到，他当年对老北京习性的归纳，在一个特殊的时刻又以这样的方式表现出来。显然，他深深热爱的老北京变了。相反，他所讽刺、鞭挞过的那些北京性格中的劣根性，在一个非正常年代被空前地激发出来了。人们居然会那么容易地适应一切，忘掉一切，把应有的正直与善良全然抛弃。

　　好在老舍没有可能亲自听到这样的声音。这样，他也就不会感到更深的失望和悲切。但对我们来说，今天重温那段历史时，类似的语言，类似的分析却不能不令我们顿生历史的荒谬感。这种语言背后人性的扭曲，也就成了历史的映照。

一九六六年八月二十四日，一定是老舍一生中最漫长的一天。

头一天他的愤然反击受到更为严厉的对待。人们以"现行反革命"的罪名将他送到附近的派出所，尾随而来的红卫兵，又轮番地毒打他到深夜，直到凌晨，才允许家属把他接回家。

他是以何种心情度过那个夜晚的我们已无法知道。我们也不知道，他最初决定走出家门时，是否就确定要到太平湖寻找归宿。一切，一切，都再也无从知道。我们知道的仅仅是，他让家里的人都走了，甚至妻子也被他说服到单位去参加运动。他不愿意家人因为自己而遭受新的打击。在走出家门时，他手里拿着一根手杖，还有一卷亲自抄写的毛泽东的著名诗词《咏梅》：

"风雨送春归，飞雪迎春到，已是悬崖百丈冰，犹有花枝俏。 俏也不争春，只把春来报，待到山花烂漫时，她在丛中笑。"

老舍为什么选中这首词，在身处那样一种处境时，他会以何种心绪来品味诗词的意境，如今永远是个谜。

就这样，带着头一天留下的累累伤痕，带着难以承受的人格侮辱和巨大压力，老舍走出了家门。最后一次出门。再也没有回来。

太平湖公园的看门人注意到了这样一个老人。他回忆说，这个老人在公园里独自坐了一整天，由上午到晚上，整整一天，几乎没有动过。他估计，悲剧是发生在午夜。

静坐湖边，动也不动，石雕一般。

可以相信，当万念俱灰毅然投入湖中之前，老舍的内心，显然会是前所未有的激烈。太多值得回想的往事，太多值得咀嚼的人生体味，但，我猜想，更多的是困惑，是自省。甚至会有对自我的否定，有深深的自责。

这是令他百思不得其解的"革命"。所有传统文化的精华，书也好，文人也好，为什么都该成为必须清除的历史垃圾？为什么社会的道德规范人的尊严，一夜之间会变得全无价值？为什么人的兽性会成为社会的主导？

更使他痛苦的还是自己。为什么自己曾经所做的一切努力都付诸东流？为什么自己如此真诚如此勤奋仍不能避免这样的命运？为什么偌大一个北京，容纳不下他这样一个从无害人之心的普普通通的文人？

我们已不可能描述老舍当时的全部心情。但我宁愿相信，他也在深深地自责，他有许许多多的内疚和懊悔。他会后悔失去了过多的自我；他会后悔在历次运动中，写下过那么多批判同行的文章；他会后悔没有更多地关心陷入逆境的朋友；他会后悔没有写出更多的如同《茶馆》一样的作品……这样的推测并非是我的一厢情愿，而是符合老舍正直、善良的性格本身的逻辑发展。

他最终走出了生的困扰。他不愿意再蒙受新的屈辱，也不愿意因为自己而牵连家人。他看不到前景，无法预测未来的发展，在这样的情形下，死，对于他，也许才是最好的、唯一的选择。老舍，曾经给予过人们多少安慰和温暖，可在他最需要安慰和温暖的时候，却无从获得。

浓重的夜色里，没有人发现老舍作出最后选择。

舒乙第二天看到的是已经告别人间的老舍：父亲头朝西，脚朝东，仰天而躺，头挨着青草和小土路。他没有穿外衣制服，脚上是一双千层底的布鞋，没有什么泥土，他的肚子里没有水，经过一整天的日晒，衣服鞋袜早已干了。他没戴眼镜，眼睛是浮肿的。贴身的衣裤已很凌乱，显然受过法医的检验和摆布。他的头上，脖子上，胸口上，手臂上，有已经干涸的大块血斑，还有大片大片的青紫色的瘀血。他遍体鳞伤。

老舍留给亲人心目中的最后一幕，将伴随他们走过一生。

老舍把屈辱、困惑、自责、痛苦留给了自己，也把一个悲剧留给了历史，留给了不断关注它解说它的后人。

几年前，一个日本作家代表团访问北京，我在一个场合见到了日本著名作家水上勉。最初知道他的名字，是在读巴金那篇怀念老舍的文章时。从巴老的文章里我得知在老舍去世之后，水上勉可能是最早发表文章表示怀念的人。

水上勉在一九六七年写下了散文《蟋蟀罐》(又译《蟋蟀葫芦》)。他记述老舍访问日本时到他家做客，交谈中他告诉老舍说，他在一个朋友那里看过一只木制的罐子，说是从中国的旧货摊买回来的，是养蟋蟀用的。老舍当即答应他，假如他到中国去，可以带他到旧货商店去找。令他悠悠难忘的是，老舍还答应陪他参观六祖慧能大师的东禅寺。他把老舍的许诺看作一个美妙的梦。但这一切，只能成为永远无法实现的梦了。而老舍留给他的深刻印象，因这美梦的破灭，显得尤为珍贵。

见到水上勉的那天人很多，我没有向他提出过多问题，后来也没有机会深谈。现在想来，我其实应该详细问问他当年听到老舍去世消息后的心情，从他那里了解，日本文化界是如何看待老舍，如何理解老舍。或者，如果有可能，话题可以更深入一些，他们当时和后来，是如何看待中国的"文革"的演进，如何看待"文革"发生的种种今天看来难以置信的事情。

水上勉那次送给我一本他的近作。那是一本长篇小说，我不懂日文，但我喜欢它的装帧，所以，一段时间里，它总是摆放在书架的醒目位置上。不过，我想，假如他能赠送一本收有《蟋蟀罐》一文的散文集，我会更加高兴的。

这次，为写这篇文章，我重新找到了早已翻译成中文的《蟋蟀罐》，又一次为一位日本作家对老舍的深情怀念而感动。这只是一篇很短的散文，可是字里行间流溢着温情、伤感。尽管他与老舍只有一次见面，可他比"文革"中的中国人更能认识到老舍的价值，为中国失去一个老舍而惋惜。

"最近，风闻老舍先生已经去世，这简直不能相信，难道我再也见不到老舍先生了吗？"

读这样的字句，我仿佛听到了将近三十年前遥远的地方传来的一个焦虑而急促的声音。声音显得有些苍凉。这种苍凉，一直到今天依然没有散去。

一九九六年七月二—十日，北京

（原刊于《收获》1996 年第 5 期）

草木春秋

汪曾祺

木芙蓉

　　浙江永嘉多木芙蓉。市内一条街边有一棵，干粗如电线杆，高近二层楼，花多而大，他处少见。楠溪江边的村落，村外、路边的茶亭（永嘉多茶亭，供人休息、喝茶、聊天）檐下，到处可以看见芙蓉。芙蓉有一特别处，红白相间。初开白色，渐渐一边变红，终至整个的花都是桃红的。花期长，掩映于手掌大的浓绿的叶丛中，欣然有生意。

　　我曾向永嘉市领导建议，以芙蓉为永嘉市花，市领导说永嘉已有市花，是茶花。后来听说温州选定茶花为温州市花，那么永嘉恐怕得让一让。永嘉让出茶花，永嘉市花当另选。那么，芙蓉被选中，还是有可能的。

　　永嘉为什么种那么多木芙蓉呢？问人，说是为了打草鞋。芙蓉的树皮很柔韧结实，剥下来撕成细条，打成草鞋，穿起来很舒服，且耐走长路，不易磨通。

现在穿树皮编的草鞋的人很少了，大家都穿塑料凉鞋、旅游鞋。但是到处都还在种木芙蓉，这是一种习惯。于是芙蓉就成了永嘉城乡一景。

南瓜子豆腐和皂角仁甜菜

在云南腾冲吃了一道很特别的菜。说豆腐脑不是豆腐脑，说鸡蛋羹不是鸡蛋羹。滑、嫩、鲜，色白而微微带点浅绿，入口清香。这是豆腐吗？是的，但是用鲜南瓜子去壳磨细"点"出来的。很好吃。中国人吃菜真能别出心裁，南瓜子做成豆腐，不知是什么朝代，哪一位美食家想出来的！

席间还有一道甜菜，冰糖皂角米。皂角我的家乡颇多。一般都用来泡水，洗脸洗头，代替肥皂。皂角仁蒸熟，妇女绣花，把绒在皂仁上"光"一下，绒不散，且光滑，便于入针。没有吃它的。到了昆明，才知道这东西可以吃。昆明过去有专卖蒸菜的饭馆，蒸鸡、蒸排骨，都放小笼里蒸，小笼垫底的是皂角仁，蒸得了晶莹透亮，嚼起来有韧劲，好吃。比用红薯、土豆衬底更有风味。但知道可以做甜菜，却是在腾冲。这东西很滑，进口略不停留，即入肠胃。我知道皂角仁的"物性"，警告大家不可多吃。一位老兄吃得口爽，弄了一饭碗，几口就喝了。未及终席，他就奔赴厕所，飞流直下起来。

皂角仁卖得很贵，比莲子、桂圆、西米都贵，只有卖干果、山珍的大食品店才有得卖，普通的副食店里是买不到的。

近几年时兴"皂角洗发膏"，皂角恢复了原来的功能，这也算是"以故为新"吧。

车前子

车前子的样子很有趣。叶贴地而长，近卵形，有长柄。在自由伸向四面的叶丛中央抽出细长的花梗，顶端有穗形花序，直立着。穗不多，少的只有一穗。画家常画之为点缀。程十发即喜画。动画片中好像少不了它。不知道为什么，这东西有一种童话情趣。

车前子可利小便，这是很多农民都知道的。

张家口的山西梆子剧团有一个唱"红"（老生）的演员，经常在几县的"堡"（张家口人称镇为"堡"）演唱，不受欢迎，农民给他起了个外号"车前子"。怎么给他起了这么个外号呢？因为他一出台，农民观众即纷纷起身上厕所，这位"红"利小便。

这位唱"红"的唱得起劲，观众就大声喊叫："快去，快，赶紧拿咸菜！"这又是怎么回事呢？吃白薯吃得太多了，烧心反胃，嚼一块咸菜就好了。这位演员的嗓音叫人听起来烧心。

农民有时是很幽默的。

搞艺术的人千万不能当"车前子"，不能叫人烧心反胃。

紫穗槐

在戴了"右派分子"的帽子以后，我曾经被发到西山种树。在石多土少的山头用镢头刨坑。实际上是在石头上硬凿出一个一个的树坑来，再把凿碎的砂石填入，用九齿耙搂平。山上寸土寸金，树坑就山势而凿，大小形状不拘。这是个非常重的活。我成了"右派"后所从事的劳动，以修十三陵水库和这次西山种树的活最重。那真是玩了命。

一早，就上山，带两个干馒头、一块大腌萝卜。顿顿吃大腌萝卜，这不是个事。已经是秋天了，山上的酸枣熟了，我们摘酸枣吃。草里有蝈蝈，烧蝈蝈吃！蝈蝈得是三尾的，腹大，多子。一会儿就能捉半土筐。点一把火，把蝈蝈往火里一倒，噼噼剥剥，熟了。咬一口大腌萝卜，嚼半个烧蝈蝈，就馒头，香啊。人不管走到哪一步，总得找点乐子，想一点办法，老是愁眉苦脸的，干吗呢！

我们刨了坑，放着，当时不种，得到明年开了春，再种。据说要种的是紫穗槐。

紫穗槐我认识，枝叶近似槐树，抽条甚长，初夏开紫花，花似紫藤而颜色较紫藤深，花穗较小，瓣亦稍小。风摇紫穗，姗姗可爱。

紫穗槐的枝叶皆可为饲料，牲口爱吃，上膘。条可编筐。

刨了约二十多天树坑，我就告别西山八大处回原单位等候处理，从此再也没有上过山。不知道我们刨的那些坑里种上紫穗槐了没有。再见，紫穗槐！再见，大腌萝卜！再见，蝈蝈！

阿格头子灰背青

敕勒川，
阴山下。
天似穹庐，
笼盖四野。
天苍苍，
野茫茫，
风吹草低见牛羊。

北齐斛律金这首用鲜卑语唱的歌公认是北朝乐府的杰作，写草原诗的压卷之作，苍茫雄浑，前无古人，后无来者。一千多年以来，不知道有多少"南人"，都从"风吹草低见牛羊"一句诗里感受到草原景色，向往不置。

但是这句诗有夸张成分，是想象之词。真到草原去，是看不到这样的景色的。我曾四下内蒙，到过呼伦贝尔草原、达茂旗的草原、伊克昭盟的草原，还到过新疆的唐巴拉牧场，都不曾见过"风吹草低见牛羊"。张家口坝上沽源的草原的草，倒是比较高，但也藏不住牛羊。论好看，要数沽源的草原好看。草很整齐，叶细长，好像梳过一样，风吹过，起伏摇摆如碧浪。这种草是什么草？问之当地人，说是"碱草"，我怀疑这可能是"草菅人命"的"菅"。"碱草"的营养价值不是很高。

营养价值高的牧草有阿格头子、灰背青。

陪同我们的老曹唱他的爬山调：

　　阿格头子灰背青，

　　四十五天到新城。

他说灰背青叶子青绿而背面是灰色的。"阿格头子"是蒙古话。他拔起两把草叫我们看，且问一个牧民：

"这是阿格头子吗？"

"阿格！阿格！"

这两种草都不高，也就三四寸，几乎是贴地而长。叶片肥厚而多汁。

"阿格头子灰背青，四十五天到新城。"老曹年轻时拉过骆驼，从呼和浩特驮货到新疆新城，一趟得走四十五天。那么来回就得三个月。在多见牛羊少见人的大草原上拉着骆驼一步一步地走，这滋味真难以想象。

老曹是个有趣的人。他的生活知识非常丰富，大青山的药材、草原上的草，他没有不认识的。他知道很多故事，很会说故事。单是狼，他就能说一整天。都是实在经验过的，并非道听途说。狼怎样逗小羊玩，小羊高了兴，跳起来，过了圈羊的荆笆，狼一口就把小羊叼走了；狼会出痘，老狼把出痘子的小狼用沙埋起来，只露出几个小脑袋；有一个小号兵掏了三只小狼羔子，带着走，母狼每晚上跟着部队，哭，后来怕暴露部队目标，队长说服小号兵把小狼放了……老曹好说，能吃，善饮，喜交游。他在大青山打过游击，山里的堡垒户都跟他很熟，我们的吉普车上下山，他常在路口叫司机停一下，找熟人聊两句，帮他们买拖拉机，解决孩子入学……我们后来拜访了布赫同志，提起老曹，布赫同志说："他是个红火人。""红火人"这样的说法，我在别处没有听见过。但是用之于老曹身上，很合适。

老曹后来在呼市负责林业工作。他曾到大兴安岭调查，购买树种，吃过犴鼻子（他说犴鼻子黏性极大，吃下一块，上下牙粘在一起，得使劲张嘴，才能张开。他做了一个当时使劲张嘴的样子，很滑稽）、飞龙。他负责林业时主要的业绩是在大青山山脚至市中心的大路两侧种了杨树，长得很整齐健旺。但是他最喜爱的是紫穗槐，是个紫穗槐迷，到处宣传紫穗槐的好处。

"文化大革命"，内蒙大搞"内人党"问题，手段极其野蛮残酷，是全国少有的重灾区。老曹在劫难逃。他被捆押吊打，打断了踝骨。后经打了石膏，幸未致残，但是走起路来一拐一拐的。他还是那么"红火"，健谈豪饮。

老曹从小家贫，"成分"不高。他拉过骆驼，吃过很多苦。他在大青山打过游击，无历史问题，为什么要整他，要打断他的踝骨？为什么？

　　　　阿格头子灰背青，

　　　　四十五天到新城。

花和金鱼

从东珠市口经三里河、河舶厂，过马路一直往东，是一条横街。这是北京的一条老街了。也说不上有什么特点，只是有那么一种老北京的味儿。有些店铺是别的街上没有的。有一个每天卖豆汁儿的摊子，卖焦圈儿、马蹄烧饼，水疙瘩丝切得细得像头发。这一带的居民好像特别爱喝豆汁儿，每天晌午，有一个人推车来卖，车上搁一个可容一担水的木桶，木桶里有多半桶豆汁儿。也不吆喝，到时候就来了，老太太们准备好了坛坛罐罐等着。马路东有一家卖鞭哨、皮条、纲绳等等骡车马车上用的各种配件。北京现在大车少了，来买的多是河北人。看了店堂里挂着的挺老长的白色的皮条、两股坚挺的竹子拧成的鞭哨，叫人有点说不出来的感动。有一家铺子在一个高台阶上，门外有一块小匾，写着"惜阴斋"。这是卖什么的呢？我特意上了台阶走进去看了看：是专卖老式木壳自鸣钟、怀表的，兼营擦洗钟表油泥、修配发条、油丝。"惜阴"用之于钟表店，挺有意思，不知是哪位一方名士给写的匾。有一个茶叶店，也有一块匾"今雨茶庄"（好几个人问过我这是什么意思）。其实这是一家夫妻店，什么"茶庄"！

两口子，有五十好几了，经营了这么个"茶庄"。他们每天的生活极其清简。大妈早起撽炉子、升火、坐水、出去买菜。老爷子扫地，擦拭柜台，端正盆花金鱼。老两口都爱养花、养鱼。鱼是龙睛，两条大红的，两条蓝的（他们不爱什么红帽子、绒球……）。鱼缸不大，飘着苲草。花四季更换。夏天，茉莉、珠兰（熟人来买茶叶，掌柜的会摘几朵鲜茉莉花或一小串珠兰和茶叶包在一起）；秋天，九花（老北京人管菊花叫"九花"）；冬天，水仙、天竺果。我买茶叶都到"今雨茶庄"买，近。我住河舶厂，出胡同口就是。我每次买茶叶，总爱跟掌柜的聊聊，看看他的花。花并不名贵，但养得很有精神。他说："我不瞧戏，不看电影，就是这点爱好。"

我打成了"右派"，就离开了河舶厂。过了十几年，偶尔到三里河去，想看"今雨茶庄"还在不在，没找到。问问老住户，说："早没有了！"——"茶叶店掌柜的呢？"——"死了！叫红卫兵打死了！"——"干吗打他？"——"说他是小业主；养花养鱼是'四旧'。老伴没几天也死了，吓死的！——这他妈的'文化大革命'！这叫什么事儿！"

一九九六年十月二十八日

（原刊于《收获》1997年第1期）

爱情与化学

阿 城

　　这个题目讲成《化学与爱情》也无所谓,不过我们的秩序文化里,比如接见时的名次序列,认为排在前面的总是比较高贵,或者比较重要,比如最先拉出去枪毙的总应该是首犯吧。鲁迅先生有过一个讲演,题目是《魏晋风度与药及酒的关系》,很少有人认为其中三者的关系是平等的,魏晋风度总是比较重要的吧。因此把"爱情"放在前面,容易引起注意,查一下页数,翻到了,看下去,虽然看完了的感觉可能有点煞风景。

　　那这个容易引起注意的爱情究竟是什么呢?我猜这是一个被视为当然而可能不太了解所以然的问题,不过题目太实在,标明了爱情与化学有关系。

　　一定有人猜,是不是老生常谈又要讲性荷尔蒙也就是性激素了?不少人谈到爱情的性基础时,都笼统说到荷尔蒙。其实呢,性荷尔蒙只负责性成熟,因此会有性早熟的儿童，或者性成熟的智障者，十多年前韩少功的小说《爸爸爸》可以是一个例子。

性成熟的人不一定具有爱情的能力。那么爱情的能力从哪里来呢？"感情啊"，无数小说、戏剧、电影、电视连续剧都"证明"过，有点"谎言千遍成真理"的味道，而且味道好到让我们喜欢。其实呢，爱情的能力从化学来，也就是从性成熟了的人的脑中的化合物来。

不过话要一句一句地说。先说脑。

《儿子与情人》的作者劳伦斯说过，"性来自脑中"，他的话在生理学的意义上是真理，可惜他的意思并不是指生理学的脑。

我们来看脑。人脑是由"新哺乳类脑"例如人脑，"古哺乳类脑"例如马的脑和"爬虫类脑"例如鳄鱼的脑组成的，或者说，人脑是在进化中层层叠加形成的。古哺乳类脑和爬虫类脑都会直接造成我们的本能反应，比如，如果你的古哺乳类脑强，你就天生不怕老鼠，而如果你的爬虫类脑强，你就不怕蛇。我们常常会碰到怕蛇却不怕老鼠或者怕老鼠而不怕蛇的人。好莱坞的电影里时不时就让无辜的老鼠或蛇纠缠一下落难英雄，这是一关，过了，我们本能上就感觉逃脱一劫，先松口气再说。我是天生厌蛇的人，有一次去一个以蛇为宠物的新朋友家，着实难过了两个钟头，深为自己有一个弱的爬虫类脑而烦恼。

爬虫类脑位于脑的最基层，负责生命的基本功能，其中的"下视丘"，有"进食中枢"和"拒食中枢"，负责饿了要吃和防止撑死，也就是负责我们人类的"食"。

下视丘还有一个"性行为中枢"，人类的"色"本能即来源于此。我们来看这个中枢。

这个中枢究竟是雄性化的还是雌性化的，在它发育的初期，并没有定型。怀孕的母亲会制造荷尔蒙，她腹中的胎儿也会根据得自父母双方遗传基因染色体的组合来决定制造何种荷尔蒙，这两方面的荷尔蒙决定胎儿生殖器的构造与发育。同时，这些荷尔蒙进入正在发育的胎儿的脑中，影响了脑神经细胞发育和由此而构成的联系网络，决定性行为中枢的结构，脑的其他部分，相应产生"男性化脑"或"女性化脑"的基本结构。

这些"硬体"定型之后，就很难改变了，但是在定型之前，也就是还在发育的时候，却是有可能出些"差池"的，当这些"差池"也定型下来的时候，就会出现例如同性恋双性恋的类型。现代脑科学证实了同性恋原因出于脑的构造。我们常说"命"，这就是生物学意义上的命，先天性的。从历史记载分析，中国汉朝刘姓皇帝的同性恋比率相当高，可惜刘家的脑我们得不到了。

好，脑发育定型了。脑神经生理学家证实，古哺乳类脑中的边缘系统是"情感中枢"。因为这个中枢的存在，哺乳类比爬虫类"有情"，例如我们常说的"舐犊情深"，哪怕它虎豹豺狼，只要是哺乳类，都是这样。爬虫类则是"冷酷无情"，这怪不得它们，它们的脑里没有情感中枢。

人类制造的童话，就是在充分利用情感中枢的功能，小孩子听了童话觉得很"真实"，大人听到了也眼睛湿湿的。童话里的小红帽儿呢？由于情感中枢的本能驱使，结果让大灰狼吃了自己的奶奶，又全靠比情感中枢多了一点聪和明，免于自己被吃。

常说的"亲兄弟明算账"，无非是怕自己落到童话的境界。话说回来，情感中枢对人类很重要，因为它使"亲情""友情"乃至"爱情"成为可能，不过说到现在，爱情还只是"硬体"的可能罢了。

在这个边缘系统最前端的脑隔区，是"快感中枢"。经典的性高潮，是生殖器神经末梢将所受的刺激，经由脊髓传到脑隔区，积累到一个程度，脑隔区的神经细胞就开始放电，于是人才会有性高潮体验。不过，脑神经生理学家用微电流刺激脑隔区，或者将剂量精确的乙酰胆碱直接输入到脑隔区，脑隔区的神经细胞也能放电，同样能使人产生性高潮体验。这证明了性高潮是脑的事，可以与生殖器的神经末梢无关。不少很有意思的伤残报告都证明了这一点，编辑认为目前不适合引用。不过我以前在北京朝阳门内有个忘年交，一个当年宫里的粗使太监告诉过我，

"咱们也能有那么回事儿"。我相信不少人听说原来如此，会觉得真是煞风景，白忙了。当初这个脑神经生理关系发现之后，确实有人担心人类会成为电极的奴隶，你我不过是些男女电池，现在看来还不会，不过我们倒是要注意毒品对脑隔区的影响。

前面说过的边缘系统中，还有被称为"扁桃核"与"海马"的部分，它们主管愤怒、害怕、攻击等等，形成"痛苦中枢"，难为它恰好与"快感中枢"为邻，于是不管快感中枢还是痛苦中枢放电，常常"城门失火，殃及池鱼"，使另一个中枢受到影响。所以俗说的"打是疼，骂是爱"，或者文说的性虐狂或受虐狂（俗称"贱"），即来源于两个中枢的邻里关系。

"喜极而泣""乐极生悲"，"极"，就是一个中枢神经细胞放电过量，影响到另一个中枢的神经产生反应。女性常会在性高潮之中或之后哭泣，我认识的一个小提琴高手，凡拉忧郁的曲子，会有不雅的性反应，为此他很困扰，我劝他不妨在节目单里印上痛苦中枢与快感中枢的脑神经生理结构常识，这是两个中枢共同反应，而不是哲学上说的"物极必反"。

能直接作用于新哺乳类脑的边缘系统也就是情感中枢的艺术是音乐。音乐由音程、旋律、和声、调性、节奏直接造成"频律"（不是旋律），假如这个频律引起痛苦中枢或快感中枢的强烈共振（不是共鸣）而导致放电，人就被"感动"，悲伤，兴奋，沮丧，快活。同时，脑中的很多记忆区被激活，于是我们常常听到或看到这样的倾诉，"它使我想起了什么什么……"每个人的经验记忆有不同，于是这个"频律"，也就是"作品"，就被赋予多种意义了。名噪一时的"阅读理论"，过于将"文本"自我独立，所以对音乐文本的解释一直施展不利，因为音乐是造成频律直接影响中枢神经的反应，理性"来不及"掺入。有一种使母牛多产奶的方法是放音乐给它听，道理和人的生理反应机制差不多，不过牛不会成为发烧友，否则养牛卖奶也会破产的。

景象和视觉艺术则是通过视神经直接刺激情感中枢，听觉和视觉联合起来刺激情感中枢的时候，我们难免会呼天抢地。不过刺激久了也会麻木，仰拍青松，号角嘹亮，落日余晖，琴音抖颤，成了令人厌烦的文艺腔，只好点烟沏茶上厕所。

说起来，艺术无非是千方百计产生一种频律，在展示过程中加强这个频律，听读者用自己的经验大致得到这个频律而使自己的情感中枢放电。我们都知道军队通过桥梁时不可以齐步走，因为所产生的谐振会逐渐增强以至桥梁垮掉。巴赫的音乐就有军队齐步走过桥梁的潜在危险。审美、美学，其实可以解释得很朴素或直接，再或者说，解释得很煞风景。

常说的"人之异于禽兽几何"，笑话构成"人是因为会解几何题，才与畜生不一样"。不过分子生物学告诉我们，人与狒狒的 DNA 百分之九十五点四是相同的，与最近的亲戚矮黑猩猩、黑猩猩、大猩猩的 DNA 百分之九十九是相同的，也就是说，"人之异于禽兽不过百分之一"，很具体，很险，很庆幸，是吧？

不过在脑的构成里，人是因为新哺乳类脑中的前额叶区而异于禽兽的。这个前额叶区，主司压抑。前额叶区如果被破坏，人会丧失自制力，变得无计划性，时不时就将爬虫类脑的本能直接表达出来，令前额叶区没有被破坏的人很尴尬，前者则毫不在意。

说到现在，我们可以知道，爬虫类脑，相当于精神分析里所说的"原我"和"原型"或"潜意识"和"集体潜意识"；新哺乳类脑里的前额叶区，相当于"超我"；"自我"在哪里？不知道。美国国家精神卫生署（缩写为 NIMH）脑进化与行为研究室的主任麦克连说，"躺在精神科沙发上的，除了病人，还有一匹马，一条鳄鱼"，这比弗洛伊德的说法具体明确有用得多了。

压抑是文明的产物。不过这么说也不全对，因为比如狼的压抑攻击的机制非常强，它们的遗传基因中如果没有压抑机制的组合，狼这个物种早就自己把自己消灭了。这正说明人之所以为人，是因为能够逐步在前额叶区这个"硬件"里创造"压抑软件"的指令，控制爬虫类脑，从蒙昧、野蛮以至现在，人类将这个"逐步"划分为不同阶段的文明，文明当然还包括人类创造的其他。不同地区、民族的"压抑软件"的程序及其他的不同，是为"文化"。

古希腊文化里，非理性的狄奥尼索斯也就是酒神精神，主司本能放纵，理性的阿波罗也就是太阳神精神，主司抑制，两者形成平衡。中国的孔子说"吾未见有好德如好色者"，一针见血，挑明了压抑与本能的困难程度。

不幸文化不能由生物遗传延续，只能通过学习。孔子说"学而优则仕"，学什么？学礼和技能，也就是当时的权力者维持当时的社会结构的"软件"。学好了，压抑好了，就可以"联机"了，"则仕"。学不好，只有"当机"。一直到现在，全世界教育的本质还是这样，毕业证书或任何证书其实是给社会组织看的，隐居不需要证书。

前面说过的快感中枢与痛苦中枢的邻里关系，还会产生"享受痛苦"的现象。古老文化地区的诗歌、小说、戏剧、电影、常常以悲剧结尾，以苦为美。我去台北随朋友到 KTV，里面的歌几乎首首悲音，闽南语我不懂，看屏幕上打出的字幕，总是离愁别绪，爱而不得，爱之苦痛等等，但这确实是娱乐，消费不低的娱乐。

一般所谓的"深刻""悲壮""深沉"等等，从脑神经的结构来看，是由痛苦中枢放电而影响到快感中枢，于是由苦感与快感共同完成满足感。如果痛苦不能导致快感，就只有"悲惨"而无"悲壮"。这就像巧克力，又苦又甜，它产生的满足感强过单纯的糖，可是我们并不认为巧克力比糖"深刻"。

所以若说"深刻""悲壮"里有快感，我相信不少人一定会有被亵渎的感觉。这说明文化软件里的不少指令是生理影响心理，心理影响文化，文化的软件形成之后，通过学习再返回来影响心理，可是却很难最终明白这一切源于生理。文化形成之后，是集体的形态，有种"公理"也就是不需证明的样子，于是文化也是一种暴力，可镇压质疑者。

"沉雄""冷峻""壮阔""亢激""颤栗""苍凉"，你读懂这些词并能陶醉其中时，若还能意识到情感上的优越，那你开始对快感有"深刻"的感觉了，可是，虚伪也会由此产生，矫情的例子比比皆是，历历在目。

中国文化里的"享受痛苦"，一直有很高的地位，单纯的快乐总是被警惕的。"苦其心志，饿其体肤"，"天将降大任于斯人也"，虽然苦痛但心感优越；警惕"玩物丧志"；责备"浑身没有二两重"。我们可以看出一个很清晰的压抑的文化软件程序，它甚至可以达到非常精致的平衡，物我两忘，但它也可以将一个活泼的孩子搞得少年老成。

不过前额叶区是我们居然得以有社会组织生活的脑基础。我们可要小心照顾它，过与不足，都伤害到人类本身。人类如果有进步，前额叶区的"软件"转换要很谨慎，这个谨慎，也许可以叫做"改良"。

无产阶级"文化大革命"是一次软件设计，它输入前额叶区的是"千头万绪，归根结底，就是一句话：造反有理"和"革命不是请客吃饭，不是做文章，不是绘画绣花，不能那样雅致，那样从容不迫，文质彬彬"，将新哺乳类脑的情感中枢功能划限于"阶级感情"，释放爬虫类脑，"革命是暴动，是一个阶级推翻一个阶级的暴烈的行动"。当时的众多社论，北京清华附中"红卫兵"的《三论造反有理》，都是启动释放爬虫类脑的软件程序。

《三论造反有理》同时是一组由刺激痛苦中枢转而达到快感的范文，好莱坞的英雄片模式也是这样：好人一定要先受冤枉，受暴力之难，刺激观众的痛苦中枢，然后好人以暴力克服磨难，由快感中枢完成高潮，影片适时结束。

由于前额叶区的压抑作用，人类还产生了偷窥来疏解心理和生理上的压抑。爬虫类和古哺乳类不偷窥，它们倒是直面"人"生的。艺术提供了公开偷窥，视觉艺术则是最直接的偷窥，偷窥包装过的或不包装的暴力与性。

扯得真是远了，爱情还在等待，不过虽然慢了一点儿，但是前面的啰嗦会使我们免去很多下面的麻烦。

人类的"杜莱特氏症"历史悠久，生动的病历好看过小说。这种症状是因为病人脑中的"基底核"不正常造成的。基底核负责制造"邻苯二酚乙胺"，即"多巴胺"，多巴胺过多，人就会猛烈抽搐或者性猖狂。多巴胺过少，结果之一为"帕金森氏症"，治疗的方法是使用"左多巴"，注意剂量要精确，否则老绅士老淑女也会变得春心荡漾。

你觉得可以猜到爱情是什么了吧？且慢，爱情不仅仅是多巴胺。

脑神经生理学家发现，人脑中的三种化学物质，多巴胺（dopamine），去甲肾上腺素（norepinephrine）和 phenylethylamine（最后这种化学物我作不出准确译名，总之是苯和胺类的化合物），当脑"浸"于这些化学物质时，人就会堕入情网，所谓"一见钟情"，所谓"爱是盲目的"，所谓"爱是疯狂的"，所谓"烈火干柴"等等，总之是进入一种迷狂状态。诗歌、故事、小说、戏剧、电影，无不以讴歌之描写之得意忘形为能事，所谓"永恒的题材"。

一九九六年《收获》第四期上有叶兆言的小说《一九三七年的爱情》，我读的时候常常要猜男主人公丁问渔脑里的基底核的情况，有时戏想，觉得可以仿外面流行过的"字典小说"写成一部"病历小说"。从症状上看，丁问渔的基底核有些问题，多巴胺浓度微微高了一点，但他的前额叶区里的文化抑制软件里，有一些他所在地区的文化软件里没有的"骑士精神"，所以他还不至于成为真正的性猖狂。"骑士精神"是欧洲文化里"享受痛苦"、性自虐的表现之一，塞万提斯笔下的堂吉诃德的悲剧是欧洲文化中时间差的悲剧，桑丘用西班牙的世俗智慧保护了主人，叶兆言笔下的丁问渔的悲剧则不但是时间差而且是文化空间差的悲剧，南京车夫和尚显然不是桑丘，连自身都难保。丁问渔的悲剧有中国百来年一些症结的意味，却难得丁问渔不投机，活生生的一个一九三七年的骑士。

上面提到的脑中的三种化学物质，生物学上的意义是使性成熟的男性女性产生迷狂，目的是交配并产生带有自己遗传基因的新载体，也就是子女后代。男女交合后，双方的三种化学物质并不消失，而是持续两到三年，这时若女方怀孕，迷狂则会表现出"亲子""无私的母爱"，俗说"护犊子""孩子是自己的好"。我如果说"母性"无所谓伟大不伟大，只是一种化学物质造成的迷狂，一定会得罪天下父母心，但脑生理学认为，这正是人为了维护带有自己基因的新生儿达到初步独立程度的不顾一切，这个初步，包括识别食物，独立行走，基本语言表达，也就是脑的初步成熟。爬虫类和古哺乳类的后代的脑是在卵和胎的时期就必须成熟，它们一降生，就要能识别食物和行走。爬虫类只护卵，小爬虫一破壳，就各自为政；古哺乳类则短期护犊，之后将小兽驱离，就像我们从前在日本艺术科教片《狐狸的故事》里看到的。

人脑中的上述三种化学物质"消失"后，脑生理学家还没有找出我们不能保持它们的原因，你们大概要关心迷狂之爱是不是也要消失了？当然，虽然很残酷，"老婆（也可以换成老公）是别人的好"。生物遗传学家解释说，遗传基因的这种安排，是为了将"迷狂"的一对分开，因为从偶然率上看，交配者的基因不一定是最佳的，只有另外组合到一定的数量，才会产生最佳的基因组合，这也是所谓的"天地不仁"吧。

基因才是我们的根本命运。当人类社会出现需要继承的权力和财富时，人类开始向基因的"尽可能多组合"的机制挑战，造成婚姻制度，逐渐进化到对偶血缘婚姻，以便精确确认有财富和权力继承权的基因组合成品，并以法律保护之。这就是先秦儒家的"道"的来源，去符合它，就是"德"，否则就是"非德"，我们现在则表达为"道德"或"不道德"。古代帝王则没有什么道德不道德，干脆造成太监，以确保皇宫内只有一种男性基因在游荡。

我们的历代文化没有指责"食"的，至多是说"朱门酒肉臭，路有冻死骨"，这是不公平，而不是"食"本身有何不妥。不过酒有例外，因为酒类似药，可以麻痹主司压抑的前额叶区。酒是商的亡国原因之一，我们很难想象现在的河南商丘地区，当年满朝醉鬼，《礼记》上形容商是"荡而不静，胜而无耻"，情况严重到周灭商之后明令禁酒。

麻烦的一直是"色"，因为色本来是求生殖的事，但基因所安排的生理化学周期并没有料到人类会有一个因财产而来的理性的婚姻制度，它只考虑"非理性"的基因组合的优化。人类发明的对偶婚姻制度，还不到两万年吧，且不说废止了还不到一百年的中国的妻妾制，这个制度还不可能影响人类基因的构成，既然改变不了，人类就只有往前额叶区输入不断严密化的文化软件来压抑基因的安排，于是矛盾大矣，悲剧喜剧悲喜剧多矣。

说实在的，你我不觉得"与天斗，其乐无穷，与地斗，其乐无穷"，终有觉悟到人非世界的中心，也就是提出环保的一天，而"与人斗，其乐无穷""八亿人，不斗行吗"同样荒诞，但是与基因斗，是不是有点悲壮呢？

有分教，海誓山盟，刀光剑影，红杏出墙，猫儿偷腥，醋海波涛，白头偕老，杜十娘怒沉百宝箱，包龙图义铡陈世美，罗密欧与朱丽叶，唐璜与堂吉诃德，乔太守乱点鸳鸯谱，汪大尹火烧红莲寺，卡门善别恋，简爱变复杂，地狱魔鬼贞操带，贞节牌坊守宫砂，十八年寒窑苦守，第三者第六感觉，俱往矣俱往矣又继往开来。

清朝的采蘅子在《虫鸣漫录》里记了一件事，说河南有个大户人家的仆人辞职不干了，别人问起原因，他说是主人家有件差事做不来。原来每天晚上都有一个老妇领他进内室，床上帐子遮蔽，有女人的下体伸出帐外，老妇要他与之交合，事后给不少钱。他因为始终看不到女人的颜面，终于支持不了，才辞职不做了。

事情似乎不堪，却有一个文化人类学所说的"生食"与"熟食"的问题。这个仆人是"熟食"的，不是"关了灯都一样"，他不打"生食"的工，钱多也不打。

文化是人为了社会生存而被迫创造的，结果人又被文化异化，不过人若不被自己的文化异化，就不是人了。爱情亦如此。古往今来的爱情叙说中，"美丽""漂亮"几乎是必提的迷狂主旋律，似乎属于本能的判断，其实呢，"美丽"等等是半本能半文化的判断。美丽漂亮之类，常常由文化价值判断的变化而变化。"焦大绝不会爱林妹妹"，话说得太绝对了，历朝历代的农村包围城市之后，"文化大革命"之中，焦大爱林妹妹或者林妹妹爱焦大，见得还少吗？

文化是积累的，所以是复杂的，爱情被文化异化，也因此是复杂的。相较之下，初恋，因为前额叶区的压抑软件还不够，于是阳光灿烂；暗恋，是将本能欲望藏在压抑软件背后，也还可以保持"纯度"。追星族是初恋暗恋混在一起，迷狂到猖狂，青春其实就是这样，像小兽一样疯疯癫癫，不必指责或担心，祝他们和她们青春快乐吧。

这两年风靡一时的美国小说《廊桥遗梦》，是一个严格按照脑生理常识和文化抑制机制制作的故事。首先是迷狂，女主角的血统选为拉丁，这个血统几乎是西方文化中迷狂的符号（电影改编中女主角用斯特里普，输小说一等）；迷狂的环境选在美国中部（直到现在美国中部还是以保守著称，总统选举的初选一直就在小说里的爱荷华州，看看美国最基础的价值观大概会支持哪位竞选者），这里有占主流的婚姻家庭传统价值观。小说的构造是压抑机制成功，造成巨大的痛苦。你还记得前面介绍过的人脑里的那个邻里关系吗？于是结尾造成享受痛苦。不要轻视商业小说，好货努力要完成的正是"典型环境里的典型性格"（俄文以前错将"性格"译成"人物"，中文也就跟着错了），再运用爱情常识和想象力，当然会将我国的中年知识分子收拾得服服帖帖。

说起文化的复杂，王安忆的小说《长恨歌》里透露出上海的文化软件中有一个指令是"笑贫不笑娼"。姿色是一种资本，投资得好，利润很大的，而贫，毫无疑义是没有资本。其实古来即如此，不过上海开埠早，一般的上海人又多是移民，前额叶区里的压抑软件中的不少指令容易改变，于是近代商业资本意识更纯粹一些，于是上海也是中国冒险家的乐园。何需下海？当年多少文化人就是拥到海里以文化做投资，张爱玲一句"出名要早"点出投资效益的时间差。王琦瑶初恋之后，晓得权力是男人的这个文化指令，于是性投资于李主任，不久即红颜薄命，之后的四十多年，难能保住了李主任留下的金子，可是新时代的小公狼估出了王琦瑶当年的投资值回多少，长恨红颜到老终是薄命。

不过话说到这里，连我都怀疑爱情是不是与化学有关系了。关系一定有的吧，否则世界上就只有亲情、友情而无爱情了。人脑中的边缘系统提示我们，如果化学的爱情消失了，还会有亲情和友情，不过我想提醒的是，要有足够的智慧，才会"白头偕老"。太多爱情的中国式失败，不在于爱情没有了，而是连友情都没有了。

生物学家的非洲动物观察报告说，群居的黑猩猩中，有时候会有一只雄黑猩猩斥退群雄，带着一只（而不是一群）自己迷恋上的雌黑猩猩，双双（而不是群居）隐入到丛林深处讨生活，告诉我们一个原始的爱情故事。

一九九六年十月　上海青浦

（原刊于《收获》1997 年第 1 期）

思乡与蛋白酶

阿 城

我们都有一个胃，即使成为植物人后，也还有一个胃，否则连植物人也是做不成的。

有人开玩笑说中国文化只剩下了个"吃"。如里你认为这个"吃"是为了胃，那可就错了。这个"吃"是为了眼睛、鼻子和嘴巴的，所谓"色、香、味"。嘴巴这一项里，除了"味觉"，也就是"甜、咸、酸、辣、辛、苦、膻、腥、麻、鲜"，还有一个很重要的"口感"，所谓"滑、脆、粘、软、嫩、凉、烫"。

我当然没有忘掉"臭"，臭豆腐，臭咸鱼，臭冬瓜，臭蚕豆，之所以没有写到"臭"，是因为我们不是为了其"臭"才去吃，而是为了品其"鲜"。

说到"鲜"，食遍全世界，我觉得最鲜的还是中国云南的鸡㙡菌。用这种菌做汤，其实极危险，因为你会贪鲜，喝到胀死。我怀疑这种菌里含有什么物质，能完全麻痹我们脑里面下视丘中的拒食中枢，所以才会喝到胀死还想喝。

河豚也很鲜美，可是有毒，能置人死命。如果你有机会去日本，不妨找间餐馆（坐下之前切记估计好付款能力），里面治河豚的厨师一定要是有执照的。我建议你第一次点的时候，点带微毒的，吃的时候极鲜，吃后身体的感觉有些麻麻的。我再建议你此时赶快作诗，可能此前你没有作过诗，而且很多朦胧诗人还健在，但是你现在可以作诗了。

中国的"鲜"字，是"鱼"和"羊"，一种是腥，一种是膻。我猜"鲜"的意义是渔猎时期定下来的，之后的农业文明，再找到怎样鲜的食物，例如鸡枞菌，都晚了，都不够"鲜"了，位置已经被鱼和羊占住了。

鱼中最鲜的，我个人觉得是广东人说的"龙利"。清蒸，加一点葱丝姜丝，葱姜丝最好顺丝切，否则料味微重，淋清酱油少许，蒸好即食，入口即化，滑、嫩、烫，耳根会嗡的一声，薄泪泗濡，不要即刻用眼睛觅知音，容易被人误会为含情脉脉，心下感激就是了。

羊肉为畜肉中最鲜。猪肉浊腻，即使是白切肉；牛肉粗重，即使是轻微生烤的牛排。羊肉乃肉中之健朗君子，吐雅言，脏话里带不上羊，可是我们动不动就说蠢猪笨牛；好襟怀，少许盐煮也好，红烧也好，煎、炒、爆、炖、涮，都能淋漓尽致。我最喜欢爆和涮，尤其是涮。

涮时选北京人称的"后脑"，也就是脖子上的肉，肥瘦相间，好像有沁色的羊脂玉，用筷子夹入微滚的水中（滚水会致肉滞），一顿，再一涮，挂血丝，夹出蘸料，入口即化，嚼是为了肉和料混合，其实不嚼也是可以的。料要芝麻酱（花生酱次之），豆腐乳（红乳烈，白乳温），虾酱（当年产），韭菜花酱（发酵至土绿），辣椒油（滚油略放浇干辣椒，辣椒入滚油的制法只辣不香），花椒水，白醋（熏醋反而焦钝），葱末，芫荽段，以个人口味加减调和，有些人还会加腌糖蒜。据说马连良先生生前到馆子吃涮羊肉是自己带调料，是些什么？怎样一个调法？不知道，只知道他将羊肉真的只是在水里一涮就好了，省去了一顿的动作。

涮羊肉，一般锅底放一些干咸海虾米和香菇，我觉得清水加姜片即可。料里如果不放咸虾酱，锅底可放干咸海虾米，否则重复；香菇如果在炭火上炙一下再入汤料，可去土腥味儿；姜是松懈肌肉纤维的，可以使羊肉嫩。

我在内蒙古插队的时候，看到蒙古人有一种涮法是将羊肉在白醋里涮一下，"生涮"。我试过，羊肉过醋就白了，另有一种鲜，这种涮法大概是成吉思汗的骑兵征进时的快餐吧，如果是，可称为"军涮"。

中国的饮食文化里，不仅有饱的经验，亦有饿的经验。

中国在饥馑上的经验很丰富，"馑"的意思是蔬菜歉收。浙江不可谓不富庶，可是浙江在菜上的特点多干咸或发霉的货色，比如萧山的萝卜干、螺蛳菜，杭州、莫干山、天目山一带的咸笋干，义乌的大头菜，绍兴的霉干菜，上虞的霉千张。浙江明明靠海，但有名的却是咸鱼，比如玉环的咸带鱼，宁波的咸蟹、咸鳗鲞、咸乌鱼蛋、龙头烤、咸黄泥螺。

宁波又有一种臭冬瓜，吃不惯的人是连闻都不能闻的，气味若烂尸，可是爱吃的人觉得非常鲜，还有一种臭苋梗也是如此。绍兴则有臭豆。

鲁迅先生是浙江人，他怀疑浙江人祖上大概不知遭过多大的灾荒，才会传下这些干咸臭食品。我看不是由于饥馑，而是由于战乱迁徙，因为浙江并非闹灾的省份。中国历史上多战乱，乱则人民南逃，长途逃难则食品匮乏，只要能吃，臭了也得吃。要它不臭，最好的办法就是晾干腌制，随身也好携带。到了安居之地，则将一路吃惯了的干咸臭保留下来传下去，大概也有祖宗的警示，好像我们亲历过的"忆苦思甜"。广东的客家人也是历代的北方逃难者，他们的食品中也是有干咸臭的。

中国人在吃上，又可以挖空心思到残酷。

云南有一种"狗肠糯米"，先将狗饿上个两三天，然后给它生糯米吃，饿狗囫囵吞，估计糯米到了狗的"十二指肠"（狗的这一段是否有十二个手指并起来那么长，没有量过），将狗宰杀，只取这一段肠蒸来吃。说法是食物经过胃之后，小肠开始大量分泌蛋白酶来造成食物的分化，以利吸收，此时吃这一段，"补得很"。

还是云南，有一种"烤鹅掌"，将鹅吊起来，鹅掌正好踩在一个平底锅上，之后在锅下生火。锅慢慢烫起来的时候，鹅则不停地轮流将两掌提起放下，直至烫锅将它的掌烤干，之后人单取这鹅掌来吃。说法是动物会调动它自己最精华的东西到受侵害的部位，此时吃这一部位，"补得很"。

这样的吃法已经是兵法了。

相较中国人的吃，动物，再凶猛的动物，吃起来也是朴素的。它们只是将猎物咬死，然后食其血或肉，然后，就拉倒了。它们不会煎炒烹炸熬煸炖涮，不会将鱼做成松鼠的样子，美其名曰"松鼠鳜鱼"。你能想象狼或豹子挖空心思将人做成各种肴馔才吃吗？例如爆人腰花，炒人里脊，炖人手人腔骨，酱人肘子，卤人耳朵，涮槽头肉，干货则有人火腿，人鞭？

吃，对中国人来说，上升到了意识形态的地步。"吃哪儿补哪儿"，吃猪脑补人脑，这个补如果是补智慧，真是让人犹豫。吃猴脑则是医"羊角风"，也就是"癫痫"，以前刑场边上总有人端着个碗，等着拿犯人死后的脑浆回去给病人吃，有时病人根本是到刑场上毙了就吃。"吃鞭补肾"，如果公鹿的性激素真是由吃它的相应部位就可以变为中国男人的性激素，性这件事也真是太简单了。不过这是意识形态，是催眠，所谓"信"。海参、鱼翅、甲鱼，都是暗示可以补中国男女的性分泌物的食品，同时也就暗示性的能力的增强。我不吃这类东西，只吃木耳，植物胶质蛋白，而且木耳是润肺的，我抽烟，正好。

我在以前的《闲话闲说》里聊到中国饮食文化的起因：

　　中国对吃的讲究，古代时是为祭祀，天和在天上的祖宗要闻到飘上来的味儿，才知道俗世搞了些什么名堂，是否有诚意，所以供品要做出香味，味要分得出级别与种类，所谓"味道"。远古的"燎祭"，其中就包括送味道上天。《诗经》《礼记》里这类郑重描写不在少数。

　　前些年大陆文化热时，用的一句"魂兮归来"，在屈原的《楚辞·招魂》里，是引出无数佳肴名称与做法的开场白，屈子历数人间烹调美味，诱亡魂归来，高雅得不得了的经典，放松来读，是食谱，是菜单。

咱们现在到无论多么现代化管理的餐厅，照例要送上菜单，这是古法，只不过我们这种"神"或"祖宗"要付钞票。

商王汤时候有个厨师伊尹，因为烹调技术高，汤就让他做了宰相，烹而优则仕。那时煮饭的锅，也就是鼎，是国家最高权力的象征，闽南话现在仍称锅为鼎。

极端的例子是烹调技术可以用于做人肉，《左传》《史记》都有记录，《礼记》则说孔子的学生子路"醢矣"，"醢"读如"海"，就是人肉酱。

转回来说这供馔最后要由人来吃，世俗之人嘴越吃越刁，终于造就一门艺术。

现在呢，则不妨将《招魂》录出：

　　室家遂宗　食多方些
　　稻粢穱麦　挐黄粱些
　　大苦咸酸　辛甘行些
　　肥牛之腱　臑若芳些
　　和酸若苦　陈吴羹些
　　胹鳖炮羔　有柘浆些
　　鹄酸臇凫　煎鸿鸧些
　　露鸡臛蠵　厉而不爽些
　　粔籹蜜饵　有餦餭些
　　瑶浆蜜勺　实羽觞些
　　挫糟冻饮　酎清亮些
　　华酌既陈　有琼浆些
　　归反故室　敬而无妨些

这样的食谱，字不必全认得全懂，但每行都有我们认得的粮食，家畜野味，酒饮，烹调方法。如此丰盛，魂兮胡不归！

这个食谱，涉及了《礼记·内则》将饮食分成的饭、膳、馐、饮四大部分。先秦将味原则为"春酸、夏苦、秋辛、冬咸"，这个食谱以"大苦"领首，说明是夏季，更何况后面还有冰镇的冷饮。

难怪古人要在青铜食器上铸饕餮纹。饕餮是警示不要太贪，其实暗示了东西实在是太好吃了。

说了半天都是在说嘴，该说说胃了。

食物在嘴里的时候，真是百般滋味，千般享受，所以我们总是劝人"慢慢吃"，因为一咽，就什么味道也没有了，连辣椒也只"辣两头儿"。嘴和肛门之间，是由植物神经管着的，这当中只有凉和烫的感觉，所谓"热豆腐烧心"。

食物被咽下去后，经过食管，到了胃里。胃是个软磨，将嚼碎的食物再磨细，我们如果不是细嚼慢咽，胃的负担就大。

经过胃磨细的食物到了十二指肠，重要的时刻终于来临。我们千辛万苦得来的口中物，能不能化成我们自己，全看十二指肠分泌出什么样的蛋白酶来分解，分解了的，就吸收，分解不了吸收不了的，就"消化不良"。

消化不良，影响很大，诸如打嗝放屁还是小事，消化不良可以影响到精神不振，情绪恶劣，心情不好，思路不畅，怨天尤人。自己烦倒还罢了，影响到别人，鸡犬不宁，妻离子散不敢说，起码朋友会疏远你一个时期，"少惹他，他最近有点儿精神病"。

小的时候，长辈总是告诫不要挑食，其中的道理会影响人一辈子。

人还未发育成熟的时候，蛋白酶的构成有很多可能性，随着进入小肠的食物的结构，蛋白酶的种类开始逐渐形成以至固定。这也就是例如小时候没有喝过牛奶，大了以后凡喝牛奶就拉稀泻肚。我是从来都拿牛奶当泻药的。亚洲人，例如中国人，日本人，韩国人到了牛奶多的地方，例如美国，绝大多数都出现喝牛奶就泻肚的问题，这是因为亚洲人小时候牛奶喝得少或根本没得喝而造成的。

牛奶在美国简直就是凉水，便宜，管够，新鲜。望奶兴叹很久以后，我找到一个办法，将可口可乐掺入牛奶，喝了不泻。美国专门出一种供缺乏分解牛奶的蛋白酶的人喝的牛奶，其中掺了一种酶。这种牛奶不太好找，名称长得像药名，总是记不住，算了，还是喝自己调的牛奶吧。

不过，"起士"或译成"忌司"的这种奶制品我倒可以吃。不少中国人不但不能吃，连闻都不能闻，食即呕吐，说它有一种腐败的恶臭。腐败，即是发酵，动物蛋白质和动物脂肪发酵，就是动物的尸体腐败发酵，臭起来真是昏天黑地，我居然甘之如饴，自己都感到不可思议。我是不吃臭豆腐的，一直没有过这一关。臭豆腐是植物蛋白和植物脂肪腐败发酵，比较动物蛋白和动物脂肪的腐败发酵，差了一个等级，我居然喜欢最臭的而不喜欢次臭的，是第二个自己的不可思议。

分析起来，我从小就不吃臭豆腐，所以小肠里没有能分解它的蛋白酶。我十几岁时去内蒙古插队，开始吃奶皮子，吃出味道来，所以成年以后吃发酵得更完全的起士，没有问题。

陕西凤翔人出门到外，带一种白土，水土不服的时候食之，就舒畅了。这白土是碱性的，可见凤翔人在本乡是胃酸过多的，饮本地的碱性水，正好中和。

所以长辈"不要挑食"的告诫会影响小孩子的将来，道理就在于你要尽可能早地、尽可能多地吃各种食物，使你的蛋白酶的形成尽可能的完整，于是你走遍天下都不怕，什么都吃得，什么都能消化，也就有了幸福人生的一半了。

所谓思乡，我观察了，基本是由于吃了异乡食物，不好消化，于是开始闹情绪。

我记得一些会写些东西的人到外洋走了一圈之后，发表一些文字，常常就提到饮食的不适应。有的说，西餐有什么好吃？真想喝碗粥就咸菜啊。

这看起来真是朴素，真是本色，读者也很感动。其实呢？真是挑剔。

我就是这样一种挑剔的人。有一次我从亚利桑那州开车回洛杉矶。我的旅行经验是，路上带一袋四川榨菜，不管吃过什么洋餐，吃上一根榨菜，味道就回来了，你说我挑剔不挑剔？

话说我沿着十号州际公路往西开，早上三明治，中午麦当劳，天近傍晚，突然路边闪出一块广告牌，上写"金龙大酒家"，我毫不犹豫就从下一个出口拐下高速公路了。

我其实对世界各国的中国餐馆相当谨慎。威尼斯的一家温州人开的小馆，我进去要了个炒鸡蛋，手艺再不好，一个炒蛋总是坏不到哪里去吧？结果端上来的炒鸡蛋炒得比盐还咸。我到厨房间去请教，温州话我是不懂的，但掌勺儿的说"我忘了放盐了"这句话我还是懂了，其实是我忘了浙江人是不怕咸的，不过不怕到这个地步倒是头一次领教。

在巴黎则是要了个麻婆豆腐，可是什么婆豆腐都可以是，就不是麻婆豆腐。麻婆豆腐是家常菜呀！炝油，炸盐，煎少许猪肉末加冬菜，再煎一下郫县豆瓣，油红了之后，放豆腐下去，勾兑高汤，盖锅。待豆腐腾的涨起来，起锅，散生花椒面、青蒜末、葱末、姜末，就上桌了，吃时再拌一下，一头汗马上就吃出来。

看来问题就出在家常菜上。家常菜原来最难。什么"龙凤呈祥"，什么"松鼠鳜鱼"，场面菜不常吃，吃也是为吃个场面气氛，不好吃也不必说，难得吃嘛。家常菜天天吃，好像画牛，场面菜不常吃，类似画鬼，"画鬼容易画牛难"。

好，转回来说美国西部蛮荒之地的这个"金龙大酒家"。我推门进去，站柜的一个妇人迎上来，笑容标准，英语开口，"几位？"我觉得有点不对劲，因为从她肩上望过去，座上都是牛仔的后代们，我对他们毫无成见，只是，"您这里是中国餐吗？"

"当然，我们这里请的是真正的波兰师傅。"

到洛杉矶的一路上我都在骂自己的挑剔。波兰师傅怎么了？波兰师傅也是师傅。我又想起来贵州小镇上的小饭馆，进去，师傅迎出来，"你炒还是我炒？"中国人谁不会自己炒两个菜？"我炒。"

所有佐料都在灶台上，拣拣菜，抓抓码，叮当五四，两菜一汤，头上冒汗。师傅蹲在门口抽烟，看街上的女人走过去，屁股扭过来又扭过去。

所以思乡这个东西，就是思饮食，思饮食的过程，思饮食的气氛。为什么会思这些？因为蛋白酶。

叶落归根，直奔想了半辈子的餐馆，路边摊，张口要的吃食让亲戚不以为然。终于是做好了，端上来了，颤巍巍伸筷子夹了，入口，"味道不如当年的啦。"其实呢，是老了，味蕾退化了。

老了的标志，就是想吃小时候吃过的东西，因为蛋白酶退化到最初的程度。另一个就是觉得味道不如从前了，因为味蕾也退化了。六十岁以上的老人对食品的评价，儿孙们不必当真。我老了的话，会三缄其口，日日喝粥就咸菜，能不下厨就不下厨，因为儿孙们吃我炒的蛋，可能比盐还咸。

与我的蛋白酶相反，我因为十多岁就离开北京，去的又多是语言不通的地方，所以我在文化上没有太多的"蛋白酶"的问题。在内蒙，在云南，没有人问过我"离开北京的根以后，你怎么办？你感觉如何？你会有什么新的计划？"现在倒是常常被问到"离开你的根以后，你怎么办？你感觉如何？你适应吗？"我的根？还不是这里扎一下，那里扎一下，早就是个老盲流了。

你如果尽早地接触到不同的文化，你就不太会大惊小怪了。不过我总觉得，文化可能也有它的"蛋白酶"，比如母语，制约着我们这些老盲流。

一九九七年二月　加州洛杉矶

（原刊于《收获》1997 年第 3 期）

我是吴宓教授，给我开灯

——纪念吴宓先生辞世二十周年

赵瑞蕻

吴宓先生逝世已整整二十周年了。作为吴先生的一个学生，我想应该赶快尽可能详细地把他所给予我的亲切教导，我所得到的多种启发，我个人真实的感受，我所记忆起来的一些往事情景记录下来。

一九八七年八月，我曾在《香港文学》第四十三期上，发表拙作《诗的随想录》，其中有一首诗是《怀念吴宓师》。现将这首小诗抄在这里，作为这篇回忆散文的序曲。

吴宓先生走路直挺挺的，
拿根手杖，捧几本书，
穿过联大校园，神态自若；
一如他讲浪漫诗，柏拉图，
讲海伦故事；写他的旧体诗。

"文革"中老师吃了那么多苦，

却还是那样耿直天真——

啊，这位中西比较文学的先驱！

一九三七年七月七日"卢沟桥事变"爆发时，我正在国立山东大学外文系读完一年级。七月二十五日，我从青岛回到故乡温州，就跟许多老同学和朋友组织了一个抗日救亡团体"永嘉青年战时服务团"。十月间，我得知北大、清华、南开三大学相继南迁，在长沙联合组织国立临时大学的消息，便和两个同乡同学赶到长沙，先在临大借读，后经考试，入外文系二年级继续求学。那时文学院设在南岳山中，借用长沙圣经学院分校为校址。我们，教师和同学，在那清静优美的山间，共同度过了极其难得又很有意义的三个月。在那个特殊的时代、特殊的机遇中，三座著名的高等学府的一大批教授、学者，中国知识分子的精英同仇敌忾先后相聚在那里。那时吴宓先生经过长途辛苦的奔波，从沦陷后的北平也到了南岳。我第一次看到吴先生时，他的外表、神态、走路的样子、讲课时的风度就深深地吸引了我。我早知先生的大名，敬仰之情久潜心底。况且，一九三七年一月间，我曾从青岛到北平，跟一个在北大外文系读书的同学一起过春节时，到过清华两次，走进工字厅，看到有名的"水木清华"四个挺秀大字的横匾，欣赏了"藤影荷声之馆"雅致清幽的气氛。清华同学告诉我："这里就是吴宓教授的住处。"直到如今我还隐约记得吴先生书房兼客厅的陈设，那已是六十年前的事了。在南岳上学时，清华外文系三年级一个同学还借给我看吴先生以前讲授"英国浪漫诗人"课时所用的读本，就是美国教授佩奇（Page）所编选的《英国十九世纪诗人》一厚册，他还特别举例谈到吴先生是怎样讲解读本所选的雪莱哀悼济慈的杰作《阿童尼》（Adonais）这首长诗的。这些在我脑海中构成了关于吴先生的初步印象。

后来，在一九三八年一月间，因日本帝国主义侵略军攻陷南京，蹂躏江南大片国土，又沿江西掠，威迫武汉、长沙，学校奉命二月初开始西迁昆明。于是师生分成两路入滇——一批三百多人，经云贵徒步到昆明；另一批约八百多人，经广州、香港，乘船到越南，再坐火车北上到云南。临大搬到昆明后即改名为"国立西南联合大学"。又因昆明住不下这么多人，文、法两学院暂设在蒙自，那年五月五日继续开始上课。我们在那里住到暑假，九月才搬回昆明。那时我已是外文系三年级学生了，正好吴宓先生讲授"欧洲文学史"，心慕已久，便选读了这门课程，开始直接聆听吴先生的教导。课外又经常与先生接触交谈，得到了他真挚亲切的教诲。

我在南岳临大读书时，曾选读柳无忌先生的"英国文学史"。在柳先生细心热切地讲授下，我对英国文学的发展和重要作家及其代表作已有较多的认识和了解，但对整个欧洲文学的知识仍是十分浅陋的，所以上吴先生的"欧洲文学史"课时，我便感到十分新鲜和愉快。吴先生除自编提纲挈领的讲义外，又指定原清华大学西语系教授翟孟生（R. D. Jameson）编著的《欧洲文学简史》（A Short History of European Literature，一九三三年上海商务印书馆版）一书作为课内外主要的教材。这部大书有一千多页，分五大部分，从西方古代希伯来文学和希腊文学写起，一直到二十世纪二十年代。虽说是"简史"，但内容十分广阔丰富，不仅是西欧文学、北欧文学，也包括俄罗斯文学和东欧的波兰、匈牙利、捷克等国文学，以及美国文学。实际上这本书条理清楚，论述简明精当，是一部外文系学生很有用的西方文学史的入门书，或者可称之为"西方文学手册"。作者的序言写于一九二九年一月，其中提到吴宓教授（说他是一九二六年至一九二七年度清华大学西语系代理系主任）对他的帮助，表示十分感谢。吴宓先生在西南联大讲授"欧洲文学史"时，除继续采用翟孟生这部教科书外，主要根据他自己多年的研究和独到的见解，把这门功课讲得非常生动有趣，娓娓道来，十分吸引学生。每堂课都济济一堂，挤满了本系的和外系的同学。这是当时文学院最"叫座"的课程之一。吴宓先生记忆力惊人，许多文学史大事，甚至作家生卒年代他都脱口而出，毫无差错。他讲课还有一个特点，就是把西方文学的发展同中国古典文学作些恰当的比较，或者告诉我们某个外国作家的创作活动时期相当于中国某个作家，例如但丁和王实甫、马致远，莎士比亚和汤显祖等等。他把中外诗人作家和主要作品的年代都很工整地写在黑板上，一目了然。这方法我后来在南京大学中文系讲授外国文学史时也用上了，很引起同学们的兴趣，收到较好的教学效果。吴先生还为翟孟生的《欧洲文学简史》作了许多补充，并修订了某些谬误的地方。他每次上课总带着这本厚书，里面夹了很多写得密密麻麻的端端正正的纸条，或者把纸条贴在空白的地方。每次上课铃声一响，他就走进来了，非常准时。有时，同学未到齐，他早已捧着一包书站在教室门口。他开始讲课时，总是笑眯眯的，先看看同学，有时也点点名。上课主要用英语，有时也说中文，清清楚楚，自然得很，容易理解。吴先生风趣幽默，记得当时一起上课的有一个二年级女同学叫金丽珠，很漂亮，吴先生点名时，一点到"金丽珠"，他便说："这名字多美！"（Very beautiful，very romantic，isn't it？）他笑了，同学们也都笑了。那个女同学很不好意思，脸红了。

那时，外文系教室大部分在昆明大西门外昆华农业专科学校原址，校舍是大屋顶，中西合璧的风格。主楼外面有一个很大的草坪，当中和左右是长长的平坦干净的人行道。在主楼正对面，草坪尽头装着两扇绿色铁栏杆大门。从那里，穿过常年翠色的田野，可以远望滇池那里的西山峰峦。在课余，吴先生时不时地跟同学们在草坪边上散步聊天，我也多次陪先生散步，在他身旁很恭敬地慢慢儿走着，听他亲切漫谈，不但得到很多研究学问方面的启发，而且也了解了一些他过去的生活情趣，愉快的或者苦恼的往事。他确实是一个胸襟坦荡、直爽磊落的人，往往有问必答，毫无保留，甚至引发你去思考有关人生与文学的一些新鲜问题。吴先生常常说自己最欣赏古希腊人的两句格言："To know thyself"（人贵自知）和"Never too much"（永远不要太过分）。他一再强调："凡为真诗人，必皆有悲天悯人之心，利世济物之志，爱国恤民之意。……故诗人者，真能爱国忧民，则寄友咏物诗中，且可自抒其怀抱。"我也多次看见吴先生拄着手杖跟钱钟书先生一起，沿着草坪旁的马路边走边谈。钱先生是吴先生非常欣赏的学生，在中西比较文学研究上作出了卓越的贡献。一九三八年秋，他才从英国牛津大学毕业回来不久，是联大外文系最年轻的教授。那时我选读了钱先生开的"文艺复兴"（Renaissance）一课，他讲解生动，旁征博引，妙语连珠，把文艺复兴时期意大利、西班牙、法国、英国等国的文学状况讲得有声有色，真是引人入胜。我时常遇见钱先生在图书馆书库里翻阅书刊，收集资料，也许为后来他撰写《谈艺录》作些准备吧。如今回忆六十年前的往事情景，意味无穷，不胜神往；我仿佛仍然看见吴宓先生和钱钟书先生在昆明农校草坪边上散步谈心的神态，也仿佛听见我随先生漫步时，他用手杖笃笃地轻敲着路面发出的声音。

　　一九三九年暑假后，系里开了一门很精彩的"欧洲文学名著选读"课，由九位教授讲授十一部名著，内容安排和任课教师是这样的：荷马史诗《伊里亚特》和《奥德赛》（钱钟书）、《圣经》（莫泮芹）、柏拉图《对话集》（吴宓）、薄伽丘《十日谈》（陈福田）、但丁《神曲》（吴可读 Pollard Urquehart）、塞万提斯《堂吉诃德》（燕卜荪 William Empson）、歌德《浮士德》（陈铨）、卢梭《忏悔录》（闻家驷）、托尔斯泰《战争与和平》和陀思妥耶夫斯基《卡拉马佐夫兄弟》（叶公超）。这项课程的计划是系主任叶公超先生制订的，目的是通过这些代表作的阅读和讲解，使外文系三四年级同学对西方最伟大最有影响的作家和作品有一个基本的认识，对西洋文学的发展获得比较明晰的理解（系里因已开有"莎士比亚"课，所以这课程内不包括莎士比亚）。这门课很受同学们欢迎，大家都兴致勃勃地去选修它，我就是这样。老师要求我们自己细心读原著，一面听讲一面做笔记，还要写读书报告。吴宓先生对古希腊文化、哲学和文学艺术很有研究，他特别崇敬柏拉图。他在自撰《年谱》一九二〇年部分中就谈到在哈佛大学读书时，利用一个暑假，潜心读完《柏拉图全集》英译本四大册，三十七篇对话，并作详细札记。在讲这课时，他一再嘱咐我们一定要用心阅读柏拉图"对话集"里三篇东西：《理想国》

（Republic）、《伊女》（Ion）和《会饮》（Symposium），并要写读书心得。吴先生对柏拉图哲学思想及其对后世的影响作了全面深入的介绍，着重讲解什么是"理念"（idea，亦译"理式"），"一"（one）和"多"（many）的关系，"摹本的摹本"、"影子的影子"、"和真理隔着三层"这些柏拉图著名观点的真实意义，以及他自己的见解。尤其使我印象深刻的是他讲《伊安》篇中关于"狂述状态"、"灵感"、"诗神"时的神态和他独到的说法，他举了许多有趣的实例，反复阐明。有时讲得有意思极了，引起全班哄堂大笑，而他自己也微笑不止，有点自鸣得意的样子。他还联系这三篇"对话"，大讲"真善美"的意义，指出为人总得有种准则，有个理想，那就是对"真善美"的强烈追求。他还由此讲到拜伦、雪莱、济慈、阿诺德、C·罗色蒂，随时举这几位诗人有关的诗篇为例。这些讲解，以及平日与他的多次交谈，使我一直铭刻在心——吴宓先生的确是一位非常可爱又非常可敬的循循善诱的好老师。我永远怀念他！我更永远感谢他！

西南联大是在敌人侵迫、兵荒马乱、炮火连天的国家民族危急存亡之秋，几经流徙，在西南大后方昆明建立起来的一个独特的高等学府。生活是那么艰苦，设备又那么简陋，但绝大部分师生的精神都昂扬向上，抱着抗战必胜的坚定信心，继续从事科学文化的研究。在日机狂炸中，仍然弦歌不断，以北大为代表的民主精神和科学研究的优良传统，仍然在联大得到继承和发展。在三个大学许多学有专长的教师们的教育和特别引导下，像奇迹一样，在十分艰难的境况中，培养了一大批优秀的人才。在这里，我想引用当时北大校长蒋梦龄先生在他所著的自传《西潮》一书中的几句话："……敌机的轰炸并没有影响学生的求学精神，他们都能在艰苦的环境下刻苦用功，虽然食物粗劣，生活环境也简陋不堪。"原南开大学外文系主任柳无忌先生在《烽火中讲学双城记》一文中的几句话也可作为印证："除了一些特殊的外语训练外，各院系的功课仍如从前一样，没有因为抗战而改变学术性质。以外文系为例，有这样雄壮的阵营，我们所开的功课，比战前任何一校为丰富。……大概说来，联大的学生素质很高，由于教授的叫座，有志的青年不远千里从后方各处闻风而来，集中在昆明。他们的成绩不逊于战前的学生，而意志的坚强与治学的勤俭，则尤过之。"根据当时我自己所得到的教益和感受来看，这两段话毫无夸张之词。

当时师生之间的情谊，尊师爱徒的学风，民主自由的气氛，教学相长的优良传统，也是诸多积极促进的因素。那时课余，师生之间可以随意接触谈心，可以互相帮助和争论。在春秋佳日的休假中，师生结伴漫游或喝茶下棋，促膝聊天，海阔天空，无所不谈。我保存着一张外文系部分教师和同学到昆明滇池边上西山秋游的合影。其中有叶公超先生、吴宓先生、刘泽荣先生（俄语教授）等老师，还有叶太太和孩子、刘太太等。同学中有黎锦扬、杜运燮、金丽珠、林同梅、杨苡和我自己；还有十几个现在不知在何处的男女同学。那一天吴宓先生身穿深灰色西装，精神抖擞，兴趣极高，同我们一起登上西山龙门。在滇池船上，西山幽径间，他和同学们谈笑风生，非常亲热。叶先生也时常语出惊人，又极富幽默感。在全体拍照留念时，我和叶先生并排蹲在地上，背后就站着吴先生，笑眯眯的。这是一张十分难得的相片，记录了当年师生真挚的情谊。"文革"十年动乱中居然保留下来，真是可贵！当然照片早已发黄了，吴宓先生、叶公超先生和刘泽荣先生三位已先后逝世，有几位同学也不在人间了。

一九四〇年夏，我毕业前夕，曾把一部英文原版《丁尼生诗集》送到吴宓先生跟前，恳请他在扉页上写几句话，作为留别永生的纪念。吴先生笑着说："好的，你过一两天来拿吧。"后来我去取回书时，吴先生说这个集子很不错，问是哪里买来的。我告诉他是一九三八年路经香港时在一家旧书店里找到的。他又说："丁尼生的诗很值得好好读读。我在书上面抄了几句话，是 Matthew Arnold 的，你自己回头仔细看看吧。"我向先生致谢，回到宿舍后连忙打开书一看，大为激动。吴先生用红墨水的自来水笔工整地摘录了马修·阿诺德的名著《文化与无政府状态》（Culture and Anarchy，一八六九年）一书里的论述"甜蜜与光明"（Sweet and Light）部分中的三行原文：

"The pursuit of perfection，then is the pursuit of sweetness and light."

"Culture looks beyond machinery，culture hates hatred；culture has one great passion，the passion of sweetness and light. It has one ever yet greater！——the passion for making then prevail."

"We must work for sweetness and light."

这三行引文的中文大意是："对完美的追求就是对甜蜜和光明的追求。""文化所能望见的比机械深远得多，文化憎恶仇恨；文化具有一种伟大的热情！——使甜蜜和光明在世上盛行。""我们必须为甜蜜和光明而工作。"我当时看了吴先生写的题辞，只感到好，非常喜欢。一九五三年秋，我到莱比锡大学教书，曾请一个德国朋友刻了一枚藏书章，还特地把"Sweetness and Light"连同歌德"自传"的书名《Dichtung and Wahrheit》（《诗与真》），还有斯丹达尔的代表作《红与黑》（Le Rouge et Le Noir）这三行一起刻在边上，作为纪念而激励自己，但实未理解其深意。如今回想起来，并且联系当年吴宓先生曾多次跟我谈到马修·阿诺德，叫我多读他的著作，才明白先生为什么在古今中外那么多思想家文学家中，偏偏挑选了阿诺德的这些名言。阿诺德是英国维多利亚时代著名的诗人、批评家，又是杰出的教育家（特别在改革和推进中等教育方面），著述丰富多彩，尤其是社会批判和文论方面产生了深远的影响。他曾任牛津大学诗学教授达十年之久。他一生大力鼓吹文化教育，使之普及和深入；力求让广大人民群众获得知识，情操高尚，富于美感；推动全民族在生活、思想和文化艺术创造方面能达到一个高度。他在《文化与无政府状态》一书中竭力批判当时社会堕落黑暗的现象，反对市侩哲学庸俗世态；他从德国引进"Philister""Philistertum"（即庸人、市侩、心胸狭窄、目光短浅、市侩习气的原意），独标"Philistnism"一词；他批评托麦斯·卡莱尔（Thomas Carlyle），十分推崇海涅，认为他是歌德最光辉的继承人，是反对市侩哲学、倡导文明、鼓吹解放人类的战士。吴先生是非常推崇阿诺德的，曾在一首古诗里说"我本东方阿诺德"；

他还一再表明这位英国诗人和教育家对他一生的思想和感情起了巨大影响。先生爱憎分明，嫉恶如仇，富于正义感，格外强调文学作品的社会意义、教育作用等等。这些除了他吸收中国古代优秀文化的精华外，他跟阿诺德的联系是很明显的。我以为阿诺德是吴宓式的人文主义的一个组成部分。重温五十多年以前吴先生的题辞，我不禁又想到十年浩劫中的灾祸，想到先生晚年所受到的折磨和内心的痛苦。那时我国成千上万的知识分子或多或少地都经历过种种苦难，当年联大教师、同学中有不少位都含冤去世了！那些"文革"中的打手们，万恶的极"左"分子，封建法西斯魔王们推行一整套愚昧主义，憎恶文化和教育，消灭知识，摧残人性，哪里有半点"甜蜜"，一线"光明"可言？追忆当年先生的题辞，我的愤慨，对吴宓师的感激和怀念，实非笔墨所能形容。

一九四〇年七月，我毕业离开联大后，在昆明"基本英语学会"和南菁中学工作一年多，其间与吴先生偶尔在街上遇见谈谈。一九四一年冬，我离开云南到重庆南开中学教书，后入中央大学任教，从此再也没有机会看见吴先生了。解放初期，我记得曾在《光明日报》上看到过一篇吴先生"自我检讨"的文章，又听说他最后转到重庆西南师范学院教书了。那时我真有点儿奇怪，心想抗战胜利联大结束复员后，吴先生为什么不回到清华园，重新住入"藤影荷声之馆"里呢？这到底是什么缘故呢？

"文革"后，西南师范大学教育系主任、联大老同学、蒙自"南湖诗社"朋友刘兆吉教授写信告诉我吴宓先生在"文革"时所受到的迫害；后来有次他出外开会，路过南京来看我，我才得知有关吴先生逝世前更多的情况（例如，吴先生坚决不肯参加"批林批孔"运动，不愿写批判孔子文章而被揪斗，被扣上"现行反革命分子"的帽子等等），我感到非常难受。吴先生一九七八年一月十七日去世，一年半后（一九七九年七月十八日）为他平反。西师开了隆重的追悼会，并且在《重庆日报》上发布消息，登了讣告悼词。西师也给我寄了一份那天的报纸。我凝神看时，不禁潸然泪流。

　　吴先生是我国现代比较文学的奠基人之一。他一九二一年从美国哈佛大学比较文学系深造毕业回来，就先到南京东南大学（即现在南京大学前身）外文系任教，除讲"英国诗"、"欧洲文学史"外，还特别开设"中西诗之比较"课程，这是我国比较文学的第一个讲座。他是外国语言文学界的老前辈，一生为培养外国文学教学和研究方面的人才竭尽心力，海内外一大批已故或健在的研治外国语言文学很有成就的学者、教授，以及在创作和翻译方面作出卓越贡献的作家、诗人都是他的学生，或者是学生的学生。他的品德和学问，他一生为我国文教事业不懈奋斗的精神是有目共睹的，是永恒的。一九八七年八月在西安举行的中国比较文学学会年会、陕西省比较文学学会成立大会上，到会的同志们作出决定，编印一本较有分量的文集，把吴先生在外国文学教学和研究方面的深湛造诣和卓越贡献，特别是在我国中西比较文学发展史上的地位、所起的作用尽可能完整地写下来，以纪念这位我国中西比较文学研究的先驱人物。这本书取名为《回忆吴宓先生》，已于一九九〇年秋在西安出版了。接着，一九九〇、一九九二和一九九四这三年，连续在陕西召开了"吴宓学术讨论会"，出版了两册纪念论文集。尤其一九九四年那一次是专门为纪念吴宓先生诞辰一百周年而举行的，参加者中海内外学者专家很多，气氛十分严肃而热烈。对吴宓一生的事业，各方面的卓越成就，作出了深入的评价，也因此把吴宓研究推向一个高潮。会后，大家到先生故乡泾阳安吴堡祭扫陵墓，在先师灵前鞠躬默哀，献上丛丛鲜花，表达了大家深切的缅怀，崇高的敬意。

　　自一九三七年秋我在南岳山中初见吴先生，一九三八年秋在昆明听他讲"欧洲文学史"课到他逝世，整整四十年。西南联大外文系里有五位老师给我的印象最深，我从他们那里所受到的教育最多、产生的影响也最大，那就是吴宓、叶公超、柳无忌、吴达元和燕卜荪这五位先生。其中吴宓先生可说是最有意思、最可爱、最可敬、最生动、最富于感染力和潜移默化力量；也是内心最充满矛盾、最痛苦的一位了。吴先生外表似是古典派，心里面却是个浪漫派；他有时是阿波罗式的，有时是狄奥尼索斯式的；他有时是哈姆雷特型的，有时却是堂吉诃德型的；或者是两种类型、两种风格的有机结合。韶华流逝，当我写这篇怀念吴先生的文章时，半个多世纪虽已过去了，可眼前仍然浮现着吴先生亲切的面影，仿佛仍然看见在昆明街头、西南联大校园中，他笑眯眯地直挺挺地走路的样儿，在教室里他讲课时那双闪光的眼睛。我想起季羡林先生为《回忆吴宓先生》（一九九○年陕西人民出版社印行）一书写的序文，一开头季先生以简洁而富于风趣、饱含深情的笔墨，就把吴先生那么精彩地刻画出来了：

> 雨僧先生是一个奇特的人，他身上也有不少矛盾。他古貌古心，同其他教授不一样，所以奇特。他言行一致，表里如一，同其他教授不一样，所以奇特。别人写白话文，写新诗；他偏写古文，写旧诗，所以奇特。他反对白话文，但又十分推崇用白话写成的《红楼梦》，所以矛盾。他看似严肃、古板，但又颇有些恋爱的浪漫史，所以矛盾。他同青年学生来往，但又凛然、俨然，所以矛盾。总之，他是一个既奇特又有矛盾的人。我这样说，不但丝毫没有贬义，而且是充满了敬意。雨僧先生在旧社会是一个不同流合污、特立独行的奇人，是一个真正的人。

在我近年来所读过所见到过关于吴宓先生的许多文章中，我想季先生这一段话是概括得最好、分析得最透彻的，因此也是最能理解吴先生的一篇了。这里，我不必也不能再多说什么了。

谁能想象得到在解放了的祖国大地上，在史无前例的十年浩劫中，一个那么爱国，那么热诚率真、正直不阿的学者、诗人和教育家，竟遭受如此灾难，如此摧残，如此侮辱！几天前，我在此地出版的《东方文化周刊》上猛然看到吴先生一九七二年照的相片——他最后的照相。他须眉全白，顶上几根细发，神情忧郁，整个容貌都变了，实在衰颓得很啊！那时他七十八岁。回忆当年跟先生学习时的生动情景，今昔对照，我热泪盈眶。

吴先生在"文革"中遭到七斗八斗，被打断了腿，双目失明，最后由他年迈的妹妹护送回到陕西泾阳老家。吴先生孤苦含冤在老家养病一年多，身体越来越衰弱，在极端困苦中，眼睛看不见，终日卧床，向着生命旅程最后的终点挨近。在生命垂危时，神志昏迷，吴先生还不断低低地呼喊："我是吴宓教授，给我水喝！……我是吴宓教授，给我饭吃！……我是吴宓教授，给我开灯！……"

我们常用"晚景凄凉"这四字成语来形容一个人不幸的残年，而对于吴宓先生，这四个字怎能概括得了他晚年身心所遭受的痛苦，他的悲惨，他临终时的景况！他离世前用最后一丝微弱的声音发出的撕心裂肺的呼喊，包含了多少意蕴，多少血泪，多少生命的挣扎?！这也是对那个时代提出的最深沉的控诉！这里正好可以借用一下一百年前左拉的名言："J'accuse!"（"我控诉!"）

"我是吴宓教授，给我开灯……"

（原刊于《收获》1997 年第 5 期）

散文五篇

汪曾祺

下大雨

  雨真大。下得屋顶上起了烟。大雨点落在天井的积水里砸出一个一个丁字泡。我用两手捂着耳朵，又放开，听雨声：呜——哇；呜——哇。下大雨，我常这样听雨玩。

  雨打得荷花缸里的荷叶东倒西歪。

  在紫薇花上采蜜的大黑蜂钻进了它的家。它的家是在椽子上用嘴咬出来的圆洞，很深。大黑蜂是一个"人"过的。

  紫薇花湿透了，然而并不被雨打得七零八落。

  麻雀躲在檐下，歪着小脑袋。

  蜻蜓倒吊在树叶的背面。

  哈，你还在呀！一只乌龟。这只乌龟是我养的。我在龟甲边上钻了一个洞，用麻绳系住了它，拴在柜橱脚上。有一天，不见了。它不知怎么跑出去了。原来它藏在老墙下面一块断砖的洞里。下大雨，它出来了。它昂起脑袋看雨，慢慢地爬到天井的水里。

罗　汉

家乡的几座大寺里都有罗汉。我的小学的隔壁是承天寺，就有一个罗汉堂。我们三天两头于放学之后去看罗汉。印象最深的是降龙罗汉——他睁目凝视着云端里的一条小龙；伏虎罗汉——罗汉和老虎都在闭目养神；和长眉罗汉。大概很多人都对这三尊罗汉印象较深。昆曲（时调）《思凡》有一段"数罗汉"，小尼姑唱道：

> 降龙的恼着我，
> 伏虎的恨着我，
> 那长眉大仙愁着我：
> 说我老来时，有什么结果！

她在众多的罗汉中单举出来的，也只是这三位。——她要是挨着个儿数下去，那得数多长时间！

罗汉原来是十六个，传贯休的画"十六应真"即是十六人，后来加上布袋和尚和一个什么什么尊者，——罗汉的名字都很难念，大概是古梵文音译，这就成了通常说的"十八罗汉"。李龙眠画"罗汉渡江"，就已经是十八人了。不知道从什么时候起这队伍扩大了，变成了五百罗汉。有些寺里在五百塑像前各竖了一个木牌，墨书某某某某尊者，也不知从哪里查考出来的。除了写牌子的老和尚，谁也弄不清此位是谁。有的寺里，比如杭州的灵隐竟把济公活佛也算在里头，这实在有点胡来了。

罗汉本是印度人，贯休的"十六应真"就多半是深目高鼻且长了大胡子，后来就逐渐汉化。许多罗汉都是个中国和尚。

罗汉大致有两种。一种是装金的，多半是木胎。"五百罗汉"都是装金的。杭州灵隐寺、苏州××寺（忘寺名）、汉阳归元寺，都是。装金罗汉以多为胜，但实在没有什么看头，都很呆板，都差不多，其差别只在或稍肥，或精瘦。谁也没有精力把五百个罗汉一个一个看完。看了，也记不得有什么特点。一种是彩塑。精彩的罗汉像都是彩塑。

我所见过的中国精彩的彩塑罗汉有这样几处：一是昆明筇竹寺。筇竹寺的罗汉与其说是现实主义的不如说是一组浪漫主义的作品。它的设计很奇特。不是把罗汉一尊一尊放在高出地面的台子上，而是于两壁的半空支出很结实的木板，罗汉塑在板上。罗汉都塑得极精细，有一个罗汉赤足穿草鞋，草鞋上的一根一根的草茎都看得清清楚楚，跟真草鞋一样。但又不流于琐细，整堂（两壁）有一个通盘的、完整的构思。这是一个群体，不是各自为政。十八人或坐或卧，或支颐，或抱膝，或垂眉，或凝视，或欲语，或谛听，情绪交流，彼此感应，增一人则太多，减一人则太少，气足神完，自成首尾。另一处是苏州紫金庵。像比常人小，身材比例稍长，面目清秀。这些罗汉好像都是苏州人。他们都在安静沉思，神情肃穆。如果说筇竹寺罗汉注意外部筋骨，颇有点流浪汉气；紫金庵的罗汉则富书生气，性格内向。再一处是泰山后山的宝善寺（寺名可能记得不准确）。这十八尊是立像，比常人高大，面形浑朴，是一些山东大汉，但塑造得很精美。为了防止参观的人用手扪触，用玻璃笼罩了起来了，但隔着玻璃，仍可清楚地看到肌肉的纹理，衣饰的刺绣针脚。前三年在苏州甪直看到几尊较古的罗汉。原来有三壁。东西两壁都塌圮了只剩下正面一壁。这一组罗汉构思很有特点，背景是悬崖，罗汉都分散地趺坐在岩头或洞穴里（彼此距离很远）。据说这是梁代的作品，正中高处坐着的戴风帽着赭黄袍子的便是梁武帝，不知可靠否，但从衣纹的简练和色调的单纯来看，显然时代是较早的。据传紫金庵罗汉是唐塑，宝善寺、筇竹寺的恐怕是宋以后的了。

罗汉的塑工多是高手，但都没有留下名字来，只有北京香山碧云寺的几尊，据说是刘銮塑的。刘銮是元朝人，现在北京西四牌楼东还有一条很小的胡同叫做"刘銮塑"，据说刘銮原来就住在这里，但是许多老北京都不知道有这样一条名字奇怪的胡同，更不知道刘銮是何许人了。像传于世，人不留名，亦可嗟叹。

中国的雕塑艺术主要是佛像，罗汉尤为杰出的代表。罗汉表现了较多的生活气息，较多的人性，不像三世佛那样超越了人性，只有佛性。我们看彩塑罗汉，不大感觉他们是上座佛教所理想的最高果位，只觉得他们是一些人，至少比较接近人，他们是介乎佛、菩萨和人之间的那么一种理想的化身，当然，他们也是会引起善男子、善女人顶礼皈依的虔敬感的。这是一宗非常重要的文化遗产，不论是从宗教史角度、美术史角度乃至工艺史角度、民俗学角度来看。我们对于罗汉的重视程度是很不够的。紫金庵、筇竹寺的罗汉曾有画报介绍过，但是零零碎碎，不成个样子。我希望能有人把几处著名的罗汉好好地照一照相，要全，不要遗漏，并且要从不同角度来拍，希望印一本厚厚的画册：《罗汉》；希望有专家能写一篇长文作序，当中还要就不同寺院的塑像，不同问题写一些分论；我希望能把这些罗汉制成幻灯片，供研究用，供雕塑系学生学习用，供一般文化爱好者欣赏用。

六月十三日

三圣庵

祖父带我到三圣庵去，去看一个老和尚指南。

很少人知道三圣庵。

三圣庵在大淖西边。这是一片很荒凉的地方，长了一些野树和稀稀拉拉的芦苇，有一条似有若无的小路。

三圣庵是一个小庵，几间矮矮的砖房，没有大殿，只有一个佛堂。也没有装金的佛像。供案上有一尊不大的铜佛，一个青花香炉，清清爽爽，干干净净。

指南是个戒行严苦的高僧。他曾在香炉里烧掉两个食指，自号八指头陀。

他原来是善因寺的方丈。善因寺是全城最大的佛寺，殿宇庄严，佛像高大。善因寺有很多庙产。指南早就退居，——"退居"是佛教的说法，即离开方丈的位置，不再管事。接替他当善因寺的方丈的，是他的徒弟铁桥。指南退居后就住进三圣庵，和尘世完全隔绝了。

指南相貌清癯，神色恬静。

祖父和他说了一会话，——他们谈了一些什么，我已经没有印象，就告辞出庵了。

他的徒弟铁桥和指南可是完全不一样。他是一个风流和尚，相貌堂堂，双目有光。他会写字，会画画，字写石鼓文，画法吴昌硕，兼学任伯年，在我们县里可以说是数一数二。他曾在苏州一个庙里当过住持，作画题铁桥，有时题邓尉山僧。他所来往的都是高门名士。善因寺有素菜名厨，铁桥时常办斋宴客，所用的都是猴头、竹荪之类的名贵材料。很多人都知道，他有一个相好的女人。这个女人我见过，是个美人，岁数不大。铁桥和我的父亲是朋友。父亲年轻时刻过一套《陋室铭》印谱，就是铁桥题的签。父亲续娶，新房里挂的是一条铁桥的画，泥金地，画的是桃花双燕，设色鲜艳，题的字是："淡如仁兄嘉礼弟铁桥敬贺"。父亲在新房里挂一幅和尚画的画，铁桥和俗家人称兄道弟，他们都真是不拘礼法。我有时到善因寺去玩，铁桥知道我是汪淡如的儿子，就领我到他的方丈里吃枣子栗子之类的东西。我的小说里所写的石桥，就是以铁桥作原型的。

高邮解放，铁桥被枪毙了，什么罪行，没有什么人知道。

前几年我回家乡，翻看旧县志，发现志载东乡有一条灌溉长渠，是铁桥出头修的。那么铁桥也还做过一点对家乡有益的事。

我不想对铁桥这个人作出评价。不过我倒觉得铁桥的字画如果能搜集得到，可以保存在县博物馆里。

由三圣庵想到善因寺，又由指南想到铁桥，我这篇文章真是信马由缰了。为什么要写这篇文章呢？我只是想说：和尚和和尚不一样，和尚有各式各样的和尚，正如人有各式各样的人。

我直到现在还不明白我的祖父为什么要带我到三圣庵，去看指南和尚。我想他只是想要一个孙子陪陪他，而我是他喜欢的孙子。

阴　城

草巷口往北，西边有一个短短的巷子。我的一个堂房叔叔住在这里。这位堂叔我们叫他小爷。他整天不出门，也不跟人来往，一个人在他的小书房里摆围棋谱，养鸟。他养过一只鹦鹉，这在我们那里是很少见的。我有时到小爷家去玩，去看那只鹦鹉。

小爷家对面有两户人家，是种菜的。

由小爷家门前往西，几步路，就是阴城了。

阴城原是一片古战场，韩世忠的兵曾经在这里驻过。有人捡到过一种有耳的陶壶，叫做"韩瓶"，据说是韩世忠的兵用的水壶，用韩瓶插梅花，能够结子。韩世忠曾在高邮驻守，但是没有在这里打过仗。韩世忠确曾在高邮属境击败过金兵，但是在三垛，不在高邮城外。有人说韩瓶是韩信的兵用的水壶，似不可靠，韩信好像没有在高邮屯过兵。

看不到什么古战场的痕迹了，只是一片野地，许多乱葬的坟，因此叫做"阴城"。有一年地方政府要把地开出来种麦子，挖了一大片无主的坟，遍地是糟朽的薄皮棺材和白骨。麦子没有种成，阴城又成了一片野地，荒坟累累，杂草丛生。

我们到阴城去，逮蚂蚱，掏蛐蛐，更多的时候是去放风筝。

小时候放三尾子。这是最简单的风筝。北京叫屁股帘儿，有的地方叫瓦片。三根苇篾子扎成一个干字，糊上一张纸，四角贴"云子"，下面粘上三根纸条就得。

稍大一点，放酒坛子，篾架子扎成绍兴酒坛状，糊以白纸；红鼓，如鼓形；四老爷打面缸，红鼓上面留一截，露出四老爷的脑袋——一个戴纱帽的小丑；八角，两个四方的篾框，交错为八角；在八角的外边再套一个八角，即为套角，糊套角要点技术，因为两个八角之间要留出空隙。红双喜，那就更复杂了，一般孩子糊不了。以上的风筝都是平面的，下面要缀很长的麻绳的尾巴，这样上天才不会打滚。

风筝大都带弓。干蒲破开，把里面的瓤刮去，只剩一层皮。苇秆弯成弓。把蒲绷在弓的两头，缚在风筝额上，风筝上天，蒲弓受风，汪汪地响。

我已经好多年不放风筝了。北京的风筝和我家乡的，我小时糊过、放过的风筝不一样，没有酒坛子，没有套角，没有红鼓，没有四老爷打面缸。北京放的多是沙燕儿。我的家乡没有沙燕儿。

一个暑假

我的家乡人要出一本韦鹤琴先生纪念册，来信嘱写一篇小序。我觉得这篇序由我来写不合适，我是韦先生受业弟子，弟子为老师的纪念册写序，有些僭妄，而且我和韦先生接触不多，对他的生平不了解，建议这篇序还是请邑中耆旧和韦先生熟识的来写，我只寄去一首小诗：

> 绿纱窗外树扶疏，
> 长夏蝉鸣课楷书，
> 指点桐城申义法，
> 江湖满地一纯儒。

诗后加了一个附注：

> 小学毕业之暑假，我在三姑父孙石君家从韦先生学。韦先生每

散文五篇

日讲桐城派古文一篇，督临《多宝塔》一纸。我至今作文写字，实得力于先生之指授。忆我从学之时，已经六十年矣，而先生之声容态度，闲闲雅雅，犹在耳目。

　　关于这个附注，也还需要再作一点说明。我的三姑父——我的家乡对姑妈有一个很奇怪的称呼，叫"摆摆"，姑父则叫"姑摆摆"，原是办教育的，他后来弃教从商，经营过水泵，造过酱醋，但他一直是个"儒商"，平日交往的还是以清白方正，有学问的教员居多。他对韦先生很敬佩，这年暑假就请他住到家里，教我的表弟和我。

　　"绿纱窗外树扶疏"是记实。三姑父在生活上是个革新派。他们家是不供菩萨的，也没有祖宗牌位。堂屋正面的墙上挂着两副对子。一副我还记得："谈禅不落三乘后，负耒还期十亩前"好像就是韦先生写的。他家的门窗，都钉了绿色的铁纱，这在我们县里当时是少见的。因此各间屋里都没有苍蝇蚊子。而且绿纱沉沉，使人感到一片凉意。窗外是有一些树的。有一棵苹果树，这也是少见的。每年也结几个苹果，很小，而且酸。树上当然是有知了叫的。

　　三姑父家后面有一片很大的空地。有几个山东人看中了这片地，租下开了一个锅厂。锅厂有几个小伙计，除了眼睛、嘴唇，一天脸上都是黑的，煤烟熏的。他们老是用大榔头把生铁块砸碎，成天听到当啷当啷的声音。不过并不吵人。

　　我就在蝉鸣和砸铁声中读书写字。这个暑假我觉得过得特别的安静。

　　韦先生学问广博，但对桐城派似乎下的功夫尤其深。他教我的都是桐城派的古文，每天教一篇。我印象最深的是姚鼐的《登泰山记》、方苞的《左忠毅公逸事》、戴名世的《画网巾先生传》等等诸篇。《登泰山记》里的名句："苍山负雪，明烛天南。望晚日照城郭，汶水、徂徕如画，而半山居雾若带然"，我一直记得。尤其是"明烛天南"，我觉得写得真美，我第一次知道"烛"字可以当动词用。"居雾"的"居"字也下得极好。左光斗在狱中的表现实在感人："国家之事糜烂至此，……不速去，无俟奸人构陷，吾今即扑杀汝！"这真是一条铁汉子。《画纲巾先生传》写得浅了一点，但也不失为一篇立场鲜明的文章。刘大櫆、薛福成等人的文章，我也背过几篇。我一直认为"桐城义法"是有道理的，不能一概斥之为"谬种"。

韦先生是写魏碑的。我的祖父六十岁的寿序的字是韦先生写的（文为高北溟先生所撰），写在万年红纸上，字极端整，无一败笔。我后来看到一本影印的韦先生临的魏碑诸体的字帖，才知道韦先生把所有的北碑几乎都临过，难怪有这样深的功力。不过他为什么要我临《多宝塔》呢？最近看到韦先生的诗稿，明白了：韦先生的字的底子是颜字。诗稿是行楷，结体用笔实自《祭侄文》《争座位》出。写了两个月《多宝塔》，对我以后写字，是大有好处的。

我的小诗附注中说："我至今作文写字，实得力于先生之指授"，是诚实的话，非浮泛语。

暑假结束后，我读了初中，韦先生回家了，以后，我和韦先生再也没有见过面。

听说韦先生一直在三垛，很少进城。抗战时期，他拒绝出任伪职，终于家。

韦先生名子廉，鹤琴是别号。我怀疑"子廉"也是字，非本名。

（原刊于《收获》1998 年第 1 期）

脱帽志变
——追忆方敬

卞之琳

　　老友方敬和我，由于照例的忙乱，几年没有通信了。一九九六年二月春节我忽然接到他一封（和我一样照例懒写的）贺岁短简，惊喜中拆看了，就凌乱的案头一搁，准备破例超速写回信，却一下子不知"珍藏"到哪里了，遍觅不得，而过不了几天，就从北碚来了一纸报方敬辞世的噩耗！空望西南云天，不禁怆然，只得发一唁电了事，于心长感不安。

　　随后我想起了前些年曾读到过方敬在什么报刊上发表的一篇回忆文章，讲到他和我有关的一点旧事。这篇文章也找不到了。我又心中怏怏。经过香港回归大庆，八月下旬，我在家里阳台上不慎摔伤，住医院几个月出来，十一月间从邮寄接到藏书家姜德明惠赠的一本新著《书林枝叶》（一九九七年九月山东画报社版），其中一则正好提及方敬那篇回忆文章，题目是《流光的逝影》，见《新文学史料》一九九三年第四期。作为当事人，对当年情况，我就记得较详了。

说来话长，一九三八年春夏间在成都，方敬、何其芳和我以及四川大学几位同事（包括朱光潜、谢文炳、周煦良等）用土纸自办一个双周刊，名字就叫《工作》，宣传抗日战争，支持社会正义，在当时还很冷清的四川后方起过一点作用；形式则沿用三十年代北平头两三年，先后以北大红楼传达室作寄售点的冯至、废名合办的《骆驼草》，何其芳独办的《红砂碛》的模样。这俨然像形成了一个办刊物的小小"传统"。后来方敬一九四二年在桂林办书店，叫"工作社"，则有意在不同条件下不同历史任务中延续扩展出版业协作的一个方面。

当时我已从延安和太行山区访问和随军生活了一年回到成都，随部分川大旧人暂迁峨眉山，写完了两本书，因不容于换了领导的原单位，正好转去了昆明的西南联大。一九四二年方敬也离开四川，前往桂林以前绕道和我重见了一面。谈到出版业，我们向来敬佩巴金早在抗战前上海办起的文化生活出版社出书装帧朴实无华的高格调，如今陈占元在桂林办明日社也走这个路数，也就这样新出了我的《十年诗草 1930—1939》。方敬说到要去桂林办工作社，提请我试为它设计一个书封面小社徽，我乐意试试，勾画了草样，方拿去桂林印出了样子，就得意而讲解说，"三个品字形小山头是三个人字，上面翩翩飞着一只鸟，瞧大雁在传书呢！"姜德明在当年工作社出版的李广田小说集《欢喜团》封面上果然看到了这个设计，称许说"手法十分简洁，只有几笔，丛山深远，不过是几个人字，大雁也不过是倒写的一个人字而已"。

抗战胜利，方敬的工作社出版了几本书也算完成了既定的一阶段历史任务，书店牌子之类早退至关心焦点以外，可以轻搁在一边了，犹如"得鱼忘筌"，连同它的门楣。而大气候复杂化了，小气候自得调整，我们又各有专业性活动要顾，又不在一地，方敬大概回过上海与一些诗友聚首了，还用工作社名义出了自己的两本诗集后回到重庆，我则先复员至天津南开，继应邀去英国牛津作常客一年半。远隔国内外，更为"鱼雁鲜通”，因为自己心情不好，在多雾的英国冬天，偶尔想起，就很容易想起方敬可能还写在抗战以前而早为人传诵的诗句"阴郁的宽檐帽使我的日子都是阴天"。而正像是否极泰来，穿透云层，我在一九四九年春回到北平见了"明朗的天"。 如今，想起了方敬最后竟有好心情写贺年信，我感到不少快慰，悼念的意思不由人一转而趋于为之祝贺了，好！

北京一九九八年八月十三日

（原刊于《收获》1998 年第 6 期）

死生契阔，与子相悦

王安忆

在我睁开眼睛看这城市的时候，这城市正处于一个交替的时节。一些旧篇章行将结束，另一些新篇章则将起首。这虽是一个戏剧性的时节，可由于年幼无知，也由于没有根基，是领会不到其中过节之处的微妙，不免粗心地略过了许多情节。只有当剧情直指核心处，也就是说到了高潮的时分，才回过头去，追究原委。而一旦回头，却发现早已经时过境迁，人物而非，那原那委就不知该往哪里去寻了。城市的生活又带有相当程度的隐秘性，因都是些不相识不相知的人，聚集在一起，谁也信不过谁，怀着防范心，生怕被窥见了根底，就更看不清了。其实，有谁能一帆风顺地来到这地场呢？这地场多少带有些搏击场、生死场的意思，来到这里，谁都带着几分争取的任务，有着几分不甘心。所以就攒下了阅历，也就是我们常说的故事。等我们赶来这城市了，这故事差不多已经收场，只剩下一些尾声，蛛丝马迹的。

　　说是交替的时节，旧篇章和新篇章，是因为这两种故事的完全不相同。它们看上去几乎毫不相干，除了时间上的连续性，情节、细节、人物都是中断的，终止以后再另起。它们呈现出孤立发展的趋向。或许所谓历史的转折就是这样，带有激变的形态。所以，当我睁开眼睛，这城市的人和事扑面而来，都是第一幕的性质。序幕呢，也已经在半知半觉中过去了，现在开始的是正剧。

　　时间大约是五十年代末至六十年代初的光景。我家所在的弄堂前面，这个城市中著名的街道：淮海中路，梧桐树冠覆顶，尤其在夏天，浓荫遍地。一些细碎的阳光从叶间均匀地遗漏下来，落到一半便化作了满地的蝉鸣。我家弄堂口是一条街心花园，人们都叫它作小花园。花园后头是一排红砖楼房。样式是洋房，又不完全西式，在楼房的背面，连接有类似内地四合院格式的内天井，环着一周矮楼，顶上覆黑瓦，开有后门。前门的门厅十分阔大，坐在高台阶上，说是底层，其实已是半层上了。我就读的小学校舍就分散在这排民居之中。其时，有许多小学校都是这样，和民居间杂在一起。但在我印象中，这排楼房里的居民都是深居简出，我们极少看见他们的身影。他们的日常生活紧闭在一扇扇阔大而厚重的门扉后头，莫测高深。以我们那种自我中心的心理来看，这些人的生活只是我们轰轰烈烈的小学生活的附属，是谈不上有什么意义的。这些木质沉重的门窗，隔音良好的墙壁，幽暗的走廊、顶楼、墙角，以及寂静无声，使他们很像一种幽居的动物：鼹鼠。我始终没有走近过那里生活的任何人。其实，这是和所有这城市的居民们一样的生活，可因为隔膜，他们就留给了我暗淡和没落的印象。我想，这个印象的名字叫作遗民。这种印象还在其他一些时间和地点产生过，比如，在"文化革命"开始后的一九六九年。

　　这一年，我们本来是下乡参加三秋劳动，却因林彪的一级战备命令滞留乡间，一直到了这年的深秋。我在学校宣传队拉手风琴，因想家情绪低落，老师便派了我一个差，回上海修理手风琴。独自一人回家，路途显得有些艰巨，要经历多次转车转船，可我就像得了救似的上了路。

到家已是傍晚，家中只有老保姆和弟弟。父母都在五七干校，姐姐在安徽插队，境况是有些凄凉，而我却安了心，多日的抑郁消解了许多。吃过晚饭，我便出门去给同学家里送信。因是划地段进的中学，所以我的同学们都是沿这条淮海路居住。我是自下乡以后第一个回上海的，就有许多同学托我捎信，包括一些平时并不亲密的同学。在这一个夜晚，我敲开了淮海路街面或弄堂里的许多门扇，这是我以前从未涉足过的地方。

其时，马路变得十分冷清。霓虹灯是早没了，橱窗也暗了灯光，只剩一些路灯，照射着行人寥寥的街面。是因为战备疏散了一些人，还因为没有心境，人和车都很少。沿街的窗户，贴了米字条，说是为防空袭的措施。这样的话，窗玻璃不至因为破碎而四溅开来，也不会发出裂响。这城市真是显得荒凉了，再加上秋风瑟瑟，梧桐落叶一卷卷地扫着地面。相比较而言，那聚集了我们班级和宣传队的老师同学的乡间，倒显得人气旺盛，颇勾人想念。但心情是平静的。我走在街上，才不过七点，就已经是夜深人静的样子。我挨家敲着门。这些门都不很容易敲开，半天才有人应声，半掩着人影，问我从哪里来，做什么。他们大都只让我送进信去，然后就关上门。我只得走开，去下一家同学家。有一些地址是不那么好寻的，号码是跳开的，待到找见，却发现是一个店铺，已经打烊。再绕去后门，则又迷失了号码。当我又一次兜进兜出地找着号码，结果是无望地干脆大叫起这同学的父母的名字。头顶上忽传来一阵子清脆可喜的小姑娘的声音，七嘴八舌问道是什么人找。抬头一看，是一个木阳台，面临着这一条窄小的横马路，也没有灯。阳台上挤着几个小姑娘，是比我们更小的一伙，大约刚上小学不久，其中有我同学的妹妹。虽然看不清她们眉眼，但她们灵巧活泼的身影依稀可见。她们是这个宵禁似的暗夜里，惟有的一点活跃，也是我这一夜的沿街寻找的惟有的一点光明。她们还很快活，轻松，无忧无虑，不像我们，已经初尝人世。

离开她们，再去下一家。那是在一幢大楼里。楼道没有一点光，黑得可怕。我扶着墙壁上了楼，摸到了这家的门。门，应声而开，伸出一张脸。因是背光，脸是模糊的，但轮廓是一个老妇。她听我说是她女儿的同学，立即让我进了门。这是一个狭小却完整的套间，我们所在的是一个呈等边三角形的门厅，倚墙放一张旧方桌，一面墙上是我方才进来的门，另一面墙上也是一扇门，门的上方镶了两块毛玻璃，透出灯光，好像里面有人，却始终未见走出。厅里还有一个老妇，是她家的亲友？她们一同把我让到桌边坐下，然后同我说话。她们不知为什么一律都把声音压得很低，还向我凑得很近。这样，她们的脸就在我眼睛里放得很大，并且走形，就有些类似铜勺凸起的一面上映出的人脸，两头尖，中间鼓。她们说的多是她家女儿的身体状况，如何不适宜在乡间生活。因这时节流传着谣言，说我们这一批中学生再不会回城，很快就要迁走户口。她们的样子看起来有些可怖，那一扇亮着灯光的玻璃门也有些可怖。再有，房间里壅塞着一种气味，像是洇透了烟火油酱的木器的气味，来自我身倚的木桌，另一边的碗橱，还有橱隔档里的砧板什么的。温热的，熟腻的，也叫人丧气。我心跳着，盼着早点走出这套间。可她们将身子倾向我，说个没完。她们看上去非常渴望与我交谈。她们的口腔和身上、发上，也散发着那种烟火、油酱与木器混合的气味。那扇玻璃门后头的灯光一直照耀着，却没有一点动静。这间套间也给我鼹鼠的巢穴的印象，里面居住着旧朝代的遗民。他们的生活没有希望可言。尽管，其时，我们苦闷，前途莫测，可我们有希望。

就是这样，我们觉得，只有我们的生活是光明的。在我们快乐的小学生活之外，都是些离群索居的人们，他们的历史，已经隐入晦暗之中。

直对着我家弄堂口，是叫作思南路的小街。街身细长。于是，两边的梧桐树就连接得更紧了，树荫更浓密，蝉鸣也更稠厚了。这是一条幽静的马路，两边少有店铺，多是住宅，有一些精致的洋房，街面看上去比较清洁，和繁闹的淮海路形成对照。它是比较摩登的，也比较明朗，可它依然是，离群索居。它的摩登带着没落的寂寞表情。这是我家弄堂前的淮海路上，特有的情景，所有的摩登一应都带有落后的腐朽的征兆。这是一种亮丽的腐朽征兆，它显得既新又旧。这些亮丽的男女，走过淮海路，似乎是去赶赴上个世纪的约。他们穿着很"飞"，这是人们对摩登的俗称，还是对颓废的俗称。他们出入的场所均是昂贵的、华丽的、风雅的，比如西餐社。弄前的淮海路上有着一些著名的西餐社，"宝大"，"复兴园"。复兴园在夏季有露天餐厅，在后门外的一片空地上，桌上点着蜡烛。记不得有什么花木了，但从街前映过来的夜灯却有旖旎的效果。它有一道菜，名叫虾仁杯，杯中的虾仁色拉吃完后，那杯子也可入口，香而且脆。那时的色拉盘就像奶油蛋糕一样，可应顾客要求，在上面用沙司裱出"生日快乐"等庆祝的字样。"老大昌"是西点店，楼下卖蛋糕、面包，楼上是堂座，有红茶咖啡、芝士烙面。在六〇年的困难时期，这城市里的西餐社前所未有的生意兴隆，从下午四时许，门厅里就坐满了排队等座的顾客。虽然粮票是有限制的，但餐馆用餐则凭另一种，叫作就餐券的，专门购买糕饼的票证。而在那年头，许多贫困的家庭均是将就餐券放弃的。所以，它表示着粮食，却并不紧张。西餐社里排队等座的总是一些富裕而有闲的人们，那样的摩登的男女就在其中。他们穿扮得很讲究，头上抹着发蜡，皮鞋锃亮，裤缝笔直，女的化着鲜艳的晚妆，风度优雅。可这决不妨碍他们坐在西餐社的门厅里，耐心地等待着此一轮餐桌空出来，然后坐上彼一轮的，大快朵颐。有时候，餐桌实在周转不过来，不得不和完全陌生的人们拼桌。彼此的汤菜几乎混在一起，稍不留心就会伸错刀叉。倘若正好都在低头喝汤，不知情的人会以为，这是一个亲密的大家庭在融洽地进餐。而他们并不在意，毫不影响他们的食欲。好在，在此时进入西餐社的，大抵是一些相同阶层的人，经济水准也旗鼓相当。而我们虽然是新来这城市的居民，但因为父母是解放军南下的干部，父亲虽已贬职，但两人的薪水还比较可观。再加上少子女，没负担，这使我们生活优裕。母亲有时候，会对我嘲笑那些小姐们的吃相，她们带着文雅的敷衍的神情，然后冷不防地，张大嘴，送进一叉肉，再闭上，不动声色地咀嚼着。这城市的淑女们，胃口真是很好的。

那段日子，上午九十点钟的光景，爸爸妈妈会带着我去"老大昌"二楼堂座吃点心。为能容纳更多的食客，楼面上均是长条的大统桌，人们像开会似的排排坐着。喝咖啡不同于吃饭，是一种比较从容、悠闲的活动。一般来说，它的意义不在于吃。虽然在这非常时节，吃的意义变得很重要。可人们还是保持了它的消遣的优雅的性质。大家矜持地坐着，不太去动面前的西点，只小口小口地呷着咖啡和加奶的红茶。当热腾腾的烙面上来的时候，人们也是漫不经心地用叉子轻轻凿着烤焦的边缘，好像是迫不得已才去动它的。由于是和不相识的人坐在一起，也不方便谈话，所以大家就只是干坐着，看上去不免是有些无聊的。只有我们三个是目的明确的，那就是吃。我狼吞虎咽地吃着奶油蛋糕，爸爸妈妈则欣赏着。吃完一块，他们便说：第一幕结束。然后，第二幕开始。我们不加掩饰的好胃口，也引起了周围人的惊羡，他们会对我父母说：这个小孩真能吃啊！其实那时节，谁不能吃？我想，他们惊羡的只是一个孩子能够如此坦然地表达出旺盛的食欲。

我觉得他们也是没有希望的。他们的享乐与摩登里，总是含着一股心灰意懒。他们倒不像隐居的鼹鼠，而是像后来我们课文中学过的一种寒号鸟，它老是唱着：得啰啰，得啰啰，寒风冷死我，明天就垒窝。他们得过且过。今日有酒今日醉。他们的华丽是末世的华丽，只是过眼的烟云。"文化革命"初潮时期，在这个城市首先受到冲击的，是摩登男女的尖头皮鞋和窄裤腿。这显得粗暴而且低级，却并不出人意外，而是，很自然。这种不合时宜的华丽，终会招来祸事，只是个时间的早晚问题。但真到了看着这些趾高气扬的男女们赤着足，狼狈地在街上疾走，心里竟也是黯然的，好像临头的不仅是他们的末日，也是自己的。

大约是七二年的光景，也就是"文化革命"的中期。那时我们有一伙人长时间地离开各自插队的生产队，聚集在上海，活动着投考地方或部队的文工团。我们互相串来串去，交流着学习音乐的感想。有一日，我们相约到某女生家去，听一名老师讲和声技法，这是名插队江西的女生，曾在音乐学院附小就读，专攻大提琴。她的长相略有些粗拙，穿着朴素得近乎土气，但态度很沉静，流露出良好的教养。她家住在喧闹的静安寺附近，走过一条嘈杂的菜场，弯进一个背静的短弄，敲开第一幢楼的底层大门，就走入了她家的公寓。这公寓里竟是，竟是这样的生活！棕色的打蜡地板发出幽光，牛皮沙发围成一角，一盏立灯下，一位戴金丝边眼镜的先生正在看报。客厅的这一角，立着一架葶荦色的钢琴。与沙发那角，隔着餐桌。客厅通往卧室，或者卫生间的门，半开半掩着，有一身着睡衣裤的女人里外走动着，是这家的母亲。由于客厅阔大，距离略远，她的活动又基本局限于那一个角落里，灯光从后头照着她，有一股慵懒的、闲适的气氛。张爱玲的小说《红玫瑰与白玫瑰》里，说佟振保夜里看见王娇蕊从卧室里摸出来，到穿堂里接电话，在暗黄的灯照里的气氛，就有些类似。这样的布尔乔亚式的生活，保存得这样完好，连皮毛都没伤着。时间和变故一点都没影响到它似的。在疾风暴雨的革命年头里，它甚至还散发出一些奢靡的气息，真是不可思议。这客厅，你说放在哪个年代不成？三十年代，四十年代，五十、六十年代也勉强可以，然而，这是七十年代，风起云涌的关头。说他们没希望了，可他们却依然故我，静静地穿越了时代的关隘。它们也可说是落伍，和时代脱节，可看起来它们完全能够自给自足，并不倚仗时代，也就一代一代地下来了。

在我家的弄底，住着一户医生的家庭，老先生是沪上小有名望的小儿科医生。要知道，在他那个时代，小儿科作为一门专科，是表明了西学的背景。他原是开着一家私人诊所，他家的住宅就是按着诊所的需要，在这新式里弄房屋的基础上扩建和改造过的。它要比其余几幢房子都大，扩建的部位占去了一个后弄的弄底。所以它的后门不是与其他的后门并列开设，而是成直角，正对着后弄口。改造的部分则在前门，一律的长方形院子，他们则切去了一条，做了一个门厅，门厅里设挂号的窗口，还有候诊间，就像一家真正的医院。我从来没有进过他们家，他家门户也很森严。只是他家那半边院子里，繁茂的花木，从院墙伸出了枝头。他家有三儿二女，其中一儿一女承袭父业，学西医，也是小儿科。老先生后来关了诊所，受聘于一家儿童医院任院长。从这点来看，他似乎是一个谨慎的人，因为在那时节，私人开业的医生还有一些，政府并不禁止。再有，他有时候会来向我母亲打听一些事情。他向来称我父亲母亲为"同志"，前面冠以姓字。他很信赖我母亲的政策水平。到"文革"结束之后，我们家也搬离了这条弄堂，有一日，他和师母竟还寻来，与我母亲商量退休好还是不退休好的问题。他极少在弄堂露面，上下班都有小车接送。他们的家庭在这条普通的弄堂里显得很神秘，倘不是他家的保姆与弄内其他人家的保姆结伴来往，传出一些消息，人们就再无从了解。他家长年用两个保姆，其中一个据说是师母的陪房丫头，后因紧缩家政，离开他家，到隔壁一户人家帮佣，但却依然自由出入他家。从这保姆身上，也可看出他家的生活是何等养尊处优。与其他保姆不同，这保姆是单独开伙的，她的饮食要比她的新东家精致得多，自己慢慢地在厨房里享用。从她的言谈中得知，老医生家的保姆是不上灶的，只做些下手，师母亲自烹饪。每天天不亮，那保姆则要负责磨出一罐新鲜豆汁，同大米煮成米粥，给老先生做早餐。他家吃饭实行严格的分餐制，使用公筷，碗筷每餐都要消毒。我从后门口窥见过他家的厨房，果然有一具石磨，想就是用来磨豆汁的。

比较老先生的谨小慎微，他家儿女就显得有些张扬了。他们均长得高大俊朗，神采怡人，穿着十分入时，属街上最摩登的青年。尤其是老大，最为风流潇洒。仲夏时分，他穿一件雪白的衬衫，下摆束在裤腰内，四周松松的蓬着，西式短裤紧紧包着臀部，伸着两条长腿。然后哈着腰骑一辆飞快的自行车，从弄堂里翩然而过。据说他在这城市的一所著名的大学攻读土木专业，是学校交响乐队的大号手。他一看就是会玩乐的样子。有时听他站在阳台上吹口哨，吹得十分婉转动听，音色嘹亮，曲目也很丰富。还听说师母管教儿女甚严，这样年长且出息的儿子，因交了不适宜的女友，便将他关在洗手间里责打，直到他低头服输，乖乖地与那女友断了交。印象中，他家的社交是由这位长子负责，有些夜晚，门厅里的灯亮了，将我家院子照了一块雪白，然后就听见送客的声音。那长子的声调异常突出，音色又好，小钢枪似的男高音。随着殷殷的送客声，门前的灯也亮了，照耀了大半条弄堂。他们的脚步，清脆地敲击着弄堂里的方砖地，恰，恰，恰的，惊动了弄堂里那些习惯早睡早起的人们。

这名青年显然是骄傲的，谁让他处处占人上风？长得好，运气好，又聪敏，气焰总是很高的样子。其实，这正是他的天真之处，不晓得收敛，容易头脑发热，爱逞强，还爱管闲事。有一晚，也是送客，客走了，他返身进门时，忽见我家墙头上蜷着一个人影。就在他驻步抬头时，人影刷地溜下墙来，撒腿就跑。其时，我们在房间，根本不知道外面发生了什么事情，只听见拔地而起一声高腔：捉贼！推门而出，只见墙头横搭一块布料，是我家保姆白天浸了水后晾在院子里，忘记收回屋里的。才知道是遭窃贼了。这是我们弄堂历史上第一次遭窃。因我们弄口设有一个派出所，而在此前不久，派出所迁走了。整条弄堂都惊动了起来，纷纷推窗张望。那贼和捉贼的看不见了人影，一前一后追上了前边的马路。人们都说是捉不到的，做贼的到了这一步，只有华山一条道，还不是不要命地跑。可这一回，他却遇上个不要命的捉贼的了。他竟然追上了小偷，将他扭送搬迁到另一条弄堂里的派出所。在派出所里，他气喘吁吁地叙述擒贼的经过，几乎接不上气来，却依旧神采飞扬。他的新婚的美丽的妻子按捺不住替他拍着胸脯，好让他气喘平些。当着众人面又不好意思，拍了几下便红了脸收回手来，可过一时又忍不住替他抚几下。

他的妻子有着惊人的美丽，是那种欧式的，富于造型感的脸部轮廓，眉眼间且是东方化的清秀。后来频繁露面于报纸和电影银幕的西哈努克亲王的夫人，莫尼克公主，就有些像她。他们的婚礼十分盛大，婚宴后走下汽车，走进家门，前后簇拥着男女宾客，浩浩荡荡。而新娘显然懂得以柳代杨的道理，因是这一日的主角，众星捧月的阵势，反装束得比平时含蓄，是朴素雅致的格调。她穿一身浅灰色西装，剪裁十分可体，裙子齐膝，白绸衬衣束在裙腰里，上装是披在肩上，头发是长波浪，直垂腰际。她的眼睛就像星星那样亮，笑靥隐现着。她的美丽还在于如此地超凡出众，可她却一点不傲慢也不尖刻，而是很和气，就是常言所说的"面善"。这一对真是天仙配，隔年就生下了一个白胖女儿，完全是一个洋娃娃，而且聪敏伶俐。星期日这一家出门，可是好看极了，引来多少艳羡的目光。他们的美丽和风光，已经到了那样的地步，就是说：是不是有点过分了。老子不是说吗？祸兮福所倚，福兮祸所伏。

在我们弄内，我家院子的另一边，也是一个大家庭，居住着一整幢三层楼房。这是沪上一位著名绸布行业主的正房家庭，他家的历史应是可在文史资料上查得到。老太太是上海浦东本地人，想是伴随老先生起家，虽然如此家大业大，却依然保持着勤俭的本分。有时见她在后弄里收拾些碎布，做扎拖把用。"文革"后期返还抄家物资，老太太已经故世，在还回家的一张旧沙发中，竟发现藏着有金银首饰，藏得如此完好，连翻地三尺的红卫兵都不曾发现，结果完璧归赵。这原是老太太积攒的私房。他家经常有些本地乡下的亲戚来小住，小孩子就到弄堂里来玩，被调皮孩子嘲笑他们的本地口音，却也不急不恼。老先生平日与二房太太共同生活，老太太一个人带着一男二女居住在此。长子已娶妻生女，阿大阿二与我年龄相近，是我的好玩伴。这家的生活显得比那一家平常得多，门户也不顶森严，邻里间来往略频繁一些。这家的媳妇，也就是阿大阿二们的母亲，也很美丽，是另一种风格，比较古典，五官特别精致和谐，亦很现代。因是几个女儿的母亲，又有着那样古旧的婆婆，她的装束比较素朴，印象中从未化过妆，可那一股摩登气是从骨头里透出来的。虽然她家阿大比我还大一二岁，可她却很年轻，似乎与那家的新娘差不多年纪。我们这幢房子里，三楼住的是一户昔日买办的管家，是这条弄堂的老住户，各家的底细都知道一些。甚至连我都不知道的，我父亲五七年戴"右派"帽子这事，他家都知道。他家的外孙女也是我的玩伴，是个任性又嘴快的小姑娘，就是她，告诉我，阿大的母亲原是某著名舞厅的舞女，阿大的父亲则是个有钱的舞客，在她十九岁时娶了她，但夫家却极不满意这桩婚事，不允她进门，直到生下第二个女儿，才接纳了她。不知此话虚实如何，我却很喜欢阿大的母亲。那家的新娘不管怎么说终有些高山仰止，而她却是亲切的，平易近人的，而且说话风趣，看我们在一起玩得不怎么高明时，会调侃我们几句。虽然我们只是小孩子，她却也很给我们面子。有一次，我们找阿大玩，阿大，这位新入学的一年级生正在埋头做作业。我姐姐仗着她二年级的学历，大胆地替她抄写生字。阿大很紧张，很没经验地不时觑着房门外、在走廊上忙着的母亲的身影。这事情干得是有些浑，相信她母亲一目了然，但她竟没作声，放我们过了关。

那时我还没上学，白天一个人在家，十分寂寞。小孩子一个人的时候，是可玩出稀奇古怪的游戏。我大约是想象自己流了鼻血，将一个小纸团塞在鼻孔，不想吸了进去。心中十分害怕，跑到后弄正在洗衣淘米的保姆跟前求援。保姆也手足无措，不知拿我怎么办好。这时候，阿大的母亲听见动静走出来，一见这情形，返身进去取了个镊子，将我横倒在膝上，强按住脑袋，没等我哭出声来，一下子就从鼻孔里钳出了那个倒霉的纸团。

他们家虽然是大家，但并不招摇，也不神秘，他家保姆也说不了什么闲话，供邻里们猎奇。只有两点显露出不同寻常的居家生活。一是不知从什么时候始，他家后晒台上，竖起了一杆天线，这表明他家有了一架电视机。在那年头，这是有些招眼的，所以阿大阿二们对这个话题，嘴封得很紧。有一回，阿二突然说起了昨晚的一个少儿电视节目，阿大立即用白眼制止了她。那时候，连小孩子都是识相的，一看这情形，便也不加追问，就此罢了。还有一点则是他家院墙上的一周碎玻璃片。前面已经说过，我家遭窃是我们弄堂里的头一遭，所以这周碎玻璃片显然不是防贼。那是防谁呢？是防隔壁弄堂的孩子。隔壁弄堂是条人口拥挤的弄堂，本是不相干的，可在大炼钢铁那一年，将我们弄堂与他们弄堂之间的隔墙拆去，抽出里边的钢筋炼钢去了，自此，两条弄堂便打通了。他们弄堂的孩子，总是到我们的宽阔的前弄里来踢球。球呢，又总是要越过院墙，落进院子。然后他们便十分自然地、身手矫健地翻过墙头去拾球。为此，经常会发生争端。而有了这一周碎玻璃，他们便不能自由进出院子。这是一个无声而有效的拒绝，对这些"野蛮小鬼"的尊严是一个挫伤。"野蛮小鬼"，是我们弄堂对他们的称谓。有的星期天里，这家的儿子，就是阿大阿二的父亲，便爬上墙头，栽花似的补栽着碎玻璃片。他的态度很专注，也很悠闲，还带着些玩赏的意思，将这碎玻璃片栽得错落有致，在太阳下光芒四射。这时候，谁对后来的灾难都是没有预感的。

也像是方才说的，这城市的革命是从剪裤腿、脱皮鞋开始的，我们弄堂里首当其冲第一人，便是那家读土木专业的大儿子。这一日下午，他赤着脚，拎着皮鞋走过弄堂，走进家门。他赤脚走回来的样子倒也还可以，并不十分的狼狈，走进门后，还回头对尾随身后起哄的"野蛮小鬼"呵斥了几句。那帮小鬼见他气焰不减，就吃不准是怎么回事，竟有些吃瘪地退了回去。可这只是个小小的开头，大事情接踵而来。

我永远难忘在那绸布行业主家中，进驻了整整一星期红卫兵，有一日我走过后弄，从厨房的后窗里，看见阿大母亲的情景。她正在红卫兵的监视下淘米。这已经使我很惊讶了，在这样的日子里，他们竟然还正常地进行一日三餐。更叫人意外的，是她安详的态度。她一边淘米一边回答着红卫兵们的提问，不慌不忙，不卑不亢。并且，她衣着整齐，干净，依然美丽。除去比通常神情严肃一些而外，没有大的改变。这使我突然的一阵轻松。自从他家进驻了这伙红卫兵，整条弄堂就都笼罩着沉闷的空气，小孩子不再到弄堂里玩耍，人们即便在自己家里，说话也都压低了声音，那些喜欢聚集在后弄里说长道短的奶妈保姆们，现在安分地各在各的家中。人们怀着恐惧的心情，想象他们全家老小这时的情形。有一些可怕的传说在邻里间流传，说是他家老先生从二房太太处带到这里，七天七夜不被允许睡觉，轮番审问。我们几乎都没有见过这位老先生，心里以为他又老又衰弱，要熬不过去了，这一家也要熬不过去了。可是，却出人意外的，阿大的母亲竟还在淘米起炊。

不久，他家的生活有了变化，二房太太、三房太太全集中到这幢房子。而底层则没收去，重又分配进两户人家。这两户人家显然来自遥远的城市边缘，江北人聚集的棚户区。他们说苏北话，多子女，因申请不到煤气在后弄里生着煤球炉子，烟熏火燎的。他们喜欢户外活动，我们安静的弄堂顿时变得嘈杂了，开始接近隔壁弄堂的气氛。而前边的院子里则堆满了杂物，引火的木柴，花木凋零了，只剩下一棵夹竹桃和一棵枇杷，兀自花开花落，青枇杷落了满地。而围墙上的碎玻璃早已在第一次抄家的时候，邻弄的孩子闻讯赶到，欢呼着爬上墙头，扫得个一干二净。玻璃碴子飞溅起来，反射着五彩阳光。这一刹那有一种残酷的美丽。

　　这一段日子，真是朝不保夕，说不准什么时候，红卫兵就来了。红卫兵来了，邻弄的"野蛮小鬼"也来了。不是说过，弄口是一个小学吗？小学虽没有明确指令参加"文化大革命"，可上课是上不下去了。小学生们正感无聊，这时也蜂拥而来，汇集此处。一时上，简直像庙会一样。里面在抄家，外面墙头坐一圈人，墙下也是人，又不知是谁领的头，还呼起了口号。和任何革命的时期一样，在大革命的浪潮之下，进行着一些狗肚鸡肠的小过节。前来助威呐喊的小学生中间，有一个女生特别活跃。她显然是革命干部家庭出身，所以虽然还不是红卫兵，却也穿上了一身洗白了的旧军装。她革命最积极，并且又会爬墙又会上树，是墙头上唯一的女生。我们都同在一个小学，她比我低一级，和阿大的妹妹阿二同班。有一回，她正爬在他们家墙上呼着口号，突然一回眸，看见了躲在自家院子里听动静的我。她刷的一转身，指着我大声喝到我的名字：你给我出来！有一股不祥的预感涌上心头，可我已没处逃跑了，只得拉开门栓走到弄堂里。她纵身跳下墙头，冲到跟前，点着我的鼻子骂道：是你说我偷东西吗？她的气势完全压倒了我，我很无力地辩解说：不是我说的。她吼了一声：你还赖！就在此时，我看见她身后有一个人影，畏缩地一闪，心便使劲往下一沉。这是我们弄内的另一个孩子，特别喜欢搬舌头，你明明知道她靠不住，可当她来到面前，甜言蜜语地一说，你又相信了她，告诉了她极其机密的事情。我确实很不谨慎地和她说过这话，至于是从哪里听来，我自己也忘了，很可能只是空穴来风的只言片语。我回答不出她的责问，退又无处退，逼得无奈，便很卑屈地瞎指了一个。这是一个最无权辩解的人，那就是这家的阿二，与这女生同班的同学。我说：是她告诉我的。她听罢头也不回地冲进他家院子，挤在抄家的人堆里，大声叫着阿二的学名，要她出来对质。这实在是一个恶劣的诬陷，在这样的情势下，可谓火上浇油，不知道会给他家带来什么祸事。他们一家已经够倒霉的了。她没把阿二叫出来，随她而来的是阿二的母亲，也就是阿大的。她脸上含着微笑，不慌不忙的。也不知怎么的，这女生此时也平静了一些，对着我说：她说她并没有对你讲过。我嗫嚅着，不知道这事该如何收场。阿大的母亲向我微笑着，没有一点追究的意思，她说阿二的脑子稀里糊涂，说过了也会忘记的，又说算了算了的，那女生竟也敛了声，放了我过门。我心里说不出地感激阿大的母亲，感激她的宽容，也感激她替我打了圆场。

阿大的母亲就是这样，你可以说她会做人，会做人有什么不好？会做人终究是她照顾别人，别人受益于她，和她在一起，你就会感到放心，舒服，愉快。那时候，寂寞的我，总是不识相地在任何不适宜的时间里，出现在她家，找阿大阿二作伴。她从来都对我亲切、和气，有说有笑。我们正处在发育的年龄，胃口特别旺盛，却苦于时世不好，经济都很拮据。我家的情形略好些，还能有五分一毛的零用钱，我们就一起出去逛街，到合作食堂喝牛肉清汤。那汤是真正的清汤，什么也没有，可是强烈的咖喱味和味精味却使它显得味很厚的样子，能解一些馋。喝得胃胀，然后很激奋地走在马路上，互相挽着胳膊。阿大的天性十分快活，开朗极了，处在这样不安的困窘的境遇之下，依然不存什么忧虑。这大约也得益于她母亲的遗传，处惊不变。这一种气质是非常优良的，它可使人在压榨底下，保存有完善的人性。其时，他家基本已是靠变卖东西度日。我们逛街的又一个内容就是去旧货店看她家的东西有没有售出。一旦售出就赶紧跑回去向她母亲报喜。在这样岌岌可危的境况下，阿大母亲还是生活得从容不迫。她每天一早就去买菜，买菜回来的路上，打一缸淡豆浆，回到家里，慢慢享用。有几次，她在马路上撞见我和阿大结伴喝牛肉清汤，吃熟菱角什么的，事后就笑话我们没口味，急煎煎的也不惬意。使得我们很感惭愧。

有一天，阿大兴奋地奔到我家窗下，很神秘地向我展开一张五角的纸币。这可是一笔大财富，够我们享用一大阵子的了。是阿大母亲给阿大一个人的，还要她保守秘密，别让阿二等妹妹们知道。从这捉襟见肘的财政中划出这样一笔钱，可是不容易的，这够阿大母亲喝大半个月的淡豆浆了。其实这是在帮阿大还情，也是给女儿面子的意思。这一天，我们破例在合作食堂里要了一份两面黄炒面，再加上牛肉清汤，真是无法形容的满足。

她家的女儿均长得清秀端正，也是得自母亲的遗传。稍成年之后，我母亲就起意给阿二介绍男友。为什么给阿二而不是阿大，是有人人皆知却不便明言的理由。那就是，其时阿大还在农村插队，衣食无着，前途无着，阿二则分配在上海工厂里做了一名操作工，是可考虑终身大事了。这虽然合情合理，可对阿大多少是个伤害。虽然非常尊敬革命同志的我母亲，但阿大母亲还是婉言谢绝了。理由是阿大还没有朋友，阿二怎么能先有。母亲虽然遭了拒绝，却十分服气。就这样，阿大的母亲虽然在复杂的世事里应付得很婉转，却坚守着一些基本的原则，这些原则都是与人为善。多年以后，我母亲到沪上一家著名宾馆赴宴，见隔壁餐厅前写着喜宴的字样，新人竟是他家阿大的名字，便寻了进去。没等母亲从如云宾客中寻见阿大，阿大母亲就已迎了上来。她特意将新人引到母亲跟前，行了三鞠躬礼。据母亲说，阿大母亲竟然一点没有苍老，依旧美丽动人，穿着得朴素而得体，一点看不出是这对晚婚的新人的母亲。他们的婚礼是沪上布尔乔亚的一种，隔墙听来，没有半声喧哗，只在喜宴将临结束时，齐声唱起"祝你新婚快乐"的歌子。唱毕，轻轻地鼓了一阵掌，便高尚地、文雅地、礼貌地结束了。

那医生家的，美丽的、高贵的、娇嫩的、公主般的新媳妇，在"文化大革命"的残酷遭际当中，表现出了惊人的承受力。大门不出、二门不迈的她，首先担起了这个家庭涉外方面的事务。比如买菜，比如里弄里的学习。每当召集有问题的人家开会，她便提个小板凳走过弄堂，走到那弄堂拐角处，狭小的、漏风的、晒顶的、油毛毡搭建的小屋里，静静地坐着，领受着照章宣读或者即兴发挥的训斥。她双手放在膝上，脸色很平静，美丽的眼睛看着门外，并不胆怯地接受着人们好奇的注视。再比如每周四弄堂大扫除。她身穿高统套鞋，提着铅桶，将头发编成两条辫子，因为天寒，而在头上包一块羊毛方巾，围到颏下，系一个结。看上去就像苏联电影里的女主人公。她看起来还相当有力，提着一桶水稳稳地走着，拿扫把的样子也挺好。再然后，她便到里委生产组去接洽活计，编织小孩子的风雪帽或者连衣裤的活计。她频繁地出入于弄堂，揭开了神秘的面纱。但她的美丽并不因此而受损，她依然引人注目。她的美是那种会对人形成威慑的，所以也容易激起人们触犯它的危险，其实，他们一整个家都具有这样的气质，会叫人自卑而气恼。他们家说起来真没什么大事，却惹来了大祸，恐怕就缘出于此。

隔壁弄堂的"野蛮小鬼"，还有"野蛮小鬼"的已成年的兄长们，他们对这一家格外地垂青，几乎每晚都要上门骚扰一番，以此寻乐。他们吃过晚饭，洗过澡，趿着拖鞋，就来了。砰砰地敲着门，终究也不知是要干什么，没来由地将这家出来应付的那个训斥着，提出的责问也是不知所云，因此便无从答起，于是就是"不老实"，再接一轮训斥。出来应付的往往是这家的长子，他压着脾性，不得不赔着笑脸，与这伙人周旋着。有一回，周旋得火起，竟挨了那当头的人一耳光。这于他如何能受得了，向来是养尊处优，这伙人在他眼里，是与"瘪三"无异的。心里头是天翻地覆，可也发作不得。那当头的一位，年纪也不小了，不知是个青工还是社会青年。他衣冠很整齐，足登皮鞋，样子也还不顶粗鲁，却居心叵测。这是最可怕的一个，心里不知压了有多少下流的意趣。他这一耳光打过去，便得了满足似的，再噜嗦了几句，得胜还朝。

对着他们走远的背影，这家的长子从牙齿缝里挤出了几个字：他妈的，强盗！

那年头，也乱得很，到处都在竖杆子，遍地烟火的样子。不久，那长子的臂膀上也套了一个红袖章，上写某某战斗队的字样。他不无显摆地骑车在弄堂里进出，也是表明身份的意思。就好比我母亲每晚临睡前，都要把我姐姐的别着红袖章的外套挂在屋内最显眼的地方一样，意思是你们是红卫兵，我们家也有一个。而那长子的气势显然是刺激了邻弄的那伙，他们在沉默几日之后，再一次上门滋扰。而这一次，这家长子却早有准备。似乎，这几日他一直在等着他们来，现在果真来了。他很爽快地打开了大门，与他们泡着，话头很硬，使得他们不甘罢休。正纠缠不清时，弄堂里忽然大兵压境似的驶进一队自行车，来人都袖戴臂章。他们下了车便直奔那伙人而来。那伙人其实也是草包，大革命中阿Q那样的人物，本来就不甚明白这家人的底细，更不知来人的来头，立即就"缩"了。来人却不放过，紧着喝问。这时节，其实比的就是气势，谁的气焰高谁就得胜。那伙人更嗫嚅了起来，想找台阶退下去的意思。来人还是不放过，一定要问个究竟。这一回，邻弄的那伙可吃了苦头，打头的那一个，因为最年长，其时就更狼狈相，只得讨饶，直讨到来人满意了，才放他们回去。这伙人灰溜溜地走出弄堂，连屁也不敢放一个。他家长子可是扬眉吐气了，过后还往左邻右舍送了一些铅印的战斗队刊物。看起来，他也是在为革命很忙碌的样子。可是，弄堂里那些年长的住户却为他捏了一把汗，他们说，他家要吃苦头了。这都是我们城市的老市民，经历过数次革命，深知谁是革命的真正力量。

时间在令人不安的平静中过去了，接着，老医生医院的造反派上门了。他们来寻找老医生。人们这才发现，老医生夫妇俩已有一段时间不看见了。这天，他家在场的是二子、三子、大媳妇，还有二子的刚显出身孕的妻子，共同抵挡着这一局面。造反派追问着老医生的下落，子媳们咬定一个不知道。从中午到晚上，人们已吃过晚饭，他们这里还没完。大门敞着，房间里，楼梯上，走廊里，挤满了看热闹的人。邻弄的那伙也赶来了，积极为造反派出主意。然后，一个决定便形成了，并且立即付诸行动。那就是，在隔壁中学的操场上，批斗这家四个子媳。中学的操场很快就布好了灯光，拉起了横幅，人们刹那间拥进了操场，革命实在像是大众的节日，但充满了血腥气。一切就绪，这家的子媳们终于在押送下走出家门。壅塞在弄堂里的人们让开了一条道，让他们走过去。两个儿子走在前面，他们竟还保持着良好的仪表。高大，俊朗，毫无委琐之气。大媳妇在后，扶着有身孕的二媳妇。从我家门前走过的时候，我看见了那美丽的大媳妇的眼睛。她的眼睛大胆地迎接着人们的目光，没有一点躲开的意思。他们自始至终没有说出，老医生在何处藏身。

我们弄堂里的老住户们，纷纷庆幸老大没在家。倘若他要在，那就完了。人们说。这晚上，邻弄的那伙耀武扬威地在批斗会上张罗着，挥舞着皮带。他们是医院造反派所发动和依靠的基本群众。人们还担心，二媳妇肚子里的孩子要保不住了。可是，那孩子却奇迹地留存下来，并且健康活泼。我母亲在这晚上，对这家子媳作出的评价，很简单，她说：他们有气节。

这家人家从此后就走上了霉运，房屋被没收，强行迁进几户人家，都是来自城市边缘地区的贫困者，天生怀有对有产者的强烈仇恨。他们极尽欺侮之能事，都是在无产阶级专政的崇高名义之下。多次打到弄堂里来，不得已到派出所讲道理，没道理的总是这一家。接着，长子单位又来逼迫他去往三线工作，他执意不去，逼迫得急了，他绝望地吼道：不去！半条弄堂都听见了。然后心脏病发作，送去医院，才算结束了这场动员。但自此他便失了公职，养家的任务落到了他的妻子肩上。看她忙碌地进出弄堂，四处寻找工作，不由想起曾有一次，我们听壁脚，听见这对年轻夫妇吵嘴。就为了里委动员妻子去代课教书，而她却不乐意。吵到后来，她竟哭了起来，似乎有着万般的难处。而事到如今，她竟也不慌不忙地担起了家庭的生计。

这，就是上海的布尔乔亚。这，就是布尔乔亚的上海。它在这些美丽的女人身上，体现得尤为鲜明。这些女人，既可与你同享福，又可与你共患难。祸福同享，甘苦同当，矢志不渝。

一九九八年八月九日
一九九八年八月二十三日

（原刊于《收获》1999 年第 1 期）

死生契阔，与子相悦

上海是个海

贾植芳

　　今年是上海开埠百年，《收获》杂志的朋友约我写一篇文章以示纪念。我曾写过一篇散文《上海是一个海》，但那篇文章写得太简略，现在我仍想旧戏新唱，讲讲我在上海居住过的一些地方，以及在此生活多年的几个故事，从中未尝不可以折射出一些社会历史的变迁，以资读者朋友参考。自抗战胜利后，我和妻子任敏辗转来到上海，迄今已经有五十多年，而自四十年代后期到五十年代中期，我的十多本创作、翻译及学术著作基本上都是在上海出版的，我也算得上一个老上海了。在这个城市，我亲历了中国半个世纪的风云变幻，同时也目睹了上海五十多年的沧桑巨变，而从上海的历史变化中，也可以看到中国近半个世纪历史演变的曲折性和复杂性。久居上海，我真切地感受到：上海是个"海"，随着时间的推移，这种感受显得愈加深切。

　　在以前的那篇文章中，我曾经写道：青年时代，我在太原、北平读书时，从当时的出版物看到反映上海都市生活的作品，对其中一些上海特有的名词——如"亭子间"、"老板娘"、"老虎灶"等感到茫然不解，因为我是个北方人，不了解上海的城市生活。等到我来到上海，成了这个城市茫茫人海中的一分子的时候，这些东西也理所当然地进入了我的生活世界。解放前，我在上海基本住的是亭子间，甚至阁楼，至于弄堂口的老虎灶和烟杂店的老板娘，也成了我经常打交道的对象。那篇文章没有叙述抗战胜利后，我这个四处闯荡的"流浪汉"之所以选择在上海定居的理由，在这篇文章中，我该向读者朋友做个交代。

这个理由，套句中国古代通俗小说的套话：说来话长。可是若非从头原原本本说起，则不能见出上海这个城市独特的吸引力以及我的这种选择的必然性。我们这代知识分子，在"五四"精神培养下迈入人生道路，生存于中国内忧外患的动荡年代，一方面追求人格独立、社会进步、精神自由的"五四"理想；另一方面又继承了传统文化中"天下兴亡，匹夫有责"的忧患精神，反对阻碍中国社会进步的封建专制主义的历史传统。所以在红色的三十年代，是与当时被公认为代表进步的左翼主流政治力量的"同路人"，这铸就了我们这代人独特的精神品格。在抗战岁月，我在积极投身于民族救亡运动的同时，仍清醒地保持独立的人格以及精神操守。抗战胜利后，中国社会很快又将处于极度的动荡不安之中，我不愿意参加任何党派，只想做一个自由的知识分子，以写作为职业。我觉得上海是个开放自由的现代城市，这里可以为我这样的人提供一个广阔的生活空间，是我的理想的去处。于是，一九四五年日本投降的第二天，我从徐州日伪警察局特高科监狱出来后，就和妻子辗转来到上海。从此，我们像一叶孤舟，飘荡在上海这个"海"中，此后半个世纪所经历的人生的风风雨雨，都与这个"海"的沧桑变幻息息相关。我不是个站在岸边，观望潮起潮落、云起云飞、不让海洋的浪花沾湿自己的鞋子的旁观者，而总是或主动或被动地处于这种种变化之中，社会生活的海洋的每一次运动，都会影响到我们这一代知识分子的生存处境与人生道路的选择，可是值得骄傲的是：虽然中国社会处在种种激烈的变动之中，我的人生也处于种种剧烈的变化之中，我却没有为种种的运动所裹狭而随之泥沙俱下，在风云突变之中，我坚守住了"五四"以来知识分子的独立自由的人格理想与精神操守，不论是遇到了九级的风浪，还是遇到了巨大的漩涡，我从没有改变这些初衷。而我在社会生活中沉浮的后半生，与上海这个城市结下了某种不解之缘：在这个城市里，我既找到了心心相印、相濡以沫的文学上与人生上的知友，谱写了生命册上神采飞扬的一页，又被两个敌对的政党分别以相同的"政治犯"的罪名两次投入狱中，度过了人生史中最为屈辱难堪的一段，一直到进入老年，我才又返回自己的写作、研究、教学岗位，看着一批批的学生从校园里走入自己的人生岗位，有了自己的事业，在人生的暮年方得到了一种难得的幸福……我后半生的甘与苦，荣与辱，忧与乐，都与上海这个"海"难分难解。

事实上，来上海以前，我与这个城市已经有了不少的因缘，对之也有一定的了解。三十年代，我就给上海的《申报·自由谈》写过文章，通过各种上海的出版物——新文学的与鸳鸯蝴蝶派的——我也对上海的历史与文化有一定的感性认识。而一九三七年九月我从日本坐法国船回国，目的地本来就是上海，在中途获悉吴淞口被日本人的炮火封锁了，这艘船要转赴越南河内。船行至香港，我下来准备转道回到内地参加抗战。在香港我写了一篇《神户急行列车》，记录与描写了我坐火车由东京到神户沿途亲眼目睹的日本战时动员的疯狂状态。我把这篇文章寄给上海的《大公报》社办的《国闻周报》，后来在该报的《战时特刊》某期上刊出。我有一个与胡适相似的癖好——历史癖，所以抗战胜利后我终于可以来上海之前，曾翻开上海的地方志一类的书籍研究一番，发现上海的繁荣完全是近百年的事情。在明代，上海还只是一个默默无闻的小镇；清初它也只是个三等县；一直到了晚清，满清政府腐败无能，国势衰微，西方列强以坚船利炮迫使清政府取消海禁，开放口岸，上海成了中国最重要的通商口岸和帝国主义的最重要的租借地，它才得到了突飞猛进的发展。西方侵略者按照自己的想法来设计上海，在短短的百年时间里，使之跻身于世界大都市行列。历史总是充满着悖论：一方面西方列强的政治、军事、经济、文化侵略给中国带来了深重的灾难；另一方面，西方的先进的科学、文化和报刊、出版事业也随着大炮和教堂传入中国——这就是所谓的历史的副作用。在上海这个东方魔都，这一点看起来尤为明显。这正如马克思在《不列颠在印度的统治》一文中所说："英国在印度要完成双重使命：一个是破坏性的革命，即消灭旧亚细亚社会；另一个是建设性的使命，即在亚洲奠定西方社会的物质基础。"西方的侵略破坏了中国长达几千年的亚细亚社会的基础，动摇了封建专制统治，可也把西方的科学技术和文化带到了中国。上海是西方列强在苦难中国版图上所建立的一块经济和文化飞地，在西方国家的政治、经济、文化的侵略中，这个华洋杂处的城市却得到了畸形的发展。

当时对我来说，最感兴趣的是这个城市的文化所具有的独特的性格。"海派"文化是个移民文化，具有鲜明的开放性、兼容性与现代性。那时的上海与世界文化是同步的，真可谓"国际上刮什么风，上海就起什么浪"，东西文化交流异常活跃，西方社会流行的社会思潮、消费趣味也会很快在上海兴盛起来。对于我们这些不愿依附任何政治组织，而想以写作为生的自由知识分子来说，上海发达的新闻出版业更具有莫大的吸引力。自本世纪初以来，现代的文化出版就成了上海滩相当活跃的行业，形形色色的文人都可以在这片广阔的文化市场施展身手——不论你是保守的、还是进步的；官方的还是民间的；民族的还是买办的……上海是一片无垠的"文化大海"，它具有吞吐百川、融汇众流的恢宏气象，是中国知识分子大显身手的地方。在这里，传统的"文人"慢慢摆脱了对官方的由人身到人格依附的附庸地位，而成为自食其力、具有独立人格的社会个体，这是一种历史进步的现象。以卖文为生的职业作家这一阶层渐渐壮大起来，并在中国现代政治、文化、思想、文学的历史中发挥了举足轻重的作用。抗战胜利后的我，已经有了时间不短的文字生涯，我想到上海这个"文化大海"中一试身手。

促成我决定来上海的另一个重要因素是我与胡风的关系。一九三七年，我在日本读书时，在东京内山书店看到了上海生活书店出版的《工作与学习》丛刊的第一辑，题名"二三事"正是以鲁迅先生的遗文《关于太炎先生的二三事》来命名的。从它的编辑风格及撰稿人员的阵营我认为它是一个坚持鲁迅的文学传统的左翼进步阵营的刊物，因此把我的一篇小说《人的悲哀》寄给这个杂志，其内容正是我自己在北京时因参加"一二·九"学生运动而被捕入狱后的监狱生活中的人生体验。当时我并不知道这个杂志的编者是什么人，过了一些时候，我收到了这个丛刊的第四辑《黎明》，我的小说登出来了，同时收到了编者胡风的一封热情洋溢的来信和三十多块日元的稿费。抗战开始后，我回国参加抗战。在战争中，胡风在艰难的处境中创办了《七月》杂志，我继续给他投稿，并被他聘为特约撰稿人。但很长时间并没有和他见过面，一直到一九三九年，我从北方颠沛流离到了重庆，才与胡风由神交变成了亲密无间的朋友。但没有多长时间，我又到了西北，在一九四四年离开西安时，我把在西北写的一些小说、散文寄给胡风，此后有一段时间就断了联系。抗战胜利后，我从徐州日伪监狱中出来，从重庆复原上海的《大公报》上得悉胡风已经回到了上海。他在重庆所办的《希望》杂志也将移到上海中国文化投资公司复刊，在重庆出版的四期也一起重新出版，在目录上我看到我离开西北时寄给胡风的文章都已登出。我给胡风写了一封信，恢复了投稿与通信联系。收到他的回信，令我十分高兴。胡风在信上对我有一个简明而生动的概括，他说我是个"东南西北走"的人，这与我对自己的认识可谓心心相印：我不是一个愿意安坐于书斋写文章的书生，而更是一个喜欢在人生之海中游泳的"社会型"的人。我不愿有一个固定的职业，想做一个来去自由的作家，胡风敏锐地看出了我性格中的这个特点。他来信特意说我这些年经历非常丰富，可以作为写小说的材料。他希望我能静下心来，把这些东西都写出来。这也是促成我决定到上海来的一个缘由。

初到上海，我对周围的一切还感到很陌生，虽然我与这个城市已经有了不少的文字上的联系与观念中的了解，但对上海的具体生活，却并没有切身的体会。来到上海，我们夫妇到胡风家里住了一阵。他家当时住在雷米路文安坊六号。在这里我们住了约半年时间，因为在重庆的一段时间里，我们早已是声气相投的朋友，所以两家相处得十分融洽。说到这里，顺便补记一件事，供有鉴事识人的兴趣的朋友们参考：我们夫妇一下火车，到胡风家时，正是上午，刚好碰到从延安来的Z与L两位也在这里。当时正值国共和谈时期，他们以新华社记者的身份来沪。Z、L两人都在胡风办的《七月》上发表过文章，而我是《七月》的主要撰稿者之一，所以过去都读过彼此的文章。我们是同行，年龄相仿，又有共同的理想和追求，因而这次聚会兴致都很高，把我从徐州带来的五斤"双沟大曲"都喝光了。可近来我读梅志大姐写的《胡风传》，方知一九五五年"胡风事件"发生时，带公安人员逮捕胡风的，就是这位L同志！而那位解放后曾任上海市委统战部副部长的Z同志，一九五三年胡风举家迁京时，他代表统战部送他们一家到车站。我和任敏也去送行。车行后，车站顿时冷清下来，这位Z同志没有和我们打招呼，两眼朝天，一副志得意满的样子，也许他自以为是上海的主人。虽然在并不太远的年代，他和我们还曾经好像是觥筹交错的朋友……我现在还能记起Z当时的形象：一身笔挺的毛料中山装，头发光光，皮鞋锃亮，双手反背，昂首挺胸，扬长而去……

我在胡风家居住期间，除了写作之外，还给胡风主办的《希望》杂志看看稿子。当时所登的文章，除国统区的以外，还有解放区的作品，这些作品一般不是由作者本人投寄的，而是通过组织关系，由解放区的领导带过来的，目的是扩大解放区文艺的影响。一次，胡风把一叠稿子交给我说："这是王若飞同志从延安带来的，你看如果这些作品都好，就给出一个集子。如果只有几篇不错，就在《希望》上发表。"这些作品中有孔厥的《受苦人》，晋驼的《结合》等。孔厥的作品我曾在《七月》或《希望》上读过，对他有印象；而晋驼却是陌生的名字，我看后觉得都不错，无论题材、写作手法、语言运用都有自己的特色，于是就把他的作品结集作为"七月文丛"之一出版了。虽然我至今还不认识晋驼其人，可是这件事情几十年后还给我带来了一些意想不到的麻烦。"文革"前夕，我被以所谓的"胡风反革命集团骨干分子"的罪名判了十二年徒刑，从监狱押回到复旦大学印刷厂接受"监督劳动"。七十年代末，我的案子归复旦大学党委监察委员会接管负责复查，据该委员会的一名负责的女干部对我说：此案本该由公安保卫部门负责，因涉及文化、知识分子等问题，就委托该委员会负责复查，虽然我并不是党员。后来，校党委监察委员会的一位干部来找我说："你有一条余罪，没有交待过。"细听之下，才知道这条所谓的"余罪"指的就是我在胡风家里居住期间，编过晋驼的小说集。我听后，大吃一惊，我认为这个根本没有交待的必要，因为我当时是在国统区替解放区宣传文艺作品，是冒着生命危险的，即便这是"犯罪"，犯的也是国民党的"罪"。这让我想起一九四七年国民党特务抓我时，说我的罪名是替"共匪"宣传，是"共产党的走狗"。这件事情要查，也该是国民党特务来查，想不到你们来查我！我觉得又气愤又好笑，就对他说："这本书图书馆里有，你找来看看，是什么样的书，算不算我的罪行！"此事后来就没有下文了。

说起这段历史，我又想起在上海这么多年，我跟后来在"文革"中成为"四人帮"中的两根"棍子"的姚文元和张春桥竟然也见过数面，只是他们当时还没有露出"棍子"的架势。这里顺便插入几则有关他们的轶事，以供对野史有兴趣的朋友参考。我住在胡风家里时，与文艺界的人免不了要打交道。那时姚蓬子在爱多利亚路开了个"作家书屋"。姚蓬子这个人我以前就知道。三十年代的时候他还是左翼作家，出版过小说集《剪影集》以及翻译的前苏联罗蒙诺夫的《没有樱花》等等。后来我在北京读中学时看到天津《益世报》上登了半版的一篇文章，题目赫然是《姚蓬子脱离中国共产党宣言》。到上海后胡风在聊天时对我说：姚蓬子这个人在南京的监狱中"悔过自新"，国民党对他很满意。中统局的局长徐恩曾给了他一些钱，让他回上海办了个《世界文化》，但是文艺界的人士很看不起他，所以他在上海也吃不开。等到抗战爆发，国共合作，延安认为他和国民党有关系，他原来又是我们这方面的人，有出进步书籍的条件，所以一九三八年姚蓬子就在汉口办了个"作家书屋"，胜利后搬到上海爱多利亚路（即今延安路），也出过一些进步书籍，如由周而复主编的介绍解放区文艺创作的"北方文丛"等。姚蓬子那时是上海印刷出版同业工会的主席，他利用自己和国民党的关系，配给的纸张非常多，囤积起来转卖给其他出版商，很发了一笔财，所以买了房子，他的书店在爱多利亚路有三间店面。姚文元是姚蓬子的儿子，当时还是中学生，与胡风的儿子晓谷是同学，所以有时候我也能看到。想不到一九五五年在胡风事件发生后，时任共青团卢湾区宣传干事的姚文元"金棍子横空出世"，因为写反胡风的文章被当时主持上海市政的"好学生"柯庆施与张春桥看中，此后在历次运动中一马当先，大写批判文章，十年动乱中竟然跻身于党和国家领导人的行列。解放初，姚蓬子为了赚钱，找来一些"托派"做廉价劳动力，给他译苏联的政治、经济、社会读物，每千字只付两块钱报酬。不过他虽然会认准时机，赚钱却也真不容易，每天晚上要搬来个《俄汉辞典》对着原稿校改，真是辛苦。"文革"爆发，姚蓬子父以子贵，倒也没有受什么冲击，他的老婆组织了一个"里弄造反队"，据说也干得"轰轰烈烈"。"文革"后揭批"四人帮"时，我看到过一幅漫画，题名是《姚氏父子棍帽店》，店里有各式帽子出售，上面写着："叛徒""内奸""特务""右派""反革命""走资派"等等字样，只有一顶帽子上面写着："革命作家、马列主义者、学习毛泽东思想先进分子"，旁边批注道"此帽自留，概不外卖"。店里的棍子有粗有细，有长有短，也是"留备自用，概不外卖"。我看了这幅画，不禁失笑，觉得真是画得好，为长期被"打棍子""扣帽子"的无辜者出了一口恶气。我见到张春桥比较晚，已经是解放后了。上海解放，张春桥自解放区来做《解放日报》的总编辑，向我们上海的文化人约稿，在有名的老正兴请我们吃了一顿丰盛的酒席。当时的张春桥穿一身灰布制服，戴个眼镜，很谦恭地走来走去向大家敬酒，他也还没有露出本来面目，但这副模样却让我想起《水浒传》中的白衣秀士王伦，"外似忠厚，内实奸诈"，而后来的历史证明他比白衣秀士王伦还要厉害。正如《水浒传》中林冲在火并王伦前，对王伦的认识："这是笑里藏刀，言清行浊的人！"我后来又听说了一个关于张春桥的故事：三十年代的时候，张春桥在山东还是一个中学生，因为爱好文学，就到上海来闯荡。那时上海杂志公司的老板张静庐请施蛰存主持出版一套"中国国学珍本丛书"，除了印一些明清小说外，还收录了一些明清小品，登报招考一名助理编辑，试用期间月薪三十块钱。张春桥报名去投考，录取之后老板让他校点一部小说《豆棚闲话》。标点了十几页，张静庐一看，都是破句，就觉得他根本不懂古文，于是把张春桥找来，对他说："张先生，我们本想扩大营业，你看得起我们，来帮我们忙，可现在市面不景气，生意很萧条，所以我们只好请张先生另谋高就。以后等市面好了，再请张先生回来帮忙。我们实在是没有办法，实在对不起。张先生来了一个礼拜，我们按一个月的工资付给你三十块钱。现在市面不景气，外面的工作也不太好找，我们再付给张先生三十块，以备找工作期间开销。"那时候上海滩上的商人轻易不愿意得罪人，因为，在那时被称为"冒险家的乐园"的上海滩上，你很难说一个人明天会成为什么样子，今天的落魄的小青年，明天说不定就是一个大人物，所以张静庐才特别客气。但我听了这个故事，却不禁为张静庐捏了一把汗，因为谁也想不到三十年后张春桥成了上海市的第一把手，党和国家的领导人。张静庐幸亏在解放初就死了，要不在"文革"中恐怕免不了被以"迫害革命青年"的罪名受到报复。"文革"后检举"四人帮"，有人来找我，问道："贾植芳！你在上海混了这么多年，'四人帮'你认识吗？"我虽然认识这两根"棍子"，但害怕讲了以后人家又给我扣上"四人帮余党"的帽子，所以根本不敢说我早在四十年代就认识中学生姚文元，刚解放还与许多上海的文化人一起吃过张春桥的饭。

　　言归正传，我在胡风家住了一段时间，有一天和妻子去八仙桥看法国画展，遇到了阔别多年的朋友诗人覃子豪，他后来在台湾创办了"蓝星诗社"，是海内外著名的诗人。我们在东京时共同生活了一年多，是不分彼此的朋友，他得知我们借住在朋友家，就热情邀请我们到他亲戚家去住。我们就搬到他们的亭子间住下来。可他住的古神父路这一带，都是花园洋房的高等住宅区，附近几乎没有老虎灶和烟杂店，对我们这些在社会底层的人来说，这样生活起来有很多不便。刚好我在编《时事新报》副刊《青光》时，认识了几个复旦大学的学生，都是进步青年，他们办了一个《学生新报》（后来我才知道这是地下学联的机关报），要编一个"五四纪念特刊"，邀请了郭沫若、沈钧儒等名人写文章，也请我写了一篇短文《给战斗者》。这些学生中有一个河南人，他有一个朋友杜青禄，名义上在国民党日本战俘管理处工作，但事实上是我们这方面的人。他在吴淞路义丰里有一间分配的房子，但他是个单身汉，所以就把它让给报社作为社址，自己挂名做报社的社长。杜青禄与我由相识而成朋友，报社被查封后，吴淞路义丰里的这间房子就闲置在那里，所以他就邀请我们夫妇搬到那儿住下了。但是住了不久，我就被国民党特务逮捕，当时外面学生正在举行轰轰烈烈的"反饥饿、反内战、反迫害"游行，我刚好住在《学生新报》社的原址，又在该报上写过文章，所以便被加上"煽动学潮"罪捕至狱中。特务们是在深夜来的，兼管弄堂门的烟杂店的老板以为这些特务是普通居民，像平常一样给他们开了门后又锁上，自己又上床睡觉，所以他们进来时，我们全无防备。等到特务逮捕我们后，用手枪押着我们出去，把烟杂店老板从床上拉起来开弄堂门，看到是我们夫妇被逮捕，他非常害怕，因为我们经常在他的店里买东西，互相很熟识，而且特务们可以随便抓人，只要稍有不驯，他自己也可能被抓走，所以他在开铁门时手抖得厉害，半天打不开门。由于这一突然事件，我们还欠烟杂店老板的烟钱也来不及还了，等过了一年多时间，先我出狱的妻子再路过吴淞路义丰里时，烟杂店已经不在了。这件事让我感到十分歉疚。说起这家烟杂店，我就想起另一间小店来。一九四八年十月，当我从位于南市区蓬莱路的国民党警察局看守所中出来，临出狱时我的难友——永安公司的工会主席小张送给我一些钱做坐车的费用，我出门后，先用了其中三十万块法币在警察局对面的烟杂店里买了一包大百万金牌的香烟。八十年代时有个朋友邀请我们夫妇在老城隍庙的老饭店吃午饭，饭后我们夫妇想去文庙书市转转，刚好路过原来的蓬莱路警察局看守所，原来的警察局已变成了公安局，而在对面的烟杂店早已不见了。我在那儿看了半天，停留许久，感慨良多。

我在国民党监狱里待了一年多时间，先被关在亚尔培路二号中统局本部，半月后，转到蓬莱路警察局看守所。国民党特务要我帮他们抓到胡风，还说如果我不便直接露面，可把胡风的地址告诉他们，以此作为释放我的条件。这种出卖朋友、也出卖自己灵魂的事情，我当然断然拒绝了。中国知识分子传统的道德观讲究"道义"，卖友求荣，向来为士林所不齿，所以我宁可留在监狱中，听天由命。直到一九四八年，胡风奔走营救，找到海燕书店的老板俞鸿模，他一九四七年出版过胡风主编的包括我的第一本小说集《人生赋》的"七月文丛"，也是我们的朋友，由他的关系托中央信托局局长骆美中以留日同学的名义保释，我才得以出狱。在监狱里看人生，是我和上海的另一种因缘。此前我虽然两度入狱，但被关进上海的监狱，这还是头一次，而以后的事实发展证明这并不是最后一次，在几年之后，中国已经改天换地，我又一次被投入上海的监狱，与"监狱"这种特殊的居所再续因缘，人生又走入了一段低谷，但这已是后话了。一九四八年十月出狱后，我们一直居住不定，先住在爱多利亚路我伯父的商行的上海办事处，为了避免国民党特务的再次骚扰，从这里又转移到上海近郊法华镇，后因被特务发现，只好打点行李再次转移，经我的狱中难友卢克绪帮忙，在他的一个家住南京路高士满大楼的同学董平（他的父亲是上海著名的牙科医生）家住了一段时间。最后我想：在上海折腾来折腾去，生活颇不安宁，决计去青岛避居。

上海刚解放，我们夫妇得到消息，就又回到了上海。那时我们觉得在新社会里，上海一定会有新的气象。我们怀着满腔热情，准备为建设新中国奉献一切。这时有朋友建议我去北京弄个一官半职，我对从政不感兴趣。早在我第一次来上海，在胡风家中碰到冯雪峰时，他就对我说："你性格豪爽，经历丰富，在上海卖文为生实在可惜了。你应该做个干部。你到张家口去，我给党中央统战部副部长徐冰写个信，你去后至少是个县长。"可是我对从政根本没有兴趣，所以就婉言谢绝了他的好意。

我的妻子任敏也不赞成我当官，不论在解放前还是解放后，她都对我的那些朋友们讲："谁要是拉拢贾植芳做官，我就不准谁进我的门！"我希望留在上海，一方面能够有一个安宁的环境写作、翻译，继续当个自由的作家，好在刚解放时出版业还非常兴旺；另一方面我也希望能结束长期居无定所的流浪生活，有个安定的家。那时我还没有想到后来会到大学里面去当教授。直到一九五〇年秋，当时在全国文协（即现在的中国作家协会的前身）做专职秘书的梅林来找我说：上海虽然解放了，但是一些教会学校还是帝国主义势力的地盘。震旦大学的学生党员郑康林（也是地下党支部书记，当时虽然解放了，但是许多党员的身份还是保密的）想通过文协邀请一些进步作家去震旦当教授，让进步力量掺进这个法国天主教办的大学。这样，我就与梅林、王元化一起进了震旦大学做兼职教授，教授两门课程。我们这次到上海后，开始住在新亚酒店，住了一段时间，我嫌那里人多嘈杂，就设法搬去苏州住了。在震旦兼职的时候，每个星期坐火车来上海三天，剩下的时间在苏州闭门译著，过得倒也还自在。到第二年，新文艺出版社成立，王元化和梅林分别去就任总编辑和副总编辑，离开了震旦；我留下来，做专任教授，后来又任中文系主任，讲授的课程是苏联文学和中国现代文学作品选读。那时胡风家住拉都路雷米路（今复兴中路永康路），他希望我们能住得近些，我就近在西爱咸斯路（今永嘉路）找房子住下。一九五二年院系调整后，我调任复旦大学中文系教授，住在复旦第五宿舍。当时中国的高校按苏联的教育体制在各系成立了教研室，我就兼任现代文学教研室主任，并讲授四门课程：苏联文学、中国现代文学、世界文学和文艺写作。结合教学，我还翻译了几本书。在这里刚过了几年安宁日子，我就被卷入了一场始料不及的灭顶之灾中去了。

一九五五年，胡风事件发生后，我们夫妇先后被公安机关逮捕。我又回到了阔别才六年的监狱，旧地重游，感慨良多。我先被关押在卢湾区建国西路华东公安部监狱，后转到南市车站路上海第一看守所。我妻子任敏被关押了一年多释放，后被分配到科技出版社当校对。那里的一位人事科长（我敬祝这位同志万寿无疆！）劝她与我划清界限，站到人民一边来。任敏没有遵从，这样没有多长时间，她就被剥夺了在上海的居住权，流放到青海一个少数民族杂居的山村当小学教师。她到青海不到半年，上海有关方面发来公文说：她在上海出狱后，提出要为"胡风反革命集团"翻案。这样她又被加上"反革命翻案"的罪名，在青海的监狱里关押了四年，受到种种非人的虐待。直到一九六三年，因为大灾荒，监狱里犯人的口粮供应不足，她才又被下放到我的家乡——山西省襄汾县候村当了十八年农民，以戴罪之身，生产自救。任敏出狱后，本来除了不准回上海外，可以有很多去处，但她还是选择了去我的家乡，一方面是为了照顾我的年迈的父母，另一方面也是因为相信我们无罪，我的问题总有水落石出的一天，她要等待我。传说薛仁贵征东，十几年没有消息，他的妻子——出身于宰相之家的王宝钏拒不听家人的劝诫，在寒窑里苦守十八年，等丈夫归来。这两个故事虽有相似之处，可故事的人物和背景却判然有别：一个是古代帝王将相的传奇故事，另一个却是现代知识分子的真实命运！像我们这样的故事，在有类似遭遇的中国知识分子中一定还有很多、很多……在二十多年的茫茫苦海中，除过妻子任敏给了我一些安慰与慰藉以外，这个世界对我来说是一个冰冻的世界。她是我在世界上唯一的精神支柱，所以她去年因脑血栓住院治疗后，我一个人在家感到心事不宁、百事俱废，直到她病情得到控制，回家休养后，看到她的身体日渐恢复健康的情况，我才能静下心来，处理堆积在案头的信债和文债，我们的"两人世界"的生活秩序才得到了正常的运转。

我被捕后，审讯人员要我检举胡风，说是"立功自赎"。我决不出卖朋友，用朋友的血来洗自己的手，换取自己的"自由"，这只能是那些犹大们才能心安理得地做的勾当，我决不会做这样的出卖自己人格和人性、有辱我做人的准则的事情！一九四七年不会，一九五五年同样也不会。所以只好坐在新中国的监狱中，继续听天由命。审讯人员的要求让我恍然觉得一九四七年的情境又一次再现眼前：那时国民党特务要我带他们去抓胡风，以此作为释放我的条件——我这才切身体会到中国的历史的演变有着惊人的相似之处，才真正懂得了历史的复杂性和曲折性。重新审视我青年时代的人生选择和历史追求，我才知道我是一个十足的理想主义者，并且开始走出历史的乌托邦……

在监狱里被关押了近十一年后，"文革"前夕，我被判刑后又被押回到原单位复旦大学印刷厂接受"监督劳动"近十三年。在这里，头头们安排了三个工人监督我。他们和我住在一个房间里，我被完全剥夺了自己的私人生活空间。"三秋""三夏"时节，他们把我带到附近各县游斗，同时参加农业劳动。平时在印刷厂，我每天七点钟就得出去上工，干最苦、最累甚至最危险的活，晚上才能回宿舍。监督我的工人要我侍候他们，去给他们打开水，买菜票，买肥皂，都得我自己出钱。我每月只有三十元钱生活费，还要给远在山西农村做农民的妻子寄去十元钱，自己仅留下二十元。但在这种险恶的环境中，我还是保持着清理的头脑，坚信自己无罪，而且总有一天，历史会还给我们清白。别人不把我当人，可是我自己要把自己当人看。我虽然是"奴在身者"，但并不是"奴在心者"，看着那些批斗我凌辱我的人，我觉得他们比我还要可怜。他们是"奴在心者"，是真正的奴隶。我常常想起当年的"政治犯"耶稣在被押着走向各地刑场时对那些沿途向他掷石头的人所说的话："上帝原谅他们吧！他们不知道自己在做什么。"那时候我为自己定了一些规矩：平时我抽八分钱一包的"生产牌"香烟，每次挨批斗以后，我就花一角二分钱买一包"勇士牌"香烟；我一般只吃几分钱一顿的菜，每次挨批斗之后，我就买一块一毛四分钱的大排或者一毛三分钱的大块肉吃，自己犒劳自己。

"文革"后期，从"五七"干校接受"监督劳动"回来以后，监督我的由三人变成两人，而且监督也变得稍微宽松一点了，我偶尔可以被批准到市区去走走。有时我利用到五角场买日用品、洗澡、理发的机会，到附近的小饭馆买上三两八分钱一两的土烧酒，两毛钱的猪头肉，半斤阳春面，为自己举行一场盛大的"宴会"。那时候，买食品都得凭粮票购买，我每月只有二十八斤粮票，干的却是重体力活，体力消耗相当大，所以每顿都能吃八两（这在我是此前、此后都没有过的饭量），每月的粮票都十分紧张，不够吃。那时候，没有人敢借给我一分钱、一两粮票，我像是生活在荒无人迹的孤岛上一样。我的妻子任敏在"文革"中获知我从监狱里出来的消息，从千里之外的家乡农村来探望我。她在农村没有粮票，我一个人的粮票供两个人用，不够吃。任敏经常对我说："你少吃一点，这样我就可以多住几天。"但她待了没多久，就不得不返回山西，却并非是因为少吃多吃的问题。那时候，一起受监督的一位"牛鬼蛇神"为了戴罪立功，向监督小组揭发说："任敏这个女人不简单，她是胡风反革命集团的联络员。"监督小组发现了这个"阶级斗争新动向"，岂能轻轻放过，于是召开批斗会批斗了我一顿，最后说："'反革命分子'贾植芳的臭老婆还不快滚回去！"任敏只好又赶回了山西。后来碰到我的"同案犯"张禹，我才知道了另外一些与这件事异曲同工的事情。张禹是安徽省文联副主席，在五五年事件后他被下放到皖北劳改。三年自然灾害期间，当地的人要外出讨饭，还得到乡政府去开证明，乡政府查明谁根正苗红，才准许谁外出讨饭，算是一种政治待遇，而各种"有问题"的人，连讨饭的权利都没有。这让我想起身为"牛鬼"的日子，不但被剥夺了正常的家庭生活，甚至连像牛郎织女那样鹊桥相会的一点可怜的权利也没有（我的妻子来上海前，同村的人就开玩笑说："你这是织女去看牛郎。"任敏把这句玩笑话讲给我听，我听了后对她说："不是牛郎，是牛鬼！"）。后代的人看我们这段历史，会觉得荒谬，不可思议，在当事者的我们看来，却不知该是笑，还是泪，也许历史就是这样"笑"和"泪"交织在一起的吧！啊，历史！

在这种恶劣的环境中，作为知识分子，我被迫远离了文化和书籍，身边除掉"请"来的《毛主席语录》以外，还有三卷本的《毛泽东选集》，苏联出版的《马克思恩格斯选集》第一卷，两卷本的《列宁选集》等，这些书是我一九五五年被抄家后发还的"剩余物资"，因为是马列主义的经典，不好没收，于是就一直带在我身边。如果在解放前，国民党抄家时找到这些书，就会作为犯罪证据，这也是新、旧社会的重大区别之一吧！因为无书可看，我只能反复阅读这些"经典"，尤其是马克思的《法兰西内战》《拿破仑政变记》《德国农民战争》，列宁的《左倾幼稚病》《灾难年头的办法》等等。这些书给了我思考的材料以及新的启发，而思考使得我获得了新的勇气和力量，所以二十多年的重重苦难并没有压灭我的生命火焰反而激发出我旺盛的生命活力。不过在当时那种情况下，并非所有的马列经典都是我们这些牛鬼蛇神、"反革命分子"可以看的。一次我在阅读毛泽东的《论持久战》时，被监督人员发现，他们说："反革命分子贾植芳！你胆敢看我们伟大领袖的《论持久战》！你真是贼心不死，想与党和人民打持久战，进行长期的对抗！"阅读毛泽东的著作竟然成了我的新罪行，成了所谓"阶级斗争新动向"，他们立即对我进行了大规模的批斗，我遭到猛烈的拳打脚踢。

从"干校"回来，我有时可以去市区走走，看到当年繁华的上海如今变得好像荒凉的农村一样。这座现代化的城市经过"社会主义改造"之后，变成了单调灰暗的世界。昔日的大小商店，大多变成了民房，偶尔有个商店或合作社，也很早就关门了。货架上的商品只有一种色调，而且还得凭居民的票证来购买，那时候有各种各样的限量供应的票证，诸如粮票、布票、油票以至肥皂票、香烟票等等，甚至还有草纸票。昔日华洋杂处、中外交流频繁的城市如今连一个外国人的影子都没有，听到的只有"帝国主义夹着尾巴逃跑了"的革命歌曲。外地人也绝少见到，八十年代以后，我才知道当时因为实行严格的户口制度，外地人是不准轻易流动到上海的。我想起五十年代末在监狱里看报纸，看到在一九五七年"大鸣大放"时我的一位同事因为说了一句："解放前人是动物，可以跑来跑去，解放以后，我们倒成了植物了，不准动了"，就被打成"右派"，罪名是"恶毒攻击社会主义户籍制度"。因为久被隔离，面对这些"新事物"，我好像到了一个陌生的国度。而一到傍晚，满街的行人，大概是下班回家——他们穿的不是蓝色就是黑色或者黄绿色的衣服，本来色彩丰富的城市被改造成了只有几种单调的颜色，说起来也真是"改天换地"。这些蓝色、黑色或者黄绿色的衣服都是制服，分不清男女，这让我想起自己幼年时在晋南家乡——一个山村里读北朝乐府诗《木兰辞》中的一句诗："安能辨我是雄雌"，想不到一千多年后，这句诗竟然以这样一种方式变成了现实。男女老少或者行色匆匆地赶路，或者拥挤在车站前等公共汽车。偶尔有几个食品店还在营业，还有几个顾客进出。七八点以后，街上就一片死寂，偶有行人或远或近的脚步声打破沉寂，接着又复归于一片死寂，不多的几盏路灯发出昏黄的灯光……昔日繁华热闹的电影院、大戏院，如今只有样板戏中阿庆嫂或者杨子荣的唱腔飘出，在凄凉的街道上，使人感觉好像走入了深山，听到的是凄凉的鬼哭或者狼嚎……

上海仿佛又回到了开埠以前荒凉的渔港与农田，它不再是一个"海"，而成了一片"死水"，散发出僵死的叹惜……这个僵死了的城市仿佛在做着沉沉噩梦……

一九七八年九月，我结束了长达十几年的被"监督劳动"的生活，回到复旦大学中文系资料室。我的远在山西家乡做了十八年农民的妻子也终于回到了我的身边，单位给了我们一间房，这才算又有了一个自己的家。一九八〇年底平反后，我们的居住条件才有了新的改变，恢复到一九五五年我们被捕前的生活环境。当年被捕时我们都还是三十来岁、风华正茂的青年，经过一浪又一浪的政治风波，我们都成了白发苍苍的老人。回头看这一生，我发现自己从小就不是循规蹈矩、唯唯诺诺的顺民，进入社会后，又接受了中国知识分子传统的使命感和正义感，追求精神自由和社会进步，所以我的一生历尽坎坷，每当中国社会处于历史性的转变关头，我总是在监牢里（我一生四度入狱，两次发生在上海，这也是一种缘分吧）：一九三五年，我在北平参加了"一二·九"爱国运动而被捕入狱，一九三六年出狱后流亡日本，一年多时间后，抗日战争爆发，我弃学回国参加抗战；一九四五年八月十五日日本宣布投降，翌日我从徐州日伪警察局特高科监狱里走出来；一九四八年十月我在上海从国民党中统局的监狱中出来以后，避祸青岛，不及一年，国民党政府垮台，蒋介石逃到台湾，大陆解放；一九六六年五月，我被判刑后，押回原单位接受"监督改造"，不到一月，"文化大革命"发生；等到一九七八年我被解除"监督"，一九八〇年平反，中国步入了改革开放的新时期……现在当我握着颤抖的笔写作时，我们夫妇都已八十多岁，步入了人生的暮年了。

当年刚来上海时，我们穿西装，打领带，因为穷，被称为"洋服瘪三"，如今年纪老迈，喜穿随便的中式衣服，朋友间开玩笑，互相戏称"年轻时是洋务派，老了以后是义和团"，但我自信自己在精神上还是开放的，并不因为上了年纪就顽固守旧。年轻时我们在霞飞路（即现在的淮海路）的弄堂内白俄老太婆开的便宜西餐店吃罗宋面包，喝罗宋汤，有时在这里碰到多年不见的朋友，还弄瓶俄国的伏特加酒（据说这是在上海的犹太人仿造的）喝喝，到老了喜吃我们家乡山西的饭菜；少小离乡，但到如今还是"乡音未改"，许多人说是像一种"外国话"；年轻时我的字还写得可以，老了后一手龙飞凤舞的恶札，一般人感觉像甲骨文或金文那样难认……在这些意义上，我也可以说是"顽固不化"，像当年挨批斗时被加上的恶谥。

当年那些整我的人，如今大多已离开这个世界了。而我虽然遭受了多年磨难，可还是从历史的风雨中挺过来了。十年多的监狱生活，十几年的"监督劳动"，本来是为了折磨我，最后反而锻炼了我的意志，增强了我的体质，所以我把这二十多年的关押、"改造"称为"脱产锻炼"……我的头脑更加清醒，生命之火不但没有被扑灭，反而燃烧得更加旺盛，这也是一种历史的辩证法吧！朋友们出于好心，常常劝我戒烟、戒酒，我不戒，因为我是经过多次死亡考验的人，老是在死亡线上散步，早已经参透了生死大限。我觉得，死亡是一种自然规律，越怕，越容易死；越不怕，越死不了。精神是生命的支柱。连伟大领袖都说："人是要有点精神的"。

当年我到上海，想成为一个自由的作家，如今年过八旬，我仍然保持着写作的习惯。我觉得作为一个关心社会、关心国家命运的知识分子，要活着，就得消费，就是为了付饭钱，也得为这个社会做些力所能及的工作，并不是什么"人还在，心不死"。如果停止思考和工作，作为知识分子，这样的生命状态就意味着停滞和死亡。人活一天，就得工作一天。最近，我为一位朋友的文集所写的序文中的一段话可以作为我八十余年的人生体验与追求的概括：

"因为生命就是不断发现和重新认识的过程，世事变幻，人生沧桑，每一天都有可能发生意想不到的事物和情况，生命只有充分沉淀在生活的漩涡当中，不断催发新生，扬弃衰亡，才会有更大的收获。"

我的后半生的各种遭际都与上海这个城市密切相连，令我高兴的是，在我的余年，我又看到了我所生活的上海发生了巨大的变化。八十年代以来，中国历史又发生了重大转折，又一次由封闭走向开放，各地人又纷纷拥进上海，东西方的交流也日渐活跃，几乎每天从报上都能看到来上海投资和经商的东西各国外商以及港台和海外的华人，来旅游观光的客人，以及来进行文化交流的学者……上海又变成了一个汹涌不已的大海，它终于从死亡中复活了。日新月异的上海又恢复了昔日的繁荣与辉煌，上海如今又是个海了……

啊，上海！

一九九八年十二月下旬于上海寓所

（原刊于《收获》1999 年第 2 期）

解冻时节

——贾植芳和他的家书

李　辉

1

认识贾植芳先生是在二十年前，当时他刚刚获准从监督劳动多年的印刷厂，回到复旦大学中文系资料室重操旧业。

中文系在校园西南角一幢三层旧楼里。楼房多年失修，记得木楼梯和地板走起来总是咯吱咯吱发响。楼道里光线昏暗，但走进资料室，并不宽敞的空间，却令人有豁然开朗之感，仿佛另外一个天地。

资料室分两部分，外面是阅览室，摆放着各种报纸杂志；里面则是一排排书架，书籍按照不同门类摆放。一天，我走进里面寻找图书，看到里面一个角落的书桌旁，坐着一个精瘦的小老头。有人喊他"贾老师"，有人喊他"贾先生"。我找到书，走到他的身边，与他打招呼，寒暄了几句，具体说了些什么，已记不清楚了。从那时起，我就喊他"贾先生"。后来，到资料室次数多了，与先生也渐渐熟悉起来。面前这个小老头，热情、开朗、健谈，与他在一起，没有任何精神负担和心理压力，相反感到非常亲切。每次去找书，他会与我谈上许久。在课堂教学之外，从他那里我知道了不少现代文学中的人物、作品和掌故。

后来，我成了他家里的常客。喝得最多的是酒，吃得最多的是炸酱面。再后来，还是喝酒，还是吃面，但听得最多的则是动荡时代中他和师母两人的坎坷经历，以及文坛各种人物的悲欢离合、是非恩怨。

有一次，我正在资料室里找书，看到一位老先生走进来与他攀谈。他们感叹"文革"那些年日子过得不容易，感叹不少老熟人都不在人世了。那位老先生当时吟诵了一句诗："访旧半为鬼，惊呼热中肠。"后来知道这是杜甫的诗句，写于战乱之时。

说实话，当时我对他们这样的对话，反应是迟钝的。更不知道先生此时刚刚从监督劳动的印刷厂回到中文系，历史罪名还压在他身上，对变化着的世界，他怀着且喜且忧的心情。我当时进校不久，虽已有二十一岁，但自小生活的环境、经历和知识结构，使得自己在走进这个转折中的时代时不免显得懵懂。许多历史冤案与悲剧，许多历史人物的是非曲直我并不知情。然而，不知情，也就没有丝毫精神负担，更没有待人接物时所必不可少的所谓谨慎与心机。我清晰记得，当时自己处在一种兴奋情绪中，用好奇眼光观望着一切，更多时候，不是靠经验或者知识来与新的环境接触，而是完全靠兴趣、直觉和性格。

当时真正称得上是历史转折时刻。思想解放、真理标准讨论、改革开放，一个新时代，仿佛早在那里做好了准备，在我们刚刚进校不久就拉开了帷幕。印象中，当时的复旦便是一个偌大舞台，国家发生的一切，都在这里以自己的方式上演着令人兴奋、新奇的戏剧。观念变化之迅疾，新旧交替的内容之丰富，令人目不暇接，甚至连气都喘不过来。上党史课，一个星期前彭德怀还被说成是"反党集团"，一个星期后就传来为他平反昭雪的消息；关系融洽的同学，一夜之间，变成了竞选对手而各自拉起竞选班子；老师和学生在课堂上会因见解不同而针锋相对，难分高低；同学发表《伤痕》《杜鹃啼归》，点燃了许多人的文学梦……就是在这样的环境这样的气氛中，每个人变得成熟起来。思想在自由流动，视野在渐渐拓宽，知识在不断丰富。二十年来我们每个人的发展，都是在这所可爱的校园里开始起步。

引发出我这样一些感触的历史场景，当然就包括着与贾先生最初的接触。不久前我到上海，先生说他正在整理一九七八年前后的日记。他说我的名字大概在一九七八年年底时候开始出现在他的日记中。不过，最初他写成"小李"，而不敢写出我的名字。他说他有所顾虑，害怕会牵连了我。过了一段时间，才开始直接写出我的名字。他告诉我这些往事时，已是八十五岁高龄的老人。我很感动。为他的善良，为他对学生的厚爱而感动。

触动我的还有先生的余悸。新旧时代转换，人生大落大起，季节乍暖还寒，不少他那种经历的人自然而然产生出这样一种心理状态。这是历史的产物。这样的余悸，也许早已成为远远消失的陈迹，渐渐被人淡忘。但当我一封又一封整理先生一九七二至一九七八年间写给任敏师母的几十封家书时（这次选载的是一部分），这样的感触，便又成了我了解、理解他们的人生历程的重要心理准备。同时，一个变得陌生而遥远的时代，也就再度浓墨重彩地在那些字里行间凸现出来。

2

先生保留下来的这些信，真实而完整地记录着一个时代的背影。从对亲人和故乡的思念，到对个人处境每日变化的描述；从购物细节，到生活叮嘱；从在印刷厂监督劳动，到回到中文系资料室重操旧业……六七年间个人的琐碎生活，无不映衬着一个个重大历史事件的发生和动人魂魄的历史瞬间。一旦联系到他们的命运变化，联系到产生这些家书的时代环境，它们就显得并非普通平淡。

对于贾先生这样身背"胡风反革命分子"罪名的人来说，对于许多曾经被冰冻封存起来的人来说，一九七二年可以说是一个解冻时节的开始。

大约一年前，我第一次读到先生在将近三十年前写给师母的信。

那次，我到上海，他递给我一摞信，说："这是我和任敏的一些信，你拿去看看，帮忙整理一下。"

> 正惦念中，接到你在襄汾车站来信，知道一路顺利，很是高兴。那天晚上车开后，我步出站台，乘车回校，九点多到了家。你走了，觉得房间分外的宽阔、空虚，但觉得你这次来，在上海住了这么一个时候，心里实在喜欢，尤其看到你身体健壮，精神焕发，这对我安慰鼓舞很大。望你在乡间健康地生活、学习和劳动，尤其要牢记毛主席教导，要学习谦虚、谨慎、戒骄、戒躁的高尚作风，在农村这个广阔的天地里，把自己锻炼好！
>
> ……

上面这封信写于一九七二年五月二十一日，是这批信中的第一封。

"一九七二年？我还在念初中哩！"

当时读完这封信，我脱口便是这样一句。的确，对不同年龄不同经历的人来说，一九七二年的含义是大不相同的。像我这样年纪的人，那一年与前一年其实很难说有什么特别之处。可是，对贾先生，以及比我们年长的几代人，它的意味却极为深远。

一切均因不久前的林彪事件而发生潜在的历史变化。

无数"文革"的参与者，肯定最为强烈地感受到这一变化。林彪事件的发生，不仅仅将领导层的矛盾冲突，以一种激烈、充分戏剧性的形式呈现在世人面前，它更无情动摇了人们业已形成的盲目崇拜、狂热投入的信念。于是，均衡被打破，偶像也不再成为偶像。大张旗鼓的运动方式开始变得如同虚张声势的演出，受到不少人的冷落或者消极应付。可以说，不管是否清醒意识到，对不少有识之士而言，他们内心开始出现忧虑、疑惑与沉思。历史的理性判断，或多或少成为人们的一种愿望和内在要求。

冰冻的情绪、思想，开始萌发新的生机。或者更准确地说，人们心里萌生出希望。

与之相伴随，被疯狂、高压、严酷捆绑得令人几乎喘不过气的生活，也渐渐趋于松动。正是在这种背景下，类似贾先生这样一些被管制的"异类"，所处的环境也就开始有所改善，周围的压力不再那么严重。这一年之后的一些家书能够保留下来，无疑与这一现实变化有关。

只是我没有想到的是，当我和同学们顽皮活泼地度过一九七二年的时候，在遥远的上海，会有一位长者用特殊心情，写出这样的家书。并且，几年之后，我成了他的学生，他们家里的常客。再过二十年，又成了这些信的整理者。

3

十多年前，当我写《文坛悲歌——胡风集团冤案始末》一书时，我曾有过这样的感慨：像胡风夫人梅志、路翎夫人余明英、贾植芳夫人任敏等这样一些受难者的妻子，和俄国十二月党人的妻子多么相似！她们背负着历史的磨难，承受着甚至超过丈夫承受的压力，在风风雨雨中走过。她们未尝一日淡忘过对亲人的思念，她们始终坚守着正义的信念。即便没有机会与亲人重逢，即便亲人也不知道她们的现状，但正是她们的存在，正是她们这种坚韧，成为亲人们精神的支柱，成为他们生命中不可缺少的一部分。我当时在书中专门写了一章"受难的妻子们"，正是想表达出我的这种敬意。

在认识先生和师母并且逐渐了解到他们的人生故事之后，这对个头一样矮小、一样精瘦的夫妻，在我心目中一直是魁梧而高大的形象。他们相濡以沫，共同走过磨难。环境险恶，人心叵测，可是他们从未失去过做人的根本。正直、善良、坦荡、乐观，构成了他们的人格。我知道，不同时期的弟子们谈到对先生的敬意和感激时，常常也就包括师母在内。

在某种程度上，师母经历的磨难更加令人痛彻心扉。

当年因为胡风案件爆发，先生率先被捕入狱。仅仅几天后，师母也被捕入狱。一年多后，她被释放。但很快，在一九五八年底从上海下放到青海。初到青海，师母被安排到山区教小学。不到半年，上海的检举信到了青海，揭发师母在一位上海朋友家里的时候曾为胡风集团鸣冤叫屈。于是，她又再度被关进了高原监狱。

师母初入狱时，凑巧看守所所长也是山西人，她受到照顾，被安排当女囚犯头目，协助所方管理。这样，她也有了一定自由，可以里里外外随便走动。可是，最为艰难的日子来到了。这便是饥荒岁月。在青海，饥饿像瘟疫一样蔓延。一个牧民犯人饿得难以忍受，便央求师母帮助弄一碗牛奶喝。她想方设法偷来一碗，没想到，那牛奶是公安局长的，结果她被关禁闭，戴上了手铐。从此，她被罚从囚室里往外抬每天饿死的犯人尸体。尽管她个头矮小，体弱无力，可是，她不得不经受这种折磨，常常是每次抬完回到房间，她就会感到头晕目眩。

一九六二年，她出狱了，回到山西襄汾贾先生的家乡，和公公婆婆一起生活。先生仍在监狱，她必须承担起照顾他们的责任。后来，果然是她先后将两位老人送终。她的出狱并不是正式释放，而是当时那里实在无粮，让她自寻活路。临行时还留给她一句话："先让你回去，什么时候要你来你就来。"

回到家乡，师母首先想到的是尽量打听到先生的下落。经过多方打听，她得知先生仍关押在上海的提篮桥监狱。于是，便有了先生后来回忆的那个动人细节："一九六三年十月，我突然收到了一个包裹，包裹的布是家乡织的土布，里面只有一双黑面圆口的布鞋，鞋里放着四颗红枣，四只核桃。这是我们家乡求吉利的习俗。虽然一个字也没有，但我心里明白，任敏还活着，而且她已经回到了我的家乡。这件事使我在监狱里激动了很久很久。"

一九六六年春天先生出狱，但仍属管制对象，师母和他只能书信往来。直到一年多之后的一九六七年九月，她终于凑够了钱，乘上开往上海的火车。她没有告诉先生她要来探望他的消息，也许她更愿意让他感到惊喜。

她来到先生的住所。时已中午，先生还没有回来，她静静地躲在宿舍大门后面的角落。她害怕碰到认识的人。

先生回来了。他刚走进大门，手提包袱的师母突然在旁边叫了一声："植芳，我来了！"

感人的一幕。

我的叙述没有一点儿加工，甚至比师母的回忆还要简略、平淡。可是，当年在他们住的那个小阁楼房间里第一次听到她回忆这些往事时，我沉默了好久。很多年后再写到这些，我仍然感到一股激动撞击心胸。

4

知道了先生和师母的这些故事，再读他们之间的家书，便对先生每封信里对师母所表现出的关怀、叮嘱、细致，有了更为深切的感受。

在这些家书中，先生所一再强调的是生存的信念。他始终相信历史是公正的，而要等待这一公正的结果，生命是首要的。因此，他不厌其烦地叮嘱远在农村的师母，要注意吃好吃饱，要注意休息。他用各种方式各种语言为他们彼此鼓劲。"附信寄来的窗花——一对小鱼，我很感兴趣，联想到我国古代的大作家庄生的话：'涸辙之鲋，相濡以沫'。我们各自勉励，努力学习改造，争取早日团聚。"（一九七三年二月）

健康，团聚，这便是一对受难夫妻当时最起码、也是最大的愿望。

这些日子没什么事，我身体精神都很健康。处理的事，也许需要上面批示，我这么想，所以还得等等，不能着急。来信说，你常想到这半年来忙于你的生活，想到我穿衣问题，等等。快不要这么想了。我常说，我们现在的唯一要务，就是集中一切力量保持两个人的身体健康，这是根本的根本，是最大的财富和幸福。穿的衣服只要能贴体和御寒就行了。你先不必为我的衣着操心，我倒是担心你腿不好，怕受寒，所以很想先把你的棉裤寄回，来信说，预备做一条，那也行，如无条件，即来信，好把旧的寄回。总之，首先要照顾吃饭，我住在大城市里，吃的总比你在乡间强些，每念及此，心里也很难受。但想到这些年艰辛的生活，对我们的改造和锻炼的意义，那收获就很大，也许这就是我们将来能再为人民和革命做些有益的事的最坚实的基础，如我所说，是千金难买的，这么一想，我觉得心胸很是开朗和广大。我想，你也应当有此体会。（一九七二年十二月十日）

六月十二日的来信及汇来的八元钱收到了。知道你身体大健，使我精神上的负担得到解除，甚为高兴。虽然如此，但你年纪大了，加上生活的艰苦，应该从这次病中得出教训，重视生活上的保健工作，这样身体健壮，才能保持旺盛的精神力量，在生活和劳动中得到锻炼，为我们后半生的幸福，建立稳固的根基。要注意劳逸的适当安排；要加强学习，在思想上跟上时代前进。学习剪窗花很好，这也是一种精神修养，使精神上有所安排、集中，这样也能排除一些物质生活上的艰苦，保持一种内心的安乐和愉快。（一九七三年六月二十四日）

你身体都好，我很高兴，反正我们这么拖了近二十年，两个人身体都好，并从艰苦生活中获得很大的思想收获，这就是最好的教育。还是那句老话，把我们的财力尽量用于支持生活，保持健康。你不能光吃窝窝，要吃细粮，年纪大了，乡下副食品又少，哪怕暂

时不要买什么用品，一定要把经济力量集中用在生活上，精神健康，它就是我们最大的幸福。（一九七三年十月七日）

你这些日子生活如何，是否吃白面？要吃白面。生活上绝不能过于艰苦，以致影响健康。油少，就多吃些蛋，一定要保持必要的营养水平，把身体搞好！（一九七六年十一月五日）

什么叫"相濡以沫"？读了这些文字，我明白了。

5

漫长、痛苦的等待终于结束。

读一九七七、一九七八年先生的家书，可以一步步感受到他内心的变化。还是那个乐观、傲然而立、不卑不亢的贾植芳。

他完全有资格这样向世人宣称：

这三十年来我们经历的生活是极为严峻的，但也是对我们在政治上和思想上的长成起了巨大推动作用的，因此也是非常有意义的。所以虽然艰苦，我们却没有陷入悲观和颓唐的泥坑，我们走过来了！我们在精神上还保持着年轻人的气质和纯正。这些你一定是有所认识和体会的。（一九七七年十月四日）

今年春节，我去上海看望先生和师母，翻阅他在一九七八年之后那几年的日记，这些日记，正好与这批家书在时间上相衔接。它们真实记录着解冻时节中一个知识分子如何迎来新生，继续走向未来的行程。我很高兴自己能够成为他的日记中的一个人物。

翻阅它们时，师母在旁人的搀扶下走到先生和我面前。她已重病多年，几次被宣布病危。可是她却顽强地与命运较量，屡次转危为安，被医生视为奇迹。尽管有时她处在昏迷状态，但我深信她未尝一时忘怀先生。她非常明白她的存在对先生所具有的意义。她是先生精神的支柱。她仍然为他而努力活着。

他们一直在以自己的生命，以动人的情感，为这些家书做着最好的印证。

一九九九年三月七日，北京

（原刊于《收获》1999 年第 3 期）

难以走出的雨巷

——关于戴望舒的辩白书

李　辉

1

冯亦代先生拿出几页史料，说："这些留在我这里没用，你拿去，看看可以做什么文章。"

我细细翻阅，翻开封存多年的历史。

我吃惊地发现，这里面居然有戴望舒一封从未公开发表过的长信。过去熟悉《雨巷》，也略知他和施蛰存、叶灵凤、穆时英等在上海的文学活动。太平洋战争爆发后，他在沦陷后的香港曾因参加抗日的罪名被关押过，这样，对他的诗歌比较熟悉也就还有《狱中题壁》和《我用残损的手掌》。可是，他的这封写于一九四六年二月的信，却在我面前露出了他的人生一角，它已被悠悠时光湮没多年。这是一封辩白书，一次为澄清自己不是"附逆汉奸文人"而做出的努力。

字里行间，他的心在落泪，他在用痛苦的声音呼喊。一封辩白书，就成了声情并茂、真切感人的文章。

戴望舒不是汉奸，早已成为定论。但是，当年如何发生对他的指控，他如何写出这封辩白书，从未见人提及。在有关戴望舒的回忆文章、研究文章和传略中，这件事也一直是个空白。当年曾经极度困扰戴望舒的往事，难道就是沙滩上的脚印，风起浪涌之后便变得无踪无影了？

我试图找出来龙去脉，找出相互间的种种关联。于是，意外发现的"辩白书"，诱使我再次走进故纸堆，去倾听当年的风声雨声。而我的这篇文章，也就成了翻阅历史过程的记录。

2

冯亦代给我的这批材料中，有一封中华全国文艺界抗敌协会写给戴望舒的信。

一九四五年，抗战刚刚胜利，远在香港的戴望舒收到了设在重庆的中华全国文艺界抗敌协会的来信。这封信写于一九四五年九月二十四日。当时负责全国文艺界抗敌协会日常工作的是担任总干事的老舍，戴望舒研究专家曾写道："一九四五年八月十五日，日本无条件投降，戴望舒接到老舍来电，积极参加恢复香港文协的活动。"（见《戴望舒全集》）我不知"老舍来电"一说有无原件证明，但这封署名为"中华全国文艺界抗敌协会"的来信，显然与老舍有关。该信由毛笔书写，宣纸信笺，左下侧竖排印有"中华全国文艺界抗敌协会总会"红色字样，署名处盖有协会的大印。从笔迹看似非老舍亲笔，可能为总会的工作人员所写。

全信如下：

望舒先生：

接九月十一日由昆明转寄重庆航信，知道你从港战发生到最近的大概情形，我们感到愉快和安慰。这里特向你致送慰问。

在这次的神圣抗战中，汉奸如此之多，是中华民族的奇耻大辱。本会已设立机构（"附逆文化人调查委员会"），负调查文化汉奸之责。香港方面传闻甚多，本会一时难于判断。现经本会常会议决，请你和其他在港坚贞会员开始初步工作，调查附逆文化人罪行，并搜集证据。但暂勿公布姓名，一俟全国调查完竣，证据备齐，加以审查后，才来作一个总公布。

香港分会暂缓正式恢复，请先与会员举行谈话会或座谈会，磋商有关作家本身权益的初步工作。现在抗战结束，对象已无，本会正进行商讨改换名称为"中华全国文艺协会"，定议后当即公布。

港方情形，望能详细告知，并请将各会员之通讯处见示，同时将此信传观，并代致慰问之意。

如邮递无困难，所需文艺书刊，当随后寄来。专此即祝

文祺！

中华全国文艺界抗敌协会

卅四年九月廿四日重庆

附来"附逆文化人调查表"一张，请照样印制分发各会员填写。

来自全国文抗的这封信，明确表明，在重庆的文抗同仁对戴望舒是充分信任的，不然不会对他委以重任，请他负责调查粤港地区文艺界附逆的情况。可是，他何曾料到，如此信任和重用，却招致意外一击。

3

接到全国文抗的来信后，戴望舒如何着手工作，暂时无法得知。不过，在风波到来之前的一九四六年一月，戴望舒在《新生日报》上发

表了一组写于沦陷时期的诗：《狱中题壁》《心愿》《等待》《口号》等，其中，《狱中题壁》是他在一九四二年被关押在监狱时所作。借发表这些诗，他显然在向世人袒露自己当年内心的渴望，表达出迎来胜利的喜悦：

> 我守望着你们的脚步，
> 在熟稔的贫困和死亡间，
> 当你们再来，带着幸福，
> 会在泥土中看见我张大的眼。
>
> ——《等待》

　　然而，一双张大的眼，很快看到的却是一批文艺界同仁对他的指控。据他的辩白书所写，一九四六年在香港出版的《文艺生活》第二号的"来件二"中，有一批作家指控他是"附逆文人"。

　　在图书馆，我找到了这份杂志。

　　《文艺生活》（光复版）由设在桂林的文艺生活社发行，编辑人为司马文森、陈残云，编辑部设在广州西湖路九十八号，香港通讯处为干诺道中一二三号吕剑。在一九四六年二月一日出版的第二号《文艺生活》上，就"惩治附逆文化人"发表了一系列相关文章和材料。如先前在致戴望舒的信中所言，中华全国文艺界抗敌协会此时已更名为"中华全国文艺协会"。该期《文艺生活》便发表了中华全国文艺协会《关于惩治附逆文化人的决定》。

中华全国文艺协会
关于惩治附逆文化人的决定

　　本会为严守忠奸之分，为民族雪耻，为人民申冤，特组织"附逆文化人调查委员会"，从各方面着手调查工作，业经呈政府备案。

　　1. 附逆文化人定义：任伪文化官者；主编及出版伪书报杂志者；

著述为伪方宣传之作品者；从事伪教育文化工作者；伪特务文化人员；在敌控制下文化事业机关中之工作者及其他不洁人物。

2. 惩治办法：

一、公布姓名及其罪行。

二、拒绝其加入文协及其他文化团体。

三、将附逆文化人名单通知出版界拒绝为其出版书刊。

四、凡学校、报馆、杂志社等等，均拒绝其参加工作。

五、附印附逆文化人罪行录（姓名、著作、罪状）分发全国及海外文化团体。

六、呈请政府逮捕，由文化界推举代表参加公开审判。

配合这一《决定》，司马文森发表了《检举文艺汉奸》一文，其中这样写道：

对伪军的宽容，是中国抗战史上一大耻辱，我们现在不需要再有这个耻辱，宽容的时代已经过去了。

……

文艺界对文艺汉奸的检举工作，已经在上海发动了，在西南，我们也不应落后，我们要号召文艺界，也来这样一个运动，"把他们在敌伪刊物发表的文章统计出来，把他们参加'大东亚'会议的次数统计起来，把他们得到的奖金什么的都列举出来，以判定他们的罪状。"

作为"来件二"发表的这份《留港粤文艺作家为检举戴望舒附敌向中华全国文艺协会重庆总会建议书》，令戴望舒目瞪口呆。

文协理事诸先生：

前以香港收复，贵会根据某些私人不确实的报道，曾有委托戴望舒主持文协驻港通讯处之决定。窃以为戴望舒前在香港沦陷期间，与敌伪往来，已证据确凿（另见附件）。同人等不同意于前项之决定，因此联合建议，请贵会立即考虑下列两点：1.撤销文协驻港通讯处，另组筹备处，即行组织香港分会。2.文协及其会员，对于有通敌嫌疑之会员及其他文艺作家，应先由当地文艺界同人组织特种委员会，调查检举；在未得确实结论以前，不应与他们往来，如何之处，盼即迅速决定，赐复。此顺颂

公安！

何家槐　黄药眠　怀　湘　苏　夫　周钢鸣　瞿白音　韩北屏
陈残云　章　泯　吕　剑　卢　荻　林之春　刘思慕　严杰人
陈　原　洪　道　周　行　陈占元　周　为　黄宁婴　司马文森

附件1：抄录民国卅三年一月廿八日伪《东亚晚报》所载《香港占领地总督部成立二周年纪念〈东亚晚报〉征求文艺佳作》启事一则。（内"新选委员会"名单计有：……叶灵凤、戴望舒等）

附件2：伪文化刊物《南方文丛》第一辑一本。该刊于"昭和廿年八月十日发行"，载有周作人、陈季博、叶灵凤、黄鲁、罗拔高及敌作家火野苇平等之文字。

附件3：剪贴戴望舒作《跋〈山城雨景〉》一文。按：《山城雨景》为罗拔高所作，罗即卢梦殊，在香港沦陷期间任伪《星岛日报》总编辑，曾赴东京"晋见"东条。该书在三十三年九月一日香港出版。

（本建议书连同附件，共四页及《南方文丛》一册。同人签名自民国三十五年一月一日起始。附注）

4

当时情形下，为什么粤港地区一批作家会把戴望舒作为"附逆文化人"的指控对象？这份有二十一人签名的建议书，如何产生？后来有何结果？

健在的当事人已不多。陈残云远在广州，且听说年衰已久，我不便打搅。好在我在北京先后找到了诗人吕剑和学者、编辑家陈原两位先生。半个多世纪时光流逝，他们在生活中不知经历了多少波澜起伏和坎坷曲折，这就难怪，与戴望舒名节有关的这桩公案，在他们的记忆里早已变得模糊不清，甚至一开始几乎难以想起。

我与陈原先生熟悉，先打电话谈及此事，询问签名中的"陈原"是否是他。他说一时想不起来，可能不是他，因为，当时他在内地。几天后，我接到他的来信。信中说：

> 昨日电话交谈后，对那个"陈原"是否我，顿生疑窦（陈原在上海，北京——你们报社——广州、重庆都有其人）。因为你电话告我有司马文森、何家槐等人，而这些人都是我熟悉的，从这方面推断，那个名字可能是我本人。我一九四五年由重庆经广西到广州，然后经香港去上海，一九四六年初抵达上海。在香港住在旅馆里三四天（等船）。莫非那几天见到这些人？我只记得在香港与新波（木刻家）见面，其余都记不得了。我也不记得给你提到的刊物（《文艺学习》?）写过东西。特告。
>
> 一九九九年六月十八日

随后，我给他寄去有关史料，他很快回信：

> 承赐有关戴望舒各件，谢谢。诗人的申辩信也读了，确实感人——看来那份控告信中的签名，是我本人无疑。但我已忘得一干

二净。记得我一九四五年十二月底到粤，一月初转香港赴沪，在港留四五天，见到新波等人。附件系一九四六年一月一日签的——此时我可能在广州，或在香港。一九四八年十二月我奉调香港，在文艺界集会上见到戴，都未提及此事，可能已妥善解决了。戴的第二任妻子（杨静）来京治病多次，我都见到，如果那时我知道此事，当会向她提及。（杨静去年已因癌病去世。）

一九九九年六月二十九日

通过邵燕祥先生，我找到了重要当事人吕剑先生，我给他寄去了"建议书"的复印件，他当即回信，信中这样写道：

看了复印件，令我大吃一惊，没有想到，五十余年之前，竟留下了这样一份"历史文献"。

我既然在这封信上签了名，当时一定是看过此信及其附件的。但在我的记忆中，如今却已经没有一点有关它的踪迹了。那时，我在《华商报》主持副刊工作，诗人洪遒也从广州来到了香港，负责酝酿、筹组港粤文协分会的工作。有一次他告诉我，"戴望舒是汉奸"。至于谁向他提供的情况，我则不知道。此信如何在《文艺生活》上发表的，我也不记得了。戴望舒从来没有在文艺界同仁中露过面，我甚至以为他不在香港（或已回上海）。此信发表后，已不记得有何反应或做出什么结论。直到夏衍来港，知道了这一情况，表示"这样不妥"（此话也是好友洪遒告诉我的），此事遂息。我估计，夏衍是当时党的文化界领导人，他持这种态度一定有其背景的，因此大家也就不再提及此事，不了了之了。从附件上看，戴望舒确与敌伪有关系，但其所涉深浅程度不悉，而夏衍如此对待，可能有他的道理。我没有看到他的申辩信，至少《华商报》和《文艺生活》等，当时是不会为他刊载的，他在别的报刊上刊载过没有，则不清楚了。又，在签名的人中"怀湘"是廖沫沙的笔名，"林之春"是高天的笔名。当时刘思慕（最初的文协分会负责人）任《华商报》总编，廖沫沙任副总编，高天任编辑部主任。至于陈原是否是"商务"的陈原，不清楚（估计是），我没有和"商务"的陈原接触的印象（也许忘了）。另外还有一个陈占元，是否即北京的那位陈占元，亦不清楚。当时签名的人大都谢世，除我之外，陈残云尚在，住广东作协宿舍，年纪比我高。因多年没有联系，故不知其通信处，如能打听到，不妨向他探询一番。

一九九九年六月二十二日

从两位当事人的回忆来看，戴望舒这封写给粤港作家的辩白信，当时没有公开发表过，也没有在当事人中间私下传阅过。是没有寄出，还是如吕剑所说，夏衍很快进行了干涉，事情有了澄清，戴望舒便放弃了辩白？种种详情，不得而知，收藏这份珍贵史料的冯亦代，也难以想起。

如此看来，在当时周作人等"附逆文化人"陆续受审的情形下，本会引发起轰动全国的另一场著名作家"附逆"的风波，就这样转眼间云消雾散。那是一个局势迅疾变化的时代，每个人每日都在面对陌生新奇的世界。因此，像指控戴望舒为"附逆文化人"这样的事情，不再被人提及，甚至当事人也淡忘良久，便是情理之中的事了。

5

在戴望舒自己看来，他身处逆境，虽非英雄斗士，却从未一日"附逆"。他忍辱负重地生存下来，只是想看到敌人的灭亡，看到胜利的到来。如今，苦衷不能得到人们的理解，是他真正的痛苦。

常常说愤怒出诗人，其实，痛苦同样出诗人。没有人们的指控，没有难以名状的痛苦，诗人戴望舒便不会写出这样一封感人肺腑的辩白书。

我觉得横亘在我的处境以及诸君的理解之间的，是那日本占领地的黑暗和残酷。因为诸君是生活在自由的土地上，而我却在魔爪下捱苦难的岁月。我曾经在这里坐过七星期的地牢，挨毒打，受饥饿，受尽残酷的苦刑（然而我并没有供出任何一个人）。我是到垂死的时候才被保释出来抬回家中的。从那里出来之后，我就失去一切的自由了。我的行动被追踪，记录，查考，我的生活是比俘虏更悲惨了。我不得离港是我被保释出来的条件，而我两次离港的企图也都失败了。在这个境遇之中，如果人家利用了我的姓名（如征文事），我能够登报否认吗？如果敌人的爪牙要求我做一件事，而这件事又是无关国家民族的利害的（如写小说集跋事），我能够断然拒绝吗？我不能脱离虎口，然而我却要活下去。我只在一切方法都没有了的时候，才开始写文章的（在香港沦陷后整整一年余，我还没有发表过一篇文章，诸君也了解这片苦心吗？）但是我没有写过一句危害国家民族的文字，就连和政治社会有关的文章，我在（疑为"再"——整理者）一个字都没有写过。我的抵抗只能是消极的，沉默的。我拒绝了参加敌人的文学者大会（当时同盟社的电讯，东京的杂志，都已登出了香港派我出席的消息了），我两次拒绝了组织敌人授意的香港文化协会。我所能做到的，如此而已。也许我没有牺牲了生命来做一个例范是我的一个弱点，然而要活是人之常情，特别是生活下去看到敌人的灭亡的时候。对于一个被敌人奸污了的妇女，诸君有勇气指她是一个淫妇吗？对于一个被敌人拉去做劳工的劳动者，诸君有勇气指他是一个叛国贼吗？我的情况，和这两者有点类似，而我的苦痛却是更深沉。

这不是英雄的慷慨宣言，更非烈士就义前的振臂高喊。可是，它所具有的深沉与悲切，却有着另外一种穿透人心的力量。读这样的文字，不能不让人更为深切地体味他的《狱中题壁》《等待》，体味他的《我用残损的手掌》。

把我遗忘在这里，让我见见

屈辱的极度，沉痛的界限，

做个证人，做你们的耳，你们的眼，

尤其做你们的心，受苦难，磨炼，

仿佛是大地的一块，让铁蹄蹂践，

仿佛是你们的一滴血，遗在你们后面。

《等待》（二）

这些诗句写于一九四四年一月，胜利远未到来，戴望舒正处在阴影的笼罩之下。但其中的深沉情感，与后来的"辩白书"却是一以贯之的。将"辩白书"与他的诗参照阅读，能触摸到一颗滚烫的心。

非常自然，许多年后，当事人之一吕剑读到戴望舒这封本应早就公之于众的"辩白书"时，以诗人之心来体味其中的复杂情感。他又给我来信，坦爽承认，戴望舒的陈述是令人信服的：

戴望舒这封信，的确写得真切、沉痛，至为感人，而且令人信服。没有想到，他在香港沦陷期间，竟经历了这样一段苦难、残酷而又泾渭有分的人生。我前信说，"从附件上看，戴望舒确与敌伪有关，但其所涉深浅程度不悉"，读了他的解释，乃感到此事涣然冰解。看来夏公当时必有所了解，是有根据的。现在再读戴氏的《狱中题壁》一诗，其中的"祖国爱"，可以得到进一步的理解了。

一九九九年六月二十八日

我想，仅仅有吕剑的这些话，便可以告慰戴望舒当年被风声雨声困扰的灵魂了。

6

不过，仍有令人费解之处。

太平洋战争爆发之际，许多文化人都相继撤退到内地，戴望舒当时也有这种可能。可是，他为何未能同行？他为何滞留香港？一个难解的谜。

冯亦代提及，戴望舒留在香港，是根据潘汉年的指示，也就是说可以理解为他与叶灵凤一样，都在从事地下工作。但是，从事过地下工作的杜宣先生，在一篇文章中对此说法表示置疑。他认为无此可能。我认为他的置疑可信。

研究者目前采取的说法，可能是基于徐迟的回忆，认为戴望舒不愿意离开香港，是舍不得他所珍爱的书。这些书是他从法国归来时带回的，从上海到香港，他一直带在身边。但这一理由仍不充分。戴望舒这种有着诗人性情的人，未必痴迷或愚钝到当战火蔓延生命危机之时，仍死死守着书本不放。于情于理，均难解释。

倒是在徐迟的文字中，我读出了另外的根由。徐迟在自传体长篇小说《江南小镇》中，描述了在香港刚刚沦陷时他所见到的戴望舒的状况：

还在林泉居住着的诗人，每天盘弄着他的藏书。不知他从哪里弄来的许多木箱子。今天搬过这一箱子来，打开，非常珍惜地捧出一叠叠的宝贝书来，拂拭它们。挑出一本来看了半天又把它放回去。半天过去了，又把箱子归还原处，长叹短吁一番，没精打采地想心思。明天搬出另一个木箱子来，打开，搬出一堆书，把它们放进另一个大木箱子里。一天天的就这样给书搬家。他是六神无主了。

我们则每天出去奔走，看能怎么走出香港，回到大陆去。我们约他一块儿走，他说："我的书怎么办？"

"到内地再买！"我这样对望舒说。他苦笑笑。

我对能欣说，"看样子他不会走了。"能欣说："不行，怎么也要劝他走，万万不能让他留下来。"

　　我跟他说了，他无词以对。也许他是在等丽娟到香港来吧，他是下不来面子的，不愿去上海企求丽娟的，他只好在这里等着事态的发展。

依我看，徐迟的最后这句话才道出了戴望舒滞留香港的苦衷。舍不得书只是一种外在表现。他"六神无主"，并不是对如何处理这些书感到棘手。局势突变，他能否与分居多日、如今仍在上海的妻子女儿重逢，这才是其内在的原因。

一个痴迷、敏感、固执的诗人的两难选择。

他留在了香港。从情感来说，他只能如此。历史的复杂性就在于此。似乎非此即彼的区分或选择，却因渗透个人种种情感的因素而变得错综复杂起来。在历史大动荡之时，戴望舒面对着超出常人的难题：一方面他对内兄穆时英成为汉奸嗤之以鼻，公开予以揭露并与之决裂；另一方面他又苦苦爱恋穆丽娟，爱恋他们的女儿，承受妻子的误解与分居带来的痛苦。

诗人的心被撕裂了。

戴望舒在太平洋战争爆发之前所写的日记（一九四一年七、八、九三月，载《戴望舒全集》），颇能帮助我们了解他对穆丽娟的那种痴情，那种对重逢的企盼，而这可能是决定他滞留香港未到内地的直接的、根本的原因。

他写这些日记时，穆丽娟已与他分居，携女儿朵朵回到了上海。但戴望舒每天惦挂的是她们的生活，是如何尽量多、尽量快地给她们寄去生活费用。妻儿的身影挥之不去。无论在笔下，还是在梦中。

七月三十日："药吃了也没有多大好处。我知道我的病源是什么。如果丽娟回来了，我会立刻健康的。"

八月一日："昨夜又梦见了丽娟一次。不知什么道理，她总是穿着染血的新娘衣的。这是我的血，丽娟，把这件衣服脱下来吧！"

八月二日："现在，我床头、墙上、五斗橱上、案头，都有了丽娟和朵朵的照片了。我在照片的包围之中过想象的幸福生活。幸福吗？我真不知道这是幸福还是苦痛！"

（无月份）六日："好几天没有收到丽娟的信了。又苦苦地想起她来，今夜又要失眠了。"

（无月份）十三日："见物思人，我又坠入梦想中了。这两个我一生最宝爱的人，我什么时候能够再看见她们啊！在想到无可奈何的时候，我的心总感到像被抓一样地收紧起来。想她们而不能看见她们，拥她们在怀里，这是多么痛苦的事啊！"

（无月份）二十一日："丽娟，我是多么盼望你到香港来。我哪里会强留你住？虽则我是多么愿意永远和你在一起，但是如果这是你所不愿意，我是一定顺你的意去做的。……这一点你难道现在也还不明白啊？"

抱着重逢的期待，拥有这样心情的人，又如何愿意离开香港呢？个人情感把他紧紧缠绕，步履无法潇洒，脚下是一条总也走不完的窄巷。天上一直在落雨，窄巷弯弯曲曲，坑坑洼洼，通向迷茫的前方。戴望舒别无选择，只能如此这般蹒跚前行。

同样的留恋，即便在穆丽娟另嫁他人、戴望舒重组家庭之后，仍然充溢着戴望舒心中。一九四四年三月，此时香港已沦陷两年多，戴望舒在《过旧居》一诗中，写出他心中那种路过旧居的辛酸：

> 为什么辛酸的感觉这样新鲜？
> 好像伤没有收口，苦味在舌间。
> 是一个归途的游想把我欺骗，
> 还是灾难的日月真横亘其间？

几个月后，他写了另一首《示长女》，更加明确地抒写对往昔家庭温馨生活的留恋，以及因她们离他而去带来的惆怅：

人人说我们最快活，

也许因为我们生活过得蠢，

也许因为你妈妈温柔又美丽，

也许因为你爸爸诗句最清新。

可是，女儿，这幸福是短暂的，

一霎时都被云锁烟埋；

你记得我们的小园临大海，

从那里你们一去就不再回来，

从此我对着那迢遥的天涯，

松树下常常徘徊到暮霭。

　　无疑，他的日记和这些诗句，是理解戴望舒宁愿滞留香港的苦衷的钥匙。

　　可以说，正是无法排解的惆怅，痴迷至爱的性情，种下了戴望舒日后的痛苦与烦恼。如此恩怨，绝非值或不值，甚至对或错所能判断、评说。只能说，它已成为戴望舒人生的一部分，是他的诗文的一部分。在解读他的生命与艺术时，这段历史的风声雨声，想必是不应忽略的片断。

7

　　很巧，就在我在四方求证戴望舒这封"辩白书"期间，我去看望一位熟识的专营旧书刊生意的朋友，他送给我一张他收集来的照片。我一看，上面有熟悉的徐迟，这是他年轻时参加一次婚礼出任男傧相时与新郎新娘、女傧相的合影。我喜出望外："这可能是戴望舒的婚礼。"照片虽非原件，却也十分难得。

　　回到家里，对照徐迟的《江南小镇》中的描述，可以确定这正是戴望舒与穆丽娟一九三六年六月在上海举办婚礼时的合影。徐迟是这样写的：

> 婚礼在北四川路的新亚大酒店举行。我是平生第一次穿上了燕尾服。看来这也是我一生唯一的一次当男傧相，并穿上这种西式礼服。新娘穿了白色的婚服，长纱一直拖到地上，女傧相是穆时英的小姨妹。现在我还保存着一张结婚照片。新郎官仪表堂堂，从照片上看不出来他脸上有好些麻子。新娘子非常之漂亮。我却幼稚而且瘦小，显得两只眼睛特别的大，有点滑稽可笑。女傧相可就成熟得多，一股风流蕴藉的样子，听说她是穆时英夫人的妹妹，和她姐姐一样的，那时还是哪一个舞厅里的一个舞女。还有两个金童玉女，是叶灵凤的侄儿侄女。婚礼进行得很隆重和热闹。

仔细端详照片，读戴望舒的"辩白书"，想到徐迟晚年的意外死亡，我有一种莫名的悲哀。生活变化莫测，世事难以逆料，照片上这些人后来的不同命运与遭际，不断地在印证着这一点。

完稿于一九九九年八月八日，北京

（原刊于《收获》1999年第6期）

我的辩白

戴望舒

文协港粤各位会员先生：

我不得不承认，在读到诸君在《文艺生活》第二期刊布的那篇《来件二》的时候，我所感到的，是一种超乎沉痛的情感。

我很了解诸君的热情，诸君的良心，诸君的正义感。如果我处于诸君的地位，也许我也会采取和诸君同样的行动，对于自己认为附敌的文人，加以无情的打击。诸君之中也许有人记得，当我以前的妻兄穆时英附逆的时候，便是我亲自在香港文协的大会中揭发他并驱逐他出去的。我绝对同情于诸君的动机，然而，我希望诸君对于我有一个更正确更深切的理解。

也许现在来要求诸君理解是迟了一点，因为我一向以为诸君对于我所处的地位是很明白而不需要多余的解释的，三次的文协座谈会中，诸君从来也没有向我提过质问；在私人之间，诸君也没有向我表示过怀疑；就是在诸君对我提出检举之前，也并没有向我查明事实真相。但是，我始终坚信诸君是具有热情、良心、正义感的人，诸君的检举，也不是对人而是对事，而毫无私人的好恶存在其间的。所以我这迟发的申辩，也是对那种热情、那种良心、那种正义感而发的。

我觉得横亘在我的处境以及诸君的理解之间的，是那日本占领地的黑暗和残酷。因为诸君是生活在自由的土地上，而我却在魔爪下捱苦难的岁月。我曾经在这里坐过七星期的地牢，挨毒打，受饥饿，受尽残酷的苦刑（然而我并没有供出任何一个人）。我是到垂死的时候才被保释出来抬回家中的。从那里出来之后，我就失去一切的自由了。我的行动被追踪，记录，查考，我的生活是比俘虏更悲惨了。我不得离港是我被保释出来的条件，而我两次离港的企图也都失败了。在这个境遇之中，如果人家利用了我的姓名（如征文事），我能够登报否认吗？如果敌人的爪牙要求我做一件事，而这件事又是无关国家民族的利害的（如写小说集跋事），我能够断然拒绝吗？我不能脱离虎口，然而我却要活下去。我只在一切方法都没有了的时候，才开始写文章的（在香港沦陷后整整一年余，我还没有发表过一篇文章，诸君也了解这片苦心吗？）但是我没有写过一句危害国家民族的文字，就连和政治社会有关的文章，我在（疑为"再"——整理者）一个字都没有写过。我的抵抗只能是消极的，沉默的。我拒绝了参加敌人的文学者大会（当时同盟社的电讯，东京的杂志，都已登出了香港派我出席的消息了），我两次拒绝了组织敌人授意的香港文化协会。我所能做到的，如此而已。也许我没有牺牲了生命来做一个例范是我的一个弱点，然而要活是人之常情，特别是生活下去看到敌人的灭亡的时候。对于一个被敌人奸污了的妇女，诸君有勇气指她是一个淫妇吗？对于一个被敌人拉去做劳工的劳动者，诸君有勇气指他是一个叛国贼吗？我的情况，和这两者有点类似，而我的苦痛却是更深沉。

有时我惨然地想，如果我迟一个星期不释放而死在牢里，到现在情形也许会不同吧。于是我对自己起了一个疑问：难道朋友们所要求于我的，仅仅是我的牺牲吗？我难道分得一点胜利的欢乐也是不可能的吗？我自己呢，我觉得幸而我没有死，能够在等待中活下去，而终于如所愿望地看见敌人的毁灭，看见抗战的胜利，看见朋友的归来。我是带着欣喜感动至于垂泪的感情看到这一切的，我期待从诸君那里得到慰藉、鼓励、爱，从诸君那里得到一切苦难、委屈、灾害的偿报；我是为了这些才艰苦地有耐心地等下去的。就是现在，我也不断地自问着：我没有白等吗？

也许诸君会问我："你为什么不早点走了呢？不是每一个有良心的文化人都离开了这个魔岛吗？"这个问题，使我想起了我的几句诗：

> ……把我遗忘在这里，让我来见见，
>
> 做个证人，做你们的耳，你们的眼，
>
> 尤其做你们的心，来受苦难，辛艰，
>
> 仿佛是大地的一块，让铁蹄践踏，
>
> 仿佛是你们的一滴血，遗在你们
>
> 后面……

然而这也仅仅是我对自己的一种自解，现实的情形是更个人的的（此处疑多一个"的"——整理者）；我是一个过分重感情的人，我有一个所爱的妻子和女儿留在上海，而处于无人照料的地位。在太平洋战争未起来之前几个月，我的妻子因为受了刺激（穆时英被打死，她母亲服毒自尽），闹着要和我离婚，我曾为此到上海去过一次，而我没有受汪派威逼溜回香港来这件事，似乎使她感动了，而在战争爆发出来的时候，她的态度已显然地转好了。香港沦陷后，我唯一的思想便是等船到上海去，然后带她转入内地；然而在这个计划没有实现之前，我就落在敌人宪兵队的魔手中了。而更使我惨痛的，就是她后来终于离开了我，而嫁给了附逆的周黎庵了，这就是我隐秘的伤痕。

如果解释是需要的，这里便是。我在沦陷期中的作品，也全部在这里，请诸君公览；我在沦陷期中做过什么，也请诸君加以调查，诸君的一切询问，我都愿意答复。我所要求于诸君的，只是公正的判断和不可少的辨正。我这样向诸君的热情、良心、正义感申诉。专此谨致敬礼！

戴望舒谨上　二月六日

（原刊于《收获》1999 年第 6 期）

注：题目为整理者所加。

鲁迅三论

林贤治

一　论鲁迅与狼族有关

　　如果说鲁迅是狼，或者说他的身上有狼性，都会教人觉得怪异的。然而，实际的情形确乎如此。他是好斗的，在一个为儒教所浸淫的几千年的"礼义之邦"里，便不能不成为异类。最早把鲁迅与狼族联系到一起的是瞿秋白。他在《〈鲁迅杂感选集〉序言》中有一个经典性的说法，就是："鲁迅是莱谟斯，是野兽的奶汁所喂养大的"；"从他自己的道路，回到了狼的怀抱。"据罗马神话，莱谟斯和罗谟鲁斯兄弟二人，出生之后被遗弃在荒郊，吃母狼的奶长大。后来，大哥罗谟鲁斯创造了罗马城，趁着大雷雨升为天神；而莱谟斯是藐视庄严的罗马城的，他永远不能忘记自己的乳母，所以终于回到故乡的荒野。这是两条不同的道路。在这里，惟有在这里，莱谟斯"找着了群众的野兽性，找着了扫除奴才式的家畜性的铁扫帚，找着了真实的光明的建筑"。

鲁迅最大的幸运，是因为他过早地承担了不幸。在少年时候，由于祖父的下狱和父亲的病故，他沦为"乞食者"，为世人所遗弃。这段"从小康人家而坠入困顿"的人生转折于鲁迅个人来说，实在太重要了。由此，他获得了旷野，获得了野性，获得了永久的精神家园；由此，他怀疑一切，惟执著于生命中的信念和生活中的真理；由此，他开始进入搏噬般的韧的战斗。

首先是旷野意识。中国知识分子群体的形成，是相当晚近的事情，即使他们为现代的知识和观念装备起来之后，仍然拖着祖先士阶级的尾巴。在传统士人中，是只有山林意识而没有旷野意识的。山林是宁静的，隐逸的，超社会的，其最后的道路是通往宫廷的。被尊为"中国自由主义之父"的胡适，不就是一个廷臣吗？旷野意识也不同于西方的广场意识。广场是现代民主社会的产物，是人人得以表达个人意志的所在，是人们进行平等对话和自由交往的空间。在中国，从清朝的君主专政到国民党的一党专政，既没有公共空间也没有私人空间，只有一间充满呛人的血腥气味的黑暗的"铁屋子"。可以说，"旷野"是鲁迅所发现的，或者说是他所开拓的。他必须在禁锢中获得属于自己的空间。还在本世纪初，他便呼吁建立"尊个性而张精神"的"人国"，那是一片"自由之区，神之绿野，不被压制之地"。事实上如何呢？他发现，"中国人当是食人民族"，而且这种关系甚大的发现，竟知者寥寥。著名的《狂人日记》，就是对中国吃人社会的深刻描绘。其中，吃与被吃，都是在一个大家互相联络的"罗网"中进行。这样的"罗网"无边地扩展，于是，我们从《阿Q正传》的末尾看到了"连成一气"的"眼睛们"；从《示众》中看到了无数看客的蠢动的头脸，从《复仇》中看到广漠的旷野，从四面奔来的赏鉴杀戮的路人，围绕着十字架的可悲悯可咒诅的敌意；从《颓败线的颤动》中，一再看到无边的荒野，还有暴风雨中的荒海的波涛。直到临终前，鲁迅在一次大病初愈后写成《"这也是生活"……》，我们仍然可以从中读到这样的句子："外面的进行着的夜，无穷的远方，无数的人们，都和我有关……”这是十分感人的。忘却一己的病弱之躯，依然怀想着"无穷"与"无数"——正是狼式的广大，一种犷悍中的温柔。

鲁迅对人类社会的关怀，大体倾注于底层，也称"地底下"。这个半人半狼式人物，充满无限的同情，抚慰般描述众多的幼小者，弱势者，被压迫者和被损害者。但是，如果仅仅止于现实的复制，他与一般的现实主义者将没有什么区别。其实，现代主义作家也多是仰赖现存世界的。就说卡夫卡，当他说"一切障碍都在粉碎我"的时候，眼前的现实是不可抗的。如果说现实是可怕的，难以改变的，那么，这与"现实的是合理的"这样的结论有什么两样呢？一个胆怯的小公务员作家与一个傲慢的宫廷哲学家，竟然走到一起来了。所谓"哀其不幸，怒其不争"，"不幸"和"不争"是现实，然而鲁迅悲悯而且愤怒了。只要面对现实，他就露出了狼的本相。他不但要暴露现实，而且要改造这现实，用他的话来说，即是"战取光明"。"战"是"韧战"，一面搏击巨兽，一面自啮其身，如此构成了鲁迅的狼化过程。他瞻望未来，却不曾耽于未来。做梦是好的，梦梦则是空想主义者了。当然，空想主义者不见得比现实主义者渺小，空想毕竟多少带有否定现实的性质。但当空想主义者一旦找到实践的道路，便成了我们所惯称的理想主义者。在理想主义者的头顶，是始终有着希望之光的照耀的。然而鲁迅是绝望的，他把所有通往希望的出口都堵死了，而在黑暗中作着绝望的反抗。因此，比起别的战士来，他总是显得更为勇猛而悲壮。

小说《长明灯》描写一个疯子，眼睛"含着悲愤疑惧的神情"，始终不屈服地坚持着高叫："我放火！"有趣的是，鲁迅是曾经以"放火者"自居的。那疯子，"一只手扳着木栅，一只手撕着木皮，其间有两只眼睛闪闪地发亮"——而这，不正是一幅狼的肖像吗？

鲁迅要喊醒铁屋子里熟睡的人们，要教会人们反抗奴隶的命运，必然为权力者所不容，首先则为权门所豢养，为正统意识形态所庇护和纵容的知识者群所不容。其实，这也是一群狼，是专门捕食弱小者的；所以，瞿秋白称鲁迅是宗法社会和绅士阶级的"逆子贰臣"。总之，他是叛逆的狼，是孤狼。包围他的知识者群在主子面前是驯良的走狗，是叭儿，但是对付知识界的异类则是异常凶险，虽然样子可以装得十分庄严，公正，平和，"费厄泼赖"。在鲁迅的反抗文本中，除了权势者的无知与专横以外，我们还看到，适合于"特别国情"的"特殊知识阶级"，"假知识阶级"，是如何袒护枪杀群众和学生的政府，如何维护太平秩序，如何制造偶像，如何散布流言，如何"吃教"，如何撒娇讨好，如何禁锢书报，如何以"实际解决"相威吓，如何讴歌"东方文明"，醉心于"骸骨的迷恋"，等等。随着五四新文化运动的结束，鲁迅目睹了知识界的升降浮沉，体验了对一代启蒙知识分子的期待的幻灭，于是，不得不坚决地反戈相向；不管论敌——躲在权力背后的各式"学者""文人""文痞""文探"——如何谣诼诅咒，他也一个都不宽恕。他有一篇文章的题目是："我还不能带住"，明显地咬住不放。这是典型的狼的风格。

鲁迅告诉萧军和萧红，要保留身上的"野气"。在中国，再没有第二个人像他这样对奴性——奴才性和奴隶性——施行如此猛烈的攻击的了。奴性是中国统治者几千年来文治武功的成绩，是所谓"国民性"的致命的根本，正是它倒过来加固了封建宗法社会的根基，因此，他这个"轨道破坏者"才不惜以毁灭自己为代价去毁坏它。他曾经说过，在他的思想里面，有着两种主义——人道主义和个人主义——互相消长。这种个人性，对他来说，其实是一种狼性，也即斗争性、复仇性。在斗争中，无须遵从别的什么命令，圣旨或指挥刀，完全的"自己裁判，自己执行"。为什么不说"爱"呢？为什么不说"和平"呢？在虎狼成群的时代，爱与和平，往往成为奢侈品和麻醉品，成为卑怯的托词。他认为，对手如羊时当然可以如羊，但是，如果对手如凶兽时就必须如凶兽。让别的知识者去做他们愿意做的山羊或者胡羊去吧，他则必须做狼！

像这样一匹单身鏖战的孤狼，怎么能不受伤呢？但见他流亡，生病，果然提前死亡！青年时在异域，他长嗥道："今索诸中国，为精神界之战士者安在？有作至诚之声，致吾人于善美刚健者乎？有作温煦之声，援吾人出于荒寒者乎？"三十年后，他呻吟般地说："敌人不足惧，最令人寒心而且灰心的，是友军中的从背后来的暗箭；受伤之后，同一营垒中的快意的笑脸。因此，倘受了伤，就得躲入深林，自己舐干，扎好，给谁也不知道。我以为这境遇，是可怕的。"在小说《孤独者》的结尾，他写了一匹幻觉中的狼，从沉重中挣扎而出的狼，分明受伤的狼，"当深夜在旷野中嗥叫，惨伤里夹杂着愤怒和悲哀……"

即使是这受伤的声音，穿过大半个世纪而达于今天，仍然如此攫人心，让人产生奋起搏斗的欲望。——大约这就是鲁迅的力量所在吧？

二 论鲁迅什么也不是

毛泽东在"文革"期间给江青的信中说，鲁迅与他的心是相通的。对此，恐怕很难置评，因为鲁迅本人便多次慨叹过，说是人与人的灵魂不能相通。在政治家与文艺家之间，他还有过一个著名的讲演，说是两者处在"歧途"之中，不但不能划一，反而时时"冲突"。在讲演里，政治家和文艺家的称谓都是不带前缀的，好像使用的方法并不是"阶级论"，而是"文化论"。但是，无论如何，毛泽东给予鲁迅的评价是很高的。他在《新民主主义论》中，用三个"家"——文学家、思想家、革命家——来概括鲁迅，也都不失为精确。然而，长期以来，三个"家"的内容被掏空了，按时髦的说法，全被"解构"掉了。

先说思想家。在国民党时期，"一个政党，一个领袖，一个主义"。极权之下，一个异端思想家，还有置喙的余地吗？及至五六十年代，被称为"左"的思想路线开始肆虐，"文化大革命"时达于"顶峰"，几亿人民使用一个战无不胜的大脑，根本用不上别的什么思想。的确，鲁迅的名字在当时被抬到跟江青一样高——都被称为"旗手"——的位置；但是，这里与其说是利用，毋宁说是歪曲、阉割和毁灭。作为一个思想家的思想，始终未曾获得其独立的地位；一样是毛，被附在某一张皮上。

知识界，更确切地说是学院派，又将如何看待这位"思想家"的呢？他们认为，他并没有建立起自己的思想体系，没有体系的思想当然谈不上什么"思想成就"，结果仍然是毛，这回竟连皮也没有，飘飘荡荡，恍兮惚兮，实在可以归于虚无的。

再说革命家。什么叫"革命"？最高指示说，革命不是请客吃饭，不是做文章，不是绘画绣花；革命是造反，是暴动，是一个阶级推翻另一个阶级的暴烈的行动。鲁迅也曾有过类似的关于革命有血，有污秽的说法，但是，他又说过这样的话："至今为止的统治阶级的革命，不过是争夺一把旧椅子。去推的时候，好像这椅子很可恨，一夺到手，就又觉得是宝贝了，而同时也自觉了自己正和这'旧的'一气。"关于无产阶级革命，他分明表达了"革命是并非教人死，而是教人活的"这样的思想；那类"好似革命一到，一切非革命者就都得死"的"革命者"，是他所憎恶的。结果，他遭到了一批"革命文学家"的围攻，后来还得挨"元帅"的"鞭子"和"军棍"。这样说来，他的革命性也就变得很可疑。事实上，他思想中的"人道主义"和"个人主义"，便长期被当作"资产阶级货色"，而为"革命"所拒绝。到了九十年代，连革命本身也遭到我们尊贵的学者的唾弃了，堂而皇之地宣布说是要"告别"了，那么，他这个"革命家"还将剩下些什么呢？

至于"文学家"，怕也得打大大的折扣。说是"学者"罢，编辑校勘一些古籍，顶多是拾荒一类工作；而算得上"学术著作"的，只有一部《中国小说史略》。然而，据留洋回来的陈源教授说，这书还是"剽窃"日本人盐谷温的。关于创作，他不过写过薄薄的三个短篇小说集，加起来还不如一个长篇的规模；而且，其中一个亦古亦今，不伦不类，颇有违于小说的"文体规范"。终其一生，非但没能写出长篇，后来竟连短篇也产生不出来了。只有杂感，除了杂感还是杂感。早在三十年代，即有人讥之为"杂感家"——那意思，当然是指杂文写作算不得创作。在讥评家的嚷嚷中，就有施蛰存；他在《服尔泰》一文中说，鲁迅的杂文是"有宣传作用而缺少文艺价值的东西"。几十年后，海外学者夏志清在其撰写的文学史中，对鲁迅小说的估价是明显偏低的，更不必说杂文，其中说："杂文的写作更成了他专心一意的工作，以此来代替他创作力的衰竭。"对于夏志清，我国学界发表了不少为之鼓吹，甚至近于膜拜的文字，那么这些评判，庶几可以看作对鲁迅的"定评"了。

巍巍鲁迅，于是乎变得什么也不是。

好在从弃医从文的时候起，鲁迅就并不想做什么"家"。虽然以文艺改造国民性的志愿不可谓不宏大，但毕竟不是那种"经国之大业"；惟是一项精神使命，且由个体生命独立承担。嗣后，新文化运动勃兴，他坚持提倡"思想革命"，其实无非延续从前的"精神界之战士"的旧梦。当写作成为专业以后，他依然不改"业余者"的身份，而以社会为念；文学于他并非一门技艺，而是批判的武器，说是反抗的武器也许更确切些。鲁迅是一个本质主义者。由于看重的是战斗，所以会谢绝为今日中国作家所艳羡的诺贝尔文学奖的提名，谢绝为自己作传；所以会无情地亵渎"导师"，抨击"学者"，嘲笑"作家"的头衔，而乐于在沙漠中叫啸奔走；所以会低首战士，而一再加以礼赞。在《这样的战士》中，他写道："他毫无乞灵于牛皮和废铁的甲胄；他只有自己，但拿着蛮人所用的，脱手一掷的投枪。"何谓战士？战士是战斗的一分子，是最基本的，原子般无从分解的。鲁迅主张"散兵战"，这样的战士则是没有组织，没有番号的，战阵中只有敌人和他自己。除了倾听内心的声音，他无须等候将令；除了捐付自身的骨头，热血与精神，他无须期待友军。他没有友军，只有自己，除了武器一无所有。

这样的战士实在难以命名。以传统的眼光看，鲁迅什么也不是，而他也确乎不需要自己是什么。他只知道"否"，不知道"是"。他把既定的世界视为无物，他在"无物之阵"中战斗、老衰、寿终，以至终于连战士也不是。什么也不是，这种边缘位置和非常形态，正好显示了做为战士者的战斗的彻底性，独立性与独创性。

每一个思想战士，都赋予自己以具体的战斗需求和特殊的战斗方式。十八世纪法国启蒙主义者纷纷撰写哲理小说，着重的是理性的普及形式。

其实，对于"思想"这种东西，最合适的语言载体应当是简约的，灵便的，易于出击的。从克尔凯郭尔到尼采，这些反体系哲学的战士，其主要的文体形式都是短篇的、断片的。其实，蒙田是，帕斯卡是，撰写"条目政论"的百科全书派也是。本雅明坦言，他所追求的最好的形式是断片式的。鲁迅的写作，所以由小说而杂文，乃是从斗争情势的需要出发而作的选择。在别的意义上，或也可以视作自由战士生命形式的一种外铄的结果的罢。总之，杂文是属于战士的。鲁迅熔铸中西，夐夐独造，把它的功能发挥到了最大的限度；写人、状物、记事、释愤抒情、固无不可；而尤长于论辩，腾挪变化，精光四射，寸铁杀人。他曾经作文为杂文辩护，但所辩护的也并非文体本身，而是战斗性，是寄寓其中的一种"杂文精神"。

今天，据说鲁迅已经变作了一块"反动"的"老石头"。鲁迅，战士而已。如果一定得以石头为喻，那么，除了妨碍权势者及其叭儿，怎么可能对求自由的人们构成威胁呢？其实鲁迅什么也不是，他所以终于做被文人看得可恶的文章，用他自己的话说，惟是不能已于言罢了。也就是说，他和他的文字的存在，说到底只是一种声音。而这声音，恰恰是反霸权话语的，是奴隶的反抗之声，自由之声。

在"无声的中国"，有谁否认得了，这是稀有的声音？

三　论鲁迅越少越好

王蒙五年前在一篇题作《人文精神问题偶感》的文章中，有这样一段话："我们的作家都像鲁迅一样就太好了么？完全不见得。文坛上有一个鲁迅，那是非常伟大的事，如果有五十个鲁迅呢？我的天！"在知识界，算是第一次提出一个鲁迅的多少以及与此相关的利弊问题。

此论一出，舆论小哗。不过，仔细寻思起来，也不能说王蒙说的没有道理。至少，鲁迅本人就说过希望自己的作品"速朽"的话。他还说道："我有时决不想在言论界求得胜利，因为我的言论有时是枭鸣，报告着大不吉利事，我的言中，是大家会有不幸的。"存在决定意识。文艺是植根于社会的。设若"大不吉利"的报告一多，说是地塌天倾，大家岂不乱作一团？不问而知，像这样的言论当然越少越好，最好少到没有，但闻韶箫悠扬，凤凰翔舞，海晏河清，天下太平。

然而毕竟有一个鲁迅，真叫"死人拖住活人"！这就给我们出了一道难题：既然死去六十年以后还能被人称作"非常伟大"，而这样伟大的人物又得控制产生，那么，他的存在到底意义何在？

说到鲁迅，应当是公认的直面人生，暴露黑暗的代表性作家了。对于我们，他所以变得特别宝贵，就因为他一生以不退役的战士要求自己，严肃、紧张、顽强地进行着他的工作。他说："好的文艺作品，向来多是不受别人命令，不顾利害，自然而然地从心中流露的东西。"但是，中国几千年只有"瞒和骗"的文艺，也如他所说："《颂》诗早已拍马，《春秋》已经隐瞒，战国时谈士蜂起，不是危言耸听，就是以美词动听，于是夸大，装腔，撒谎，层出不穷。现在的文人虽然改著了洋服而骨髓里却还埋着老祖宗，所以必须取消或折扣，这才显出几分真实。"能够像鲁迅一样，"真诚地、深入地、大胆地看取人生并且写出他的血肉来"，还能说不伟大吗？可是，在那黑暗而漫长的年代里，就只出了一个鲁迅！"文化大革命"闹了十年，然而，知识分子竟哑了声音。——命运的咽喉为巨手所扼，怎么可能产生鲁迅呢？

当然，要鲁迅或鲁迅式的讽刺家不存在，便须改革社会。这样就又回到由王蒙引出的问题里来：当革命已在进行，社会已在改变，或者被我们看得光明极了，这时，鲁迅的存在还有意义吗？

有关歌颂和暴露问题，早在五十年前，或者更早的时候就已经在文艺界被提了出来，所以也就有了结束"鲁迅的杂文时代"的号召。"文革"完结以后，所谓"歌德"与"缺德"，还有"新基调杂文"之说，其实也都是旧日的余波。问题是鲁迅这个顽固的老头子，并不像有一种意见认为的那样，只是讽刺敌人，并不讽刺人民的；在光明所到之处，在革命营垒内部，仍然执著于批判，闪耀着天才的讽刺的锋芒。对于辛亥革命，他早就感觉到而且说出了：这是一场"换汤不换药"的革命。说到阿Q可否会做"革命党"的问题，他的回答是肯定的，并由此透露了对革命的一种较悲观的看法："民国元年已经过去，无可追踪了，但此后倘再有改革，我相信还会有阿Q们的革命党出现。我也很愿意如人们所说，我只写出了现在以前的或一时期，但我还恐怕我所看见的并非现代的前身，而是其后，或者竟是二三十年之后。"在二十年代国共合作时期，广州成了国民革命的策源地。在这里，当国民军攻克沪宁，人们为传来的胜利消息而欢欣鼓舞时，他大泼冷水，说是"庆祝和革命没有什么相干，至多不过是一种点缀。庆祝，讴歌，陶醉着革命的人们多，好自然是好的，但有时也会使革命精神转成浮滑。""坚苦的进击者向前进行，遗下广大的已经革命的地方，使我们可以放心歌呼，也显出革命者的色彩，其实是和革命毫不相干。这样的人们一多，革命的精神反而会从浮滑，稀薄，以至于消亡，再下去是复旧。"真是深刻极了。但是，这同高尔基在十月革命过后对布尔什维克和苏维埃政府所做的批判，不是一样的"不合时宜"吗？后来，他成了"左联"的盟员，对党团书记周扬等大为不满，以至于最后公开决裂。在著名的长文《答徐懋庸并关于抗日统一战线问题》中，他指周扬们"左得可怕"，"抓到一面旗帜，就自以为出人头地，摆出奴隶总管的架子，以鸣鞭为唯一的业绩"等等，决然道："首先应该扫荡的，倒是拉大旗作为虎皮，包着自己，去吓唬别人；小不如意，就倚势（！）定人罪名，而且重得可怕的横暴者。"要是时间换成了几十年后的"文革"，这些论调，还不算是"攻击无产阶级司令部"吗？不过那时，连周扬本人，同确曾以"反党""反革命"的罪名被他打下去的胡风、丁玲、冯雪峰等人一样，也已经被打倒了。

对于自诩为"革命文学家"者流，鲁迅的批评是："往往特别畏惧黑暗，掩藏黑暗"，"不敢正视社会现象，变成婆婆妈妈，欢迎喜鹊，憎厌枭鸣，只检一点吉祥之兆来陶醉自己，于是就算超出了时代。"他指出："仅大叫未来的光明，其实是欺骗怠慢的自己和怠慢的听众的。"可见无论对于光明或黑暗，敌人或自己，鲁迅都一样持批判的态度的。就像他曾经说的那样，意在揭示病根，引起疗救的注意。批判，即如针砭和解剖，有谁愿意接受这一份疼痛？

的确，"疼痛是无人想要的礼物"，正如一位美国医生布兰德所说。但是，凭着长达五十年的从医实践，尤其是同麻木的麻风病人打交道的经验，布兰德确信疼痛对人类的健康起着关键的作用。在他所著的《疼痛》一书中，便不惜篇幅赞誉疼痛。他说："不管怎样，人类有疼痛这一卓越特权，人类的意识在经历疼痛之后很长时间里仍能萦绕心头。但是，人类意识也能改变疼痛的真正情景。我们能够与之相处，甚至能控制它。"又说："我认为疼痛不是侵略性的敌人，而是一种忠诚的信息，这种信息通过我自己的身体来警示我一些危险。"因此，他建议："倾听你的疼痛。"恰恰鲁迅也用过这样一个容易为人所忽略的概念："痛觉"。

为了消灭痛苦，先让我们疼痛吧！

让我们热爱给予我们疼痛的人，何况，鲁迅给予我们的，还不仅仅是疼痛！

一九九九年十二月五日　广州

（原刊于《收获》2000 年第 1 期）

周氏兄弟

叶兆言

1

七十年代末，或者八十年代初，周家的第三代来找过我祖父。一男一女，是周作人的什么人，我一直没弄清楚，可能是孙子和孙媳妇，也可能是孙子与孙女儿。我当时正在读大学，是假期里，他们来了，指名要见祖父，我也懒得细问，把他们送到祖父房里完事。客人走了，才知道他们是周作人的后人，而目的是希望祖父帮忙。帮什么忙，已记不清，好像是为了八道湾的房子。吃饭桌上，祖父和伯父一边喝酒，一边商量这事，我自己的事太多，也没认真听他们说什么。只记得祖父心情有些沉重，因为他吃不准这样的事情，是否应该让周建人知道，周建人知道了又会怎么样。

周建人是祖父的好朋友，当时还健在，他们之间的友谊很漫长，好像在商务印书馆共事的时候就开始了。祖父后来参加民进，最重要的原因，也是老友周建人的劝说，在这之前，祖父一直无党无派，所谓民主人士。不止一个人问过这样的话题，那就是祖父和鲁迅关系究竟怎么样。小时候，我也这么问过祖父。后来书读多了，才觉得这问题可笑。周氏兄弟中，鲁迅要比祖父大许多，周作人也是，即使最小的周建人，也要大好几岁。熟读鲁迅文章的人，一定会记得收在《野草》中的那篇《风筝》，年长的哥哥欺负弱小的弟弟，以后又忏悔，故事叙述得很动人，文章中那个弱小弟弟的年龄与祖父相比，又成了不折不扣的老大哥，因此，以祖父的为人，绝不会僭越说自己和鲁迅如何如何，他绝不会闹出"我的朋友胡适之"这类笑话。祖父的好友俞平伯是周作人的得意弟子，鲁迅和周作人显而易见应该算前辈，是属于师长一辈的人物。

祖父感到心情沉重，是周作人的后人，为什么舍近求远，不去找周建人。这种事，以旁人的眼光看，论家属关系，周建人是叔公，论社会地位，周建人当时是人大副委员长，怎么说都是找他更合适，此时的周建人就在北京居住。清官难断家务事，很多事情说不清楚，祖父是一个极重亲情的人，他自己没有兄弟，因此很羡慕别人的兄弟怡怡。周氏兄弟的失和，差不多是一个众所周知的事实，而兄弟之间的关系紧张，尤以鲁迅和周作人之间，最为极端。在现代文学史上，鲁迅和周作人弟兄俩作为不可替代的两座高峰，曾让无数的文学青年仰慕，他们的反目，老死不相往来，这种紧张关系不仅在生前，死后也影响到了各自的后代，鲁迅和周作人的后代之间，一直没有来往。鲁迅的孙子周令飞曾写文章披露，说周作人逝世以后，给周海婴寄去了讣闻，海婴考虑再三，没有参加追悼。

2

周作人在妻子死后半年多，写下了这么一段话：

余与信子结婚五十余年，素无反目事。晚年卧病，心情不佳。

以余弟兄皆多妻，遂多猜疑，以为甲戌东游时有外遇，冷嘲热骂几如狂易，日记中所记即指此也。及今思之皆成过去，特加说明并志感慨云尔。

读周作人的晚年日记，可以发现许多夫妻不和睦的蛛丝马迹。周作人老婆是日本人，在中国人的传说中，日本老婆以贤惠闻名，但是信子却给晚年的丈夫，带去了连绵不断的烦恼。周氏三兄弟中，除了鲁迅早逝，周作人周建人都长寿，周作人死于"文化大革命"，若没有这场风暴，他很可能继续活一段时候。晚年的周作人，除了饱受政治运动惊吓，老夫妻之间的吵架是经常事情，当然主要是信子的胡搅蛮缠，所谓冷嘲热骂，最过分的便是大打出手，斯文扫地。这种无休止的纠缠，既多而且凶猛，难怪他要发出"苦甚矣，殆非死莫得救拔乎"感叹，甚至生出"临老打架，俾死后免得想念，大是好事"的歹毒念头。周作人行文一向以平淡著称，在日记中，这类记录虽然仍有节制，有时也接近呼天抢地，恶意图穷匕见。他显然意识到自己的日记，有一天会变成读物，一日夫妻百日恩，夫妻间的事情，别人永远闹不清楚，因此专门写下一段文字，留作日后为信子辩护的依据。

这段文字的要害，于信子是撇清了，却牵扯到了周作人年长四岁的哥哥鲁迅，和年幼四岁的周建人。周建人的前妻是信子的妹妹芳子，换句话说，信子既是周建人的嫂子，又曾是他的大姨子。夫妻性格不合，中途分手本是很正常的事情，信子站在妹妹一边，反对周建人也在情理之中。芳子和周建人分居以后，一直和周作人夫妇生活在一起。这姐妹俩谈到已在外面又和别人结婚的周建人，自然不会有什么好话。

至于鲁迅，大家都知道有个朱安夫人，鲁迅和许广平同居之后，朱夫人和鲁迅的母亲鲁瑞老人，一直留在北京。抗战初期，周作人不肯南下做义民，后来又落水做了汉奸，其中有一条很无聊的借口，是有老母和寡嫂要抚养。这借口很难站住脚，又确实能蒙住一些人。其实自从鲁迅逝世，母亲改由周作人抚养，可以说天经地义，本来养老应该是所有儿子的共同义务。鲁瑞和朱夫人并不住在八道湾，八道湾的房子虽然是以鲁迅的名义登记，自鲁迅搬出以后，这里就成了周作人的天下。此外，查一下日期也就明白了，鲁迅是一九三六年死的，在这之前，母亲的费用一向都由他这个做老大的独自负担，死后，经济上做了安排，北新书局每月拿出三百元来，二百元给上海的许广平和海婴，一百元给北平的鲁瑞和朱夫人。抗战爆发，南北交通阻隔，接济时时中断，周作人才从一九三八年的一月开始，每月给母亲五十元，区区五十元对大名鼎鼎的知堂老人，又算什么。

一九三九年一月，周作人收下了北大任命他为图书馆馆长的聘书。此时的北大已是伪北大，这一步迈出去，犹如尝了禁果，荡妇初次接触男人，想回头也难。接下来，一发不可收，官越做越大，水越陷越深，一九四二年鲁瑞老人去世，周作人大办丧事，共用去一万四千多元。当时的钱急剧贬值，即使贬，这钱也太多了。如此隆重的葬礼，与其说体现了周作人的孝心，还不如说显示他当时的得意。周作人写了一辈子好文章，此时却栽在了官迷心窍上，以周作人的学识，他如何不知道一个文化人下水的后果，但是仕途这剂春药，对知识分子的诱惑实在太大，一旦沾上，和吸毒也没什么太大的区别。不妨想想他当时是如何阔绰和威风，那个平淡出世的知堂老人，突然形象全变了，穿狐皮衣裘，三天两头上馆子，小孩过生日，光犒赏佣人就两桌，家里奴仆最多时，竟然有二十三个人之多。

周作人做汉奸时表现出来的官场得意，是很多热爱苦雨斋文字的人不堪回首的一个噩梦，你无法想象自己倾心的一个作家，竟然会做出如此不明智的选择。记得有人专门做过这样的文章，把周作人下水当"督办"，说成是中共地下党的安排，由此证明周作人差不多是准"特工人员"。这种为周作人极力辩护的用心，也许是好的，可惜有些离谱，改变不了历史原有的记录。我曾见过日本友人清水先生的文章，说在这特定时期的一次聚会上，曾见到过已做了大官的周作人，说他穿着缎子袍褂，像过节一样，神采奕奕地坐在前排。沐猴而冠，对知堂老人来说，是最残酷的讽刺。这样的聚会，自然是当时的日方安排的，周作人倒是敢做敢当，实事求是地说过自己为什么要下水：

> 关于督办事，既非胁迫，亦非自动，当然是由日方发动，经过考虑就答应了。因为相信自己比较可靠，对于教育，可以比别个人出来，少一点反动的行为也。

比别人少一点反动，这大约也是事实，欣然从命，更是事实。为了短暂的荣华富贵，既留下一世骂名，还实打实地坐了牢，真不值得。在本世纪，知识分子坐牢常可以成为一种革命资本，然而周作人似乎活该，想翻案也翻不了。做汉奸好比淫妇偷人，小偷偷东西，无论什么充足的理由，别人都不会同情。用"小事聪明，大事糊涂"来形容周作人，也许最恰当不过，在是否"下水"这件大事上，他糊涂了，在记日记这种小事上，又太清醒。周作人只用了轻描淡写的一句"以余弟兄皆多妻"，不仅为妻子信子做了辩护，而且把所有过错轻轻一推，都推到了自己弟兄的"多妻"上面。周作人相信日后愿意读他日记的人，都是些熟悉周家家事的读者，这里面的微言大义，不说自明。

3

周作人对自己弟兄的"多妻"，是一肚子意见。六十年代，周作人在给友人的信中，故作平淡地说：

> 实在我没有什么得罪他的事情，只因为内人好直言，而且帮助朱安夫人，有些话是做第二夫人的人所不爱听的，女人们的记仇也特别长久，所以得机会来发泄是无怪的。

这里的"他"，是指许广平。如果不了解周家的家事，周作人的这番话，很容易让人轻信。以许广平的身份，和周家的关系搞不好，本来是人之常情，但是真如周作人所说"没有什么得罪"，显然不是事实。事实上，在家事这种小事上面，他玩了不少小聪明，有失厚道。

新版三卷本的《许广平文集》，收有一九三八年和一九四四年她写给周作人的两封信。就信中的语气看，大家还没撕破脸，许广平仍然保持着尊敬。我觉得遗憾的，是没有把写于一九三六年十二月的一封信，一并收入文集。写这封信时，鲁迅刚刚过世，许广平在信中对周作人充满敬意：

> 生离了北京，许多北平昔日崇敬的师长都难得亲承教训。有的先生，有时从发表文章上，一样的好似得着当面的教益，即如先生，就是这样时常给生教益的一位。

不能说许广平这封信是虚伪的一套。鲁迅和周作人兄弟失和，和许广平没有任何关系，是认识她以前的事情。从年龄看，许广平要比周作人小许多，虽然名义上也是嫂子。许广平和鲁迅是师生恋，而周作人，也是她不折不扣的老师。尽管社会已经承认许广平的地位，在周氏家族的人眼里，她只是一个和鲁迅同居的如夫人。许广平年龄不大，鲁迅先生的遗孤海婴更小，孤儿寡母，前面还有许多路要走，没有"下水"前的周作人和鲁迅一样，身上具有那种领袖人物的魅力，这时候，就算是许广平有意向周作人讨好，也没任何错误。

这封信还有另一层意思，是希望已经失和的兄弟，由于鲁迅的逝世，化解一切恩怨。从当时的一些原始材料来看，这是很多知情人的共同心愿。周建人给周作人写信，也拼命为鲁迅说话，他告诉二哥，大哥在生命最后的日子中，还在看周作人的著作，并且不止一次谈到他。周作人对鲁迅的死，反应并不强烈，在对记者谈起鲁迅时，很理智，也很客观，完全像一个局外人。他说自己对鲁迅在上海的情况，不太清楚，平常没有事，很少通信，前些天收到过一封信，说身体已经好了，没想到今天又接到周建人的电报，说鲁迅已经逝世。

周建人在回忆录中，谈起两位哥哥的失和，曾说过自己一无所知。他从来没问，鲁迅也从来不说。许广平也说不清楚，既然连自己的亲弟弟和妻子都不愿意谈起，鲁迅当然也就不会对别的人说了。当事人的沉默，临了便害得别人胡乱猜疑。当时很多人并不知道周氏兄弟已经行如路人，有一个人曾写信给周作人，言辞十二分的恳切。

岂明先生，可敬的文坛导师：

我与先生虽然没见过面，但在先生及鲁迅的著作中，得到很多的生命，我是二位先生的虔心崇拜者。现在想求先生一件事情，可是又觉得有点唐突。

我想以鲁迅先生的《阿Q正传》改编电影剧本，自然须征求著者同意而后着手，但连问多人，都不知道鲁迅先生的住址，您能代他答应我么？或您肯替我转求一下么？

写这封信的时候，是一九三〇年，周氏兄弟失和已经七年多。显然，很多人对他们的闹翻一无所知。许广平那封信是个很好的求和信号，鲁迅先生已经过世，无论整理鲁迅的遗稿，还是研究过去的生活经历，周作人都是当仁不让的权威。很多事情的来龙去脉，事实上只有周作人一个人知道，他不说，大家永远不会了解，他不说，就成了千古之谜。

4

说起周氏兄弟之间的情谊，周建人怕是会对大哥二哥饱含妒意。鲁迅和周作人青年时期的同学经历，曾经那样让世人羡慕。《颜氏家训·兄弟》上说："食则同案，衣则传服，学则连业，游则共方。"周建人似乎太小了，他没有这样的机会，和两位哥哥一样到南京读书，一起去日本东京留学，一起参与五四新文化运动，一起写文章，搞翻译，金戈铁马冲锋陷阵，你帮我写，我帮你改，用同一个笔名，交同一批朋友。周氏兄弟中的大哥二哥，在新文化运动中的杰出贡献，有目共睹。他们是两座高峰，是两大门派的掌门人，影响了不止一代弟子。

或许早年丧父的缘故，作为长子的鲁迅，很早就担当起家庭责任。一九〇〇年的《别诸弟三首》第一首是这么写的：

> 谋生无奈日奔驰，
> 有弟偏教各别离。
> 最是令人凄绝处，
> 孤檠长夜雨来时。

鲁迅本来有三个弟弟，二弟作人三弟建人之外，还有一个四弟椿寿，可惜早夭，只活了六岁。父亲死时，鲁迅才十五岁，除了他稍稍懂些事，三个弟弟还都是小孩。根据周建人回忆，鲁迅在父亲活着的时候，因为是长子，在家中颇有些霸道。有一次，三弟兄把压岁钱凑在一起，合买了一本《海仙画谱》，周建人把这事告诉了父亲，鲁迅便骂他是"谗人"，说他"十分犯贱"。相比之下，二哥作人不像大哥那么尖刻，他性情和顺，不固执己见，很好相处。

父亲死了以后，面对人情的冷暖，鲁迅突然变得成熟了。周作人在南京读了五年书，这应该说是鲁迅一手安排。在后来的文章中，鲁迅对江南水师学堂没什么好印象，但是他还是让弟弟读这所学校，因为和别的学校相比，这所学堂毕竟能学到些新东西。周作人的学习生活，全由大哥一手策划，鲁迅自己在日本站住脚了，又让周作人去日本留学。没有鲁迅无微不至的关怀，周作人根本不可能有那么大的出息。周作人初到日本的时候，一句日本话不会说，一切敷衍都靠大哥，没有鲁迅，性格内向的他在日本寸步难行。周作人解放后写纪念文章，谈起鲁迅的

《伤逝》，有个很奇怪的解释，他把故事中的男女之情，说成是鲁迅追悼兄弟之谊。周作人以故事中的女主角子君自喻，他觉得鲁迅所以会写《弟兄》和《伤逝》这两篇小说，反映了鲁迅对弟兄失和的自责。

《弟兄》这篇小说让人产生那种联想似乎很自然。小说中的沛君，由于一场小病的误会，担心弟弟一病不起，将整个家庭负担交给他，因此变得忧心忡忡。这是一篇心理小说，非常写实地表现了人的一种心理状态，在鲁迅的短篇小说中别具一格。周作人在《鲁迅与"弟兄"》一文中，以日记中自己生病记录，来加强人们会有的那种写实印象。《弟兄》中的沛君是个十足的伪君子，历来谈鲁迅小说的人，都习惯于绕开这篇小说，因为若承认纪实，有损鲁迅的光辉形象，若坚决否认，心里的疙瘩则解不开。

其实这就算是鲁迅的真实想法，又有什么大不了，鲁迅是人，不是神。阅读小说太当真，难免煞风景。关键还是看事实，谈起身为长兄的鲁迅对自己的照顾，周作人总掩饰不住一种得意之情。他似乎早就习惯了这种无微不至的关照，处处服从大哥的安排。周作人一直在步鲁迅的后尘，他跟着大哥的步伐，去南京，去东京，后来又到北京，学习如此，工作也如此。在弟兄失和之前，周氏兄弟差不多都是哥哥到哪，弟弟也跟到哪。一九一七年，周作人追随哥哥到了北京，弟兄俩住在绍兴会馆，周作人刚到京，就病了一场，高烧不退，先怀疑是猩红热，这病当时颇具有危险性，后来确诊为麻疹，害得大家着实虚惊了一回，这也就是所谓《弟兄》的时代背景。在病中，由于会馆的一位听差极不称职，许多事，只能是鲁迅亲自照料，周作人回忆当时的情景曾写道：

> 现在只举一例，会馆生活很是简单，病中连便器都没有，小便使用大玻璃瓶，大便则将骨牌凳放翻，洋铁簸箕上铺粗草纸，姑且代用，有好多天都由鲁迅亲自拿去，倒在院子东南角的茅厕去。这似乎是一件琐屑的事，但是我觉得值得记述，其余的事情不再多说也可以了。

此时的周作人，已经三十多岁，是做父亲的人，在鲁迅眼里，他永远是弟弟。在东京留学的时候，弟兄两个一起翻译，所译的文章都是鲁迅修正一遍，再为誊清。到北京后，这规矩依然没改，周作人去北京大学教书，第一次走上大学的讲坛，讲义临时现编，于是由他起草，然后交给鲁迅修改誊清。还有在《新青年》上署名周作人的翻译小说，也都是鲁迅修改一遍，才最终定稿。鲁迅总是很体贴他这位其实已不太小的弟弟，很乐意当无名英雄，说"你要去上课，晚上我给你抄了吧"。

5

看了《弟兄》这篇小说，真正感到自责的，应该是周作人自己。俗话说，亲兄弟，明算账，鲁迅生前，对周作人小家庭的照顾，这是一个抵赖不了的事实。周作人的小家庭是一大家，小孩多，负担重，妻子信子虽然出生日本平民之家，用钱之大手大脚，和贵族相比，有过之无不及，无论大病小病，都要请日本医生坐了汽车来医治。一个大家庭的负担，有一段时间，主要是落在鲁迅身上，对于当家人信子的没有计划，从小过惯了苦日子的鲁迅曾有过怨言，他用洋车往家里拿钱，怎么敌得过用汽车运走。

鲁迅过世以后，周作人的做法，确有让人心寒之处。按常理，不管是对待朱夫人，还是对待许广平和海婴，他都应该有照料的义务。朱夫人不识字，许广平太年轻，在给周作人的信中，许广平甚至很无奈地恳求过他为朱夫人的生活费，暂为垫付，并明言"至以前接济款项亦盼示知，俾将来陆续清偿"。这封信的缘由，是在京的朱夫人以生活费不够用，想卖掉鲁迅留在北京的藏书。时间是一九四四年，由于消息已经见报，远在上海的许广平十分被动和难堪，因为小报上的话，总不会太好听。

周氏兄弟

233

从法律义务而言，朱夫人的生活费用，当然和周作人无关。再说，当家的是能吵能闹的信子，周作人想管，也管不了，即使他此时阔得很，又同住北平近在咫尺。周作人的小聪明就在于，他觉得世人只会为此事怪罪许广平，这仅仅是大哥家的私事，与他这位老二丝毫不搭界。他忘了当年鲁迅拿了工资，一进门就直接跑进里院交给二太太，这些钱养活了他的一家，或者说，正是因为有了这钱，周家才能过上那种所谓上等人的生活。

周作人对鲁迅似乎从来没有表示过什么歉意。从表面看，他不像鲁迅那么尖刻，那么得理不饶人，和被称之为战士的鲁迅相比，周作人更像位绅士，像出世的隐士。据说鲁迅最后一次对外人谈起周作人，曾把他列名于中国最优秀杂文家的第一位。由于这话是对斯诺夫人说的，而谈话稿整理出来，已经是八十年代的事情，周作人也许并不知道此事。但是，周作人的确知道鲁迅直到病危，还在看他的作品。周作人三十年代写的五十自寿诗，遭到了文坛进步青年的一致攻击，有的话说得非常愤恨，一度成为当时的一个"事件"，鲁迅在私下却为他辩护，说他"诚有讽世之心"。到五十年代出新版的《鲁迅全集》，周作人才知道鲁迅在私人信件里，有过这样的谈话，这段话可以给处境不太好的他当保护伞用，因为鲁迅此时已经成为新文化运动的旗手：

> 对于我那不成东西的两首歪诗，他却能公平的予以独自的判断，特别是在我们"失和"十年之后，批评态度还是一贯的……

在这里，周作人也只是感激，并无歉意。周作人不愧写文章的高手，他善于用鲁迅说过的话来粉饰自己。鲁迅刚逝世的时候，周作人接受记者采访，仿佛宣布专利一样，说：

> 我想关于这方面，在这时候来说几句话，似乎可以不成问题，而且未必是无意义的事，因为鲁迅的学问与艺术的来源有些都非外

人所能知，今本人已没，舍弟那时年幼亦未闻知，我所知道已成为海内孤本，深信值得录存，事虽细微而不虚诞，世之识者当有取焉。

周作人在一开始就卖了个大关子。兄弟失和的事实，使他不可能站出来大谈鲁迅怎么怎么。他此时的地位也完全用不着靠谈鲁迅来换钱，作为京派的领军人物，他表现得十分有节制，搭足了架子，尽量客观。他知道，此时如果攻击鲁迅，必将引来众怒，但是对把鲁迅引以为神的做法，感到深深的不满。他觉得一个人的平淡无奇，本是传奇中的最好资料，关键是把鲁迅"当作一个人去看待，不是当着'神'——即是偶像或傀儡"。解放后，出版《鲁迅的青年时代》，在附录过去的旧文章时，周作人做了手脚，将这段话中的"神"悄悄改成"超人"，并删去"偶像或傀儡"，因为他知道这些字眼有点犯忌，已经执政的共产党不会喜欢。

对鲁迅的态度，周作人有酸腐的一面。他反对别人利用鲁迅，可事实上，充分利用鲁迅的，恰恰是他自己。关于鲁迅，他有着太多巨大潜力的原始股，只等关键时刻抛出去。因为"下水"，他被国民政府判刑十年，四九年一月保释提前出狱，紧接着是共产党取得天下。共产党统治下，周作人既小心翼翼，又蠢蠢欲动，甚至斗胆给毛泽东写了一封信。鲁迅逝世之后，周作人只写过两篇稿子谈鲁迅，然后就此封笔，谢绝一切这方面的文字。解放了，周作人于困窘之中，写了一大堆关于鲁迅的文章，这与他当年所说的"我觉得多写有点近乎投机学时髦"，"赞扬涂饰之词，系世俗通套，弟意以家庭立场，措辞殊苦不称"，正好形成残酷的对照。

周作人身上，中国知识分子的毛病，暴露无遗。他总是在哭穷，在五十年代，每月有好几百元钱的收入，仍然要到处借钱。穷成了他什么稿子都写的最好借口，以周作人的学识，历经磨难，本来可以写出更好更能传世的文章来，但是他注定成不了真正的隐士，成不了托尔斯泰和陀思妥耶夫斯基，也成不了写《红楼梦》的曹雪芹。一方面，他没完没了写着关于鲁迅的文章挣钱，另一方面，他又最大限度保持着自己的人格独立。坦白地说，周作人的这些文章，虽然有一些时代的烙印，却不能不说是好文章。周作人毕竟是周作人，鲁迅内举不避亲，说他的杂文在中国作家中最出色，这话没什么大错。周作人对鲁迅没有歉意，却有感激，他似乎也知道自己的文章写得好，曾经很无奈地感叹，说"昔日鲁迅在时最能知此意，今不知尚有何人耳"，他觉得自己写了那么多的回忆文章，也算对得起鲁迅了。

6

最后要说的，是鲁迅和周作人兄弟究竟为什么"失和"。这是一个永远的悬案，并不值得深究，喜爱周氏兄弟文章的人，大都避免这一尴尬的话题。然而总是会有许多奇奇怪怪的文章冒出来，譬如说鲁迅为了扼制性欲，在冬天故意不穿棉裤，说信子曾是鲁迅和周作人的共同情人，说鲁迅对信子曾经有过非礼。自弗洛伊德的学说流行以后，有些人做文章，离不开一个"性"字，仿佛"文化大革命"中，离不开阶级斗争一样。

民间常有公公"爬灰"这一说，这实在是中国小市民津津乐道的话题。这话题给人带来口头的快感，而对于基本的事实，已经变得根本不重要。媳妇年轻，男人喜欢年轻的女人，因为喜欢，所以就会乱伦。人们在谈天的时候，通常只需要一点点简单的逻辑推理就足够，周氏兄弟既然那么怡怡，一旦失和，老死不相往来，总得有些事才行。当事者自己不说，别人便有权乱猜，乱猜之后便是瞎说，瞎说了，以讹传讹。

周作人的妻子信子是兄弟失和的导火索，不容置疑。与周氏兄弟关系密切的川岛曾说过，信子造谣说鲁迅调戏过她，还说鲁迅曾在他们的卧室下听窗。川岛认为这是绝对不可能的事情，他显然赞成与周氏兄弟同样关系密切的许寿裳的说法，即信子"有歇斯台里性的"。川岛认为鲁迅不可能下作到去听窗，因为在周作人夫妇的窗前，种满了鲜花。

对这种事情做出考证是非常无聊的事情。看一看八道湾十一号的平面图便可以知道，鲁迅和周作人两家，是住在不同的院子里，虽然住同一个大院，两家各有相对的独立性。莫须有三个字，自古害人不浅。我不知道有些文章的论点是怎么来的，说鲁迅不穿棉裤，说鲁迅过着"古寺僧人的生活"，其结论无非是禁欲。鲁迅或许说过没有爱情的夫妇生活是不道德的话，但是，不能因为鲁迅和朱夫人分两间房子睡觉，他们之间没有生小孩，就因此得出鲁迅和朱夫人之间没有夫妻生活，或直截了当地说没有性生活。

鲁迅单独住一个房间，显然是由他的工作习惯造成的，像这种分房而睡的夫妻多得很。孙瑛所写的《鲁迅故迹寻访记事》，画出了鲁迅在北京时的家居图，根据图中的位置，不难看出，所谓分居，站不住脚，在砖塔胡同六十一号暂住时，鲁迅的写字桌就放在朱氏的卧室里，有时候工作太晚了，怕影响朱氏休息，便移案到客堂的吃饭桌上去。许羡苏先生和周家关系非常密切，她是许钦文的妹妹，鲁迅先生周围的人，一度曾猜想她会成为后来的许广平。绍兴会馆之外，鲁迅先生在北京的三个家，许羡苏都住过，和鲁瑞老人以及朱夫人很熟悉，她是许广平之前鲁迅很重要的异性朋友。在回忆录中，她向后人描述了鲁迅当时的生活场景：

> 鲁迅先生的习惯，每天晚饭后到母亲房间休息闲谈一阵，现在老太太房间里陈列着的那把大的藤躺椅，是他每天晚上必坐的地方，晚饭后他就自己拿着茶碗和烟卷在藤椅上坐下或者躺着。老太太那时候已快到七十岁，总是躺在床上看小说或报纸，朱氏则坐在靠老太太床边的一个单人藤椅上抽水烟，我则坐在靠老太太床的另一端的小凳上打毛线。谈话的内容很丰富，各方面的都有，国家大事，过去的朋友，绍兴新台门中的人物，也常常谈到有关他文章中一些典型人物，如阿Q、顺姑等具体人物。

分房而睡不能简单地等于分居。中国的很多夫妇没有分房而睡，这是习惯和住房条件决定的，西方流行夫妻各有各的房间，总不能解释因为没有爱情，或者为了扼制性欲。鲁迅前有朱夫人，后来又有许广平，即周作人的所谓"多妻"，这是极简单事实，当事人并不回避。许广平只称自己从某年某日起，与鲁迅同居。鲁迅逝世以后，有一种研究倾向，是强调封建包办婚姻对鲁迅的伤害，硬把他的婚姻说成是有名无实，林辰先生《鲁迅事迹考》就持这种观点，到后来，连这种观点似乎都有损于鲁迅的光辉形象，在五十年代再版，《鲁迅的婚姻生活》这一章索性被删除了。

把周氏兄弟的失和，完全归罪于信子，是不恰当的。女人是祸水的老调不应该重弹，以鲁迅和周作人之明，不至于那么糊涂。兄弟不和夫妻离婚，本来也用不到别人来插嘴，说三道四。清官难断家务事，任何人都别自以为是，总觉得自己的观点正确。不妨换个角度想一想，周氏兄弟的失和，是否和周作人的想独立有关。我们都知道，周作人的成长，和鲁迅分不开，他的世界观，直接受影响于长兄鲁迅。随着年龄的增长，周作人的思想发展，其实已经不可能再跟着鲁迅的轨道向前走了。

早在东京留学的时候，周作人就因为不肯翻译鲁迅安排的文章，和哥哥发生过冲突。在对待弟弟的态度上，鲁迅显然有其霸道的一面，他见弟弟沉默，消极对付，便"忽然激愤起来，挥起他的老拳，在我头上打了几下"。晚年的周作人回忆往事，全无对大哥鲁迅的不满，恰恰相反，笔调间洋溢着亲情，说自己只是不想译那篇文章，又说自己的确该打，而且懊悔，"不该是那么样的拖延的"。鲁迅是急性子，长兄为父，即负有管教的义务，有时候便会蛮不讲理，青年时代的周作人性格温顺，他对鲁迅完全是顺从的，偶尔的小反抗，也就是玩点消极沉默。

周氏兄弟失和，各走各的路，未必全是坏事。失和丝毫没有影响兄弟俩应该取得的辉煌成就，分道扬镳以后，鲁迅写了《彷徨》，写了后来的一大堆东西，周作人则从刚刚开始起步，逐渐成为大名鼎鼎的知堂老人。失和本身并没有耽误什么正事，周氏兄弟能成为新文学的两大高峰，他们的分，或许比合更为有利。起码从周作人来说是这样，精神上的断奶，摆脱了鲁迅的指导，可能会有迷惘，也可能会走错路，栽大跟头，但是却更容易发扬自己的个性。在鲁迅的阴影下，周作人成不了一棵参天大树。

天下无不是的父母，世间最难得者兄弟。考察周氏兄弟失和后的言行，虽偶有不满，但是"兄弟阋于墙，外御其务"，还是难免胳膊肘向里拐。无论在私下，还是公开场合，周氏兄弟谈起对方，都是恰如其分，一针见血。他们都太了解对方，因此英雄惜英雄也就在所难免。不管怎么说，骨肉至亲的兄弟失和，的确给双方带来剜心之痛，正如周作人所说：

> 我也痛惜这种断绝，可是有什么办法呢，人总只有人的力量。

《伤逝》中，涓生哭天抢地地喊着：

> 我愿意真有所谓鬼魂，真有所谓地狱，那么，即使在孽风怒吼之中，我也将寻觅子君，当面说出我的悔恨和悲哀，祈求她的饶恕；否则，地狱的毒焰将围绕我，猛烈地烧尽我的悔恨和悲哀。
>
> 我将在孽风和毒焰中拥抱子君，乞她宽容，或者使她快意……

按照周作人的解释，鲁迅的《伤逝》，是诗，是用《离骚》的手法写就的诗。香草美人的借用，自古就是文人表达思想感情的惯用伎俩，或许是周作人自说自话，说者无意，听者有心，或许正好颠倒过来，反正谁是涓生，谁是子君，永远也说不清。

一九九九年十月四日　碧树园

（原刊于《收获》2000 年第 1 期）

阅读吴宓

叶兆言

1

说来好笑，阅读吴宓，留心有关文字，成了近年来很当真的一件事情。起因只是他生于一八九四年，这是个特殊年份，中日甲午战争爆发，两国长达半个世纪的对抗拉开序幕，也正是这一年，孙中山给李鸿章写了一封长信，表达他的改良主义思想，遭到拒绝后，从此投身革命，坚定不移，直到死在北洋军阀时期的北京。很长时期，抗日和革命成了两个重要主题，研究中国，不论思考历史，还是评论文学，都无法回避。我习惯找出几位出生于这一年的人，把他们当成解剖近现代中国的标本，我的祖父也出生在这一年，这是很好的参照系数，它提供了一个横向的比较机会。阅读吴宓，我总是忍不住想，和他同年的祖父此时正在干什么，面对同样的问题，祖父会有什么不同的想法。在厚厚的十本

《吴宓日记》中，提到祖父只有一处，时间是一九四五年的一月九日，一次宴会上偶然相遇：

> 遂偕赴华西大学内李珩、罗玉君夫妇邀家宴。座客桦外，有叶绍钧及谢冰莹女士。席散，同步归。

叶绍钧名字下面，有小字自注："圣陶。苏州人。今为开明书店总编辑。与宓同年生。留须。温和沉默。"这是典型的吴雨僧风格，记账本一样老老实实，一本正经。再看祖父的日记，略为详细一些：

> 五时半，至李晓舫家，晤吴雨僧、李哲生、陈国华、谢冰莹。雨僧与余同岁，身长挺立，言谈颇豪爽，近在燕大讲《红楼梦》，借以发抒其对文化与人生之见解，颇别致。主人治馔颇精，而不设酒，余以酒人，觉其勿习。八时散，复至月樵所，方宴颉刚夫妇，尚有他客六七人，墨先在。余乃饮酒十馀杯。十时归。

两则日记很客气，一层意思没有明说，都觉得对方不是原来的设想。他们属于两个不同阵营，道不同，则不相为谋，既对立，更隔膜。阵营不同，误解便不可避免。这次偶然相遇，消除了一定误解，又增加新的错误认识。如果继续交往，他们或许可以成为朋友，但是沟通从来不是件容易的事情。吴宓不知道对方温和沉默，是因为没有酒，祖父觉得对方豪爽，却根本就是个假象。

2

吴宓不是一个豪爽的人，而且毫无幽默感，他的成名与挨骂有关。说起新文学史，谈到新旧之争，忘不了鲁迅的妙文《估"学衡"》。《学衡》是一个笑柄，一帮自恃很高的书呆子，刚从国外回来，觉得喝过洋墨水，对"西化"更有发言权，于是匆匆上阵，想一招致敌于死命，事实却证明根本不是对手，刚一出招，就被新文学阵营打得鼻青脸肿。不妨想象一下当时的新文学阵营如何强大，陈独秀和李大钊，鲁迅兄弟，胡适及其弟子罗家伦和顾颉刚，茅盾为理论主笔的文学研究会，邵力子主编的《民国日报》副刊《学灯》，这些高人联手，每人吐口唾沫，已足以把《学衡》的人淹死。当时同属于新文学阵营的创造社，还没有出手参战，这一派的好战，善于胡搅蛮缠，作为《学衡》总编辑的吴宓心里不会不明白。

事隔多年，重新回顾这场文化论战，心平气和地说，双方都该骂，而且细究骂人的内容，双方都有些道理。《学衡》站在旧文化阵营一边，仅此一点顽固，即使在今日，仍然该骂，该痛骂，而"五四"前后掀起的新文化运动，方向大致正确，但是存在很多问题，也应该指出来。我曾和祖父谈过读当年的《小说月报》，众所周知，《小说月报》改刊是新文学史上的大事，比较新旧两派小说，也就是阅读茅盾主编前后的《小说月报》，就其小说质量而言，被看好的五四时期新小说，并不比旧小说强。新小说在一开始很不好看，鲁迅或许是个例外，像他那样优秀的太少，新小说的拙劣有目共睹，后人评价高，更多的是出于策略上的考虑。事实上，做为当时的重要作者，祖父也承认新派的小说，没有旧小说写得好。换句话说，新小说只能证明自己写得对，却不能证明自己写得好，达到了多高的境界。

认真阅读当时的小说，不难得到这样的印象，新小说气势汹汹，其实嫩得不像东西。就像刚学走路的小孩，尽管前景良好，未来一片光明，真实的现状却不敢恭维。新小说佶屈聱牙，不能卒读。鲁迅写得好，是因为旧小说也写得好，发表在改刊之前的《小说月报》的文言小说《怀旧》，便是一个极好的例子。这似乎也反证了吴宓在《论新文化运动》中的观点，所谓"不知旧物，则决不能言新"。《学衡》是新文化运动的一面反动旗帜，一片喊新声中，《学衡》的声音显得很可笑。多年以后，吴宓自订年谱，痛悔当年的仓促上阵，尤其对第一期《学衡》的低质量，感到痛心。作为创刊号，推出的一些"作品"让人无法恭维，鲁迅对其进行了辛辣的嘲讽，轻而易举挑出一大把错误。《学衡》批评新派不足，看出了对方毛病是对的，可是他们也是漏洞百出，正如吴宓自己承认的那样，"实甚陋劣，不足为全中国文士、诗人以及学子之模范者也"。吴宓把过错推到了一个叫邵祖平的人身上，他写道：

> 鲁迅先生此言，实甚公允。《学衡》第一期"文苑"门专登邵祖平（时年十九）之古文、诗、词，斯乃胡先骕之过。而邵祖平乃以此记恨鲁迅先生，至有 1951 冬，在重庆诋毁鲁迅先生之事，祸累几及于宓，亦可谓不智之甚者矣。

这其实是为同人打掩护，想蒙混过关，鲁迅先生矛头直指梅光迪，直指胡先骕和柳诒徵，这些都是《学衡》的核心人物，想赖也赖不了。吴宓先生应该老老实实地承认，他们那几个人中间，除了柳诒徵，其他几位的旧学并不怎么样。《学衡》同人对旧的东西更感兴趣，在鲁迅看来，这帮人漏洞百出，只是假古董。他们守旧保守，但是在传统的旧学上，并不比新派人物强。一些文章把吴宓说成是旧学大师，这不确切，是过誉之辞，办《学衡》的时候，吴宓是刚从国外来的文学青年，旧学根底和大十多岁的鲁迅不能比，和大三四岁的陈寅恪和胡适，也无法匹敌。就其性格而言，吴宓身上更多浪漫成分，根本不擅长做死学问，对于旧文化的钻研，他和新派的胡适顾颉刚之间的差距，随着时间发展，也只能是越来越大。

人们阅读的兴奋点，往往停留在新与旧上，以新旧为个人取舍标准，结果是新派看新，老派看旧，各取所需，老死不相往来。然而新未必好，旧也未必坏，关键要看货色。意气用事结果反而成不了事，"何必远溯乾嘉盛，说起同光已惘然"，这是陈寅恪父亲散原老先生的诗句，形容"五四"前后文坛正合适。这时期无论旧派新派，艺术成就都有严重的问题，人们重新回顾，各打五十大板并不为过。有一点必须指出，新代表出路，代表前途，已被事实所证明，时至今日，做学问重犯前人的老毛病，再妄谈复古，不仅"不智"，而且可笑。

3

吴宓是研究外国文学的，喜欢拿中外作品相比较，因此获得了中国比较文学鼻祖的盛誉，这又是一种站不住脚的夸大其词。比较文学的说法，一向很可疑，最容易似是而非，事实上不比较没办法谈文学，而中外比较了一下，就和国外后来风行一时的"比较文学"流派有了血缘关系，显然一厢情愿。比较是中国文学批评的传统，这表扬对吴宓来说，只能隔靴搔痒，他的野心并不在于谋一个开山之祖的称号。我想吴宓把自己搁在旧派阵营中，内心深处一定很矛盾。综观他一生，似乎更适合成为新派阵营中的一员。这是个很尴尬的定位，他是《学衡》总编辑，而这头衔恰恰也是自封的。《学衡》诸人策划杂志时，为了"脱尽俗务"，本来不准备设总编辑，吴宓只是众人推举的集稿员。他自说自话在杂志上印上了总编辑头衔，为此，《学衡》诸君不以为然，曾讽刺挖苦过他，但是"宓不顾，亦不自申辩"。

编辑《学衡》是一件吃力不讨好的事情，得罪整个新文学阵营不算，内部也经常有摩擦。吴宓自封为《学衡》的总编辑，一方面说"亦不自申辩"，另一方面又拼命解释：

> 至于宓之为《学衡》杂志总编辑确由自上尊号。盖先有其功，后居其位。故毅然自取得之。因此宓遂悟：古来大有作为之人，无分其地位、方向为曹、为刘、为孙（以三国为喻），莫不是自上尊号。盖非自上尊号不可。正如聪明多才之女子，自谋婚姻，自己求得幸福，虽在临嫁之日，洞房之夕，故作羞怯，以从俗尚。然非自

己出力营谋，亦不能取得"Mrs. So & So"（某某夫人）之尊号。个人实际如此，可无疑也。

好一个"毅然自取得之"，一番自白，吴宓之"迂"跃然纸上。这种辩护越辩越黑，亏他能想得出。吴宓和《学衡》同人的关系并不融洽，读《吴宓日记》，可以发现很多不愉快的记录。一九二三年九月十五日，吴宓和邵祖平商量，将他的诗稿推后一期发表，邵于是大怒，勒令吴宓必须在这期发表。吴宓以别人无权干涉自己编务为由拒不答应，邵"拍案大声叱詈，声闻数室"，吴宓无可奈何，只能"予忍之，无言而出"。临了还是他做让步，在诸人眼里，他只是一位自封的总编辑。吴宓一肚子委屈，唯一出气的办法，是把这些事都写进日记。他很看重自己的日记，而且自信以后将成为历史的见证，因此措辞十分讲究，尤其在褒贬人物的时候。

> 予平日办理《学衡》杂务，异常辛苦繁忙。至各期稿件不足，中心焦急。处此尤无人能知而肯为设法帮助（仅二三私情相厚之友，可为帮顾）。邵君为社中最无用而最不热心之人。而独喜弄性气，与予一再为难。予未尝不能善处同人，使各各满意。然如是则《学衡》之材料庸劣，声名减损。予忠于《学衡》，固不当如是徇私而害公。盖予视《学衡》，非《学衡》最初社员十一二人之私物，乃天下中国之公器；非一私人组织，乃理想中最完美高尚之杂志。故悉力经营，昼作夜思。于内则慎选材料，精细校雠。于外则物色贤俊，增加社员。无非求其改良上进而已。使不然者，《学衡》中尽登邵君所作一类诗文，则《学衡》不过与上海、北京堕落文人所办之小报等耳。中国今日又何贵多此一杂志？予亦何必牺牲学业时力以从事于此哉？
>
> 予记此段，非有憾于邵君。特自叙其平日之感情与办事之方针耳。

　　吴宓在日记和自编年谱中，不止一次写到对《学衡》同人的不满，他说梅光迪"好为高论，而完全缺乏实行工作之能力与习惯"。为自己的妥协让步，把不满意的稿件编入《学衡》感到痛心，"宓本拟摈弃不登者，今特编入，以图充塞篇幅而已"。吴宓对如何办《学衡》，有一套完整的想法，这想法过于理想，因此实施起来，非常困难。传说钱钟书曾说过吴宓先生太"呆"，这一说法已得到杨绛先生的坚决否认，认为是好事者附会，然而这种附会，多少是说出了一点真相，那就是吴宓确实有点呆。

　　呆人常自作聪明，吴宓自编年谱中，大言不惭承认《学衡》杂志总编辑一职，是"毅然自取得之"，又在年谱的前几页，明白地说自己应聘东南大学，是因为："拟由我等编辑杂志（月出一期）名曰《学衡》，而由中华书局印刷发行。此杂志之总编辑，尤非宓归来担任不可。"在日记中，吴宓屡屡自我表扬，言过其实，这种流露正是"呆"之所在，只是不可恶，反而有些可爱。一九二四年七月，吴宓去上海拜见中华书局大老板陆费逵，明明是恳求对方开恩继续办《学衡》，但是日记上只说他"痛陈《学衡》之声名、实在之价值，及将来前途之远大"，对方"意颇活动，谓与局中同人细商后再缓复"。毕竟是从美国回来，吴宓深知宣传的重要，而宣传就是说大话。自从建立民国，中国人不论文武，都明白洋人支持的重要。当军阀，不依靠日本，就是借助英美，文化人也不能避开此俗例。《学衡》创刊之后，吴宓不仅增入英文目录，而且不忘将刊物寄往国外的知名图书馆，赠送西方名牌大学的汉学家。在吴宓拟定的赠刊名单中，可以看到诸如"巴黎大学东方学院""牛津大学图书馆""美国国会图书馆"和"哈佛大学图书馆"。欧风盛行的年代里，《学衡》如果有来自西方汉学家的支持，对新派人士无疑将是最有力的打击。

　　《学衡》并不像吹嘘的那么出色，这一点吴宓心里很明白，也很无奈。事实上，这根本不是一本能实现心中理想的刊物。前几年，吴宓成了出土文物，着实热了一阵，有关的书甚至成了畅销书，他也因此和陈寅恪一样，罩上了通今博古的光环，有人甚至趁机为《学衡》翻案。以学术成就论，吴宓比不上陈寅恪和胡适，也比不上他的学生钱钟书。吴宓的失算在于知其不可为而硬为，像编《学衡》这样的杂务，陈寅恪钱钟书绝对不会去干，一个真做学问的人，没那么多时间和精力耽误。吴宓的旧学根底较弱，刚回国那阵，他跟着胡先骕和邵祖平学写过江西诗派风格的旧诗。老实说，不仅新派看不上，旧派同人也不把他放在眼里，所谓"敌笑亲讥无一可"。梅光迪就对外人说过《学衡》越办越坏，原因当然是吴宓不行。吴宓不擅长训诂音韵，也不屑于做考据一类的文字，《学衡》发表谈甲骨文的文章，引起外国学者的注意，很认真地写信来请教，这让吴宓感到很恼火，因为他理想中的《学衡》，应该是"有关国事与时局"，应该担负维护中国文化优秀传统之大任，而不是旧派学人的自留地，整日来几首小诗几篇游记，玩点考证索引，大谈文章义法。旧的沼泽地里折腾不出新名堂，玩物丧志是吴宓不愿意看到的结果，《学衡》给读者留下太深的陈旧印象，真发表了有观点的好文章，实际上也没什么人愿意读。

4

一百年前，一个美国学者预测未来的发展，认定中国会发生激烈的革命，古老文化传统很可能被毁灭，孔子的偶像将不复存在。这个忧心忡忡的美国佬就是吴宓的恩师白璧德，他的焦虑传染给了他的学生，结果吴宓的一生，都取保守姿态，以维护中国文化传统为己任。除了保守，吴宓信奉好好主义，对人类的一切文化遗产，都敬若神明。他画了一个简图，把苏格拉底，耶稣犹太，佛陀印度，以及中国孔子，概括为人类文化的精华。世界的文明大厦靠这四根柱子支撑，缺了任何一根都可能倾斜，基于这样的观点，吴宓打算写出一本关于人生哲学的书。这本书没有写出来，也不可能完成，因为基本的观点并非吴宓独创，他志大才疏，充其量只是一个好学生，一生都在宣传老师的观点。

吴宓出过一本诗集，自恃很高，给学生上课，常以自己诗歌为例。他成不了哲人，也算不上一个优秀诗人，中国旧诗太伟大，出人头地十分困难。吴宓的弟子郑朝宗先生曾说吴宓的诗，"限于天赋，造诣并不甚高"，但是他的诗集长短都收，优劣并存，还配有插图，加上注，更像一部有韵自传，拜伦《恰尔德·哈洛尔德游记》就是这种风格。吴宓一生并不满足于诗人称号，他更大的理想是当一名小说家，写一本能和《红楼梦》媲美的小说《新旧因缘》。在吴宓日记中，常提到某人某事可入《新旧因缘》，毛彦文和朱君毅分手，把自己的一大摞情书奉送给了吴宓，供他日后写小说参考。可惜这部小说压根没动过笔，他总是说要写，或许计划太庞大，结果也就是说说而已。

吴宓一生，为女人耗费了太多心血，无论潇洒的新派作家，还是风流的旧派文人，在花心方面都无法和他相比。他一生都在强烈追求异性的爱，和死心塌地维护旧道德一样，这种过分的冲动，很容易被人造成误解。况且，保守和浪漫本来就尖锐对立，很难想象两者会如此有机地结合在他一个人的身上。一九二一年八月，留学归来的吴宓没休息两天，便匆匆赶往杭州见陈心一。自订年谱中，他对这次见面，做了一番极具戏剧性的描述。到了陈家，稍坐，从未谋面的陈心一被引出来相见，大家默默相对，"至多十五分钟以后"，毛彦文来了，"神采飞扬，态度活泼"，说要去北京上学，正好路过，没想到遇上了他。吴宓在年谱中，故意淡化了陈心一，说那天她"无多言语"，主要是毛彦文在说话。下午四点钟，毛告辞，吴宓紧接着也告辞，当天就返回上海。十三天以后，吴宓和陈心一结婚。

这是一部爱情小说的开始，两位女主角初次亮相，同时出场。陈心一和毛彦文是吴宓生命中，有着极其重要地位的女人，陈为吴宓生了三个女儿，毛则是他至死不渝的情人。知道吴宓身世的人，读到这段文字，肯定会有所感叹。不过，这文字做了手脚，事实是，吴宓当天并没有离开杭州，而是留了下来，一待就是三天。根据吴宓日记的记载，他五日回国抵达上海，找了一家旅馆住下，次日回家看父母，八日去了杭州。日记中和陈心一的见面是这么写的：

> 最后心一出，与宓一见如故，一若久已识面者然。宓殊欣慰，坐谈久之……四时许，岳丈命心一至西湖游览。并肩坐小艇中，荡漾湖中。景至清幽，殊快适。

在"一见如故"和"殊欣慰"下面，吴宓都加点表示注重。第二天，两人一起游了西湖，乘小艇，湖中一日，涉历名胜地方多处，吃茶数次，又在壶春楼午饭，并且"一切均由心一作东"。

> 是日之游，较昨日之游尤乐。家国身世友朋之事，随意所倾，无所不谈……此日之清福，为十余年来所未数得者矣。

吴宓日记中，此三日无一字谈到毛彦文。根据他的风格，如此重要之事不会不记，因此毛在自编年谱中的出现，很可能是杜撰。吴宓一生中，最喜欢和别人诉说与毛彦文的爱情故事，说多了，难免加工，临了，自己也会被加工的东西所蒙蔽。吴宓一生都在唱爱情高调，稍不仔细，就会上他的当。以今天的观点看，吴宓当年的婚姻态度很有问题，既迫不及待，又敷衍了事。一九一九年三月，正在美国留学的吴宓，因为看见玻璃橱窗上的裸体美人招牌，和陈寅恪等一起"共论西洋风俗之坏"，谈到"巴黎之裸体美人戏园"，第一次听说"秘室之中，云雨之事，任人观览。至于男与男交，女与女交，人与犬交，穷形尽相"。这番议论，当然带着批判，然而内心深处对异性的渴望，也跃然纸上。当天的日记中，经过批判，吴宓笔锋一转，振振有辞地写道：

> 盖饮食男女，人之大欲。大丈夫生而愿为之有室，女子生而愿为之有家。夫情欲如河水，无所宣泄，则必氾滥溃决。如以不婚为

教，则其结果，普通人趋于逾闲荡检，肆无忌惮。即高明之人，亦流于乖僻郁愁，abnormal perversion……

宓更掬诚以告我国中之少年男女，曰公等而欲完贞德而求乐生也，则毋采邪说，及时婚嫁，用情于正道。一与之齐，终身不改。离婚断不可为训。自由结婚，本无此物，而不婚与迟婚，欺人行事，斫丧廉耻，更不可慕名强效。

日记中的洋文是"性反常行为"，吴宓虽然是外国文学教授，日记中的洋文并不多见。他不可能像郁达夫那样直露地表达性的苦闷，爱情这两个字，也暂时想不到。有朋友寄照片来，托他在留学生中寻找佳婿，他竟然自荐，吓得对方连声说不，觉得他"思想甚多谬误，望速自检查身心"。这个细节说明了身在异乡的吴宓魂不守舍，这种心情下，也是留美的陈心一弟弟为其姐择婿找到他时，他显得有些心急，好友一番"回国后，可恣意选择对象"的劝阻也顾不上，毫不犹豫答应下来。成为爱情至上主义者是后来的事情，此时的吴宓对婚姻听天由命。一方面，他慎重地转托友人朱君毅的未婚妻毛彦文在国内打听陈心一的情况，毛和陈是同校同学，当时并非知友，毛很认真地探听了消息，对陈进行一番考察，然后通过未婚夫向吴宓汇报，大致意思是人还不错，交朋友可以，贸然订婚则没有这种必要。另一方面，吴宓又很草率地决定先订婚，好友陈寅恪的观点似乎影响了他的婚姻态度，陈寅恪觉得一个男人，学问不如人，这是很可耻的，大丈夫娶妻不如人，又有什么难为情。

既然如此，不就是找个老婆，何苦顶真。吴宓评价自己，小事聪明，大事糊涂。结婚七年以后，吴宓突然忽发奇想，开始大谈爱情，他决定和陈心一离婚，开始对毛彦文的漫长追逐。毛是他朋友的未婚妻，是妻子的同学兼好友，吴宓和陈心一结婚以后，毛是他家的常客。朱君毅和毛彦文后来闹翻了，死活不肯和毛成为夫妻，给毛造成了很大痛苦，吴宓最初作为中间人，往返于两人之间，本来只是救火，临了，却引火烧身，把自己烧得半死。吴宓是在一种很尴尬的状态下离婚的。陈心一不能接受娥皇女英的暗示，这种大小老婆的如意算盘，也不可能为毛彦文所接受，在一开始，毛只是一位被动的第三者，吴宓郑重其事地表达了爱意，毛毫不含糊地一口拒绝。在男女问题上，吴宓始终自以为是，改不了一厢情愿的老毛病。他的离婚和结婚一样草率，也许内心深处真的是不太爱陈心一，他感到委屈，不是自己好端端的家庭被拆散了，而是这种拆散之后，毛彦文仍然不肯老老实实就范。吴宓对毛的追逐是他一生中最重要的一件事情，是一场伟大的爱情马拉松，中间包含了太多的故事，这些故事全是写小说的好材料。

5

吴宓给人留下了一个严谨的学者印象，随着时间推移，这种印象很可能成为一种定评。三十年代初，吴宓去欧洲进修，临行前，同人为他饯行，朱自清喝得大醉，席间就呕吐不止，吴宓于是感叹，觉得自己为人太拘谨，喝酒从不敢过分，颇羡慕别人能有一醉方休的豪情。我所以提到朱先生，是因为朱也是有定评的严谨学人，如果就此推断吴宓为人更古板严肃，毫无浪漫情调，则大错特错。事实上，吴宓是一个地道的"好色之徒"，他的不安分，陈寅恪看得最透彻，说他本性浪漫，不过为旧礼教旧道德所"拘系"，感情不得发舒，积久而濒于破裂，因此"犹壶水受热而沸腾，揭盖以出汽，比之任壶炸裂，殊为胜过"。

吴宓和陈心一离婚，让许多人感到震惊，《学衡》同人一致谴责，其父怒斥他"无情无礼无法无天，以维持旧礼教者而倒行逆施"。吴宓的尴尬在于，老派的娶妾，新派的离婚，偏偏他不新也不旧。像吴宓这么浪漫的人，注定不应该有婚姻，解除婚姻的束缚，"犹如揭盖以出汽"，和陈心一离婚以后，吴宓有过无数次婚姻机会，他不断地向别人求爱，别人也做好准备和他结婚，仅仅和毛彦文就起码有两次机会，然而关键时刻，都鬼使神差，成了泡影。吴宓一生都在追求毛彦文，这是事实，毛真准备嫁给他，他又犹豫，活生生地把到手的幸福耽误了，这也是事实。

既想和毛成为夫妻，又担心婚后会不和谐，两种截然不同的心情，使吴宓成为一个十分矛盾的人。矛盾是人之常情，但是矛盾尖锐到吴宓这样的，实在少见。一九九〇年出版的《回忆吴宓先生》，因为是多人的纪念集，提到吴宓和毛彦文的情事，大多采取吴为了毛离婚，毛失约另嫁，吴于是终身不娶。这一说法是把吴宓的爱情故事，描绘成一场伟大的柏拉图之恋，真相却和事实相去甚远。吴宓一生最喜欢和别人谈他和毛的情事，吴宓日记中，屡屡提到和谁谁谁"说彦"，粗粗估计，不会少于一百次。任何一个与吴宓打过交道的人，只要乐意听，吴宓就会讲述不同版本的故事。这些故事是他博得女人好感的有效武器，女人生来就容易被爱情故事所打动。

吴宓的柏拉图之恋在一开始就自欺欺人，离婚前有娥皇女英之戏语，离婚后，他索性撕下脸来，死缠着毛嫁给他。吴宓的胡搅蛮缠还是有效的，因为骨子里，女人总喜欢被爱，尤其喜欢吴宓那种全力以赴的爱，而且女人的爱是希望有婚姻做保障。事实是，吴宓并不是只爱毛一个人，离婚不久，他就同时爱上了另外一个人，在日记中不断地比较她们的优劣，为究竟娶谁而心猿意马。在后来的岁月中，吴宓成了大观园里的贾宝玉，除了毛彦文，马不停蹄地爱别的女人，其中有结过婚的，有离了婚的，有美国人，有法国人，真所谓见一个爱一个，年龄差距也越拉越大，从几岁到十几岁，到二十几岁甚至几十岁。

对异性如饥似渴，对婚姻胆战心惊，吴宓变得让人难以捉摸。一九三一年一月，吴宓拜访了艾略特，与其大谈白璧德，然后一起散步，去大都会饭店午餐。是谁付钞尚待考证，吴宓只随手记下来两件事，艾的女秘书很漂亮，艾为他介绍了多名英法文化名人，这些文化名人成为日后讲学的重要资本。到欧洲的时间很短，但是在西风的劲吹下，他迅速欧化。首先是对毛彦文的态度开始强硬，他拍电报去美国，让毛放弃学业，迅速赶到欧洲结婚，否则从此拉倒。他动辄就向毛发出最后通牒，甚至十分恶毒地称毛为"Dog in the manger"（占着马槽的狗），这俗语正好与一句

中文对应，所谓占着茅坑不拉屎。此时的吴宓充满了单身贵族的潇洒，一头一脸大丈夫何患无妻的气概，除了和毛彦文纠缠，他还写信回国，向一位叫贤的女人示爱，同时又和一位在法留学的美国女人 H 打得火热。

毛彦文终于让步，决定来欧洲和他结婚，但是吴宓搭起了架子，说来欧洲可以，婚事则不急着先定下来。毛真是十分狼狈，原来是吴死皮赖脸地缠她，现在她松口了，对方又变了卦。吴宓总说毛彦文负了他，事实真相远不是这么回事。毛临了厚着脸皮来到欧洲，吴宓已完全一副赖婚的架势，毛哭着说他们"出发点即错误"的时候，他竟然很冷静地说："人事常受时间空间之限制，心情改变，未有自主，无可如何。"毛大老远地来了，吴宓竟然抛下她去别处旅游，毛此时已是一位三十多岁的老姑娘，心气再高，对吴宓这种吃了碗里又看锅里的行为，也只能悲痛欲绝。

> 是晚彦谈次虽哭泣，毫不足以动我心，徒使宓对彦憎厌，而更悔前此知人不明，用情失地耳！

如果只是这一次负毛彦文，或许还有情可谅，事实却是一而再，再而三。吴宓和毛彦文的爱情故事充满戏剧性，拒婚以后，吴宓度过了一段少有的轻松时光，或许回国在即，他抓紧时间在欧洲旅游，很快又爱上了一位德国女郎：

> 余一见即爱之，遂与交谈（英语）……总之，两小时之中，宓爱 Neuber 女士愈笃，几不忍离。

水壶的盖子被打开了，吴宓的心野了一阵，终于又收回来。如果继续在欧洲待下去，他真可能会变成一个不折不扣的流荡子。回国之前，吴宓和毛彦文的关系又有新的进展，两人达成了谅解，再次情意绵绵，有一天，吴宓觉得对方不理解自己的心情，便以小剪刀自刺其额，"彦大惊，急以巾浸冷水来洗，且以牙粉塞伤口"。两人商定，四个月后，在青岛结婚，届时如果别有所爱，或宁愿独身，那就取消婚礼。结果大家都知道，不是冤家不聚头，吴宓此后对毛，一直是既纠缠，又每逢真要结婚就临阵脱逃。他总是不断地爱别的女人，一年内要爱上好几位，而且把爱的种种感受，写进日记，说给别人听，甚至说给毛彦文听。

从欧洲归来的两年里，毛彦文一直在等吴宓娶她，但是吴宓花心不改。一九三三年八月，吴宓又一次南下，目的是先去杭州，向卢葆华女士求爱，如不成，再去上海，和毛继续讨论是否结婚。友人劝他别老玩爱情游戏，此次南下必须弄个老婆回来。结果又是两头落空，毛觉得他太花心，因此也唱起高调，说她准备做老姑娘，尽力教书积钱，领个小女孩，"归家与女孩玩笑对话，又善为打扮，推小车步行公园中，以为乐"。天真的吴宓并未察觉出这番话中的潜台词，他大约觉得毛反正是跑不了，依旧热衷于自己的多角恋爱。

毛彦文一气之下，嫁给了熊希龄，一位比她爹还大的老头，此人做过民国的总理。吴宓没想到会有这步棋，毛的嫁人，让他觉得自己有一种遭遗弃的感觉，同时也很内疚，认定毛是赌气，自暴自弃，不得已而嫁人。很长时间里，吴宓都没办法确定自己应该扮演什么样的角色，是负情郎，还是被负情的痴心汉，两者都是，又都不是。不管怎么说，毛是他一生最钟爱的女人，只有真正失去了，才能感到珍贵，她结婚以后，特别是三年后熊希龄病故，吴宓一直纠缠不休，既是不甘心，同时也真心忏悔。吴宓和毛彦文的爱情故事，是三十年代小报上津津乐道的话题，很多文化名人被卷入这事件中，譬如陈寅恪和胡小石，都为吴宓做过直接或间接的牵线活动。

6

阅读吴宓，各种各样的文字见得越多，越觉难以描述。吴宓更像是一个小说中的人物，一生都在努力演好某个角色。他曾比较过贾宝玉和堂吉诃德的共同点，说他们在追求爱情和渴慕游侠时，都极见疯傻，除此之外，议论和思想，皆纯正并且合情入理。此评价也是解读吴宓最好的钥匙，否则，他很容易被误解为一个好色的老流氓，一个冥顽不化的老厌物。

吴宓日记中随处可见女人的形象，有时候是一长串名单，他总是没完没了地分析她们和自己结合的可能性。譬如有一天的日记，就赫然写着：敬精神上最相契合，绚生活上颇能照顾，铮机会最多，宪初是社交美人。这些人吴宓都爱，但是他又更爱一个叫 K 的女人，理由是爱 K 犹如爱彦，而 K 天真活泼又似薇。上面提到的这些人，都比吴宓小十几岁甚至二十多岁，譬如宪初就是熟人黎锦熙先生的女儿。吴宓日记中，见到"一见就爱"和"甚惊其美"一类老不正经的字眼不足为奇。有人为吴宓的友人介绍一位年轻美丽而有巨额财产的寡妇，友人大怒，认为是侮辱，吴宓听了"深切悲叹"，觉得友人太傻，说自己若不是因为还爱着毛彦文，一定毫不犹豫地"往而求之矣"。

难怪李健吾会写三幕剧《新学究》讽刺挖苦，而沈从文则写文章开出一剂救人药方，劝他赶快结婚，让情欲的发泄有个正当渠道。很多人眼里，吴宓实在不像话，成天追女学生，请女学生吃饭，约女学生散步，给女学生写情书，为人师表弄成这副腔调，有伤风化，成何体统。为讨好女学生，吴宓不惜帮着作弊，替女学生做枪手翻译文章，然后利用自己的关系将其发表出来。在法国巴黎，在陪都重庆，吴宓都曾因为看见别人老夫少妻，感到既羡慕又妒忌。二三十年代，这种现象并不罕见，谈到鲁迅与许广平的婚姻时，他酸溜溜地说：

> 许广平（景宋）夫人，乃一能干而细心之女子，善窥伺鲁迅之喜怒哀乐，而应付如式，既使鲁迅喜悦，亦甘受指挥。云云。呜呼，宓之所需何以异此？而宓之实际更胜过鲁迅多多，乃一生曾无美满之遇合，安得女子为许广平哉？念此悲伤。

吴宓一生都在追求女子的爱，他随处用情，自称以"释迦耶稣之心，行孔子亚里士多德之事"。《红楼梦》是他最钟爱的作品，这位当代贾宝玉很认真地出过一个考题，试问"宝玉和秦可卿究竟有没有发生过关系"，答案自然是否定。吴宓追求爱情，有一种宗教的热忱，"发乎情，止乎礼"，根据日记记载，他似乎真是好色而不淫，始终坐怀不乱。七七事变的第二天，在隆隆的炮声中，为是否该追一名女学生，吴宓很认真地虔卜于《易经》，闭目翻书，以手指定，结果得到"不能退，不能遂"几个字，大叫"呜呼，宓苦已"。一个星期以后，随着战事一天天激烈，亡国压迫下的吴宓开始真心忏悔：

> 宓本为踔厉奋发、慷慨勤勉之人。自一九二八年以来，以婚姻恋爱之失败，生活性欲之不满足，以致身心破毁，性行堕废。故当今国家大变，我亦软弱无力，不克振奋，不能为文天祥，顾亭林，且亦无力为吴梅村。盖才性志气已全漓灭矣！此为我最伤心而不可救药之事。

四年之后的太平洋战争爆发前夕，吴宓又有一段差不多的检讨：

> 宓近年读书作文，毫无成绩，怠惰过日。复为性欲压迫，几不能一日安静。

一篇取名为《吴宓先生，一位绅士和傻子》的英文文章，当年曾有过广泛的影响。吴宓对这篇文章很不满意，然而用"绅士和傻子"来形容，不能不说是个极好的概括。吴宓为女人耗去了太多的心血，在追求女学生遭到拒绝时，吴宓总是痛苦地自问自责，或是逮住了别人共同研究，分析女方的拒绝，是林黛玉拒宝玉，还是凤姐拒贾瑞，如果前者，爱情是好事美差，自当有此磨难，如果后者，便太让他伤心，因为贾瑞之追求凤姐，只是出于欲的驱使，和宝玉的那种爱相差千万里。

无论对女人之爱的执着，还是对中国文化坚定的保守，吴宓的做法

都骇人听闻。对爱情，对中国的旧文化，他都太疯傻，都太不合时宜。在二十世纪，反对新文化运动，恰如堂吉诃德和风车搏斗，意味着投入到一场必输的战斗中，他无怨无悔，负隅顽抗，坚决不投降。吴宓坚持旧文化的天真理想，或许并不全错，看出了新文化运动的种种毛病，可能也是对的，但是代表这个世纪的学术水平，他的成就并不算太大。恰恰相反，对于国故的整理，倒是从事新文化运动的人功劳更大，他们所做的努力，更卓有成效。从新文学阵营中，可以找出许多研究旧学比吴宓更努力、更有成果的专家学者。闻一多研究楚辞，能够几个月不下楼，论做死学问，吴宓坐冷板凳的功夫，远不能与之相比。以研究的目的看，闻一多钻研旧学，是为了宣判旧的死刑，顾颉刚的疑古学说也是如此，这种治学方法吴宓绝对不能接受，以旧对旧，保守的吴宓远不是旗鼓相当的对手。吴宓五十岁的时候，白话文运动不仅大获全胜，而且深入人心，在一次聚会上，"宓以积郁，言颇愤疾"，竟然说"欲尽杀一切谋改革汉文之人"。

吴宓就是吴宓，具有鲜明独特的个性，时至今日，翻案说他是自由主义战士，甚至说反对新文化运动也是对的，硬替他套上光环，显然没有必要。吴宓的保守固执和对女人的用情泛滥，客观上限制了他的个人成就，这一点不用讳言。吴宓不是什么大师，用不着神话，即使是作为外国文学教授，他也不是最出色的。今天突然觉得吴宓非常有学问，很重要的一个心理基础，是现在很多人根本就没有学问。吴宓的意义，在于他的坚定不移，在于他的执着追求。他有一颗花岗岩一般顽固的脑袋，二十世纪的总趋势，是适者生存，是一变再变又变，占大便宜的往往是那些善变的知识分子。善变不是什么坏事，也不一定就是好事。顽固自有顽固的可爱之处，换句话说，活生生的吴宓，在个人事业和爱情上，都有其独特的东西，不是一个简单的好坏，就可以草率评价。

一九九九年十二月十四日　碧树园

（原刊于《收获》2000年第2期）

回忆鲁迅先生

萧　红

鲁迅先生的笑声是明朗的，是从心里的欢喜。若有人说了什么可笑的话，鲁迅先生笑得连烟卷都拿不住了，常常是笑得咳嗽起来。

鲁迅先生走路很轻捷，尤其使人记得清楚的，是他刚抓起帽子来往头上一扣，同时左腿就伸出去了，仿佛不顾一切地走去。

鲁迅先生不大注意人的衣裳，他说："谁穿什么衣裳我看不见的……"

鲁迅先生生病，刚好了一点，窗子开着，他坐在躺椅上，抽着烟，那天我穿着新奇的火红的上衣，很宽的袖子。

鲁迅先生说："这天气闷热起来，这就是梅雨天。"他把他装在象牙烟嘴上的香烟，又用手装得紧一点，往下又说了别的。

许先生忙着家务跑来跑去，也没有对我的衣裳加以鉴赏。

于是我说："周先生，我的衣裳漂亮不漂亮？"

鲁迅先生从上往下看了一眼："不大漂亮。"

过了一会又加着说："你的裙子配得颜色不对，并不是红上衣不好看，各种颜色都是好看的，红上衣要配红裙子，不然就是黑裙子，咖啡色的就不行了；这两种颜色放在一起很混浊……你没看到外国人在街上走的吗？绝没有下边穿一件绿裙子，上边穿一件紫上衣，也没有穿一件红裙子而后穿一件白上衣的……"

鲁迅先生就在躺椅上看着我："你这裙子是咖啡色的，还带格子，颜色混浊得很，所以把红衣裳也弄得不漂亮了。"

"……人瘦不要穿黑衣裳，人胖不要穿白衣裳；脚长的女人一定要穿黑鞋子，脚短就一定要穿白鞋子；方格子的衣裳胖人不能穿，但比横格子的还好；横格子的，胖人穿上，就把胖子更往两边裂着，更横宽了，胖子要穿竖条子的，竖的把人显得长，横的把人显得宽……"

那天鲁迅先生很有兴致，把我一双短统靴子也略略批评一下，说我的短靴是军人穿的，因为靴子的前后都有一条线织的拉手，这拉手据鲁迅先生说是放在裤子下边的……

我说："周先生，为什么那靴子我穿了多久了而不告诉我，怎么现在才想起来呢？现在我不是不穿了吗？我穿的这不是另外的鞋吗？"

"你不穿我才说的，你穿的时候，一说你该不穿了。"

那天下午要赴一个筵会去，我要许先生给我找一点布条或绸条束一束头发。许先生拿了来米色的绿色的还有桃红色的。经我和许先生共同选定的是米色的。为着取笑，把那桃红色的，许先生举起来放在我的头发上，并且许先生很开心地说着：

"好看吧！多漂亮！"

我也非常得意，很规矩又顽皮的在等着鲁迅先生往这边看我们。

鲁迅先生这一看，脸是严肃的，他的眼皮往下一放向我们这边看着：

"不要那样装她……"

许先生有点窘了。

我也安静下来。

鲁迅先生在北平教书时，从不发脾气，但常常好用这种眼光看人，许先生常跟我讲。这种眼光鲁迅先生在记范爱农先生的文字里曾自己述说过，而谁曾接触过这种眼光的人就会感到一个旷代的全智者的催逼。

我开始问："周先生怎么也晓得女人穿衣裳的这些事情呢？"

"看过书的，关于美学的。"

"什么时候看的……"

"大概是在日本读书的时候……"

"买的书吗？"

"不一定是买的，也许是从什么地方抓到就看的……"

"看了有趣味吗？"

"随便看看……"

"周先生看这书做什么？"

"……"没有回答。好像很难以答。

许先生在旁说："周先生什么书都看的。"

在鲁迅先生家里做客人，刚开始是从法租界来到虹口，搭电车也要差不多一个钟头的工夫，所以那时候来的次数比较少，还记得有一次谈到半夜了，一过十二点电车就没有的，但那天不知讲了些什么，讲到一个段落就看看旁边小长桌上的圆钟，十一点半了，十一点四十五分了，电车没有了。

"反正已十二点，电车已没有，那么再坐一会。"许先生如此劝着。

鲁迅先生好像听了所讲的什么引起了幻想，安顿地举着象牙烟嘴在沉思着。

一点钟以后，送我（还有别的朋友）出来的是许先生，外边下着蒙蒙的小雨，弄堂里灯光全然灭掉了，鲁迅先生嘱咐许先生一定让坐小汽

车回去，并且一定嘱咐许先生付钱。

以后也住到北四川路来，就每夜饭后必到大陆新村来了，刮风的天，下雨的天，几乎没有间断的时候。

鲁迅先生很喜欢北方饭。还喜欢吃油炸的东西，喜欢吃硬的东西，就是后来生病的时候，也不大吃牛奶。鸡汤端到旁边用调羹舀了一二下就算了事。

有一天约好我去包饺子吃，那还是住在法租界，所以带了外国酸菜和用绞肉机绞成的牛肉。就和许先生站在客厅后边的方桌边包起来，海婴公子围着闹得起劲，一会把按成圆饼的面拿去了，他说做了一只船来，送在我们的眼前，我们不看它，转身他又做了一只小鸡，许先生和我都不去看它，对他竭力避免加以赞美，若一赞美起来，怕他更做得起劲。

客厅后没到黄昏就先黑了，背上感到些微的寒凉，知道衣裳不够了，但为着忙，没有加衣裳去。等把饺子包完了看看那数目并不多，这才知道许先生我们谈话谈得太多，误了工作。许先生怎样离开家的，怎样到天津读书的，在女师大读书时怎样做了家庭教师，她去考家庭教师的那一段描写，非常有趣，只取一名，可是考了好几十名，她之能够当选算是难的了。指望对于学费有一点补足，冬天来了，北平又冷，那家离学校又远，每月除了车子钱之外，若伤风感冒还得自己拿出买阿司匹林的钱来，每月薪金十元要从西城跑到东城……

饺子煮好，一上楼梯，就听到楼上明朗的鲁迅先生的笑声冲下楼梯来，原来有几个朋友在楼上也正谈得热闹。那一天吃得是很好的。

以后我们又做过韭菜合子，又做过合叶饼，我一提议鲁迅先生必然赞成，而我做得又不好，可是鲁迅先生还是在饭桌上举着筷子问许先生："我再吃几个吗？"

因为鲁迅先生的胃不大好，每饭后必吃脾自美胃药丸一二粒。

有一天下午鲁迅先生正在校对着瞿秋白的《海上述林》，我一走进卧室去，从那圆转椅上鲁迅先生转过来了，向着我，还微微站起了一点。

"好久不见，好久不见。"一边说着一边向我点头。

刚刚我不是来过了吗？怎么会好久不见？就是上午我来的那次周先生忘记了，可是我也每天来呀……怎么都忘记了吗？

周先生转身坐在躺椅上才自己笑起来，他是在开着玩笑。

梅雨季，很少有晴天，一天的上午刚一放晴，我高兴极了，就到鲁迅先生家去了，跑得上楼还喘着，鲁迅先生说："来啦！"我说："来啦！"

我喘着连茶也喝不下。

鲁迅先生就问我：

"有什么事吗？"

我说："天晴啦，太阳出来啦。"

许先生和鲁迅先生都笑着，一种对于冲破忧郁心境的展然的会心的笑。

海婴一看到我非拉我到院子里和他一道玩不可，拉我的头发或拉我的衣裳。

为什么他不拉别人呢？据周先生说："他看你梳着辫子，和他差不多，别人在他眼里都是大人，就看你小。"

许先生问着海婴："你为什么喜欢她呢？不喜欢别人？"

"她有小辫子。"说着就来拉我的头发。

鲁迅先生家里生客人很少，几乎没有，尤其是住在他家里的人更没有。一个礼拜六的晚上，在二楼上鲁迅先生的卧室里摆好了晚饭，围着桌子坐满了人。每逢礼拜六晚上都是这样的，周建人先生带着全家来拜访的。在桌子边坐着一个很瘦的很高的穿着中国小背心的人，鲁迅先生介绍说："这是一位同乡，是商人。"

初看似乎对的，穿着中国裤子，头发剃得很短。当吃饭时，他还让别人酒，也给我倒一盅，态度很活泼，不大像个商人；等吃完了饭，又谈到《伪自由书》及《二心集》。这个商人，开明得很，在中国不常见。没有见过的，就总不大放心。

下一次是在楼下客厅后的方桌上吃晚饭，那天很晴，一阵阵地刮着热风，虽然黄昏了，客厅后还不昏黑。鲁迅先生是新剪的头发，还能记得桌上有一碗黄花鱼，大概是顺着鲁迅先生的口味，是用油煎的。鲁迅先生前面摆着一碗酒，酒碗是扁扁的，好像用做吃饭的饭碗。那位商人先生也能喝酒，酒瓶手就站在他的旁边。他说蒙古人什么样，苗人什么样，从西藏经过时，那西藏女人见了男人追她，她就如何如何。

这商人可真怪，怎么专门走地方，而不做买卖？并且鲁迅先生的书他也全读过，一开口这个，一开口那个。并且海婴叫他 × 先生，我一听那 × 字就明白他是谁了。× 先生常常回来得很迟，从鲁迅先生家里出来，在弄堂里遇到了几次。

有一天晚上 × 先生从三楼下来，手里提着小箱子，身上穿着长袍子，站在鲁迅先生的面前，他说他要搬了。他告了辞，许先生送他下楼去了。这时候周先生在地板上绕了两个圈子，问我说：

"你看他到底是商人吗？"

"是的。"我说。

鲁迅先生很有意思地在地板上走几步，而后向我说："他是贩卖私货的商人，是贩卖精神上的……"

× 先生走过二万五千里回来的。

青年人写信，写得太草率，鲁迅先生是深恶痛绝之的。

"字不一定要写得好，但必须得使人一看了就认识，青年人现在都太忙了……他自己赶快胡乱写完了事，别人看了三遍五遍看不明白，这费了多少工夫，他不管。反正这费的工夫不是他的。这存心是不太好的。"

但他还是展读着每封由不同角落里投来的青年的信，眼睛不济时，便戴起眼镜来看，常常看到夜里很深的时光。

鲁迅先生坐在××电影院楼上的第一排，那片名忘记了，新闻片是苏联纪念五一节的红场。

"这个我怕看不到的……你们将来可以看得到。"鲁迅先生向我们周围的人说。

珂勒惠支的画，鲁迅先生最佩服，同时也很佩服她的做人，珂勒惠支受希特勒的压迫，不准她做教授，不准她画画，鲁迅先生常讲到她。

史沫特烈，鲁迅先生也讲到，她是美国女子，帮助印度独立运动，现在又在援助中国。

鲁迅先生介绍给人去看的电影：《夏伯阳》《复仇艳遇》……其余的如《人猿泰山》……或者非洲的怪兽这一类的影片，也常介绍给人的。鲁迅先生说："电影没有什么好看的，看看鸟兽之类倒可以增加些对于动物的知识。"

鲁迅先生不游公园，住在上海十年，兆丰公园没有进过，虹口公园这么近也没有进过。春天一到了，我常告诉周先生，我说公园里的土松软了，公园里的风多么柔和，周先生答应选个晴好的天气，选个礼拜日，海婴休假日，好一道去，坐一乘小汽车一直开到兆丰公园，也算是短途旅行，但这只是想着而未有做到，并且把公园给下了定义，鲁迅先生说："公园的样子我知道的…… 一进门分做两条路，一条通左边，一条通右边，沿着路种着点柳树什么树的，树下摆着几张长椅子，再远一点有个水池子。"

我是去过兆丰公园，也去过虹口公园或是法国公园的，仿佛这个定义适用在任何国度的公园设计者。

鲁迅先生不戴手套，不围围巾，冬天穿着黑石蓝的棉布袍子，头上戴着灰色毡帽，脚穿黑帆布胶皮底鞋。

胶皮底鞋夏天特别热，冬天又凉又湿，鲁迅先生的身体不算好，大

家都提议把这鞋子换掉。鲁迅先生不肯，他说胶皮底鞋子走路方便。

"周先生一天走多少路呢？也不就一转弯到××书店走一趟吗？"

鲁迅先生笑而不答。

"周先生不是很好伤风吗？不围巾子，风一吹不就伤风了吗？"

鲁迅先生这些个都不习惯，他说：

"从小就没戴过手套围巾，戴不惯。"

鲁迅先生一推开门从家里出来时，两只手露在外边，很宽的袖口冲着风就向前走，腋下挟着个黑绸子印花的包袱，里边包着书或者是信，到老靶子路书店去了。

那包袱每天出去必带出去，回来必带回来，出去时带着回给青年们的信，回来又从书店带来新的信和青年请鲁迅先生看的稿子。

鲁迅先生抱着印花包袱从外边回来，还提着一把伞，一进门客厅里早坐着客人，把伞挂在衣架上就陪客人谈起话来。谈了很久了，伞上的水滴顺着伞杆在地板上已经聚了一堆水。

鲁迅先生上楼去拿香烟，抱着印花包袱，而那把伞也没有忘记，顺手也带到楼上去。

鲁迅先生的记忆力非常之强，他的东西从不随便散置在任何地方。

鲁迅先生很喜欢北方口味。许先生想请一个北方厨子，鲁迅先生以为开销太大，请不得的，男佣人，至少要十五元钱的工钱。

所以买米买炭都是许先生下手，我问许先生为什么用两个女佣人都是年老的，都是六七十岁的？许先生说她们做惯了，海婴的保姆，海婴几个月时就在这里。

正说着那矮胖胖的保姆走下楼梯来了，和我们打了个迎面。

"先生，没吃茶吗？"她赶快拿了杯子去倒茶，那刚刚下楼时气喘的声音还在喉管里咕噜咕噜的，她确是年老了。

来了客人，许先生没有不下厨房的，菜食很丰富，鱼、肉……都是用大碗装着，起码四五碗，多则七八碗。可是平常就只三碗菜：一碗素炒豌豆苗，一碗笋炒咸菜，再一碗黄花鱼。

这菜简单到极点。

鲁迅先生的原稿，在拉都路一家炸油条的那里用着包油条，我得到了一张，是译《死魂灵》的原稿，写信告诉了鲁迅先生，鲁迅先生不以为稀奇。许先生倒很生气。

鲁迅先生出书的校样，都用来揩着桌，或做什么的。请客人在家里吃饭，吃到半道，鲁迅先生回身去拿来校样给大家分着，客人接到手里一看，这怎么可以？鲁迅先生说：

"擦一擦，拿着鸡吃，手是腻的。"

到洗澡间去，那边也摆着校样纸。

许先生从早晨忙到晚上，在楼下陪客人，一边还手里打着毛线。不然就是一边谈着话一边站起来用手摘掉花盆里花上已干枯了的叶子。许先生每送一个客人，都要送到楼下的门口，替客人把门开开，客人走出去而后轻轻的关了门再上楼来。

来了客人还要到街上去买鱼或鸡，买回来还要到厨房里去工作。

鲁迅先生临时要寄一封信，就得许先生换起皮鞋子来到邮局或者大陆新村旁边的信筒那里去。落着雨的天，许先生就打起伞来。

许先生是忙的，许先生的笑是愉快的，但是头发有一些是白了的。

夜里去看电影，施高塔路的汽车房只有一辆车，鲁迅先生一定不坐，一定让我们坐。许先生周建人夫人……海婴，周建人先生的三位女公子。我们上车了。

鲁迅先生和周建人先生，还有别的一二位朋友在后边。

看完了电影出来，又只叫到一部汽车，鲁迅先生又一定不肯坐，让周建人先生的全家坐着先走了。

鲁迅先生旁边走着海婴，过了苏州河的大桥去等电车去了。等了二三十分钟电车还没有来，鲁迅先生依着沿苏州河的铁栏杆坐在桥边的石围上了，并且拿出香烟来，装上烟嘴，悠然地吸着烟。

海婴不安地来回乱跑，鲁迅先生还招呼他和自己并排地坐下。

鲁迅先生坐在那儿和一个乡下的安静老人一样。

鲁迅先生吃的是清茶，其余不吃别的饮料。咖啡、可可、牛奶、汽水之类，家里都不预备。

鲁迅先生陪客人到夜深，必同客人一道吃些点心，那饼干就是从铺子里买来的，装在饼干盒子里，到夜深许先生就拿着碟子取出来，摆在鲁迅先生的书桌上，吃完了，许先生打开立柜再取一碟。还有向日葵子差不多每来客人必不可少。鲁迅先生一边抽着烟，一边剥着瓜子吃，吃完了一碟鲁迅先生必请许先生再拿一碟来。

鲁迅先生备有两种纸烟，一种价钱贵的，一种便宜的，便宜的是绿听子的，我不认识那是什么牌子，只记得烟头上带着黄纸的嘴，每五十支的价钱大概是四角到五角，是鲁迅先生自己平日用的。另一种是白听子的，是前门烟，用来招待客人的，白烟听放在鲁迅先生书桌的抽屉里。来客人鲁迅先生下楼，把它带到楼下去，客人走了，又带回楼上来照样放在抽屉里。而绿听子的永远放在书桌上，是鲁迅先生随时吸着的。

鲁迅先生的休息，不听留声机，不出去散步，也不倒在床上睡觉，鲁迅先生自己说：

"坐在椅子上翻一翻书就是休息了。"

鲁迅先生从下午两三点钟起就陪客人，陪到五点钟，陪到六点钟，客人若在家吃饭，吃过饭又必要在一起喝茶，或者刚刚喝完茶走了，或者还没走就又来了客人，于是又陪下去，陪到八点钟，十点钟，常常陪到十二点钟。从下午两三点钟起，陪到夜里十二点，这么长的时间，鲁迅先生都是坐在藤躺椅上，不断的吸着烟。

客人一走，已经是下半夜了，本来已经是睡觉的时候了，可是鲁迅先生正要开始工作。在工作之前，他稍微阖一阖眼睛，燃起一支烟来，躺在床边上，这一支烟还没有吸完，许先生差不多就在床里边睡着了（许先生为什么睡得这样快？因为第二天早晨六七点钟就要起来管理家务）。海婴这时也在三楼和保姆一道睡着了。

全楼都寂静下去，窗外也是一点声音没有了，鲁迅先生站起来，坐到书桌边，在那绿色的台灯下开始写文章了。

许先生说鸡鸣的时候，鲁迅先生还是坐着，街上的汽车嘟嘟地叫起来了，鲁迅先生还是坐着。

有时许先生醒了，看着玻璃窗白萨萨的了，灯光也不显得怎样亮了，鲁迅先生的背影不像夜里那样黑大。

鲁迅先生的背影是灰黑色的，仍旧坐在那里。

人家都起来了，鲁迅先生才睡下。

海婴从三楼下来了，背着书包，保姆送他到学校去，经过鲁迅先生的门前，保姆总是吩咐他说：

"轻一点走，轻一点走。"

鲁迅先生刚一睡下，太阳就高起来了。太阳照着隔院子的人家，明亮亮的；照着鲁迅先生花园的夹竹桃，明亮亮的。

鲁迅先生的书桌整整齐齐的，写好的文章压在书下边，毛笔在烧瓷的小龟背上站着。

一双拖鞋停在床下，鲁迅先生在枕头上边睡着了。

鲁迅先生喜欢吃一点酒，但是不多吃，吃半小碗或一碗。鲁迅先生吃的是中国酒，多半是花雕。

老靶子路有一家小吃茶店，只有门面一间，在门面里边设座，座少，

安静，光线不充足，有些冷落。鲁迅先生常到这吃茶店来，有约会多半是在这里边。老板是犹太也许是白俄，胖胖的，中国话大概他听不懂。

鲁迅先生这一位老人，穿着布袍子，有时到这里来，泡一壶红茶，和青年人坐在一道谈了一两个钟头。

有一天鲁迅先生的背后那茶座里边坐着一位摩登女子，身穿紫裙子黄衣裳，头戴花帽子……那女子临走时，鲁迅先生一看她，就用眼瞪着她，很怪异地看了她半天，而后说：

"是做什么的呢？"

鲁迅先生对于穿着紫裙子黄衣裳，戴花帽子的人就是这样看法的。

鬼到底是有的是没有的？传说上有人见过，还跟鬼说过话，还有人被鬼在后边追赶过，吊死鬼一见了人就贴在墙上。但没有一个人捉住一个鬼给大家看看。

鲁迅先生讲了他看见过鬼的故事给大家听：

"是在绍兴……"鲁迅先生说，"三十年前……"

那时鲁迅先生从日本读书回来，在一个师范学堂里也不知是什么学堂里教书，晚上没有事时，鲁迅先生总是到朋友家去谈天，这朋友住得离学堂几里路，几里路不算远，但必得经过一片坟地。谈天有的时候就谈得晚了，十一二点钟才回学堂的事也常有。有一天鲁迅先生就回去得很晚，天空有很大的月亮。

鲁迅先生向着归路走得很起劲时，往远处一看，远远有一个白影。

鲁迅先生不相信鬼的，在日本留学时是学的医，常常把死人抬来解剖的，鲁迅先生解剖过二十几个，不但不怕鬼，对死人也不怕，所以对于坟地也就根本不怕。仍旧是向前走的。

走了不几步，那远处的白影没有了，再看突然又有了。并且时小时大，时高时低，正和鬼一样。鬼不就是变幻无常的吗？

鲁迅先生有点踌躇了，到底向前走呢？还是回过头来走？本来回学堂不止这一条路，这不过是最近的一条就是了。

鲁迅先生仍是向前走，到底要看一看鬼是什么样，虽然那时候也怕了。

鲁迅先生那时从日本回来不久，所以还穿着硬底皮鞋，鲁迅先生决心要给那鬼一个致命的打击，等走到那白影的旁边时，那白影缩小了，蹲下了，一声不响地靠住了一个坟堆。

鲁迅先生就用了他的硬皮鞋踢出去。

那白影噢的一声叫出来，随着就站起来，鲁迅先生定眼看去，他却是个人。

鲁迅先生说在他踢的时候，他是很害怕的，好像若一下不把那东西踢死，自己反而会遭殃的，所以用了全力踢出去。

原来是个盗墓子的人在坟场上半夜做着工作。

鲁迅先生说到这里就笑了起来。

"鬼也是怕踢的，踢他一脚就立刻变成人了。"

我想，倘若是鬼常常让鲁迅先生踢踢倒是好的，因为给了他一个做人的机会。

从福建菜馆叫的菜，有一碗鱼做的丸子。

海婴一吃就说不新鲜，许先生不信，别的人也都不信。因为那丸子有的新鲜，有的不新鲜，别人吃到嘴里的恰好都是没有改味的。

许先生又给海婴一个，海婴一吃，又是不好的，他又嚷嚷着。别人都不注意，鲁迅先生把海婴碟里的拿来尝尝，果然是不新鲜的。鲁迅先生说：

"他说不新鲜，一定也有他的道理，不加以查看就抹杀是不对的。"

……

以后我想起这件事来，私下和许先生谈过，许先生说："周先生的做人，真是我们学不了的。哪怕一点点小事。"

鲁迅先生包一个纸包也要包得整整齐齐，常常把要寄出的书，鲁迅先生从许先生手里拿过来自己包。许先生本来包得多么好，而鲁迅先生还要亲自动手。

鲁迅先生把书包好了，用细绳捆上，那包方方正正的，连一个角也不准歪一点或扁一点，而后拿着剪刀，把捆书的那绳头都剪得整整齐齐。

就是包这书的纸都不是新的，都是从街上买东西回来留下来的。许先生上街回来把买来的东西一打开随手就把包东西的牛皮纸折起来，随手把小细绳圈了一个圈，若小细绳上有一个疙瘩，也要随手把它解开的。准备着随时用随时方便。

鲁迅先生住的是大陆新村九号。

一进弄堂口，满地铺着大方块的水门汀，院子里不怎样嘈杂，从这院子出入的有时候是外国人，也能够看到外国小孩在院子里零星的玩着。

鲁迅先生隔壁挂着一块大的牌子，上面写着一个"茶"字。

在一九三五年十月一日。

鲁迅先生的客厅摆着长桌，长桌是黑色的，油漆不十分新鲜，但也并不破旧，桌上没有铺什么桌布，只在长桌的当心摆着一个绿豆青色的花瓶，花瓶里长着几株大叶子的万年青，围着长桌有七八张木椅子。尤其是在夜里，全弄堂一点什么声音也听不到。

那夜，就和鲁迅先生和许先生一道坐在长桌旁边喝茶的。当夜谈了许多关于伪满洲国的事情，从饭后谈起，一直谈到九点钟十点钟而后到十一点，时时想退出来，让鲁迅先生好早点休息，因为我看出来鲁迅先生身体不大好，又加上听许先生说过，鲁迅先生伤风了一个多月，刚好了的。

但是鲁迅先生并没有疲倦的样子。虽然客厅里也摆着一张可以卧倒的藤椅，我们劝他几次想让他坐在藤椅上休息一下，但是他没有去，仍旧坐在椅子上。并且还上楼一次，去加穿了一件皮袍子。

那夜鲁迅先生到底讲了些什么，现在记不起来了。也许想起来的不是那夜讲的而是以后讲的也说不定。过了十一点，天就落雨了，雨点渐沥淅沥地打在玻璃窗上，窗子没有窗帘，所以偶一回头，就看到玻璃窗上有小水流往下流。夜已深了，并且落了雨，心里十分着急，几次站起来想要走，但是鲁迅先生和许先生一再说再坐一下："十二点钟以前终归有车子可搭的。"所以一直坐到将近十二点，才穿起雨衣来，打开客厅外面的响着的铁门，鲁迅先生非要送到铁门外不可，我想为什么他一定要送呢？对于这样年轻的客人，这样的送是应该的么？雨不会打湿了头发，受了寒伤风不又要继续下去么？站在铁门外边，鲁迅先生说，并且指着隔壁那家写着有"茶"字的大牌子："下次来记住这个'茶'，就是这个'茶'的隔壁。"而且伸出手去，几乎是触到了钉在铁门旁边的那个九号的"九"字，"下次来记住茶的旁边九号。"

于是脚踏着方块的水门汀，走出弄堂来，回过身去往院子里边看了一看，鲁迅先生那一排房子统统是黑洞洞的，若不是告诉得那样清楚，下次来恐怕要记不住的。

鲁迅先生的卧室，一张铁架大床，床顶上遮着许先生亲手做的白布刺花的围子，顺着床的一边折着两床被子，都是很厚的，是花洋布的被面。挨着门口的床头的方面站着抽屉柜。一进门的左手摆着八仙桌，桌子的两旁藤椅各一，立柜站在和方桌一排的墙角，立柜本是挂衣裳的，衣裳却很少，都让糖盒子，饼干筒子，瓜子罐给塞满了，有一次 ×× 老板的太太来拿版权的图章花，鲁迅先生就从立柜下边大抽屉里取出的。沿着墙角往窗子那边走，有一张装饰台，台子上有一个方形的满浮着绿草的玻璃养鱼池，里边游着的不是金鱼而是灰色的扁肚子的小鱼，除了鱼池之外另有一只圆的表，其余那上边满装着书。铁架床靠窗子的那头的书柜里书柜外都是书。最后是鲁迅先生的写字台，那上边也都是书。

鲁迅先生家里，从楼上到楼下，没有一个沙发，鲁迅先生工作时坐的椅子是硬的，休息时的藤椅是硬的，到楼下陪客人时坐的椅子又是硬的。

鲁迅先生的写字台面向着窗子，上海弄堂房子的窗子差不多满一面墙那么大，鲁迅先生把它关起来，因为鲁迅先生工作起来有一个习惯，怕吹风，他说，风一吹，纸就动，时时防备着纸跑，文章就写不好。所以屋子热得和蒸笼似的，请鲁迅先生到楼下去，他又不肯，鲁迅先生的习惯是不换地方。有时太阳照进来，许先生劝他把书桌移开一点都不肯。只有满身流汗。

鲁迅先生的写字桌，铺了一张蓝格子的油漆布，四角都用图钉按着。桌子上有小砚台一方，墨一块，毛笔站在笔架上，笔架是烧瓷的，在我看来不很细致，是一个龟，龟背上带着好几个洞，笔就插在那洞里。鲁迅先生多半是用毛笔的，钢笔也不是没有，是放在抽屉里。桌上有一个方大的白瓷的烟灰盒，还有一个茶杯，杯子上戴着盖。

鲁迅先生的习惯与别人不同，写文章用的材料和来信都压在桌子上，把桌子都压得满满的，几乎只有写字的地方可以伸开手，其余桌子的一半被书或纸张占有着。

左手边的桌角上有一个带绿灯罩的台灯，那灯泡是横着装的，在上海那是极普通的台灯。

冬天在楼上吃饭，鲁迅先生自己拉着电线把台灯的机关从棚顶的灯头上拔下，而后装上灯泡子，等饭吃过了，许先生再把电线装起来，鲁迅先生的台灯就是这样做成的，拖着一根长的电线在棚顶上。

鲁迅先生的文章，多半是从这台灯下写的。因为鲁迅先生的工作时间，多半是下半夜一两点起，天将明了休息。

卧室就是如此，墙上挂着海婴公子一个月婴孩的油画像。

挨着卧室的后楼里边，完全是书了，不十分整齐，报纸和杂志或洋装的书，都混在这间屋子里，一走进去多少还有些纸张气味，地板被书遮盖得太小了，几乎没有了，大网篮也堆在书中。墙上拉着一条绳子或者是铁丝，就在那上边系了小提盒，铁丝笼之类；风干荸荠就盛在铁丝笼里，扯着的那铁丝几乎被压断了在弯弯着。一推开藏书室的窗子，窗子外边还挂着一筐风干荸荠。

"吃罢，多得很，风干的，格外甜。"许先生说。

楼下厨房传来了煎菜的锅铲的响声，并且两个年老的娘姨慢重重地在讲一些什么。

　　厨房是家里最热闹的一部分。整个三层楼都是静静的，喊娘姨的声音没有，在楼梯上跑来跑去的声音没有。鲁迅先生家里五六间房子只住着五个人，三位是先生的全家，余下的二位是年老的女佣人。

　　来了客人都是许先生亲自倒茶，即或是麻烦到娘姨时，也是许先生下楼去吩咐，绝没有站到楼梯口就大声呼唤的时候。所以整个的房子都在静悄悄之中。

　　只有厨房比较热闹了一点，自来水花花地流着，洋瓷盆在水门汀的水池子上每拖一下磨着擦擦的响，洗米的声音也是擦擦的。鲁迅先生很喜欢吃竹笋的，在菜板上切着笋片笋丝时，刀刃每划下去都是很响的。其实比起别人家的厨房来却冷清极了，所以洗米声和切笋声都分开来听得样样清清晰晰。

　　客厅的一边摆着并排的两个书架，书架是带玻璃橱的，里面有陀思妥耶夫斯基的全集和别的外国作家的全集，大半多是日文译本，地板上没有地毯，但擦得非常干净。

　　海婴公子的玩具橱也站在客厅里，里边是些毛猴子，橡皮人，火车汽车之类，里边装得满满的，别人是数不清的，只有海婴自己伸手到里边找什么就有什么，过新年时在街上买的兔子灯，纸毛上已经落了灰尘了，仍摆在玩具橱顶上。

　　客厅只有一个灯头，大概五十烛光，客厅的后门对着上楼的楼梯，前门一打开有一个一方丈大小的花园，花园里没有什么花看，只有一棵很高的七八尺高的小树，大概那树是柳桃，一到了春天，喜欢生长蚜虫，忙得许先生拿着喷蚊虫的机器，一边陪着谈话，一边喷着杀虫药水。沿了墙根，种了一排玉米，许先生说："这玉米长不大的，这土是没有养料的，海婴一定要种。"

春天，海婴在花园里掘着泥沙，培植着各种玩艺。

三楼则特别静了，向着太阳开着两扇玻璃门，门外有一个水门汀的突出的小廊子，春天很温暖地抚摸着门口长垂着的帘子，有时候帘子被风打得很高，飘扬的饱满得和大鱼泡似的，那时候隔院的绿树照进玻璃门扇里来了。

海婴坐在地板上装着小工程师在修着一座楼房，他那楼房是用椅子横倒了架起来修的，而后遮起一张被单来算做屋瓦，全个房子在他自己拍着手的赞誉声中完成了。

这间屋感到些空旷和寂寞，既不像女工住的屋子，又不像儿童室。海婴的眠床靠着屋子的一边放着，那大圆顶帐子日里也不打起来，长拖拖的好像从棚顶一直垂到地板上，那床是非常讲究的属于刻花的木器一类的。许先生讲过，租这房子时，从前一个房客转留下来的。海婴和他的保姆，就睡在五六尺宽的大床上。

冬天烧过的火炉，三月里还冷冰冰地在地板上站着。

海婴不大在三楼上玩的，除了到学校去，就是在院子里踏脚踏车，他非常喜欢跑跳，所以厨房，客厅，二楼，他是无处不跑的。

三楼整天在高处空着，三楼的后楼住着另一个老女工，一天很少上楼来，所以楼梯擦过之后，一天到晚干净得溜明。

一九三六年三月里鲁迅先生病了，靠在二楼的躺椅上，心脏跳动得比平日厉害，脸色略微灰了一点。

许先生正相反的，脸色是红的，眼睛显得大了，讲话的声音是平静的，态度并没有比平日慌张。在楼下，一走进客厅来许先生就告诉说：

"周先生病了，气喘……喘得厉害，在楼上靠在躺椅上。"

鲁迅先生呼喘的声音，不用走到他的旁边，一进了卧室就听得到的。鼻子和胡须在扇着，胸部一起一落。眼睛闭着，差不多永久不离开手的纸烟，也放弃了。躺藤椅后边靠着枕头，鲁迅先生的头有些向后，两只手空闲的垂着。眉头仍和平日一样没有聚皱，脸上是平静的，舒展的，似乎并没有任何痛苦加在身上。

"来了吗？"鲁迅先生睁一睁眼睛，"不小心，着了凉……呼吸困难……到藏书的房子去翻一翻书……那房子因为没有人住，特别凉……回来就……"

许先生看周先生说话吃力，赶快接着说周先生是怎样气喘的。

医生看过了，吃了药，但喘并未停，下午医生又来过，刚刚走。

卧室在黄昏里边一点一点的暗下去，外边起了一点小风，隔院的树被风摇着发响。别人家的窗子有的被风打着发出自动关开的响声，家家的流水道都是花拉花拉的响着水声，一定是晚餐之后洗着杯盘的剩水。晚餐后该散步的散步去了，该会朋友的会友去了，弄堂里来去的稀疏不断地走着人，而娘姨们还没有解掉围裙呢，就依着后门彼此搭讪起来。小孩子们三五一伙前门后门的跑着，弄堂外汽车穿来穿去。

鲁迅先生坐在躺椅上，沉静的，不动地阖着眼睛，略微灰了的脸色被炉里的火光染红了一点。纸烟听子蹲在书桌上，盖着盖子，茶杯也蹲在桌子上。

许先生轻轻地在楼梯上走着，许先生一到楼下去，二楼就只剩了鲁迅先生一个人坐在椅子上，呼喘把鲁迅先生的胸部有规律性地抬得高高的。

鲁迅先生必得休息的，须藤老医生是这样说的。可是鲁迅先生从此不但没有休息，并且脑子里所想的更多了，要做的事情都像非立刻就做不可，校《海上述林》的校样，印珂勒惠支的画，翻译《死魂灵》下部；刚好了，这些就都一起开始了，还计算着出三十年集。（即鲁迅全集）

鲁迅先生感到自己的身体不好，就更没有时间注意身体，所以要多做，赶快做，当时大家不解其中的意思，都以为鲁迅先生不加以休息不以为然，后来读了鲁迅先生《死》的那篇文章才了然了。

鲁迅先生知道自己的健康不成了，工作的时间没有几年了，死了是不要紧的，只要留给人类更多，鲁迅先生就是这样。

不久书桌上德文字典和日文字典又都摆起来了，果戈理的《死魂灵》

又开始翻译了。

鲁迅先生的身体不大好，容易伤风，伤风之后，照常要陪客人，回信，校稿子。所以伤风之后总要拖下去一个月或半个月的。

瞿秋白的《海上述林》校样，一九三五年冬，一九三六年的春天，鲁迅先生不断地校着，几十万字的校样，要看三遍，而印刷所送校样来总是十页八页的，并不是统统一道地送来，所以鲁迅先生不断地被这校样催索着，鲁迅先生竟说：

"看吧，一边陪着你们谈话，一边看校样的，眼睛可以看，耳朵可以听……"

有时客人来了，一边说着笑话，一边鲁迅先生放下了笔。有的时候也说："就剩几个字了……请坐一坐……"

一九三五年冬天许先生说：

"周先生的身体是不如从前了。"

有一次鲁迅先生到饭馆里去请客，来的时候兴致很好，还记得那次吃了一只烤鸭子，整个的鸭子用大钢叉子叉上来时，大家看着这鸭子烤得又油又亮的，鲁迅先生也笑了。

菜刚上满了，鲁迅先生就到竹躺椅上吸一支烟，并且阖一阖眼睛。一吃完了饭，有的喝多了酒的，大家都乱闹了起来，彼此抢着苹果，彼此讽刺着玩，说着一些刺人可笑的话，而鲁迅先生这时候，坐在躺椅上，阖着眼睛，很庄严地在沉默着，让拿在手上纸烟的烟丝，慢慢地上升着。

别人以为鲁迅先生也是喝多了酒吧！

许先生说，并不的。

"周先生的身体是不如从前了，吃过了饭总要阖一阖眼稍微休息一下，从前一向没有这习惯。"

周先生从椅子上站起来了，大概说他喝多了酒的话让他听到了。

"我不多喝酒的，小的时候，母亲常提到父亲喝了酒，脾气怎样坏，母亲说，长大了不要喝酒，不要像父亲那样子……所以我不多喝的……

从来没喝醉过……"

鲁迅先生休息好了，换了一支烟，站起来也去拿苹果吃，可是苹果没有了。鲁迅先生说：

"我争不过你们了，苹果让你们抢没了。"

有人抢到手的还在保存着的苹果，奉献出来，鲁迅先生没有吃，只在吸烟。

一九三六年春，鲁迅先生的身体不大好，但没有什么病，吃过了夜饭，坐在躺椅上，总要闭一闭眼睛沉静一会。

许先生对我说，周先生在北平时，有时开着玩笑，手按着桌子一跃就能够跃过去，而近年来没有这么做过，大概没有以前那么灵便了。

这话许先生和我是私下讲的，鲁迅先生没有听见，仍靠在躺椅上沉默着呢。

许先生开了火炉的门，装着煤炭花花地响，把鲁迅先生震醒了。一讲起话来鲁迅先生的精神又照常一样。

鲁迅先生睡在二楼的床上已经一个多月了，气喘虽然停止，但每天发热，尤其是下午热度总在三十八度三十九度之间，有时也到三十九度多，那时鲁迅先生的脸色是微红的，目力是疲弱的，不吃东西，不大多睡，没有一些呻吟，似乎全身都没有什么痛楚的地方。躺在床上有的时候张开眼睛看看，有的时候似睡非睡地安静地躺着，茶吃得很少。差不多一刻也不停的纸烟，而今几乎完全放弃了，纸烟听子不放在床边，而仍很远地蹲在书桌上，若想吸一支，是请许先生付给的。

许先生从鲁迅先生病起，更过度地忙了。按着时间给鲁迅先生吃药，按着时间给鲁迅先生试温度表，试过了之后还要把一张医生发给的表格填好，那表格是一张硬纸，上面画了无数根线，许先生就在这张纸上拿着米度尺画着度数，那表画得和尖尖的小山丘似的，又像尖尖的水晶石，高的低的一排连的站着。许先生虽然每天画，但那像是一条接连不断的线，不过从低处到高处，从高处到低处，这高峰越高越不好，也就是鲁迅先生的热度越高了。

来看鲁迅先生的人，多半都不到楼上来了，为的是请鲁迅先生好好地静养，所以把客人这些事也推到许先生身上来了。还有书、报、信，都要许先生看过，必要的就告诉鲁迅先生，不十分必要的，就先把它放在一处放一放，等鲁迅先生好了些再取出来交给他。然而这家庭里边还有许多琐事，比方年老的娘姨病了，要请两天假；海婴的牙齿脱掉一个要到牙医那里去看过，但是带他去的人没有，又得许先生。海婴在幼稚园里读书，又是买铅笔，买皮球，还有临时出些个花头，跑上楼来，说要吃什么花生糖什么牛奶糖，他上楼来是一边跑着一边喊着，许先生连忙拉住了他，拉他下了楼才跟他讲：

"爸爸病啦。"而后拿出钱来，嘱咐好了娘姨，只买几块糖而不准让他格外地多买。

收电灯费的来了，在楼下一打门，许先生就得赶快往楼下跑，怕的是再多打几下，就要惊醒了鲁迅先生。

海婴最喜欢听讲故事，这也是无限的麻烦，许先生除了陪海婴讲故事之外，还要在长桌上偷一点工夫来看鲁迅先生为着病耽搁下来的尚未校完的校样。

在这期间，许先生比鲁迅更要担当一切了。

鲁迅先生吃饭，是在楼上单开一桌，那仅仅是一个方木盘，许先生每餐亲手端到楼上去，那黑油漆的方木盘中摆着三四样小菜，每样都用小吃碟盛着，那小吃碟直径不过二寸，一碟豌豆苗或菠菜或苋菜，把黄花鱼或者鸡之类也放在小碟里端上楼去，若是鸡，那鸡也是全鸡身上最好的一块地方拣下来的肉，若是鱼，也是鱼身上最好一部分许先生才把它拣下放在小碟里。

许先生用筷子来回地翻着楼下的饭桌上菜碗里的东西，菜拣嫩的，不要茎，只要叶，鱼肉之类，拣烧得软的，没有骨头没有刺的。

心里存着无限的期望，无限的要求，用了比祈祷更虔诚的目光，许先生看着她自己手里选得精精致致的菜盘子，而后脚板触着楼梯上了楼。

希望鲁迅先生多吃一口，多动一动筷，多喝一口鸡汤。鸡汤和牛奶是医生所嘱的，一定要多吃一些的。

把饭送上去，有时许先生陪在旁边，有时走下楼来又做些别的事，半个钟头之后，到楼上去取这盘子。这盘子装得满满的，有时竟照原样一动也没有动又端下来了，这时候许先生的眉头微微地皱了一点。旁边若有什么朋友许先生就说："周先生的热度高，什么也吃不落，连茶也不愿意吃，人很苦，人很吃力。"

有一天许先生用着波浪式的专门切面包的刀切着一个面包，是在客厅后边方桌上切的，许先生一边切着一边对我说：

"劝周先生多吃些东西，周先生说，人好了再保养，现在勉强吃也是没用的。"

许先生接着似乎问着我：

"这也是对的。"

而后把牛奶面包送上楼去了。一碗烧好的鸡汤，从方盘里许先生把它端出来了。就摆在客厅后的方桌上。许先生上楼去了，那碗热的鸡汤在桌子上自己悠然地冒着热气。

许先生由楼上回来还说呢：

"周先生平常就不喜欢吃汤之类，在病里，更勉强不下了。"

那已经送上去的一碗牛奶又带下来了。

许先生似乎安慰着自己似的：

"周先生人强，欢喜吃硬的，油炸的，就是吃饭也欢喜吃硬饭。……"

许先生楼上楼下地跑，呼吸有些不平静，坐在她旁边，似乎可以听到她心脏的跳动。

鲁迅先生开始独桌吃饭以后，客人多半不上楼来了，经许先生婉言把鲁迅先生健康的经过报告了之后就走了。

鲁迅先生在楼上一天一天地睡下去，睡了许多日子就有些寂寞了，有时大概热度低了点就问许先生：

"有什么人来过吗?"

看鲁迅先生精神好些,就一一地报告过。

有时也问到有什么刊物来吗?

鲁迅先生病了一个多月了。

证明了鲁迅先生是肺病,并且是肋膜炎,须藤老医生每天来了,为鲁迅先生先把肋膜积水用打针的方法抽净,共抽过两三次。

这样的病,为什么鲁迅先生自己一点也不晓得呢,许先生说,周先生有时觉得肋痛了就自己忍着不说,所以连许先生也不知道,鲁迅先生怕别人晓得了又要不放心,又要看医生,医生一定又要说休息。鲁迅先生自己知道做不到的。

福民医院美国医生的检查,说鲁迅先生肺病已经二十年了。这次发了怕是很严重。

医生规定个日子,请鲁迅先生到福民医院去详细检查,要照 X 光的。

但鲁迅先生当时就下楼是下不得的,又过了许多天,鲁迅先生到福民医院去查病去了。照 X 光后给鲁迅先生照了一个全部的肺部的照片。

这照片取来的那天许先生在楼下给大家看了,右肺的上尖角是黑的,中部也黑了一块,左肺的下半部都不大好,而沿着左肺的边边黑了一大圈。

这之后,鲁迅先生的热度仍高,若再这样热度不退,就很难抵抗了。

那查病的美国医生,只查病,而不给药吃,他相信药是没有用的。

须藤老医生,鲁迅先生早就认识,所以每天来,他给鲁迅先生吃了些退热的药,还吃停止肺病菌活动的药。他说若肺不再坏下去,就停止在这里,热自然就退了,人是不危险的。

在楼下的客厅里许先生哭了。许先生手里拿着一团毛线,那是海婴的毛线衣拆了洗过之后又团起来的。

鲁迅先生在无欲望状态中,什么也不吃,什么也不想,睡觉是似睡非睡的。

天气热起来了，客厅的门窗都打开着，阳光跳跃在门外的花园里。麻雀来了停在夹竹桃上叫了三两声就又飞去，院子里的小孩子们唧唧喳喳的玩耍着，风吹进来好像带着热气，扑到人的身上，天气从刚刚发芽的春天，变为夏天了。

楼上老医生和鲁迅先生谈话的声音隐约可以听到。

楼下又来了客人。来的人总要问：

"周先生好一点吗？"

许先生照常说："还是那样子。"

但今天说了眼泪就又流了满脸。一边拿起杯子来给客人倒茶，一边用左手拿着手帕按着鼻子。

客人问：

"周先生又不大好吗？"

许先生说：

"没有的，是我心窄。"

过了一会，鲁迅先生要找什么东西，喊许先生上楼去，许先生连忙擦着眼睛，想说她不上楼的，但左右地看了一看，没有人能替代了她，于是带着她那团还没有缠完的毛线球上楼去了。

楼上坐着老医生，还有两位探望鲁迅先生的客人，许先生一看了他们就自己低了头不好意思地笑了，她不敢到鲁迅先生的面前去，背转着身问鲁迅先生要什么呢，而后又是慌忙地把毛线缕挂在手上缠了起来。

一直到送老医生下楼，许先生都是把背向鲁迅先生而站着的。

每次老医生走，许先生都是替老医生提着皮提包送到前门外的。许先生愉快的、沉静的带着笑容打开铁门闩，很恭敬地把皮包交给老医生，眼看着老医生走了才进来关了门。

这医生出入在鲁迅先生的家里，连老娘姨对他都是尊敬的，医生从楼上下来时，娘姨若在楼梯的半道，赶快下来躲开，站到楼梯的旁边。

有一天老娘姨端着一个杯子上楼，楼上医生和许先生一道下来了，那老娘姨躲闪不灵，急得把杯里的茶都颠出来了。等医生走过去，已经走出了前门，老娘姨还在那里呆呆地望着。

"周先生好了点吧？"

有一天许先生不在家，我问着老娘姨。她说：

"谁晓得，医生天天看了不声不响地就走了。"

可见老娘姨对医生每天是怀着期望的眼光看着他的。

许先生很镇静，没有紊乱的神色，虽然说那天当着人哭过一次，但该做什么，仍是做什么，毛线该洗的已经洗了，晒的已经晒起，晒干了的随手就把它缠成团子。

"海婴的毛线衣，每年拆一次，洗过之后再重打起，人一年一年的长，衣裳一年穿过，一年就小了。"

在楼下陪着熟的客人，一边谈着，一边开始手里动着竹针。

这种事情许先生是偷空就做的，夏天就开始预备着冬天的，冬天就做夏天的。

许先生自己常常说：

"我是无事忙。"

这话很客气，但忙是真的，每一餐饭，都好像没有安静地吃过。海婴一会要这个，要那个；若一有客人，上街临时买菜，下厨房煎炒还不说，就是摆到桌子上来，还要从菜碗里为着客人选好的挟过去。饭后又是吃水果，若吃苹果还要把皮削掉，若吃荸荠看客人削得慢而不好也要削了送给客人吃，那时鲁迅先生还没有生病。

许先生除了打毛线衣之外，还用机器缝衣裳，剪裁了许多件海婴的内衫裤在窗下缝。

因此许先生对自己忽略了，每天上下楼跑着所穿的衣裳都是旧的，次数洗得太多，纽扣都洗脱了，也磨破了，都是几年前的旧衣裳，春天时许先生穿了一件紫红宁绸袍子，那料子是海婴在婴孩时候别人送给海婴做被子的礼物。做被子，许先生说很可惜，就拣起来做一件袍子，正

　　说着，海婴来了，许先生使眼神，且不要提到，若提到海婴又要麻烦起来了，一定要说是他的，他就要要。

　　许先生冬天穿一双大棉鞋，是她自己做的。一直到二三月早晚冷时还穿着。

　　有一次我和许先生在小花园里一道拍一张照片，许先生说她的纽扣掉了，还拉着我站在她前边遮着她。

　　许先生买东西也总是到便宜的店铺去买，再不然，到减价的地方去买。

　　处处俭省，把俭省下来的钱，都印了书和印了画。

　　现在许先生在窗下缝着衣裳，机器声格答格答的，震着玻璃门有些颤抖。

　　窗外的黄昏，窗内许先生低着的头，楼上鲁迅先生的咳嗽声，都搅混在一起了，重续着、埋藏着力量。在痛苦中，在悲哀中，一种对于生的强烈的愿望站得和强烈的火焰那样坚定。

　　许先生的手指把捉了在缝的那张布片，头有时随着机器的力量低沉了一两下。

　　许先生的面容是宁静的、庄严的、没有恐惧的、坦荡的在使用着机器。

　　海婴在玩着一大堆黄色的小药瓶，用一个纸盒子盛着，端起来楼上楼下的跑。向着阳光照是金色的，平放着是咖啡色的，他招聚了小朋友来，他向他们展览，向他们夸耀，这种玩意只有他有而别人不能有。他说：

　　“这是爸爸打药针的药瓶，你们有吗？”

　　别人不能有，于是他拍着手骄傲地呼叫起来。

　　许先生一边招呼着他，不叫他喊，一边下楼来了。

　　“周先生好了些？”

　　见了许先生大家都是这样问的。

"还是那样子，"许先生说，随手抓起一个海婴的药瓶来，"这不是么，这许多瓶子，每天打一针，药瓶子也积了一大堆。"

许先生一拿起那药瓶，海婴上来就要过去，很宝贵地赶快把那小瓶摆到纸盒里。

在长桌上摆着许先生自己亲手做的蒙着茶壶的棉罩子，从那蓝缎子的花罩子下拿着茶壶倒着茶。

楼上楼下都是静的了，只有海婴快活的和小朋友们的吵嚷躲在太阳里跳荡。

海婴每晚临睡时必向爸爸妈妈说"明朝会"！

有一天他站在走上三楼去的楼梯口上喊着：

"爸爸，明朝会！"

鲁迅先生那时正病得沉重，喉咙里边似乎有痰，那回答的声音很小，海婴没有听到，于是他又喊：

"爸爸，明朝会！"他等一等，听不到回答的声音，他就大声地连串地喊起来：

"爸爸，明朝会，爸爸，明朝会……爸爸，明朝会……"

他的保姆在前边往楼上拖他，说是爸爸睡了，不要喊了。可是他怎么能够听呢，仍旧喊。

这时鲁迅先生说"明朝会"，还没有说出来喉咙里边就像有东西在那里堵塞着，声音无论如何放不大。到后来，鲁迅先生挣扎着把头抬起来才很大声地说出：

"明朝会，明朝会。"

说完了就咳嗽起来。

许先生被惊动得从楼下跑来了，不住地训斥着海婴。

海婴一边笑着一边上楼去了，嘴里唠叨着：

"爸爸是个聋人哪！"

鲁迅先生没有听到海婴的话，还在那里咳嗽着。

鲁迅先生在四月里，曾经好了一点，有一天下楼去赴一个约会，把衣裳穿得整整齐齐，手下挟着黑花包袱，戴起帽子来，出门就走。

许先生在楼下正陪客人，看鲁迅先生下来了，赶快说：

"走不得吧，还是坐车子去吧。"

鲁迅先生说："不要紧，走得动的。"

许先生再加以劝说，又去拿零钱给鲁迅先生带着。

鲁迅先生说不要不要，坚决的就走了。

"鲁迅先生的脾气很刚强。"

许先生无可奈何的，只说了这一句。

鲁迅先生晚上回来，热度增高了。

鲁迅先生说：

"坐车子实在麻烦，没有几步路，一走就到。还有，好久不出去，愿意走走……动一动就出毛病……还是动不得……"

病压服着鲁迅先生又躺下了。

七月里，鲁迅先生又好些。

药每天吃，记温度的表格照例每天好几次在那里画，老医生还是照常的来，说鲁迅先生就要好起来了，说肺部的菌已停止了一大半，肋膜也好了。

客人来差不多都要到楼上来拜望拜望，鲁迅先生带着久病初愈的心情，又谈起话来，披了一张毛巾子坐在躺椅上，纸烟又拿在手里了，又谈翻译，又谈某刊物。

一个月没有上楼去，忽然上楼还有些心不安，我一进卧室的门，觉得站也没地方站，坐也不知坐在哪里。

许先生让我吃茶，我就倚着桌子边站着。好像没有看见那茶杯似的。

鲁迅先生大概看出我的不安来了，便说：

"人瘦了，这样瘦是不成的，要多吃点。"

鲁迅先生又在说玩笑话了。

"多吃就胖了，那么周先生为什么不多吃点？"

鲁迅先生听了这话就笑了，笑声是明朗的。

从七月以后鲁迅先生一天天的好起来了，牛奶，鸡汤之类，为了医生所嘱也隔三岔五的吃着，人虽是瘦了，但精神是好的。

鲁迅先生说自己体质的本质是好的，若差一点的，就让病打倒了。

这一次鲁迅先生保持了很长的时间，没有下楼更没有到外边去过。

在病中，鲁迅先生不看报，不看书，只是安静地躺着。但有一张小画是鲁迅先生放在床边上不断看着的。

那张画，鲁迅先生未生病时，和许多画一道拿给大家看过的，小得和纸烟包里抽出来的那画片差不多。那上边画着一个穿大长裙子飞散着头发的女人在大风里边跑，在她旁边的地面上还有小小的红玫瑰花的花朵。

记得是一张苏联某画家着色的木刻。

鲁迅先生有很多画，为什么只选了这张放在枕边？

许先生告诉我的，她也不知道鲁迅先生为什么常常看这小画。

有人来问他这样那样的，他说：

"你们自己学着做，若没有我呢！"

这一次鲁迅先生好了。

还有一样不同的，觉得做事要多做……

鲁迅先生以为自己好了，别人也以为鲁迅先生好了。

准备冬天要庆祝鲁迅先生工作三十年。

又过了三个月。

一九三六年十月十七日，鲁迅先生病又发了，又是气喘。

十七日，一夜未眠。

十八日，终日喘着。

十九日，夜的下半夜，人衰弱到极点了。天将发白时，鲁迅先生就像他平日一样，工作完了，他休息了。

一九三九年十月

《回忆鲁迅先生》，生活书店一九四一年第一版

（原刊于《收获》2000 年第 3 期）

今天仍在受凌辱的伟大逝者

章培恒

　　《收获》杂志设立了"走近鲁迅"专栏。我想，这是十分及时的。因为，直到今天，鲁迅仍是中国现代作家中具有最大影响的一个，但他同时也是受歪曲、诬蔑、攻击最甚的一个。为了不辜负鲁迅留下的这份极其宝贵的文化遗产，现在确是到了应该"走近鲁迅"的时候了。

　　深具讽刺意味的是：鲁迅在晚年最赞美的几个青年作家（包括文艺理论家、翻译家）从四十年代末期起就一个个遭受了灭顶之灾；而也正是从四十年代末期起，"鲁迅的方向就是中华民族新文化的方向"在中国广大的土地上成了神圣不可侵犯的原则。

　　上述青年作家中，鲁迅的赞赏表示得最为明白并且在当时众所周知的，是萧军、胡风、冯雪峰、黄源、巴金。鲁迅为萧军的《八月的乡村》写过序，说是"这书当然不容于满洲帝国，但我看也因此当然不容于中华民国。这事情很快的就会得到实证。如果事实证明了我的推测并没有错，那也就证明了这是一部很好的书。"（《田军作〈八月的乡村〉序》）虽只寥寥数语，但在鲁迅所公开赞扬过的现代中国的创作中，却还没有别的作品得到过这样的高度评价。然而，大概是鲁迅也没有想到过的罢，最早"不容"此书的，却是当时的共产党作家、后来青云直上的张春桥。鲁迅为此特地写了《三月的租界》一文以表示他的愤慨；但到一九四八年萧军却终于被划到了"反党"的一方，《八月的乡村》当然也就根本不是什么"很好的书"了。而在萧军挨整的同一年，与晚年的鲁迅关系密切、被鲁迅赞为"鲠直"、"明明是有为的青年"的胡风（《答徐懋庸并关于抗日统一战线问题》），也遭到了较为集中的批判，至一九五五年又进而被打成反革命，他的一大批朋友也成了"胡风反革命集团"的成员，饱尝苦难，甚或瘐死狱中。鲁迅晚年的亲密战友冯雪峰（见许广平《欣慰的纪念》）和被他赞为"向上的认真的译述者"的黄源（《答徐懋庸并关于抗日统一战线问题》）则于一九五七年成了右派。只有被鲁迅赞为"有热情的有进步思想的作家，在屈指可数的好作家之列"的巴金（同上），在五十年代以来的历次政治运动中说了一些违心的话，这才保全了下来，尽管也不免受到姚文元之流的批判；不过，到了无产阶级"文化大革命"时期，还是落得个家破人亡。然而，到底不愧是受过鲁迅赞美的作家，巴金晚年所写的《随想录》实在是掷地作金石声的好文章。

屈指数来，除了少数早逝的作家如萧红、白莽之外，鲁迅晚年赞美过的青年作家从四十年代末期起直到"文革"期间，一个个在劫难逃。有时甚至连早逝的作家也难以幸免。例如，鲁迅曾经作序称赞过的柔石烈士的《二月》，在被改编为电影剧本《早春二月》后，在六十年代初也成了"大毒草"。

因此，人们不得不产生疑问：从那些对于萧军、胡风、冯雪峰、黄源、巴金等人的赞美中所体现的鲁迅的好恶、爱憎、感情、认识，是否显示了鲁迅精神？假如是的，那么，从四十年代末期起，当"鲁迅的方向"在中国广大土地上成为"中华民族新文化的方向"时，为什么他们都成了"中华民族新文化"的敌人，以致或身入牢狱，或打入另册？难道鲁迅精神本身便是违背"中华民族新文化的方向"——"鲁迅的方向"的么？但如萧军、胡风等人并非新文化的敌人，在他们遭难之前确实是遵循鲁迅的方向，在文化战线上贡献自己的力量的，那么，从四十年代末期起的他们的遭遇岂不同时意味着鲁迅精神、鲁迅方向正在遭受无情的践踏？鲁迅若地下有知，他的心岂不也在流血？尽管在那个漫长的时期里，在中国的土地上确实响彻了对鲁迅的颂歌，还出现了许多把鲁迅精神"阐释"得符合当时政治需要并进而宣扬其"伟大"的著作，其中最杰出的不消说是姚文元的精心巨著；但对照一下实际情况，只要稍微懂得一些鲁迅的人就不难看出这正是对于鲁迅最恶毒的歪曲、诬蔑和攻击。

同样有讽刺意味的是：在巴金、黄源、冯雪峰、萧军、胡风依次获得平反的同时，在文坛上却又响起了"反对神化鲁迅"的呼喊。原来，在这些人看来，鲁迅在这么多年来不是在被作践，却是在被"神化"。本来，对于一个具有独立人格的人，"神化"也是一种作践；但所谓"反对神化鲁迅"也者，却并不是在这种意义上使用"神化"一词的，其原意不过是说前几十年把鲁迅"神化"得太伟大、正确、完美了，因而要反其道而行之。于是，鲁迅就从遭受裹在"歌颂"的外衣下的恶毒歪曲、诬蔑、攻击转变为遭受直接的恶毒歪曲、诬蔑、攻击。

在后一方面做得最出色的，是顾颉刚先生女公子顾潮的《历劫终教志不灰——我的父亲顾颉刚》（华东师范大学出版社一九九七年版）。这本书制造了太多的神话来吹捧顾颉刚先生，也有太多的对鲁迅的诬陷。关于前者，我在发表于《钟山》一九九八年十月号的《〈灾枣集〉序》中已略有涉及；至于后者，则只要看一看她把早已破产了的所谓鲁迅《中国小说史略》"剽窃"盐谷温《支那文学概论讲话》的谎言都重又搬了出来，就足可见其卑劣和无聊了。但此类伎俩不仅没有遭到应有的揭露，这部书——特别是其中诬陷鲁迅的部分——一时却颇有走红之势。这种现象，我实在不知何以名之；但还是先欣赏一下顾潮女士的解数吧。

顾女士在书中说："他（指顾颉刚。——引者）认为：'我一生中第一次碰到的大钉子是鲁迅对我的过不去。'（《自传》）其实父亲与鲁迅的交往并不多，但为什么会成为鲁迅笔下的阴谋家、不共戴天的仇敌？'冰冻三尺，非一日之寒'，此事还需从几年前说起。"（《历劫终教志不灰》第一百页）接着就以《北大宿怨》为小标题，"说起"了好些颇能显示顾潮女士品质的事情，其中一条是："鲁迅作《中国小说史略》，以日本盐谷温《支那文学概论讲话》为参考书，有的内容是根据此书大意所作，然而并未加以注明。当时有人认为此种做法有抄袭之嫌，父亲亦持此观点，并与陈源谈及，一九二六年初陈氏便在报刊上将此事公布出去。随后鲁迅于二月一日作《不是信》，说道：'盐谷氏的书，确是我的参考书之一，我的《小说史略》二十八篇的第二篇，是根据它的，还有论《红楼梦》的几点和一张"贾氏系图"，也是根据它的，但不过是大意，次序和意见就很不同。'为了这一件事，鲁迅自然与父亲亦结了怨。"（同书一百零三页）

如果是只看这一部书的读者，一定会认为顾颉刚、陈源揭露鲁迅的这种"有抄袭之嫌"的"做法"乃是正常的和符合实际的学术批评，而鲁迅在遭到揭露以后，虽不得不承认盐谷温的著作是《中国小说史略》的参考书之一，但从此就与顾颉刚"结了怨"，并成为后来与顾颉刚"过不去"的主因之一，可见鲁迅为人实在阴险卑鄙。至于鲁迅《中国小说史略》到底是否出于"抄袭"，顾潮女士虽没有正面回答，但在引用鲁迅的答复之文时，只引了他的承认以盐谷温书为参考书之一，而不引《不是信》在涉及此问题时的主要部分——对诬蔑他"抄袭"的无耻谰言所作的义正词严的驳斥，因而不知此事原委的读者自然会认为鲁迅在"抄袭"问题上已经理屈词穷，只好避而不答；于是《中国小说史略》之"抄袭"盐谷温书也就铁案如山了。但如与实际情况对照一下，那么，顾潮女士的用心与手法就昭然若揭。

顾颉刚对陈源怎么说的，我辈不得而知，但既然顾潮说是顾颉刚"亦持此观点，并与陈氏谈及，一九二六年初陈氏便在报刊上将此事公布出去"，则陈氏不过是将顾颉刚与他"谈及"的"此事""公布出去"而已，并未添油加醋，因而陈氏所公布的与顾颉刚所"谈"的，自必密合无间。现在让我们来看看陈氏的"公布"与上引顾潮所说有多大的距离罢！

陈源在《现代评论》第二卷五十期（一九二五年十一月二十一日）以西滢的笔名发表的《闲话》里说："很不幸的，我们中国的批评家有时实在太宏博了。……以致整大本的摽窃，他们倒往往视而不见。要举个例么？还是不说吧，我实在不敢再开罪'思想界的权威'。"这"思想界的权威"是指鲁迅。一九二五年八月初，北京《民报》在《京报》、《晨报》上所刊登的广告中，有"本报自八月五日起增加副刊一张，……并特约中国思想界之权威者鲁迅……诸先生随时为副刊撰著"之语。刊登广告者与鲁迅并不相识，但陈源却为此而挖苦鲁迅道："不是有一个报馆访员称我们为'文士'吗？鲁迅先生为了那名字几乎笑掉了牙。可是后来某报天天鼓吹他是'思想界的权威者'他倒又不笑了。"（《西滢致志摩》，一九二六年一月三十日《晨报副刊》）可见他是确知有人在称鲁迅为"思想界的权威"，并把这作为攻击鲁迅的材料的；因而《闲话》中的"思想界的权威"一词的矛头所指，自为鲁迅无疑。这同时也就是暗示读者，鲁迅在干着"整大本的摽窃"的勾当，只是他西滢"不敢再开罪"这位"思想界的权威"——鲁迅，因而不敢举出书名而已。但过了大概两个月左右，他终于图穷而匕首见，在《西滢致志摩》中直指鲁迅说："有一个学生钞了沫若的几句诗，他（指鲁迅。——引者）老先生骂得刻骨镂心的痛快，可是他自己的《中国小说史略》，却就是根据日本人盐谷温的《支那文学概论讲话》里面的'小说'一部分。其实拿人家的著述做你自己的蓝本，本可以原谅，只要你在书中有那样的声明，可是鲁迅先生就没有那样的声明。在我们看来，你自己做了不正当的事也就罢了，何苦再去挖苦一个可怜的学生，可是他还尽量的把人家刻薄。'窃钩者诛，窃国者侯'，本是自古已有的道理。"这里虽然不再用"整大本的摽窃"这样的字眼了（大概他已发现"摽窃"的"摽"字是写了错别字），但其所引用的"窃钩"二语显然是就"钞了沫若的几句诗"的学生与《中国小说史略》的作者鲁迅相比较而言的，既然"钞了沫若的几句诗"只是"窃钩"，而《中国小说史略》乃是"窃国"，倘非"整大本的摽窃"，又是什么？

所以，鲁迅对此回答道："这'流言'早听到过了；后来见于《闲话》，说是'整大本的摽窃'，但不直指我，而同时有些人的口头上，却相传是指我的《中国小说史略》。我相信陈源教授是一定会干这样勾当的。但他既不指名，我也就只回敬他一通骂街，这可实在不止'侵犯了他一言半语'。这回说出来了；我的'以小人之心'也没有猜错了'君子之腹'。但那罪名却改为'做你自己的蓝本'了，比先前轻得多，仿佛比自谦为'一言半语'的'冷箭'钝了一点似的。盐谷氏的书，确是我的参考书之一，我的《小说史略》二十八篇的第二篇，是根据它的，还有论《红楼梦》的几点和一张'贾氏系图'，也是根据它的，但不过是大意，次序和意见就很不同。其他二十六篇，我都有我独立的准备，证据是和他的所说还时常相反。例如现有的汉人小说，他以为真，我以为假；唐人小说的分类他据森槐南，我却用我法。六朝小说他据《汉魏丛书》，我据别本及自己的辑本，这工夫曾经费去两年多，稿本有十册在这里；唐人小说他据谬误最多的《唐人说荟》，我是用《太平广记》的，此外还一本一本搜起来……其余分量、取舍、考证的不同，尤难枚举。自然，大致是不能不同的，例如他说汉后有唐，唐后有宋，我也这样说，因为都以中国史实为'蓝本'。我无法'捏造得新奇'，……"（《不是信》，《语丝》周刊六十五期，一九二六年二月八日；后收入《华盖集续编》）两相对照，就可知道陈源说《中国小说史略》是"整大本的摽窃"或"根据日本人盐谷温的《支那文学概论讲话》里面的'小说'一部分"，是一种怎样卑劣的诬陷。而在鲁迅作了这样的说明以后，无论是陈源还是他的朋友，都没有再拿出任何证据来加以否定。陈源也没有声明说《闲话》里的"整大本的摽窃"不是指鲁迅《中国小说史略》。

顺便提一下，鲁迅在《不是信》中还随手举了一个例子，以进一步揭示陈源之流的卑劣："但我还要对于'一个学生钞了沫若的几句诗'这事说几句话；'骂得刻骨镂心的痛快'的，似乎并不是我。因为我于诗向不留心，所以也没有看过'沫若的诗'，因此即更不知道别人的是否钞袭。陈源教授的那些话，说得坏一点，就是'捏造事实'，故意挑拨别人对我的恶感，真可以说发挥着他的真本领。"（同上）对此，陈源也无可辩白。

到了一九三五年，由于《中国小说史略》的日译本的出版，鲁迅在作于该年除夕至次日晨的《且介亭杂文二集·后记》中又提起了此事，说是"当一九二六年时，陈源即西滢教授，曾在北京公开对于我的人身攻击，说我的这一部著作，是窃取盐谷温教授的《支那文学概论讲话》里面的'小说'一部分的；《闲话》里的所谓'整大本的摽窃'，指的也是我。现在盐谷教授的书早有中译，我的也有了日译，两国的读者，有目共见，有谁指出我的'剽窃'来呢？呜呼，'男盗女娼'，是人间大可耻事，我负了十年'剽窃'的恶名，现在总算可以卸下，并且将'谎狗'的旗子，回敬自称'正人君子'的陈源教授，倘他无法洗刷，就只好插着生活，一直带进坟墓里去了。"这之后，无论是陈源还是他的朋友都未能为其诬陷鲁迅剽窃盐谷温书一事进行"洗刷"；其略可为陈源解嘲的，是胡适于一九三六年底写给苏雪林后来并公开发表的一封信："通伯先生（案即陈西滢。——引者）当时误信一个小人张凤举之言，说鲁迅之小说史是抄袭盐谷温的，就使鲁迅终身不忘此仇恨！现今盐谷温的文学史已由孙俍工译出了，其书是未见我和鲁迅之小说研究以前的作品，其考据部分浅陋可笑。说鲁迅抄盐谷温，真是万分的冤枉。盐谷一案，我们应该为鲁迅洗刷明白。"（引自《胡适往来书信选》（中）第三百三十九页）这虽然含有为陈源开脱的意思，但也不得不承认陈源所说确是鲁迅"剽窃"盐谷温《支那文学概论讲话》，而且把最早诬陷鲁迅剽窃的人斥为"一个小人"。

现在，可以把事实真相与顾潮对此事所说的对照一下了。事实是：陈源公然诬陷鲁迅《中国小说史略》是以盐谷温书为"蓝本"的"整大本的摽窃"，经鲁迅在《不是信》中义正词严地驳斥以后，陈源无词以对，及至盐谷温书的中译本和《中国小说史略》的日译本分别在中、日两国出版，真相更大白于天下，以致在鲁迅说了"我负了十年'剽窃'的恶名，现在总算可以卸下，并且将'谎狗'的旗子，回敬自称'正人君子'的陈源教授，倘他无法洗刷，就只好插着生活，一直带进坟墓里去了"这样分量很重的话以后，陈源仍然无法作答。连把陈源作为自己人的胡适（他在上引给苏雪林的信中说"鲁迅狺狺攻击我们，其实何损于我们一丝一毫"，他的所谓"我们"中，是包括陈源在内的），也只能在承认"说鲁迅抄盐谷温，真是万分的冤枉"的同时，把最早造作谎言的责任推给张凤举。其意盖若曰："'谎狗'的旗子"应让张凤举去背，"通伯先生"只是受蒙蔽而已。但在顾潮笔下，却成了鲁迅的"这种""有抄袭之嫌"的"做法"，在遭到了陈源的"公布"后，鲁迅在其《不是信》中只能承认盐谷温书"确是我的参考书之一"；而且她还给读者造成了这样的一个印象：鲁迅在其回答此事的《不是信》中对《中国小说史略》"有抄袭之嫌"一节毫不涉及。于是在不明内情的读者心中自然轻易地坐实了鲁迅的"抄袭"。这真是令人不胜钦佩的巧妙手法，也确实不愧于此书的标题《历劫终教志不灰》。——从上引顾潮女士的叙述中，可知陈源的公然宣言《中国小说史略》为"整大本的摽窃"，原是在顾颉刚与他"谈及"后才"公布出去"的，可见这一恶毒诬陷鲁迅"剽窃"的勾当，实是顾颉刚在幕后策动、陈源在台前表演的；可惜有志难遂，这场丑剧最后落得个陈源终身背着"'谎狗'的旗子"而落幕。现在，顾颉刚、陈源的这个恶毒诬蔑鲁迅之志，终于在二十世纪的九十年代由顾颉刚女公子顾潮实现了：轻巧地给鲁迅戴上了"抄袭"的帽子，并且把顾颉刚、陈源当时合演的狼狈收场的丑剧转化为辉煌的胜利。可见顾颉刚的这种诬陷之志确实"历劫不灰"。而且，顾潮女士的这种勾当，似乎至今尚未得到应有的揭露，这又意味着：比起十九世纪二十年代来，我们的时代更是诬陷鲁迅的绝妙时机。

在这里再补充一点：在顾潮的上述戏法中，还巧妙地利用了今天与当时的某种观念差异。在今天的注重学术规范的人（可惜这样的人还不是很多）看来，以别人的著作为参考书，而且还有所吸取，自然应该注明；但在鲁迅写作《中国小说史略》的时代，中国学者还没有养成这样的习惯，特别是大学历史教材性质的著作，不注明参考书是被认为正常的事。换言之，鲁迅的《中国小说史略》不注参考书，在当时是不会被认为"有抄袭的嫌疑"的。证据是：在鲁迅的《不是信》中公布了盐谷温书确是其"参考书之一"等情况后，无论陈源、顾颉刚还是他们的朋友都没有人再站出来说："你在《中国小说史略》中没有注明这一点，就是有抄袭的嫌疑！"因为倘要这样做，那就无异自投罗网；从胡适算起，谁都不能幸免。就说顾颉刚罢，他那些在二十年代发表的古史考证文章，有些在日本早就有了类似的说法。例如，白鸟库吉早就著文考证尧、舜、禹并无其人，而且这种见解至迟在一九一六年左右已深入到了日本的高级中学（参见日本仓石武四郎《中国文学讲话》第一篇《神话的世界》）。他哪敢去追究注不注参考书的问题？所以，顾颉刚、陈源的诬陷鲁迅"剽窃"，所用的绝不会是"鲁迅作《中国小说史略》，以日本盐谷温《支那文学概论讲话》为参考书"，"然而并未加以注明"，"此种做法有抄袭之嫌"一类的话语。

然而"智者千虑，终有一失"，顾潮女士的上述表演却不免辜负了胡适的苦心。老实说罢，我对胡适把张凤举作为诬蔑鲁迅"剽窃"的始作俑者是颇为怀疑的：因为此说并无旁证，张凤举又是与鲁迅关系较为密切、很受鲁迅称赞 ①，而与陈源并无什么交往的人，他没有理由和可能去向陈源造鲁迅的谣言。现经顾潮证实，向陈源去说《中国小说史略》"抄袭"而致陈源"公布出去"的，原来是顾颉刚。那就合情合理了。大概胡适看到诬陷鲁迅"剽窃"的事已弄得灰头土脸，不愿再把顾颉刚牵涉进去了，所以把张凤举来顶缸。不料现在顾潮女士认为时机已到，又把顾颉刚在此事中扮演的角色说了出来。

---

① 　鲁迅于 1921 年 8 月 25 日致周作人的信中曾说"此人（指张凤举。——引者）非常之好，神经分明"。见《鲁迅全集》（人民文学出版社 1982 年版）11 卷 391 页。

话说远了。总之，从这一个小小的例子，就可以知道鲁迅在今天是在怎样被任意歪曲、诬蔑和攻击！所以，提倡"走近鲁迅"，实在已是刻不容缓的事。因为只有"走近"了鲁迅，才能真正认清鲁迅的价值所在，才不致为裹在"歌颂"的外衣下的对鲁迅的歪曲、诬蔑和攻击所迷惑，也不致为赤裸裸地对鲁迅的歪曲、诬蔑和攻击所吸引。至于说"走近鲁迅"的提法会导致对鲁迅的贬低，那更是匪夷所思。就从本世纪的八十年代算起罢，在攻击和诬陷鲁迅方面，在大陆上出版的书没有一部是能望顾潮女士《历劫终教志不灰——我的父亲顾颉刚》的项背的，但这难道是"走近鲁迅"专栏引出来的吗？

在我看来，"走近鲁迅"专栏中发表的今人的文章，除了王朔先生的一篇再一次显示了他的"无知者无畏"的特色和冯骥才先生的意见是我所不敢苟同的以外，大抵都有益于抉发鲁迅的伟大。而且，就是王、冯二位之作，也都坦陈所见，与阴谋诬陷鲁迅者不属于一个档次，有什么不能发表的呢？我所害怕的，倒是在研究所谓"大师"级的人物的领域内设禁区——在一九三一年末，《中学生》杂志社向鲁迅提出一个问题："假如先生面前站着一个中学生"，"（先生）将对他讲怎样的话，作努力的方针？"鲁迅回答道："请先生也许我回问你一句，就是：我们现在有言论的自由么？假如先生说'不'，那么我知道一定也不会怪我不作声的。假如先生竟以'面前站着一个中学生'之名，一定要逼我说一点，那么，我说：第一步要努力争取言论的自由。"（原载一九三二年一月一日《中学生》新年号，后收入《二心集》）我想，这是今天的一切自命为拥护鲁迅者所应永远记取的。

最后，向《收获》编辑部提一个要求：拙作倘能发表，希望不要作任何删改。因为，在有报刊（不是《收获》）要求发表顾潮女士的那些涉及鲁迅的文章时，她曾提出一个条件：不准删改。她的条件得到了满足。我想，在今天而保卫鲁迅，应该与诬蔑鲁迅获得同样的权利。

（原刊于《收获》2000年第5期）